BASTEI LÜBBE
TASCHENBUCH

Weitere Titel der Autorin:

Der Kater der Braut
Männer in Freilandhaltung

Titel in der Regel auch als E-Book erhältlich

Über die Autorin:

Michaela Thewes, geboren 1972, lebt mit ihrem Mann und ihren zwei kleinen Söhnen in der Nähe von Düsseldorf. Nach verschiedenen Tätigkeiten in der Verlags- und Werbebranche ist die gelernte Verlagsbuchhändlerin seit mehreren Jahren selbstständig. Sie arbeitet als freie Werbetexterin und Autorin.

Mehr Infos unter: www.michaela-thewes.de

Michaela Thewes

WOLKENBRUCH IM SIEBTEN HIMMEL

Roman

BASTEI
LÜBBE
TASCHENBUCH

BASTEI LÜBBE TASCHENBUCH
Band 16 996

1. Auflage: August 2014

Dieser Titel ist auch als E-Book erschienen

MIX
Papier aus verantwortungsvollen Quellen
FSC® C006701

Originalausgabe

Dieses Werk wurde vermittelt durch die
Michael Meller Literary Agency GmbH, München.

Lektorat: Daniela Jarzynka
Textredaktion: Margit von Cossart, Bergisch Gladbach
Titelillustration:
© missbehavior.de; © getty-images/Howard Kingsnorth
Umschlaggestaltung:
Pauline Schimmelpenninck Büro für Gestaltung, Berlin
Satz: Urban SatzKonzept, Düsseldorf
Gesetzt aus der Goudy
Druck und Verarbeitung: CPI – Ebner & Spiegel, Ulm
Printed in Germany
ISBN 978-3-404-16996-2

Sie finden uns im Internet unter
www.luebbe.de
Bitte beachten Sie auch: www.lesejury.de

Kapitel 1

»Ich nix sehen.«

»Wie bitte?«

»Mir tut leid. Ich nix sehen«, wiederholte Tatjana bedauernd.

Mit meinen Ohren war also alles in bester Ordnung. Aber wie stand es um Tatjanas Augen? Vielleicht brauchte sie eine Brille. Sie war schließlich auch nicht mehr die Jüngste. Einer Wahrsagerin zu raten, mal einen Optiker aufzusuchen, wäre mir allerdings irgendwie unpassend, ja fast schon beleidigend erschienen. Die Frau konnte schließlich die Zukunft vorhersagen, da würde sie doch wohl wissen, wann es an der Zeit für eine profane Sehhilfe war. Oder etwa nicht?!

»Könnten wir ... Also ich meine, könnten Sie es nicht noch einmal versuchen?«, krächzte ich nervös.

Scheinbar unschlüssig, ob sie meinem Wunsch nachkommen sollte, neigte Tatjana bedächtig den Kopf zur Seite. Ob das eine Masche war, um das Honorar in die Höhe zu treiben? Doch bevor ich ihr mehr Geld anbieten oder mit dem Gewerbeamt drohen konnte, nickte sie mit einem gequälten Seufzer.

»Okay, noch letzte Versuch.«

Tatjana kniff die Augen zusammen und beugte sich erneut über ihre Kristallkugel. Entgegen der Vorstellung, die man im Allgemeinen von einer Wahrsagerin hat, fielen ihr die Haare dabei keineswegs in wirren Locken über die Schultern, sondern waren zu einem ordentlichen Pferdeschwanz zusammengebunden. Ihr

Schmuck hingegen entsprach schon eher den gängigen Klischees. An Tatjanas Ohrläppchen baumelten riesige goldene Creolen, die man ohne Weiteres als Hula-Hoop-Reifen hätte benutzen können. Und sie trug mindestens ein halbes Dutzend langer Ketten, die im schwachen Lampenschein mit unzähligen Armreifen um die Wette glitzerten.

Möglicherweise liegt es an der Beleuchtung, kam es mir in den Sinn, während ich mit klopfendem Herzen darauf wartete, dass Tatjana etwas sagte. Es war wirklich verdammt schummrig hier drinnen. Die Vorhänge waren zugezogen, der Raum wurde lediglich von zwei kleinen IKEA-Funzeln, die zweifelsohne mit Energiesparlampen bestückt waren, erleuchtet. Aber das war bei meinen letzten Besuchen auch kein Problem gewesen. Was also war heute anders?

Vor Anspannung krallte ich meine Fingernägel in die Handfläche. Bei allem Respekt vor Tatjanas hellseherischen Fähigkeiten: Es konnte doch nicht sein, dass in meinem Leben GAR NICHTS passierte! Zugegeben – mit einem Ehemann, einem Häuschen, einem Kombi und zwei mehr oder weniger wohlgeratenen Kindern, die aus dem Gröbsten raus waren, erschien es auf den ersten Blick nicht besonders aufregend. Aber was war beispielsweise mit meinem immerwährenden Kampf gegen die Allianz des Bösen – Wühlmäuse und Schnecken –, den ich im heimischen Garten ausfocht? Oder mit den terroristischen Anschlägen verbaler Natur, denen ich ständig durch meine Mutter ausgesetzt war? Sooo ereignislos war mein Leben gar nicht, und meine Zukunft doch sicher auch nicht …

Die Wahrsagerin legte hochkonzentriert die Stirn in Falten. Dann räusperte sie sich und blickte von ihrer Kugel auf. Doch anstatt mich anzusehen, ließ sie ihre Augen über das Regal mit den Quarzen und Edelsteinen wandern, das rechts von uns an der Wand hing.

»Wie ich sagen: Ich nix sehen.«

»Ja, aber ... aber ... aber das kann doch nicht sein«, stotterte ich verwirrt.

Tatjana seufzte. »Leider doch.«

Auf alles war ich vorbereitet gewesen – auch auf schlechte Zukunftsprognosen. Gar nichts zu erfahren war allerdings, wie ich jetzt feststellen musste, mindestens genauso schlimm. Tatjana wollte mich doch wohl nicht einfach unverrichteter Dinge wieder nach Hause schicken?!?

Sie wollte nicht nur, sie tat es. Indem sie aufstand und die Vorhänge zurückzog, gab sie mir zu verstehen, dass unsere Sitzung hiermit beendet war.

Widerstrebend erhob ich mich von meinem Stuhl. Was hätte ich auch anderes tun sollen? Mich am Tisch festketten und darauf bestehen, dass sie gefälligst so lange auf ihre dämliche Kugel zu starren hatte, bis sie etwas sehen konnte?

Auf dem Weg zur Tür redete Tatjana entgegen ihrer sonstigen Gewohnheit in einer Tour.

»Ist Wetter nicht herrlich? Drrringend auch nötig, nicht? Immer nur Rrregen, Rrregen, Rrregen – nix schön.«

Sie gurgelte das R wie Mundwasser. Ob sie vielleicht das Fehlen eines schwarzen Katers oder einer wilden Lockenmähne mit ihrem osteuropäischen Akzent wettzumachen versuchte?

»Hoffen wirrr, dass Rrrest von Sommerr so bleibt.«

Hoffen? Sie als Wahrsagerin müsste das doch eigentlich wissen, schoss es mir durch den Kopf. Sogleich schämte ich mich jedoch für diesen ketzerischen Gedanken.

Als ich mich verabschiedete, reichte ich Tatjana den Umschlag mit ihrem Honorar, doch sie hob abwehrend die Hände.

»Behalten Sie.«

Das sah Tatjana so gar nicht ähnlich. Verdattert schob ich den Umschlag in meine Handtasche zurück. Okay, wenn sie mein Geld nicht wollte ... Es war ja nicht so, als ob ich zu viel davon hätte oder frisch gedruckte Blüten in Umlauf bringen müsste.

Aufdrängen würde ich es ihr ganz bestimmt nicht. Sie nicht sehen – ich nicht zahlen. Das klang nach einem fairen Deal.

Ich verließ Tatjanas Wohnung dennoch mit einem unguten Gefühl in der Magengegend. Draußen auf der Straße atmete ich erst einmal tief ein und aus. Dann setzte ich mich wie ein Aufziehfigürchen in Bewegung. Das Klackern meiner Absätze hallte bei jedem Schritt von den Häuserwänden wider: Ich nix sehen. Ich nix sehen ...

Der falsche Satzbau und die fehlerhafte Grammatik bereiteten mir das geringste Kopfzerbrechen. Ich versuchte, meine Gedanken zu entwirren. Dass es Tatjana nicht gelungen war, ihrer Kugel Informationen über meine Zukunft zu entlocken, war für sich allein betrachtet, noch kein echter Grund zur Besorgnis. Wirklich beunruhigend fand ich jedoch, dass Tatjana mein Geld abgelehnt hatte. Bescheidenheit und Genügsamkeit waren nämlich nicht gerade ihre charakteristischsten Eigenschaften. Obwohl sich ihr Stundensatz ohne Weiteres mit dem eines Arztes oder Rechtsanwalts messen konnte, erhöhte sie ihr Honorar ständig. Warum also hatte sie heute mein Geld verschmäht? Aus Mitleid? Hatte sie womöglich doch etwas gesehen und es aus Rücksicht auf meine Gefühle für sich behalten? Oder wusste sie, was es zu bedeuten hatte, wenn die Kugel nichts preisgab? Musste ich schlimmstenfalls damit rechnen, dass ich mir schon bald die Radieschen von unten ansehen würde?

Ach was, sicher ist Tatjana heute nur nicht richtig in Form, versuchte ich mich selbst zu beruhigen. Vielleicht hat sie schlecht geschlafen oder ihre Tage ...

Mit einem ärgerlichen Kopfschütteln beschleunigte ich meine Schritte. Ich lief so schnell, dass ich schon nach wenigen Minuten das Franziskus-Krankenhaus erreichte. Die Klinik genoss über die Grenzen Düsseldorfs hinaus einen hervorragenden Ruf. Was, wie meine Freundin Britta, die hier als Chirurgin arbeitete, zugab, nur zum Teil an der Leistung der Ärzte lag. Mindestens genauso viel Anteil am hohen Renommee des Krankenhauses hatte Küchenchef Karl. Während man in anderen Kliniken oftmals kränker entlassen wurde, als man gekommen war – zum Herzinfarkt oder Knochenbruch gesellte sich dank des abscheulichen Fraßes, den man vorgesetzt bekam, auch noch eine kleine Magenverstimmung –, ließen die Patienten im Franziskus-Krankenhaus sich gern von Karls guter Küche verwöhnen.

In diesen Genuss kamen im Übrigen auch die Besucher, denn in der Krankenhauscafeteria gab es wirklich leckeres Essen zu zivilen Preisen. Allerdings war das nicht der eigentliche Grund, warum meine Freundinnen und ich uns hier des Öfteren zum Mittagessen trafen. Britta, die durch ihre Doppelbelastung als Ärztin und alleinerziehende Mutter von unserem Viererkleeblatt diejenige war, deren Zeit am knappsten bemessen war, konnte auf diese Weise das Notwendige mit dem Angenehmen verbinden – eine kleine Stärkung in der Mittagspause und ein Treffen mit uns. Auch wenn Britta gelegentlich behauptete, es sei andersherum ...

Vor der Cafeteria bremste ich kurz ab und ließ meinen Blick über die gut besetzten Tischreihen hinweggleiten. Ich brauchte nicht lange zu suchen, denn Nadine *konnte* man einfach nicht übersehen, zumindest nicht in diesem Aufzug. Sie trug eine pinkfarbene hautenge Jeans, eine bunte Bluse mit Blümchenprint und darüber ein Bolerojäckchen im angesagten Colorblockstyle. Jede andere hätte in dem Outfit wie ein Papagei ausgesehen – Nadine auch, aber es stand ihr. Sie war tatsächlich eine Art Paradiesvogel: exzentrisch, etwas flatterhaft und mitunter ein wenig geschwätzig. Gerade beugte sie sich über den Tisch zu Sophie hinüber und gestikulierte, während sie erzählte, wild in der Luft herum. Es musste wohl etwas Lustiges sein, denn Sophie warf lachend ihre blonden Locken zurück.

Als ich ihren Tisch erreichte, unterbrachen die beiden ihr Gespräch.

»Hallo, Maja.« Nadine sprang auf und drückte mich herzlich an sich.

Sophie stand ebenfalls auf, um mich zu umarmen, und hauchte, wohl um ihren Lippenstift nicht zu verschmieren, ein Küsschen rechts und ein Küsschen links an meinen Ohren vorbei, dabei verströmte sie wie immer einen zarten Vanilleduft. In ihrem rosafarbenen Etuikleid und den dazu passenden Riemchenpumps sah sie aus, als wäre sie soeben der Titelseite eines Hochglanzmagazins entstiegen. Es war gar nicht so einfach, mit Sophie befreundet zu sein. Vor allem an Tagen, an denen man selbst nicht ganz auf der Höhe war. Denn an Sophie war immer alles vorbildlich – ihre Klamotten, ihr Make-up, ihre Haare, ja sogar ihr Mann und ihre Kinder. Trotzdem mochte ich sie von Herzen, zumindest wenn ich sie nicht gerade umbringen wollte, weil sie so verdammt perfekt war.

»Kannst du mir verraten, warum du schon wieder diesen blöden Schirm mit dir rumschleppst?« Sophie deutete erst auf den Knirps in meiner Hand und dann nach draußen, wo die Sonne vom strahlend blauen Himmel lachte. »Nach Regen sieht es heute ja nun wirklich nicht aus.«

»Man kann nie wissen«, konterte ich. »Auf wetter.com haben die Meteorologen eine Regenwahrscheinlichkeit von zehn Prozent vorhergesagt.«

Nadine verdrehte die Augen gen Himmel. »Die Wahrscheinlichkeit, auf offener Straße überfallen zu werden, ist vermutlich größer.«

»Seht ihr, gleich zwei Gründe, warum es gut ist, immer einen Schirm dabeizuhaben. Sollte ich tatsächlich mal überfallen werden, kann ich mich damit verteidigen«, sagte ich und setzte, als ich in die ungläubigen Gesichter meiner Freundinnen blickte, entschuldigend hinzu: »Ich bin nun mal gern für alles gewappnet.«

Vor allem für die weniger angenehmen Dinge, die das Leben so in petto hat, ergänzte ich im Stillen. Ich wusste selbst, dass positives Denken nicht gerade meine Stärke war. Und wenn schon! Meine Devise lautete: Rechne mit dem Schlimmsten, dann kannst du nicht enttäuscht werden. Und damit war ich die vergangenen achtunddreißig Jahre eigentlich ganz gut gefahren. Auch wenn die wenigsten Menschen dafür Verständnis hatten. Schließlich wurde positives Denken heutzutage als so eine Art Wundermittel gehandelt, mit dem sich Glück und Reichtum wie von selbst einstellten. Pessimisten wie ich waren total out. Damit konnte ich jedoch nicht nur gut, sondern die meiste Zeit auch ziemlich glücklich leben …

»Wo bleibt Britta bloß? Ich bin kurz vorm Verhungern«, wechselte Nadine in diesem Moment gottlob das Thema.

Den tausendsten Vortrag darüber, dass das Glas nicht halb leer, sondern halb voll war, hätte ich heute echt nicht verkraftet. In Nadines Fall erübrigte sich diese Diskussion allerdings – ihr Bauch war offenbar komplett leer. Sie strich sich mit einem gequälten Gesichtsausdruck darüber.

»Ist ja mal wieder typisch. Die, die den kürzesten Weg hat, verspätet sich.«

Wie aufs Stichwort kam Britta in diesem Moment um die Ecke gefegt. Beim Anblick ihres wehenden weißen Kittels fühlte ich mich plötzlich wie ein Statist bei *Grey's Anatomy*, *Emergency Room* oder wie die Arztserien sonst so alle hießen. Nur dass die Ärzte hier am Franziskus-Krankenhaus – sehr zu Brittas Leidwesen – weder so charmant waren noch so gut aussahen. Was die Krankenschwestern und Assistenzärztinnen aber trotzdem nicht davon abhielt, sich ihnen scharenweise an den Hals zu werfen.

Britta drückte jeden von uns kurz an sich. »Entschuldigt bitte die Verspätung. Auf der Station ist heute mal wieder die Hölle los.«

»Kein Problem. Ist nicht weiter tragisch, dass ich vor Hunger fast ohnmächtig geworden wäre. Ich bin ja hier in der Klinik in guten Händen.« Nadine legte sich theatralisch die Hand an die

Stirn, konnte sich dabei jedoch ein Grinsen nicht verkneifen. »Ich wünschte, bei mir in der Boutique würde genauso viel Andrang herrschen. Nein, halb so viel würde auch schon reichen.«

»Och, wenn's weiter nichts ist!«, feixte Britta. »Ich kann dir gern mal einen durchgebrochenen Blinddarm oder ein akutes Magengeschwür vorbeischicken. Nimm's aber bitte nicht persönlich, wenn den Herrschaften nicht der Sinn nach den neuesten Modetrends steht und sie nach OP-Hemdchen verlangen.« Britta wies mit dem Kinn hinüber zur Essensausgabe. »Kommt, lasst uns schnell machen. Ich hab leider nicht viel Zeit.«

Obwohl die Tagesgerichte nicht nur gut aussahen, sondern auch verführerisch dufteten, hatte ich irgendwie keinen richtigen Appetit. Der Besuch bei Tatjana lag mir schwer im Magen. Nur aus Geselligkeit und um nicht aufzufallen – denn das würde zwangsläufig ein Kreuzverhör nach sich ziehen –, fischte ich mir ein Stück Apfelkuchen aus der Selbstbedienungstheke. Und damit er besser rutschte, häufte ich einen extragroßen Berg Schlagsahne darauf. Fünftausend Kalorien todsicher. Nadine, die sich der Figur zuliebe für einen Caesar Salad entschieden hatte, linste neidisch auf meinen Teller.

»Das Leben ist wirklich ungerecht«, seufzte sie. »Irgendwas läuft da verkehrt. Du schaufelst die Kalorien in dich rein, und bei mir landen sie auf den Hüften.«

Britta, die hinter uns in der Schlange stand, gluckste vor Lachen. »Ja, ja, diese bösen Kalorien sind wirklich heimtückisch. Schlimm genug, dass sie sich schon immer überall versteckt haben, nun wandern sie auch noch.«

Nadine rollte mit den Augen. »So, Maja-Schatz, jetzt erzähl«, ermunterte sie mich dann.

Wir bezahlten unser Essen und kehrten zu unserem Tisch zurück.

»Was? Was soll ich erzählen?«, fragte ich, mich absichtlich dumm stellend.

Um Zeit zu schinden, schob ich mir schnell einen Bissen Apfelkuchen mit reichlich Sahne in den Mund. Mist! Ohne die Erinnerungsfunktion ihres Handys vergaß Nadine angefangen von Arztterminen bis hin zum Namen ihres aktuellen Lovers alles. Warum hatte sie sich ausgerechnet diesen Termin gemerkt?

Britta, die ebenfalls im Bilde zu sein schien, sah interessiert von ihrer Pasta auf. »Genau, lass mal hören. Was hat deine Wahrsagerin denn dieses Mal aus dem Kaffeesatz gelesen?«

Auch der größte Bissen war bedauerlicherweise irgendwann einmal fertig gekaut. »Nichts«, antwortete ich wahrheitsgemäß.

»Vielleicht ist George Clooney mal eben in einer Drehpause vorbeigekommen und hat ihr eine Nespresso-Maschine geschenkt«, ulkte Nadine und spießte mit der Gabel ein Salatblatt auf. »Da wird es schwierig mit dem Kaffeesatz.«

Britta kicherte. »Aber jetzt mal im Ernst. Was hat Tamara dir für deine Zukunft vorhergesagt?«

»Also, erstens heißt meine Wahrsagerin nicht Tamara, sondern Tatjana. Und zweitens verwendet sie eine Kristallkugel und keinen Kaffeesatz.«

»Na, das nenn ich fortschrittlich«, höhnte Nadine, die alles, wofür es noch keine App gab, für vorsintflutlich hielt.

»Braves Mädchen. Dann hast du den Termin also abgesagt.« Britta, die aus der Information, dass Tatjana mit nichts vorhergesagt hatte, falsche Schlüsse gezogen hatte, klopfte mir auf die Schulter. »Ich wusste doch, dass du eines Tages zur Vernunft kommen würdest.«

»Nein, ich hab den Termin nicht abgesagt«, protestierte ich ungehalten. »Ich war bei Tatjana. Aber sie hat sie in ihrer Kristallkugel nichts gesehen.«

»Niiiichts?!?«, quietschte Nadine empört auf. »Das gibt's doch gar nicht. Zugegeben, dein Leben ist nicht unbedingt der Stoff, aus dem Filmdrehbücher gemacht werden, aber dass gar nichts passiert, halte ich für ziemlich ausgeschlossen.«

Da waren wir zur Abwechslung mal einer Meinung. »Genau. Darum habe ich Tatjana auch gebeten, es noch mal zu versuchen.«

»Und?«, fragten Britta, Sophie und Nadine dreistimmig.

»Wieder nichts.«

»Vielleicht muss die Kugel einfach mal abgestaubt werden«, spekulierte Britta mit einem Augenzwinkern und nahm einen großen Schluck aus ihrem Wasserglas. »Das Problem kenne ich. Da glaubt man, gerade erst alles geputzt zu haben, und schon ist die Bude wieder dreckig.«

»Oder es gab irgendwelche atmosphärischen Störungen.«

»Genau. Möglicherweise war auch das Netz überlastet, weil zu viele Wahrsager gleichzeitig ihre Anfrage ans Universum gestellt haben.«

Nadine und Britta ließen es sich nicht nehmen, Tatjana und ihre Kristallkugel ausgiebig durch den Kakao zu ziehen. Dabei übertrumpften sie sich gegenseitig mit Erklärungsversuchen. Auch die von mir kurzzeitig als Ursache in Erwägung gezogene Sehschwäche durfte dabei natürlich nicht fehlen und sorgte für erneute Heiterkeitsausbrüche. Die Einzige, die nicht ihren Senf dazugab, war Sophie. Sie war auffallend still. Nachdenklich zupfte sie an ihrer Serviette herum. Als Nadine und Britta gerade einmal zufällig zur gleichen Zeit den Mund hielten, um Luft zu holen, räusperte sie sich.

»Wenn ... wenn Tatjana nichts gesehen hat, bedeutet das womöglich, dass es gar nichts zu sehen *gibt*.« Ihre Augen schimmerten mit einem Mal verdächtig feucht.

Nadine legte fragend den Kopf schief. »Sorry, Sophie, aber du sprichst in Rätseln. Könntest du für uns, die wir weder die hohe Kunst des Hellsehens noch des Gedankenlesens beherrschen, vielleicht ein bisschen deutlicher werden?!?«

Sophie sah unsicher von einer zur anderen. »Was, wenn Maja überhaupt keine Zukunft hat?«, fragte sie tonlos und brachte damit meine schlimmsten Befürchtungen auf den Punkt.

Einen Moment lang herrschte beklemmende Stille am Tisch, dann fiel Nadines Gabel mit einem lauten Klirren auf ihren Teller. »Jetzt fang du nicht auch noch an!« Ärgerlich funkelte sie Sophie über den Tisch hinweg an.

»Es reicht wirklich, wenn Maja sich von diesem Schwachsinn verrückt machen lässt«, versuchte Britta schnell die Wogen zu glätten. »Du solltest sie darin nicht auch noch bestärken.«

»Aber ihr müsst doch zugeben, dass das schon ein wenig merkwürdig ist«, beharrte Sophie.

»Ach was, Blödsinn!« Nadine schnaubte wie ein wütender Stier, dabei raufte sie sich ihre schwarz gefärbten Haare. »Das ist doch alles Hokuspokus.«

»Hokuspokus?« Meine Empörung war keineswegs gespielt. »Darf ich dich daran erinnern, dass *ihr* es gewesen seid, die mich zu Tatjana geschickt habt?«

Britta seufzte. »Wie oft sollen wir dir denn noch sagen, dass das ein Gag sein sollte! Wer konnte denn ahnen, dass du den Schmu, den Tamara verzapft, ernst nimmst ...«

»Tatjana«, verbesserte ich meine Freundin mechanisch.

Auch wenn ich mir in diesem Moment eher die Zunge abgebissen hätte, als es zuzugeben: Insgeheim konnte ich Brittas ablehnende Haltung gut verstehen. Als Ärztin hatte sie sich mit Haut und Haaren der Wissenschaft verschrieben. Was sich nicht beweisen ließ, existierte auch nicht. Basta. Davon mal abgesehen hatte ich bis vor ein paar Jahren genauso gedacht wie Britta und Nadine. Eine Wahrsagerin gehörte laut meiner damaligen Überzeugung ins zwielichtige Jahrmarktmilieu, ihre Prophezeiungen hielt ich für genauso vertrauenswürdig wie die Produktversprechen in der Werbung. Wer daran glaubte, war selbst schuld! Doch in der Zwischenzeit hatte ich meine Meinung geändert.

Meine Freundinnen hatten mir meinen ersten Besuch bei Tatjana zu meinem dreißigsten Geburtstag geschenkt. Eine witzige

Idee und wesentlich origineller als Antifaltencreme, Stützstrümpfe und der ganze Krempel, der an runden Geburtstagen sonst so zur Erheiterung der Gäste und Demoralisierung des Geburtstagskindes verschenkt wird. Wir amüsierten uns königlich und spekulierten wild darüber, was mir diese »Kräuterhexe«, wie Nadine sie nannte, für meine Zukunft vorhersagen würde. Aber aus Spaß wurde schnell bitterer Ernst, denn Tatjana prophezeite mir bei dieser ersten Sitzung den Tod eines geliebten Menschen.

»Es war reiner Zufall, dass dein Vater drei Monate später gestorben ist.« Britta, der es nicht schwerfiel zu erraten, was ich gerade dachte, sah mich durchdringend an. »Eine Lungenembolie kommt häufiger vor, als man denkt.«

»Ein ganz schön großer Zufall, wenn ihr mich fragt«, bekam ich von Sophie, die sich nachdenklich eine blonde Haarsträhne um den Finger wickelte, Unterstützung.

»Eben.« Ich warf ihr einen dankbaren Blick zu.

Der Tod meines Vaters hatte in meinem Leben zwei Dinge bewirkt: Zum einen gestaltete sich das Verhältnis zu meiner Mutter, nun, da mein Vater nicht mehr als Puffer zwischen uns fungieren konnte, noch schwieriger als vorher. Zum anderen suchte ich seither ein- bis zweimal im Jahr Tatjana auf. So wie ich regelmäßig zur Kontrolle zum Zahn- oder zum Frauenarzt ging. Rein prophylaktisch. Denn auch wenn ich mein Schicksal vermutlich nicht ändern konnte, so wollte ich zumindest vorbereitet sein.

»Und vergesst nicht Tatjanas Prophezeiung, dass Maja ein reicher Geldsegen ins Haus steht«, erinnerte Sophie meine Freundinnen.

»Wie könnten wir das vergessen!«, bemerkte Britta spitz. »Ich kann mich noch gut an die Zeit erinnern, als Maja jede Woche einen Lottoschein ausgefüllt hat, inklusive Spiel 77 und Super 6. Sogar zu einem Casinobesuch hat sie den armen Oli überredet. Wenn ich mich recht entsinne, ist ein ordentliches Sümmchen dabei draufgegangen.«

»Trotzdem hat Tatjana, wie ihr ja wisst, mit ihrer Vorhersage recht behalten«, beharrte ich ärgerlich.

Der prophezeite Geldsegen war schließlich auf ganz anderem Weg ins Haus gekommen. Dank seines gewieften Steuerberaters erhielt mein Mann Oliver eine satte Steuerrückzahlung, die – wenn man meine Spieleinsätze abzog – leider nicht mehr ganz so stattlich ausfiel. Aber das war schließlich nicht Tatjanas Schuld gewesen.

»Gib's doch zu: Du möchtest ganz einfach, dass die Prophezeiungen der Wahrsagerin stimmen«, ereiferte sich Britta mit blitzenden Augen. »Dafür drehst und wendest du die Dinge, wie du sie brauchst. Hättest du auf der Straße ein Zweieurostück gefunden, wäre das für dich auch ein Beweis gewesen, dass die alte Kräuterhexe recht gehabt hat.«

»Hört auf zu streiten. Ich hab euch ja gleich gesagt, dass die Sache mit der Wahrsagerin eine absolute Schnapsidee gewesen ist«, mischte Nadine sich ein, bevor Britta und ich uns in die Haare geraten konnten. »Wir hätten Maja stattdessen besser eine Aromaölmassage schenken sollen. Oder einen Vibrator.«

»Einen Vibrator?!?« Trotz Sahne wäre mir der Kuchen beinahe im Hals stecken geblieben. »Wozu denn das?«

»Zum Erdbeeren pürieren.« Nadine verdrehte die Augen. »Herrgott, Maja, was ist denn das für eine Frage? Spaß haben sollst du damit. Was denn sonst? Wie man so hört, wird der Sex im Laufe einer Ehe nicht unbedingt besser. Da kann einem so ein Zauberstab schon mal über die eine oder andere Flaute hinweghelfen.«

Ganz unrecht hatte Nadine damit natürlich nicht. Zwar herrschte bei Oliver und mir nicht unbedingt Flaute im Bett, aber das, was gelegentlich am Wochenende durch unser Schlafzimmer wehte, war keine steife Brise, sondern eher ein laues Lüftchen. Und dafür gab es, wenn ich es mir recht überlegte, noch nicht einmal eine plausible Ausrede. Weder litten wir unter irgendwelchen körperlichen Gebrechen, noch hatten wir existenzielle Sorgen. Mit Ende dreißig waren wir noch nicht zu alt für heißen Sex, wir hatten keinen ständig schreienden Säugling zu versorgen, es mangelte uns auch nicht an Gelegenheit. Im Gegensatz zu früher mussten wir nicht einmal mehr fürchten, in flagranti erwischt zu werden. Unsere Kinder waren endgültig aus dem Alter raus, in dem sie mit einem Kuscheltier unter dem Arm plötzlich vor unserem Bett auftauchten, weil sie schlecht geträumt hatten oder in einer lauen Julinacht wissen wollten, wie lange es noch dauerte, bis das Christkind kam …

Allerdings hatte ich nun wirklich keine Lust, in der Krankenhauscafeteria nach meiner fehlenden Zukunftsperspektive nun auch noch mein Sexualleben zu diskutieren.

»Und? Was gibt es bei euch Neues?«, versuchte ich in betont munterem Tonfall das Thema zu wechseln. Mein Blick blieb an Nadine hängen, die wie ein Honigkuchenpferd smilte. »Oder sollte ich besser fragen: *Wen* gibt es Neues?«

»Er heißt Sven und ist ein echtes Schnuckelchen.«

»Schnuckelchen, soso. Ich hoffe, mit ihm zu schlafen, bringt dich nicht mit dem Gesetz in Konflikt. Du bist dir doch wohl darüber im Klaren, dass Sex mit Minderjährigen strafbar ist?« Britta sah Nadine, deren Vorliebe für jüngere Männer uns bestens bekannt war, streng an.

»Keine Sorge, alles im grünen Bereich«, beruhigte uns Nadine. »Sven ist fünfunddreißig, also eigentlich schon ein richtig alter Knacker.«

Skurrilerweise hatte Nadine selbst vergangenes Jahr bereits ihren vierzigsten Geburtstag gefeiert, wobei … Es war eigentlich eher ein Frustbesäufnis im kleinen Kreis als eine Feier. Und der Kreis war wirklich sehr klein. Nur Nadine und Jim Beam. Nicht einmal uns Mädels hatte sie dabeihaben wollen …

»Wie hast du diesen alten Knacker denn kennengelernt?«,

fragte ich und lehnte mich in Erwartung einer unterhaltsamen Anekdote entspannt zurück.

»Über meine Agentur.«

»Über deine Agentur?!?«, echote Sophie und schnappte wie ein Fisch auf dem Trockenen nach Luft.

Von jetzt auf gleich saß ich wieder kerzengerade auf meinem Stuhl. Genau wie Sophie war ich gelinde gesagt ein wenig überrascht. Zwar hatte Nadine einen ziemlich großen Verschleiß an Männern, aber bislang war es ihr immer problemlos gelungen, auf dem freien Markt Nachschub zu finden.

»Seit wann brauchst du eine Agentur? Das hast du doch gar nicht nötig.«

Nadine winkte grinsend ab. »Nicht, was ihr jetzt denkt. Sven ist Fotograf. Die Werbeagentur, die ich damit beauftragt habe, meine Internetseite neu zu gestalten, hat ihn vorbeigeschickt, um ein paar Bilder von der Boutique zu schießen.«

»Und? Bist du mit dem Ergebnis zufrieden?«, wollte Britta zwischen zwei Gabeln Nudeln wissen.

»Ob ich zufrieden bin?« Nadine grinste zweideutig. »Das kannst du aber laut sagen.«

»Ich meine nicht den Sex, sondern die Fotos!«

»Ach so, ja, ja, die sind ganz hübsch geworden. Wollt ihr mal sehen?«

Nadine griff nach ihrem Smartphone und tippte, ohne unsere Antwort abzuwarten, in Rekordgeschwindigkeit auf dem Display herum. Ich rechnete damit, dass sie uns nun ein Bild ihres neusten männlichen Sextoys präsentieren würde, aber es waren tatsächlich nur die Fotos ihres Ladens. Ob Schnuckelchens Performance im Bett tatsächlich so fantastisch war, wie Nadine behauptete, konnte ich nicht beurteilen, von seiner Arbeit als Fotograf schien er allerdings etwas zu verstehen. Er hatte die Boutique gekonnt in Szene gesetzt. Einige ausgefallene Kleidungsstücke waren so geschickt drapiert, dass sie besonders gut zur Geltung kamen. Zudem wirkte das Ladenlokal auf den Fotos um einiges größer, als es in Wirklichkeit war.

Nachdem wir die Leistung ihres neuen Lovers hinreichend gewürdigt hatten, zumindest was die berufliche Ebene betraf, legte Nadine ihr Handy mit einem zufriedenen Lächeln zur Seite. Dann wandte sie sich an Britta.

»Gibt's was Neues von der Front?«

Jeder am Tisch wusste sofort, welche »Front« Nadine meinte. Ein paar Wochen zuvor hatte Brittas Exmann das Sorgerecht für ihren gemeinsamen Sohn Jannik beantragt, und nun kämpfte Britta wie eine Löwin um ihr Kind.

»Mein Ex sammelt fleißig Munition gegen mich.«

Seit ihrer Scheidung vor zwei Jahren hieß Markus, wenn Jannik nicht dabei war, bei Britta nur noch »mein Ex«, so als könnte sie mit seinem Vornamen seine komplette Existenz aus ihrem Leben verbannen.

»Gestern zum Beispiel hat Jannik sich mal wieder in der Schule geprügelt«, fuhr Britta fort. »Und wer ist schuld, was glaubt ihr wohl?«

»Der andere Junge?«, fragte ich vorsichtig, obwohl ich genau wusste, dass Jannik ein ziemlich wilder Rabauke und ein echter Hitzkopf war.

»Nein, ich! Ich bin schuld! Behauptet zumindest mein Ex. Ich hätte Jannik besser erziehen müssen.« Britta stieß einen tiefen Seufzer aus. »Eigentlich bin ich ja sowieso an allem schuld. Sogar für Janniks Kieferfehlstellung macht er mich verantwortlich. Alles mein Erbgut. Als Mutter bin ich eine absolute Niete.«

»Aber das stimmt doch gar nicht«, mischte Sophie, die, seit ich von meinem Besuch bei Tatjana erzählt hatte, ziemlich still gewesen war, sich nun wieder in das Gespräch ein. »Du bist eine wirklich gute Mutter und gibst dein Bestes.«

Britta stieß einen tiefen Seufzer aus. »Erzähl das mal meinem Ex. In seinen Augen bin ich eine echte Rabenmutter. Nur weil ich nicht bei jedem Schulfest einen selbstgebackenen, mit Vitaminen angereicherten und mit Smarties und Lachgummis verzierten Kuchen aus Vollkornmehl spende.« Mit einem gehetzten Blick auf ihre Armbanduhr stand sie auf. »So, jetzt muss ich aber los.« Sie warf uns eine Kusshand zu. »War schön mit euch, Mädels.« Im Gehen drehte sie sich noch einmal um. »Ach, und Maja, tu mir bitte einen Gefallen – vergiss diese Tamara!«

Würde ich ja gern! Nur war das leichter gesagt als getan. Tamara alias Tatjana hatte sich wie ein Parasit in meinem Kopf eingenistet, fraß sich mit beachtlicher Geschwindigkeit durch meine Gehirnwindungen und dachte nicht im Traum daran zu verschwinden.

Wieder zu Hause angekommen, war ich ausnahmsweise dankbar für das Chaos, das meine Familie am Morgen hinterlassen hatte. Ich krempelte die Ärmel hoch und beschloss, nachdem ich mir ein genaues Bild vom Grad der Verwüstung gemacht hatte, erst einmal klar Schiff zu machen. Damit würde ich die nächsten ein bis zwei Stunden locker beschäftigt sein. Sehr gut, dann blieb mir wenigstens keine Zeit zum Grübeln!

Als Tobias und Kathi noch klein gewesen waren, hatte ich angenommen, dass die Unordnung, die sie auf Schritt und Tritt verbreiteten, im Laufe der Jahre weniger werden würde. Doch das Gegenteil war der Fall! Nur dass meine Kinder jetzt nicht mehr Legosteine und Barbiepuppen, sondern CDs, Magazine, Schminkutensilien und Klamotten herumliegen ließen. Kopfschüttelnd fischte ich eine schwarz-weiß geringelte Socke aus der Sofaritze hervor. Die gehörte zweifelsohne Kathi. Abgesehen von der Frage, wie die Socke dorthin gekommen war, interessierte mich brennend, wo ich das passende Gegenstück finden würde. Lediglich einen Ort konnte ich mit an Sicherheit grenzender Wahrscheinlichkeit ausschließen: die Wäschetonne …

Als ich die Couchecke und die Küche wieder in einen halbwegs repräsentablen Zustand zurückversetzt hatte, wandte ich mich dem Esstisch zu. Neben einem Stillleben aus Computerzeitschriften, Haarbändern und Stiften lagen dort ein rosafarbener Briefumschlag und eine Karte, die am Tag zuvor mit der Post gekommen war. Eine Einladung zur Hochzeit von Olivers Cousin. Die Vorderseite der Karte wurde von kleinen fliegenden Herzen mit neckischen Flügelchen und einem fetten Honigfleck geschmückt. Zwar war der Honig beim Eintreffen der Einladung meines Wissens noch nicht darauf gewesen, aber er passte wunderbar zum Rest: klebrig-süß.

Es war ziemlich lange her, dass Oliver und ich zum letzten Mal zu Gast auf einer Hochzeit gewesen waren. Während ich den Termin hübsch ordentlich in unseren großen Wandkalender eintrug, überlegte ich, ob ich für diesen Anlass etwas Passendes zum Anziehen hatte. Vielleicht das blaue Satinkleid? Obwohl es schon ein bisschen eng saß ...

Auf dem Weg nach oben ins Schlafzimmer blieb ich wie vom Donner gerührt auf der Treppe stehen. Was machte mich so sicher, dass ich überhaupt zu diesem Fest gehen würde? Die Hochzeit fand erst im September statt. Noch fast fünf Monate. Fünf Monate, in denen so einiges passieren konnte. Möglicherweise war ich im September längst tot!

Meine Glieder waren mit einem Mal bleischwer. Ermattet ließ ich mich auf eine Treppenstufe sinken und vergrub den Kopf in den Händen. Meine Augen brannten. War der Gedanke, dass ich den Löffel abgeben musste, denn wirklich so abwegig, wie Britta und Nadine behauptet hatten? Litt ich unter Paranoia, oder war ich komplett übergeschnappt? Nein, Sophie hatte aus meiner Sitzung bei Tatjana die gleichen Schlüsse gezogen wie ich. So weit hergeholt waren meine Befürchtungen also nicht.

Meine Gedanken überschlugen sich. War das Risiko, eine Lungenembolie zu bekommen, eigentlich erblich? Würde ich womöglich genauso sterben wie mein Vater? Oder an Krebs? Und wann hatte ich eigentlich zuletzt meine Tetanusimpfung auffrischen lassen? Vielleicht würde ich aber auch bei einem Unfall ums Leben kommen oder vom Blitz getroffen werden. Oder, oder, oder ... Es gab unendlich viele Todesursachen, trotz der beeindruckenden Auswahl fand ich jedoch keine einzige davon besonders erstrebenswert.

Während ich mich immer weiter in meine düsteren Gedanken hineinsteigerte, klingelte es plötzlich an der Haustür. Einerseits hätte ich den ungebetenen Gast am liebsten zum Teufel gejagt, andererseits war ich dankbar, dass ich nun einen Grund hatte aufzustehen. Bald würden die Kinder aus der Schule heimkehren, und ich wollte auf gar keinen Fall, dass sie mich wie ein Häufchen Elend auf der Treppe kauernd vorfanden.

Vor der Haustür stand Jacqueline, unsere Nachbarin. Obwohl sie im Rheinland geboren und aufgewachsen war, stand sie mit der deutschen Sprache auf dem Kriegsfuß. »Kirche« klang aus ihrem Mund wie »Kirsche«, außerdem sagte sie immer »borgen«, wenn sie »schenken« meinte. Ihr hatte ich es zu verdanken, dass sich in meinem Küchenschrank stets die neuste Tupperschüsselkollektion befand. Die älteren Modelle hatten irgendwie Beine bekommen – sehr schöne Beine, wie ich mit einem Blick auf Jacquelines schlanke, zart gebräunte Waden neidlos anerkennen musste – und waren auf Nimmerwiedersehen in den Tiefen des Nachbarhauses verschwunden.

»Sag mal, Maja, könntest du mir vielleicht deinen Mixer borgen? Meiner hat seinen Geist aufgegeben. Und wo soll ich auf die Schnelle einen neuen herbekommen?«

Ich war mir sicher, dass ich mir genau dieselbe Frage auch schon sehr bald stellen würde, falls ich meiner Nachbarin den Mixer »borgte«. Dennoch zockelte ich brav in die Küche, um das gewünschte Gerät zu holen. Hätte Jacqueline meinen Herd oder meine Waschmaschine haben wollen – bitte sehr, ich hätte bestimmt keinen Widerstand geleistet. Unter normalen Umständen schaffte ich es schon nicht, Nein zu sagen, aber an diesem Tag war ich nicht einmal in der Lage, wenigstens pro forma »Wiedersehen macht Freude« oder »Zurückbringen nicht vergessen« zu sagen. Wozu auch? Wie ich aus Erfahrung wusste, war das sowieso überflüssig. Wenn ich meinen Mixer wiederhaben wollte, würde ich schon einen richterlichen Hausdurchsuchungsbefehl erwirken müssen.

Nachdem Jacqueline mit ihrer Beute abgezogen war, kamen kurz darauf Tobias und Kathi nach Hause. Während Tobias sofort auf sein Zimmer verschwand, um, wie er sagte, vor dem Abendessen noch etwas am Computer zu »zocken«, »chillte« Kathi im Wohnzimmer. Wie man durch reines Nichtstun ein solches Chaos verbreiten konnte, war mir ein Rätsel. Es dauerte keine fünf Minuten, und die Couchecke sah genauso unordentlich aus wie vor meiner Aufräumaktion.

Anstatt zu schimpfen, beschloss ich, meine spärlichen Energiereserven für sinnvollere Dinge einzusetzen und bereitete in der Küche, die nur durch eine Theke und zwei Barhocker vom Wohnzimmer getrennt war, die Lasagne fürs Abendessen vor. Dabei versuchte ich, nicht an die blöde Kristallkugel zu denken – und dachte ununterbrochen an nichts anderes.

»Mama, hast du meine rote Bluse gebügelt?«, brüllte Kathi mit einem Mal so laut, dass ich zusammenzuckte und um ein Haar die Auflaufform hätte fallen lassen.

Himmel, ich war vielleicht alt, aber doch nicht schwerhörig! Mittels Handzeichen gab ich Kathi zu verstehen, die Kopfhörer ihres iPods aus den Ohren zu nehmen, bevor ich antwortete.

»Nein, ich bin noch nicht dazu gekommen.«

»Ich brauche sie morgen!« Obwohl sie die vermaledeiten Ohrstöpsel zur Seite gelegt hatte, schrie sie immer noch. »Dringend!«

Das klang ja gerade so, als müsste sie sonst nackt zur Schule gehen! Kathis Kleiderschrank war wesentlich besser bestückt als mein eigener. Grob geschätzt hingen darin mindestens ein bis zwei Dutzend Blusen. Allesamt frisch gebügelt. Und da waren die Oberteile, die sie sich heimlich aus meinem Schrank stibitzte, noch nicht miteingerechnet. Warum musste es also ausgerechnet diese eine sein?

»Wenn du die Bluse morgen anziehen willst, kannst du sie ja selbst bügeln«, schlug ich meiner Tochter vor.

»Nein, kann ich nicht. Ich muss noch für die Matheklausur büffeln. Oder willst du, dass ich wieder eine Fünf schreibe?«

Es war mir schleierhaft, warum Kathi in Mathematik solche Probleme hatte. Wenn es darum ging, ihre Mutter zu erpressen, war sie doch auch so clever. Und ihren Vater wickelte sie einfach um den Finger.

Als er gegen sechs zur Tür hereinkam, schaffte sie es im Handumdrehen, ihm die Erlaubnis für einen Konzertbesuch abzuringen. Inklusive elterlicher Kostenbeteiligung! Das alles ging so schnell, dass Oliver noch nicht einmal Zeit fand, sich vorher die Jacke auszuziehen. Respekt, selbst für Kathis Verhältnisse war das rekordverdächtig.

Nachdem er von seiner fünfzehnjährigen Tochter zum besten und liebsten Papi der Welt gekürt worden war, besann Oliver sich endlich darauf, dass er auch noch eine Frau hatte, die brav in der Küche werkelte.

»Hallo, Bienchen.« Er drückte mir einen flüchtigen Begrüßungskuss auf die Wange. »Alles klar bei dir?«

»Wie man's nimmt.« Ich überlegte, wie ich ihm Tatjanas Zukunftsprognose möglichst schonend beibringen konnte, doch da hatte Oliver sich bereits wieder abgewandt und flachste mit seiner Tochter herum.

Während die beiden herumalberten, deckte ich rasch den Tisch und rief Tobias zum Essen herunter. Mit seinen siebzehn Jahren befand sich unser Sohn in einem merkwürdigen Zwischenstadium – nicht mehr ganz Junge, aber auch noch nicht ganz Mann. Gerührt betrachtete ich den immer noch etwas flaumigen Bartwuchs. Im Gegensatz zu vielen anderen Jugendlichen seines Alters hatte Tobias die Null-Bock-Phase innerhalb weniger Wochen hinter sich gelassen. Er war politisch sehr interessiert und vertrat bei den meisten Dingen einen klaren Standpunkt – auch wenn dieser mitunter etwas gewöhnungsbedürftig war. Nach dem Abi wollte er eine Journalistenschule besuchen.

»Habt ihr eigentlich schon eure Deutschklausur zurückbekommen?«, fragte ich ihn, nachdem alle am Tisch Platz genommen hatten und gefräßige Stille eingekehrt war.

»Yep.« Tobias formte mit den Fingern grinsend das Victoryzeichen. »Volle Punktzahl.«

Während Oliver und ich ihn zu dieser tollen Leistung beglückwünschten, hatte Kathi nur ein abfälliges »Streber« für ihren Bruder übrig.

»Nur kein Neid, Schwesterherz. Ich bin sicher, dein Mathelehrer weiß zu schätzen, wie sehr du dich anstrengst. Deinen Namen fehlerfrei auf die Klausur zu schreiben ist doch zumindest schon mal ein vielversprechender Anfang. Aber nimm beim nächsten Mal lieber einen Kugelschreiber. Dein Kajalstift schmiert so ...«

Kathis hübsche blaue Augen begannen wütend zu funkeln. »Ich hab gar nicht meinen Kajal ...«

»Seid friedlich«, ermahnte ich meine Kinder und warf Tobias einen warnenden Blick zu.

Kathi tat mir leid. Im Gegensatz zu ihrem Bruder, dem alles einfach so zuflog, fiel ihr das Lernen wesentlich schwerer.

Bevor der verbale Schlagabtausch in einen handfesten Streit ausarten konnte, lenkte ich das Gespräch schnell auf Kathis Theater-AG, die gerade *Sindbad der Seefahrer* einstudierte, und erkundigte mich nach den Fortschritten bei den Proben.

Danach erzählte Oliver von seinem Tag bei Gericht. Oliver war Anwalt, ein sehr guter. Zumindest nahm ich das an, denn seine Erfolgsbilanz war beachtlich. Auf amüsante Anekdötchen über Nachbarschaftsstreitigkeiten am Gartenzaun, Schlammschlachten bei Ehescheidungen oder ähnlich unterhaltsame Geschichten mussten wir am Abendbrottisch jedoch verzichten, denn leider Gottes hatte Oliver sich auf IT-Recht spezialisiert, was, wie ich fand, nicht nur ziemlich dröge, sondern darüber hinaus für einen Laien auch noch nahezu unverständlich war. Oliver zuliebe versuchte ich dennoch, Interesse zu zeigen. Bevor er allerdings zu sehr ins Detail gehen konnte – das demonstrative Gähnen seiner Kinder übersah Oliver einfach oder interpretierte es als Anzeichen von zu wenig Schlaf –, sorgte ich dafür, dass Tobias wieder zu Wort kam.

Wie jeden Abend fühlte ich mich wie der Moderator einer Talkshow, dessen Aufgabe es war, Fragen zu stellen, geschickte Überleitungen zu finden und das Gespräch zu lenken.

Wieder einmal fiel mir auf, dass mich nie jemand fragte, wie mein Tag gewesen war. Und falls das aus Versehen doch einmal passierte, merkte ich schnell, dass die Antwort weder meine Kinder noch meinen Ehemann ernsthaft interessierte. Was sollte die liebe Mutti auch daheim oder bei der Arbeit im Blumengeschäft groß erleben?

Ich spürte, dass sich Unmut in mir breitmachte, der sich noch verstärkte, als die Kinder nach dem Essen alles einfach stehen und liegen ließen. Wenn ich nicht mehr da war, würden die Herrschaften sich wohl einen anderen Dummen suchen müssen, der ihnen hinterherräumte …

»Ist es zu viel verlangt, dass ihr wenigstens eure schmutzigen Teller in die Küche tragt?«, rief ich Kathi und Tobias gereizt hinterher.

Was ich mir ebenso gut hätte sparen können. An den rhythmischen Zuckungen von Kathis Gliedmaßen, die von einem epileptischen Krampfanfall nur schwer zu unterscheiden waren, erkannte ich, dass sie sich die Kopfhörer ihres iPods in die Ohren gesteckt hatte. War vorhin nicht von Mathe lernen die Rede gewesen? Auch Tobias zeigte keine Reaktion. Er war bereits wieder oben in seinem Zimmer verschwunden.

»Och, Bienchen, jetzt stress hier doch nicht so rum«, versuchte Oliver mich zu beschwichtigen – und traf damit genau den falschen Ton. Innerlich kletterte ich auf meiner Palme noch ein bis zwei Meter weiter in die Höhe. »Sei nicht so streng mit den Kindern. Die hatten bestimmt einen anstrengenden Tag«, nahm er die faule Bande auch noch in Schutz.

»Ach, und ich hab hier von morgens bis abends bloß rumgesessen und Däumchen gedreht, oder was?«, blaffte ich ärgerlich.

Oliver, der solche Töne von mir nicht gewohnt war, quittierte meinen Ausbruch mit einem verdutzten Seitenblick. Doch ich war mindestens genauso überrascht wie er. Dass ich heute so aggressiv reagierte, lag garantiert an meinem Besuch bei Tatjana. Natürlich konnte meine Familie nichts dafür, dass die Wahrsagerin mich im Ungewissen gelassen hatte, aber zumindest Oliver hätte mal nachfragen können, wie die Sitzung gelaufen war. Ich erinnerte mich genau, dass ich gestern Abend vor dem Schlafengehen erwähnt hatte, dass ich heute zu Tatjana gehen würde. Interessierte ihn überhaupt nicht, was sie mir mitgeteilt hatte? Oder hatte er es einfach vergessen? Schwer zu sagen, was schlimmer war ...

Unwillkürlich entfuhr mir ein kleiner Seufzer. Früher hatte Oliver jedes kleine, noch so unwichtige Detail von mir wissen wollen. Was fühlst du, was denkst du ...? Heute war er froh, wenn ich ihn mit meinen komplizierten, typisch weiblichen Gedankengängen und diffusen Gefühlsregungen nicht behelligte. Kein gutes Zeichen, schoss es mir durch den Kopf. Oder war es völlig normal, dass nach fast zwanzig gemeinsamen Jahren das Interesse aneinander erlahmte? Interesse hatte schließlich immer etwas mit Neugier zu tun. Und worauf sollte man nach so langer Zeit noch neugierig sein? Spätestens bei der zehnten Wiederholung verlor auch der beste Film an Reiz. Oft wusste ich bereits vor Oliver selbst, was er gleich denken, sagen oder tun würde. Wir kannten uns halt in- und auswendig. Was ja eigentlich keineswegs schlecht sein musste ...

Nachdenklich räumte ich das schmutzige Geschirr in die Spülmaschine. Natürlich war unsere Ehe nicht perfekt. Aber meine Güte, was war schon perfekt? Abgesehen von Sophie natürlich. Du solltest dankbar sein, dankbar für das, was du hast!, ermahnte ich mich selbst. Einen netten Mann, zwei gesunde Kinder, ein hübsches Haus ... Wer konnte wissen, wie lange es mir noch vergönnt war, diesen Luxus, den ich in all den Jahren als selbstverständlich hingenommen hatte, zu genießen! Von jetzt auf gleich konnte es damit vorbei sein. Ende, aus, Feierabend.

Mit einem ärgerlichen Kopfschütteln versuchte ich die beklemmenden Gedanken in eine angenehmere Richtung zu lenken: Alles wird gut ...

... oder auch nicht.

Mist! In Sachen positivem Denken fehlte mir ganz einfach die Übung.

Kapitel 2

Oliver fragte nicht am nächsten Tag nach meinem Besuch bei Tatjana und auch nicht am Tag danach. Er fragte gar nicht. Und vermutlich hätte ich selbst diese beunruhigende Begebenheit irgendwann vergessen oder zumindest verdrängt, wenn ich nicht gut eine Woche später eine Entdeckung gemacht hätte, die mich völlig aus der Bahn warf.

Oliver und die Kinder waren bereits aus dem Haus, und ich stand gerade unter der Dusche, als mir trotz des heißen Wassers, das auf mich herabprasselte, das Blut in den Adern gefror.

Ich tastete noch einmal. Und noch einmal. Aber egal, wie sehr ich mir auch wünschte, mich getäuscht zu haben: Der Knoten war da. Schräg über meiner rechten Brustwarze, etwa so groß wie ein Kirschkern. Wie ein verdammt großer Kirschkern, also eigentlich hatte er schon eher den Durchmesser einer Haselnuss.

Tropfnass und ohne darauf zu achten, ob sich in meinen Haaren oder an meinem Körper noch irgendwo Schaum befand, stieg ich mit zittrigen Knien aus der Dusche und ließ mich splitternackt auf den Badezimmerboden sinken. Während sich meine Arme und Beine seltsam taub, ja beinahe wie gelähmt anfühlten, kribbelte meine Kopfhaut, als würde ein ganzer Ameisenstamm darauf herumkrabbeln. Das durfte doch nicht wahr sein. Nein, das konnte nicht wahr sein! So etwas passierte doch sonst immer nur anderen, nicht einem selbst. Die letzte Vorsorgeuntersuchung bei meiner Frauenärztin lag gerade mal ein halbes Jahr zurück, da war noch alles in bester Ordnung gewesen.

Keine Ahnung, wie lange ich nackt auf dem Boden gekauert hatte. Irgendwann merkte ich, dass ich vor Kälte zu zittern begann. Meine Zähne schlugen kastagnettenartig aufeinander. Du wirst dem Brustkrebs einfach ein Schnippchen schlagen und an einer Lungenentzündung sterben, dachte ich in einem Anflug von Galgenhumor. Reiß dich zusammen! Der Knoten kann sich als völlig harmlos erweisen.

Ich versuchte mir selbst Mut zuzusprechen, ohne wirklich daran zu glauben.

Mühsam rappelte ich mich vom Boden hoch, schlüpfte in meine Klamotten, kämmte mich notdürftig und band meine langen dunklen Haare, die noch feucht waren, zu einem Pferdeschwanz zusammen. Dann griff ich nach meiner Armbanduhr, die ich auf dem Waschbeckenrand abgelegt hatte. Erschrocken stellte ich fest, dass ich längst im Geschäft hätte sein müssen.

Mit zitternden Fingern versuchte ich, die Nummer meiner Chefin zu wählen, brauchte jedoch geschlagene drei Anläufe, bevor es mir endlich gelang. Obwohl Marianne in den drei Jahren, in denen ich nun schon für sie arbeitete, fast so etwas wie eine mütterliche Freundin für mich geworden war, sagte ich lediglich, dass es mir nicht gut gehe und ich zum Arzt müsse. Marianne fragte nicht weiter nach. Sie kannte mich gut genug, um zu wissen, dass ich sie wegen eines kleinen Schnupfens oder etwas Magengrummelns nicht einfach so hängen lassen würde.

»Alles Gute«, wünschte sie mir, bevor sie auflegte.

Das konnte ich brauchen.

Zum Glück war bei meiner Frauenärztin an diesem Vormittag nicht allzu viel los. Vielleicht lag es aber auch an dem panischen Funkeln in meinen Augen oder den hysterischen Kieksern in meiner Stimme, mit der ich der Sprechstundenhilfe den Grund meines Besuches vortrug, dass ich so schnell drankam. Vielleicht hatte sie auch einfach Schiss, dass ich mir, um Zeit zu sparen, schon am Empfang die Bluse herunterreißen würde. Was nicht einmal so abwegig war, denn ich hatte das Gefühl, eine tickende Zeitbombe mit mir herumzutragen.

»Ja, das ist zweifelsfrei ein Knoten«, sagte Frau Dr. Leonhardt, nachdem sie meine Brust gründlich abgetastet hatte.

Nicht dass sie mir damit etwas erzählte, das ich noch nicht gewusst hätte, aber es aus ihrem Mund zu hören, machte die Sache mit einem Mal erschreckend real. Prompt schossen mir die Tränen in die Augen.

»Das muss noch nichts heißen, es kann sich dabei auch um eine verhärtete Milchdrüse oder eine harmlose Gewebeveränderung handeln.« Frau Dr. Leonhardt tätschelte beruhigend meinen Arm. »Wahrscheinlich ist die ganze Aufregung umsonst.«

Wahrscheinlich? Das war mir ein bisschen dünn. »Wie hoch ist denn die Wahrscheinlichkeit?«

»Hm ... meinen Sie, die Wahrscheinlichkeit, dass es harmlos ist oder dass es nicht harmlos ist?«

»Egal.« Im Zahlenraum bis hundert bewegte ich mich recht sicher.

»Tut mir leid. Ich bin Ärztin und keine Hellseherin.« Beinahe entschuldigend zuckte sie mit den Schultern. »Zur Sicherheit sollten wir aber auf jeden Fall eine Mammografie machen lassen. Ich rufe gleich mal beim radiologischen Zentrum an, um einen Termin für Sie zu bekommen.« Sie ging zurück an ihren Schreibtisch und griff geschäftig nach dem Telefonhörer. »Sie können sich in der Zwischenzeit wieder anziehen.«

Während ich in die Umkleidekabine verschwand und mich verzweifelt mit den Knöpfen meiner Bluse abmühte, hörte ich, wie Frau Dr. Leonhardt am Telefon alles gab. Vielleicht sollten wir sie beim nächsten Mal anheuern, wenn Oliver es mal wieder verschwitzt hatte, bei meinem Kombi rechtzeitig die Winterreifen aufziehen zu lassen. So bestimmt und beharrlich, wie sie am Telefon auftrat, würde es ihr garantiert gelingen, sogar nach einen überraschenden Wintereinbruch sofort einen Termin für den Reifenwechsel zu ergattern.

Allerdings wäre es mir in diesem Fall fast ein bisschen lieber gewesen, wenn sie nicht ganz so forsch vorgeprescht wäre. Dafür, dass diese Mammografie nur zur Sicherheit durchgeführt werden sollte, benutzte sie für meinen Geschmack nämlich ein bisschen zu oft Worte wie »dringend«, »unbedingt noch heute« und »keine Zeit verlieren«, das hörte ich klar und deutlich. Auch wenn der dünne Vorhangstoff als Schallschutz absolut unbrauchbar war, so war ich doch froh, dass ich Frau Dr. Leonhardts besorgten Gesichtsausdruck nicht sah. Der besorgte Klang ihrer Stimme reichte mir vollkommen.

Ein paar Minuten später stand ich, ausgestattet mit vielen guten Wünschen und der Überweisung zur Mammografie, wieder auf der Straße. Obwohl es frühlingshaft warm war, zog ich fröstelnd die Schultern hoch und verschränkte die Arme vor der Brust. Den Weg zu meinem Auto legte ich wie in Trance zurück. Irgendjemand grüßte freundlich. Ich grüßte zurück, ohne zu wissen, ob es sich um die englische Queen oder eine Nachbarin handelte.

Zum Glück befand sich das radiologische Zentrum in einem Nebengebäude des Franziskus-Krankenhauses, sodass ich den Weg dorthin zur Not sogar im Schlaf gefunden hätte. An einer roten Ampel machte ich den Fehler, einen Blick auf die Überweisung zu werfen, die ich neben mich auf den Beifahrersitz gelegt hatte. Wie Saugnäpfe blieben meine Augen an zwei Worten haften. *Derber Knoten* stand dort unter der Rubrik Diagnose. Oh Gott! Knoten allein klang schon furchtbar, aber derber Knoten …

Mir schnürte es vor Angst die Kehle zu. Meine Güte, sonst verstand das ganze medizinische Fachchinesisch doch auch kein Schwein. Hätten sie diesen unschönen Sachverhalt nicht etwas geschickter verklausulieren können?!

Glücklicherweise blieb mir nicht viel Zeit, weiter über die Diagnose nachzugrübeln, denn als ich in der Klinik ankam, ging auf einmal alles rasend schnell. Ehe ich wusste, wie mir geschah, klemmte mein Busen in einem Schraubstock. Streng genommen war es kein richtiger Schraubstock, es waren zwei unangenehm kalte Platten eines furchteinflößend aussehenden Gerätes. Aber der Effekt war der gleiche. Als ich schon glaubte, dass meine Brust bereits so flach wie ein Spiegelei war, presste die ganz in Weiß gekleidete Helferin – schwarzes Lack oder Leder und eine Peitsche wären irgendwie passender gewesen – die Platten noch weiter zusammen. Masochistisch veranlagte Patienten hatten an der Prozedur sicher ihre helle Freude, ich hingegen hätte auf die Erfahrung sehr gut verzichten können ...

Leider brachte die Mammografie nicht die erhoffte Entwarnung. Streng genommen brachte sie überhaupt nichts. Schuld daran war, wie mir der behandelnde Arzt erklärte, mein dichtes Bindegewebe. Eine klare Diagnose war anhand der Bilder unmöglich. Ich musste mir auf die Lippe beißen, um nicht hysterisch loszukichern. Bei dem von Nadine immer wieder propagierten Bleistifttest würde vermutlich nicht nur ein einzelner Stift, sondern ein ganzes Federmäppchen ohne Hilfsmittel unter meinen Brüsten klemmen bleiben. So weit her konnte es mit meinem Bindegewebe also nicht sein.

Der Arzt war da offenbar anderer Meinung. »Wir müssen eine Biopsie machen«, sagte er. Das Entsetzen auf meinem Gesicht – vermutlich nur ein zarter Abklatsch dessen, was in meinem Inneren vor sich ging – veranlasste ihn wohl, hastig hinzuzufügen: »Nur zur Sicherheit.«

Das hatte Frau Dr. Leonhardt auch gesagt. Schon komisch. Je öfter man manche Dinge hört, desto weniger glaubt man daran ...

»Wenn Sie möchten, können wir die Biopsie jetzt sofort durchführen.«

Eine Biopsie-to-go! Wie praktisch, dachte ich bitter.

Und tatsächlich verlief die ganze Sache erstaunlich unspektakulär. Die Gewebeprobe wurde mit einem Stanzer entnommen. Ruck, zuck war alles vorbei, sogar ein Friseurbesuch dauerte länger. Auch die Schmerzen hielten sich wider Erwarten in Grenzen.

»Morgen früh gegen zehn Uhr müsste das Ergebnis vorliegen«, sagte der Arzt, als er mir zum Abschied erst ein Kühlkissen für meine Brust und dann die Hand reichte. »Wir faxen den Befund sofort an Ihre Frauenärztin, die wird dann alles Weitere mit Ihnen besprechen.«

Alles Weitere? Der Kloß in meinem Hals schwoll auf die Größe eines Tennisballs an. Ich mochte mir gar nicht ausmalen, was alles Weitere sein würde. Chemotherapie? Bestrahlung? Womöglich würden mir nicht nur die Haare ausfallen, sondern auch die Brust abgenommen werden. Und wofür das alles? Im Prinzip war doch eh schon klar, wie die Sache ausgehen würde. Man musste nur eins und eins zusammenzählen.

Nun ergab es einen Sinn, dass Tatjana in ihrer Kristallkugel nichts gesehen hatte. Oder möglicherweise hatte sie sogar etwas gesehen und es für sich behalten. Was ich ihr noch nicht einmal verübeln könnte. Denn wie bringt man jemandem schonend bei, dass er nur noch kurze Zeit zu leben hat?

Am liebsten hätte ich Britta angerufen. Von meinen Freundinnen war sie diejenige, die mir am nächsten stand. Doch in diesem speziellen Fall schied sie als Seelentrösterin und Ratgeberin aus. Britta würde mir bestimmt aus dem Stegreif einen druckreifen, mit medizinischen Fakten und zahlreichen Statistiken gespickten Vortrag über die Heilungschancen von Brustkrebs halten. Danach stand mir jetzt echt nicht der Sinn. Von Ärzten hatte ich für heute gestrichen die Nase voll!

Sophie kam auch nicht infrage. Sie hatte bereits nach meinem Besuch bei der Wahrsagerin Pipi in den Augen stehen gehabt. Im Zweifelsfall würde ich diejenige sein, die *sie* trösten musste. Dazu fühlte ich mich in meiner gegenwärtigen Verfassung einfach nicht in der Lage.

Und Nadine? Ich mochte Nadine von Herzen, aber Einfühlungsvermögen und Fingerspitzengefühl zählten nicht gerade zu ihren Kernkompetenzen. Oder anders formuliert – Nadine war etwa so sensibel wie eine Dampfwalze.

Wem konnte ich mich sonst noch anvertrauen? Meiner Mutter? Ganz sicher nicht! Zwar fiel mir so ad hoc nicht ein, wie sie mir die Schuld an dieser scheußlichen Situation geben könnte, aber meine Mutter war, wie ich aus leidvoller Erfahrung wusste, in dieser Hinsicht wesentlich kreativer als ich. Wahrscheinlich würde sie mir am Telefon noch Vorhaltungen machen.

»Kind, wenn du mehr frisches Obst und Gemüse gegessen hättest, wäre das nicht passiert.« Oder: »Maja, wie kannst du das deiner Familie bloß antun?«

Eigenartigerweise fühlte ich mich tatsächlich schuldig. Als würde ich meine Familie und insbesondere meine Kinder im Stich lassen. Seit sie auf der Welt waren, hatte ich mich immer bemüht, jeglichen Kummer von ihnen fernzuhalten – und meistens war mir das sogar ganz gut gelungen. Nun würde ausgerechnet ich es sein, die ihnen solches Leid zufügte! Das konnte ich nicht verhindern, auch wenn ich alles dafür gegeben hätte, aber es war zumindest meine Pflicht, dafür zu sorgen, dass ihr Leben ohne mich möglichst reibungslos weiterlief.

Ich dachte fieberhaft nach. Wie viel Zeit blieb mir eigentlich noch? Ein paar Wochen? Oder mit etwas Glück einige Monate? Der Knoten musste verdammt schnell gewachsen sein, was sich garantiert nicht positiv auf meine Lebenserwartung auswirkte.

Das Beste würde sein, wenn ich bereits jetzt damit begann, für den Ernstfall Vorkehrungen zu treffen, denn meine Familie würde ohne mich ganz schön aufgeschmissen sein. Und das begann schon bei den einfachsten Dingen des Lebens. Meine drei Pappenheimer erkannten eine Kartoffel vermutlich nur, wenn sie geschält und fertig gekocht auf ihrem Teller lag. Ergo galt es erst einmal, die Grundversorgung sicherzustellen. Eine warme Mahlzeit am Tag – vorzugsweise nicht aus einem Pizzakarton – sollte schon sein. Ich würde vorkochen!

Erleichtert, etwas Sinnvolles gefunden zu haben, womit ich mich beschäftigen konnte, fuhr ich in den nächstgelegenen Supermarkt und kaufte ein. Aus rein praktischen Erwägungen beschloss ich, mich erst einmal auf zwei Gerichte zu beschränken: Hühnerfrikassee und Spaghetti Bolognese. Das mochten alle drei, was fast schon einem kleinen Wunder gleichkam.

Nachdem ich fünf Liter Hühnerfrikassee gekocht und portionsweise zum Einfrieren vorbereitet hatte, gingen mir langsam, aber sicher die Tupperschüsseln aus. Ich hoffte, dass die restlichen Gefäße für die Bolognese-Soße reichten, sonst würde ich zu Jacqueline gehen und auf die Herausgabe meiner großen Hitparade sowie meiner diversen Wichtel und Julchen bestehen müssen. Keine besonders angenehme Vorstellung. Denn während Jacqueline immer sehr nett und freundlich war, wenn sie sich etwas von mir »borgte«, konnte sie, wenn ich mal etwas von ihr haben wollte – meine Gewürzmühle oder unsere Heckenschere –, ziemlich zickig reagieren. Sollte ich mich also erdreisten, meine diversen Tupperbehältnisse zurückzufordern, würde sie mir das vermutlich bis ans Ende meiner Tage übel nehmen. Aber da es bis dahin aller Voraussicht nach nicht mehr allzu lange hin war, konnte mir das eigentlich herzlich egal sein. Das war zweifelsohne ein Vorteil – leider wohl auch der einzige, wenn man nicht mehr lange zu leben hatte ...

Plötzlich bahnten sich die aufgestauten Tränen, die ich bislang mühsam zurückgehalten hatte, mit Brachialgewalt ihren Weg nach draußen. Als hätte jemand ein Schleusentor geöffnet, das sich nun nicht mehr schließen ließ. Während ich Berge von Zwiebeln für die Bolognese-Soße schnitt, heulte ich Rotz und Wasser. Blind vor Tränen hackte ich auf die wehrlosen Zwiebeln ein, als es unerwartet an der Tür klingelte. Vor Schreck zuckte ich zusammen und verfehlte mit der Messerklinge nur um Haaresbreite meine Fingerkuppe. Wer konnte das sein? Hatte Kathi beim Frühstück nicht erwähnt, dass bei ihr heute Englisch ausfiel? Vielleicht hatte sie früher Schulschluss und ihren Schlüssel vergessen. Das passierte ständig.

Oh Gott, wie sollte ich meiner Tochter bloß die desolate Verfassung erklären, in der ich mich befand? Ich musste total verheult aussehen, zumindest waren meine Lider so geschwollen, dass ich kaum noch aus den Augen gucken konnte.

Mein Blick blieb an den Zwiebelwürfeln hängen. Es gab schlechtere Erklärungen. Beispielsweise, dass ihre Mutter bald sterben würde. Bewaffnet mit dem Küchenmesser und einer halben Zwiebel öffnete ich die Haustür.

Vor mir stand jedoch nicht Kathi, sondern Nadine.

»Oh Gott, Maja. Was ist denn mit dir los? Als hätte ich's geahnt, dass etwas nicht stimmt! Ich war gerade zufällig in der Gegend, um einer Stammkundin ein paar Klamotten vorbeizubringen, da hab ich dein Auto vor der Tür stehen sehen und dachte ... Ach, ist ja auch egal. Also, raus mit der Sprache! Was ist los?«

Meine Freundin schob ihre dunkle Sonnenbrille ins Haar und betrachtete mit einer Mischung aus Entsetzen und Besorgnis mein Gesicht.

»Was soll los sein?« Ich versuchte einen harmlosen Augenaufschlag, doch der ging aufgrund meiner geschwollenen Lider wohl ziemlich daneben, und so zuckte ich sicherheitshalber noch betont gleichmütig mit den Schultern. »Ich schneide Zwiebeln.«

Froh über diese brillante Ausrede hielt ich meine Beweisstücke in die Höhe und gab Nadine mit einem Messerwink zu verstehen, mir in die Küche zu folgen.

»Von ein bisschen Zwiebelschneiden siehst du aus, als wärst du mit einem Preisboxer in den Ring gestiegen?«

»Es sind viele Zwiebeln«, rechtfertigte ich mich und wies auf den hohen Berg fein säuberlich geschnittener Würfel.

»Sag mal, wer soll denn das alles essen? Erwartest du Besuch? Oder betreibst du seit Neuestem eine Suppenküche für Obdachlose?«

»Hm«, gab ich vage zurück und wich Nadines Blick aus.

Sollte ich meine Freundin ins Vertrauen ziehen oder lieber warten, bis das Ergebnis der Biopsie vorlag?

»Eine Party, zu der ich nicht eingeladen bin? Spuck's schon aus, Maja!«

»Höchstens eine Abschiedsparty ...«

Nun, da der Anfang gemacht war, sprudelte die ganze Geschichte wie aus einer gut geschüttelten Sektflasche aus mir heraus.

Offenbar hatte ich Nadines Einfühlungsvermögen gründlich unterschätzt, denn nachdem ich geendet hatte, fand sie genau die richtigen Worte.

»Schöne Scheiße!« Treffender hätte ich es auch nicht formulieren können. »Das braucht kein Mensch.« Auch damit hatte sie recht. »Aber noch steht überhaupt nicht fest, ob der Knoten wirklich bösartig ist. Morgen hast du Klarheit. Und bis dahin müssen wir dich ablenken, damit du nicht ganz Düsseldorf mit Bolognese-Soße überflutest.« Nachdenklich kaute Nadine auf ihrer Unterlippe herum, dann hellten sich ihre Gesichtszüge plötzlich auf. »Ich trommle die Mädels zu einem Weiberabend zusammen. Wird eh mal wieder Zeit. Zwanzig Uhr im Down Under. Und wehe, du kommst nicht, dann hol ich dich und schleif dich an den Haaren in die Kneipe.«

Ich zweifelte nicht eine Sekunde daran, dass Nadine diese Drohung wahrmachen würde.

Den Rest des Tages stand ich komplett neben mir, auch das gemeinsame Abendessen mit meiner Familie zog wie ein Film an mir vorbei. Ein Stummfilm, aber immerhin in Farbe. Ich sah, wie Oliver und die Kinder den Mund bewegten. Wenn sie nicht mit offenem Mund kauten, unterhielten sie sich angeregt, ich hatte jedoch nicht den leisesten Schimmer, worüber. Auf einen Moderator schienen sie an diesem Abend verzichten zu können, auf ein Dienstmädchen nicht. Das musste sich schnellstens ändern. Aber Rom war schließlich auch nicht an einem Tag erbaut worden ...

Nachdem ich – wieder einmal allein – den Tisch abgeräumt hatte, ging ich ins Schlafzimmer, um mich umzuziehen. Ich streifte mir das T-Shirt über den Kopf und stellte mich vor den großen Spiegel. Dann tastete ich bestimmt schon zum hundertsten Mal an diesem Tag vorsichtig meine rechte Brust ab. Der Knoten war noch da. Auch drei Minuten später beim Anziehen der Bluse war er weder verschwunden noch kleiner geworden.

Als ich fertig umgezogen das Wohnzimmer betrat, saß Oliver auf der Couch vor dem Fernseher. In seiner linken Hand hielt er die Fernbedienung, mit der rechten Hand wühlte er geräuschvoll in einer Chipstüte herum.

»Muss das sein? So kurz nach dem Abendessen?«

Eine rein rhetorische Frage, auf die ich keine Antwort erwartete und erst recht keine bekam.

»Du gehst noch weg?«, fragte Oliver nach einem flüchtigen Seitenblick erstaunt.

»Ja, ich wollte mich noch mit den Mädels treffen. Auf ein, zwei Gläschen Wein, ein bisschen quatschen ... Weiberkram halt.«

»Na dann viel Spaß.«

Spaß war vermutlich das Letzte, was wir an diesem Abend haben würden. Bedauerlicherweise war Brustkrebs kein allzu amüsantes Thema.

Auf einmal überkamen mich heftige Schuldgefühle. Oliver war mein Mann! Hätte ich nicht das Bedürfnis haben müssen, mit *ihm* über meine Sorgen zu reden? Nach der Biopsie hatte ich nicht eine Sekunde daran gedacht, ihn anzurufen. Britta, Nadine, Sophie, ja sogar meine Mutter – sie alle waren mir zumindest kurzzeitig in den Sinn gekommen. Nur Oliver nicht. Dabei war er derjenige, der im Falle eines positiven Befunds am stärksten von der ganzen Sache betroffen war.

Ich ließ meine Strickjacke und meine Handtasche achtlos auf einen Stuhl fallen und setzte mich neben Oliver auf die Couch.

»Eigentlich habe ich überhaupt keine richtige Lust, noch wegzugehen. Ich könnte hier bei dir bleiben«, schlug ich vor.

»Aber du bist doch verabredet.«

Verdammt, konnte er nicht wenigstens mal für einen klitzekleinen Moment den Blick vom Fernseher abwenden? So interessant war der Werbespot, der gerade über die Mattscheibe flimmerte, nun wirklich nicht. Oder benutzte mein Mann neuerdings Anti-Cellulite-Creme. Ich spürte, wie es in meinem Bauch heiß wurde, versuchte jedoch, ruhig zu bleiben.

»Kein Problem, ich sag einfach ab.«

Um zu unterstreichen, wie ernst es mir mit diesem Vorschlag war, griff ich nach seiner Hand. Da ich mich rechts neben ihn gesetzt hatte, erwischte ich seine Chipshand, ließ sie jedoch, als ich spürte, wie fettig sie sich anfühlte, schnell wieder los.

»Wir öffnen eine schöne Flasche Wein und reden ein bisschen. Was hältst du davon?«

Oliver gähnte. »Ich fürchte, das müssen wir verschieben.«

Klar, dachte ich, Reden ist nicht unbedingt seine Lieblingsbeschäftigung. Zumindest nicht nach Feierabend. Und schon gar nicht, wenn mir danach ist. Vor Gericht konnte Oli seine Gegner in Grund und Boden quatschen. Aber wehe, ich wollte mal mit ihm über Kathis schlechte Mathenoten oder seine Schwiegermutter sprechen, dann war der Arme schlagartig furchtbar beschäftigt oder wahnsinnig müde.

»Nicht böse sein. Ich bin todmüde.«

Das war wohl die Steigerung von wahnsinnig müde.

»Ich muss morgen schon ganz früh bei Gericht sein. Da geht's um die Wurst.«

Sicher hatte er beim Abendessen erzählt, um welche Wurst er morgen mit der gegnerischen Partei streiten würde. Aber da ich nicht zugehört hatte, war es wohl besser, nicht weiter auf dieses Thema einzugehen.

»Triff du dich mal mit den Mädels, Bienchen.«

»Wie oft soll ich dir noch sagen, dass du mich nicht immer Bienchen nennen sollst?!«, machte ich meiner Verärgerung und Enttäuschung Luft.

»Früher hast du das gemocht.«

»Früher habe ich auch die Spider Murphy Gang und Dauerwellen gemocht.«

Wenn man Maja heißt, wird einem der Spitzname automatisch mit in die Wiege gelegt. Auch meine Freundinnen nannten mich mitunter »Biene«, was ich nicht weiter schlimm fand. Ich wusste auch nicht so genau, warum es mich neuerdings störte, dass Oliver Bienchen zu mir sagte. Vielleicht weil er diesen Kosenamen nur noch aus reiner Gewohnheit benutzte? Andererseits gab es schon gewisse Parallelen zu der Zeichentrickserie. Denn wenn ich Maja war, dann musste Oliver Willi sein, und der war, wenn ich mich recht entsann, auch nicht gerade ein Kostverächter. Missbilligend ließ ich meinen Blick über Olivers Bauch wandern, der sich unter dem schwarzen verwaschenen T-Shirt, gegen das er Hemd und Krawatte eingetauscht hatte, abzeichnete. Eine ganz schöne Kugel! In den letzten Jahren hatte Oli peu à peu etliche Kilo zugelegt. Unwillkürlich entfuhr mir ein kleiner Seufzer. Meine Güte, im Augenblick hatte ich nun wirklich andere Sorgen als Olivers Plauze!

Ich drückte ihm einen flüchtigen Kuss auf die Lippen, die nach Paprika schmeckten. »Mach's gut.«

»Mach's besser, Bienchen.«

Das Down Under war auch unter der Woche abends gut besucht. Trotzdem war es den Mädels mal wieder irgendwie gelungen, unseren Stammplatz zu ergattern. Von dem Ecktisch auf der kleinen Empore aus konnte man die ganze Kneipe überblicken, was immer für reichlich Gesprächsstoff sorgte.

Meine Freundinnen waren bereits vollzählig versammelt. Vermutlich hatten sie sich schon etwas früher verabredet, um zu beratschlagen, wie sie mich am besten aufbauen konnten. Über die generelle Vorgehensweise schien noch Uneinigkeit zu herrschen, denn Nadine, Britta und Sophie diskutierten heftig. Als ich mich dem Tisch näherte, erstarb das Gespräch schlagartig.

»Ihr könnt ruhig weiterreden. Und diese mitleidigen Blicke könnt ihr euch auch schenken«, fauchte ich. »Noch steht überhaupt nicht fest, ob ich Brustkrebs habe.«

»Eben«, versuchte Britta mich mit ruhiger Stimme zu beschwichtigen. »Da du das ja selbst weißt, brauchen wir dir das nicht mehr zu sagen. Vermutlich ist dir ebenfalls bekannt, dass die Heilungschancen bei Brustkrebs, sofern er frühzeitig erkannt wird, sehr gut stehen. Also müssen wir auch darüber nicht mehr reden.« Sie klopfte auf die Sitzfläche des freien Stuhles neben sich. »So, und jetzt setz dich erst einmal.«

»Entschuldigung«, murmelte ich zerknirscht. »Ich wollte euch nicht so anpampen.«

»Schon gut«, lenkte Sophie für meinen Geschmack ein bisschen zu schnell ein. War das etwa schon der Krebsbonus? »Ist doch verständlich, dass deine Nerven blank liegen. Bei uns musst du dich nicht zusammenreißen«, fügte sie noch mit sanfter Stimme hinzu.

Da! Da war er wieder! Dieser Blick, in dem sich Mitleid und Besorgnis widerspiegelten. Dieses Mal schluckte ich jedoch den bissigen Kommentar, der mir bereits auf der Zunge lag, herunter. Ich wäre vermutlich auch vor Sorge völlig außer mir gewesen, wenn bei Sophie, Britta oder Nadine ein Knoten in der Brust festgestellt worden wäre.

»Hallo zusammen«, unterbrach die Bedienung in diesem Moment meine trüben Gedanken. Sie schien neu zu sein, denn ich konnte mich nicht daran erinnern, sie vorher schon mal im Down Under gesehen zu haben. »Wisst ihr schon, was ihr trinken wollt?«

»Ja«, behauptete Nadine. »Trinkt einer von euch einen Hugo mit?«

»Für dich also einen Hugo«, folgerte die Bedienung.

»Nein, lieber doch nicht«, machte Nadine, als niemand von uns mitzog, einen Rückzieher.

»Für mich bitte eine Weißweinschorle.«

»Klingt gut. Ich glaub, die nehme ich auch«, schloss ich mich Britta an.

»Kommt gar nicht infrage. Du brauchst heute etwas mit mehr Umdrehungen«, entschied Nadine über meinen Kopf hinweg. »Wir nehmen zwei Caipirinhas.«

»Zwei Caipis, ist gebongt. Und was ist mit dir?«, wandte die Kellnerin sich nun an Sophie, die gerade mit konzentrierter Miene die Getränkekarte auswendig zu lernen schien.

Nach einem kurzen Zögern bestellte Sophie ein Wasser. Als die Kellnerin gerade ihr Blöckchen und ihren Stift wegstecken wollte, überlegte sie es sich jedoch noch einmal anders.

»Ach nein, für mich bitte doch kein Wasser, sondern eine Cola. Mit Zitrone, aber ohne Eis.«

Wahrscheinlich verfluchte uns die Bedienung gerade insgeheim. Oder wünschte sich, wir wären Männer. Bei denen bestellte einfach einer aus der Runde ein Bier, und alle anderen nickten mit dem Kopf oder grunzten zustimmend. Was natürlich noch lange nicht hieß, dass wir Frauen komplizierter waren. Wir durchdachten unsere Entscheidungen einfach nur gründlicher.

Bevor wir unsere Getränkebestellung noch einmal in letzter

Sekunde revidieren konnten, flüchtete die Kellnerin eilig in Richtung Theke. Als sie weg war, herrschte plötzlich beklemmende Stille am Tisch. Ich hatte doch gewusst, dass der Abend nicht besonders spaßig werden würde! Nadine interessierte sich mit einem Mal auffallend stark für ihre rot lackierten Fingernägel und begutachtete sie prüfend von allen Seiten, Sophie vertiefte sich erneut in die Getränkekarte, als handelte es sich dabei um einen spannenden Krimi, den sie unbedingt zu Ende lesen musste, und Britta spielte mit einem Stapel Bierdeckel. Ich saß einfach nur da und starrte Löcher in die Luft.

Erleichtert atmete ich auf, als die Bedienung unsere Getränke brachte.

Nadine hob ihr Glas. »Auf ein gutes Ergebnis der Biopsie«, brach sie endlich das Schweigen.

»Auf ein gutes Ergebnis«, echote Sophie mit beschwörender Stimme, als wir alle miteinander anstießen.

Ich bohrte meinen Strohhalm in den braunen Zucker, der sich am Boden des Cocktailglases befand, und stocherte mit gerunzelter Stirn darin herum. »Und was … Was, wenn das Ergebnis der Biopsie ergibt, dass es doch Krebs ist und ich sterben werde?«, sprach ich, ohne die anderen dabei anzusehen, laut aus, was jeder am Tisch vermutlich gerade dachte.

»Ach was, papperlapapp. Jetzt mach dich doch nicht unnötig verrückt. Warte erst einmal den Befund ab. Es wird dich vielleicht überraschen, aber wir müssen alle sterben – früher oder später.«

»Oh Gott, was wird nur aus den Kindern und aus Oliver, wenn ich nicht mehr da bin?«, murmelte ich, ohne auf Nadines Kommentar einzugehen, tonlos.

»Ich glaub es einfach nicht!« Britta pfefferte den Stapel Bierdeckel auf die hölzerne Tischplatte. »Könntest du vielleicht ausnahmsweise mal ein bisschen an dich denken?«

»Oliver kann sich noch nicht mal ein Spiegelei braten!«

»Dann wird es höchste Zeit, dass er es lernt«, konterte Britta.

»Es ist sowieso nicht fair, dass du bei euch zu Hause alles allein wuppst. Warum suchst du dir nicht wenigstens eine Putzhilfe? Dann könntest du auch wieder mehr arbeiten.«

»Oliver mag keine Fremden im Haus«, erklärte ich kleinlaut, obwohl ich wusste, wie dämlich das klang ...

»Apropos Oliver: Wie hat er auf die Sache mit der Biopsie denn überhaupt reagiert?«, wollte Sophie wissen.

Sie hielt immer noch ihre Lieblingslektüre in der Hand. Wenn wir nicht achtgaben, nahm sie die Getränkekarte bestimmt heimlich mit nach Hause.

»Ich habe es ihm gar nicht erzählt.« Als ich die fassungslosen Gesichter meiner Freundinnen sah, fügte ich hastig hinzu: »Warum soll er sich unnötig Sorgen machen? Ist doch niemandem damit gedient, wenn er sich auch noch verrückt macht.«

Britta sah mich über den Rand ihres Weinglases hinweg nachdenklich an. »Liebst du Oli eigentlich noch?«

»Was ist denn das für eine Frage?«, empörte ich mich anstelle einer Antwort.

Nadine zog die Augenbrauen hoch und gab ein kurzes Schnalzen von sich. »Nach fast zwanzig Ehejahren eine berechtigte.«

Na klar! War ja logisch, dass Nadine, die ihre Männer fast genauso schnell wechselte wie ihre verrückten Outfits, sich bei diesem Thema nicht zurückhalten konnte.

»Auch wenn du dir das sicher nur schwer vorstellen kannst, liebe Nadine, aber bei manchen Menschen hat Liebe 'ne längere Haltbarkeitsdauer als ein Liter Vollmilch.«

Mist, das hatte schärfer geklungen als beabsichtigt. Heute versuchte ich es mir aber auch wirklich mit jedem zu verscherzen. Hoffentlich war Nadine jetzt nicht beleidigt, denn bei ihr gab es so etwas wie einen Krebsbonus sicher nicht. Und einen Beinahekrebsbonus schon gar nicht ...

Doch Nadine schien's zum Glück nicht persönlich zu nehmen. »Mag sein. Ich find die Vorstellung, dass zwei Menschen sich ein

Leben lang lieben, ja auch ganz toll. Ich hatte schon immer eine Schwäche für Märchen. Und sie lebten glücklich und zufrieden bis an ihr Lebensende ... Aber die traurige Realität sieht in der Regel anders aus.« Nadine zog ihren Strohhalm aus dem Caipirinha-Glas und zeigte damit auf Britta. »Nämlich so.«

»Oh, schönen Dank auch.« Britta zog eine Grimasse und deutete eine kleine Verbeugung an. »Seht her, so sieht sie aus, die traurige Realität. Zu viel Speck auf den Hüften, und die Haare hätten auch mal wieder dringend einen neuen Schnitt nötig.« Sie fuhr sich mit der Hand grinsend durch ihre kurzen Zotteln, denen ein Friseurbesuch in der Tat nicht geschadet hätte. »Wenn du allerdings auf meinen Ex anspielst, so muss ich sagen, dass die Scheidung von ihm das Beste war, das mir seit Janniks Geburt passiert ist.«

»Aber irgendwann müsst ihr doch auch mal geglaubt haben, dass eure Liebe ein ganzes Leben hält«, sagte Sophie, in deren heile Welt Scheidungen genauso wenig hineinpassten wie Blattläuse oder Schimmelpilze. »Sonst hättet ihr doch nicht geheiratet.«

»Bis dass der Tod uns scheidet ... Natürlich haben wir das bei unserer Hochzeit gedacht. Wie Tausende andere Paare, die jetzt glücklich geschieden sind, auch.« Britta seufzte. »Nur wäre Markus' Tod vermutlich nicht auf natürlichem Weg eingetreten, wenn wir uns nicht getrennt hätten. Aber falls mich nicht alles täuscht, ging's doch hier gar nicht um mich, oder?«

»Ach ja, richtig. Wo waren wir noch gleich stehen geblieben?« Nadine wandte sich wieder mir zu. »Also, wann hast du das letzte Mal mit Oliver geschlafen?«

Ich versuchte mich zu erinnern, was, wie ich leider zugeben musste, gar nicht so einfach war. Vergangenes Wochenende hatten wir garantiert keinen Sex gehabt, denn Oliver hatte sich aus der Kanzlei jede Menge Arbeit mit nach Hause gebracht und war irgendwann im Arbeitszimmer über seinen Akten eingeschlafen. Vielleicht am Wochenende davor? Ziemlich unwahrscheinlich, denn wenn ich mich recht entsann, hatten wir uns an besagtem Samstag heftig gestritten. Das ganze Wochenende über hatte dicke Luft geherrscht. Und Versöhnungssex war noch nie Olis Ding gewesen.

»Weißt du es, oder weißt du es nicht?«, unterbrach Nadine meine Rechnerei.

Zerknirscht schüttelte ich den Kopf. »Na ja, so ganz ohne Kalender ...«

»Kalender? Von diesem oder vom letzten Jahr? Auf jeden Fall scheint es schon eine ganze Weile her zu sein.«

»Aber da kommt es doch gar nicht drauf an«, bekam ich von Sophie Schützenhilfe. »Als ob es ein Indiz für eine gute Beziehung wäre, wie oft man miteinander schläft. Viel wichtiger ist gegenseitiger Respekt, Vertrauen und dass man mit dem Partner über alles reden kann. Sicher weiß Maja auf Anhieb, wann sie sich mit Oliver das letzte Mal richtig gut unterhalten hat. Oder, Maja?«

Ich schwieg.

»Oder, Maja?« Sophies Stimme klang flehend.

Natürlich redeten Oliver und ich miteinander, fast täglich sogar. Über das defekte Garagentor, die Rechnung von den Stadtwerken oder über die Kanzlei. Aber wann hatten wir das letzte Mal über uns geredet? Über das, was uns bewegte, unsere Wünsche und unsere Träume?

Sophie, Nadine und Britta sahen mich abwartend an. Was machte es für einen Sinn, meinen Freundinnen und mir selbst etwas vorzulügen.

»Wenn ich ehrlich bin, liegt das letzte gute Gespräch zwischen Oliver und mir länger zurück als der letzte Sex.« Ich stieß einen tiefen Seufzer aus. »Viel länger sogar ...«

»Oh ...«

Es herrschte betretenes Schweigen am Tisch. Nicht einmal Nadine traute sich, einen Scherz zu reißen.

»So, jetzt haben wir aber lange genug über mich geredet. Wolltet ihr mich nicht ablenken? War das nicht der eigentliche Zweck unseres Treffens?« Ich sah in drei schuldbewusste Gesichter. »Erzählt doch zur Abwechslung mal was von euch.«

»Gestern ist Jannik mit zwei Schildkröten nach Hause gekommen«, sprang Britta für Nadine und Sophie hastig in die Bresche.

»Schildkröten? Wo hat er die denn her?«

»Dreimal dürft ihr raten.«

Schönen Dank, aber so viele Versuche brauchten wir gar nicht. Da nicht davon auszugehen war, dass ihm die Tierchen auf dem Schulweg zugelaufen waren, handelte es sich wohl um einen von Markus' Versuchen, Britta das Leben schwer zu machen und Jannik auf seine Seite zu ziehen.

»Tausendmal habe ich meinem Ex gesagt, dass mir kein Tier ins Haus kommt. Denn an wem bleibt die ganze Arbeit natürlich hängen, wenn die erste Begeisterung verflogen ist? Ich weiß ja so schon kaum, wie ich zeitlich alles packen soll. So ein Tier braucht schließlich Pflege! Es reicht schon, dass ich meine Zimmerpflanzen alle paar Wochen austauschen muss, weil sie vertrocknet sind. Einem Haustier würde ich dieses tragische Ende gern ersparen.«

In puncto Blumenpflege war Britta tatsächlich ein hoffnungsloser Fall. Unter meiner fachkundigen Beratung hatte sie es schon mit zig verschiedenen Pflanzensorten probiert, die allesamt als besonders robust und pflegeleicht galten. Aber keine davon hatte sich als widerstandsfähig genug erwiesen, es mit Britta aufzunehmen. Früher oder später kapitulierten sie alle. Die einzige Sorte, die bei ihr eine reelle Überlebenschance hatte, waren künstliche Blumen. Insofern teilte ich ihre Vorbehalte in puncto Haustiere voll und ganz.

»Davon abgesehen habe ich auch gar nicht genug Platz im Kühlschrank, um den Winter über darin zwei Schildkröten zu beherbergen«, fuhr Britta aufgebracht fort.

»Wie bitte?« Sophies Augen wurden vor Entsetzen kugelrund.

Britta zuckte ungerührt die Achseln. »Angeblich soll man die Viecher im Kühlschrank überwintern lassen. Zumindest behauptet das mein Ex. Keine Ahnung, ob es stimmt.«

Nadine kicherte und stocherte mit dem Strohhalm geräuschvoll in dem zerstoßenen Eis ihres Caipirinhas herum. »Wo deponiert man die lieben Turtles denn da? Im Gemüse- oder im Butterfach? Ach, halt, jetzt weiß ich endlich, wozu mein neuer Kühlschrank eine Biofresh-Zone hat.«

»Igitt.« Sophie schüttelte sich. »Ist das unhygienisch.«

»Glaub mir, ich kann mir auch Schöneres vorstellen.«

»Sieh's positiv. Wenn du mal nicht dazu gekommen bist einzukaufen und die Läden schon geschlossen haben, kannst du immer noch ein feines Schildkrötensüppchen kochen.«

Nadine lächelte, allerdings schien sie dabei durch uns hindurchzusehen oder vielmehr an uns vorbei. Ich folgte ihrem Blick und entdeckte an der Theke das Objekt, dem ihr Lächeln gegolten hatte. Obwohl wir bei Männern selten den gleichen Geschmack hatten, konnte ich Nadines Interesse in diesem Fall verstehen. Der Typ, den sie so ungeniert anflirtete, war ziemlich groß, ich schätzte ihn gut und gern auf knapp einen Meter neunzig. Allerdings war er nicht einer dieser langen Lulatsche, an denen Arme und Beine ungelenk herunterbaumelten, sondern ziemlich gut gebaut. Breite Schultern, athletischer Körperbau, blonde Haare und fröhlich blitzende Augen. Aus der Entfernung war nur schwer zu sagen, welche Augenfarbe er hatte. Ich tippte auf Dunkelbraun. Oder vielleicht doch eher Blau?

»Nadine!«, rügte Sophie, der die Anbandelversuche ebenfalls nicht entgangen waren, empört. »Was zum Teufel machst du da?!? Du hast doch einen Freund.«

»Freund? So würde ich das nicht unbedingt nennen.«

»Wie würdest du es denn nennen?«

»Sagen wir mal, wir haben da so etwas am Laufen.«

»Was am Laufen? Klingt gut.« Britta grinste süffisant. »Komm,

Nadine, lass deine Freundinnen an deinem aufregenden Liebesleben teilhaben. Denk dran, du redest hier mit zwei verheirateten Frauen und einer alleinerziehenden Mutter, die seit Monaten keinen Sex mehr gehabt hat. Also her mit den Details. Je versauter, desto besser.«

Nadine beugte sich vor und senkte die Stimme. »Neulich abends hat er angerufen und gefragt, ob er zum Fernsehgucken vorbeikommen kann.«

»Aber dazu ist es nicht gekommen«, mutmaßte Britta feixend, »weil ihr euch schon an der Wohnungstür die Klamotten vom Leib gerissen habt und unter den Augen deiner neugierigen Nachbarin leidenschaftlich übereinander hergefallen seid.«

»Eben nicht. Wir haben *wirklich* ferngesehen.«

»Einen Porno?«, fragte Britta gespannt.

»Nein, einen Tatort. Bis zum Ende.«

»Sag bloß!«, tat ich gespielt entrüstet. »Das klingt aber ganz schön pervers.«

»Seht ihr, ihr findet das auch nicht normal.« Nadine riskierte einen schnellen Blick zur Theke, wo der blonde Hüne sich immer noch mit seinem Begleiter unterhielt, bevor sie mit gerunzelter Stirn fortfuhr: »Glaubt ihr, ich muss mir Sorgen machen? Ob irgendwas nicht mit ihm stimmt? Oder mit mir? Ich meine, wir sind ja gerade erst seit drei Wochen zusammen, und schon verbringen wir einen Abend vor der Glotze.«

»Und wie war's?«, wollte Britta mit einem amüsierten Funkeln in den Augen wissen.

Nadine kratzte sich nachdenklich am Kopf. »Eigentlich ganz nett.«

»Dann ist doch alles bestens«, sagte Britta, und Sophie und ich nickten wie Background-Tänzer simultan mit dem Kopf.

»Na, wenn ihr meint.« Nadine sah nicht restlos überzeugt aus.

Trotzdem war das Thema erst einmal erledigt, und wir quatschten noch eine Weile über dies und das. Langsam, aber sicher merkte ich jedoch, wie die Müdigkeit in mir hochkroch. Der Tag hatte ganz schön an meinen Kräften gezehrt. Vielleicht lag es auch am Zuckerrohrschnaps im Caipirinha, dass ich das Bedürfnis verspürte, mich aufs Ohr zu hauen.

»Ich glaube, ich werde jetzt nach Hause gehen und versuchen zu schlafen.« Nadine hatte recht behalten, der Abend hatte mir gutgetan. Anstatt ununterbrochen über das Untersuchungsergebnis nachzudenken, das wie ein feindliches Flugobjekt drohend über meinem Kopf kreiste, war ich zumindest kurzzeitig auf andere Gedanken gekommen. »Danke, dass ihr euch die Zeit genommen habt.«

»Das ist doch wohl selbstverständlich«, sagte Sophie, griff über den Tisch hinweg nach meiner Hand und drückte sie liebevoll.

»Bild dir bloß nicht ein, dass ich wegen dir gekommen bin«, erstickte Nadine die aufkommende sentimentale Stimmung gottlob bereits im Keim. »Ich hatte einfach nichts Alkoholisches mehr im Haus.«

Britta gähnte. »Jetzt wird's aber echt höchste Zeit, dass ich in die Kiste komme. Morgen früh um acht habe ich eine Gallenblasen-OP. An und für sich ein Routineeingriff, in diesem Fall allerdings …«

Sophie hob abwehrend die Hände. »Bitte erspar uns die Einzelheiten.«

Ich konnte auch nicht gut Blut sehen, in Sophies Anwesenheit durfte man jedoch nicht mal darüber reden. Ich fragte mich, wie sie reagieren würde, wenn sich eines ihrer Kinder mal ein Knie aufschlug. Aber wahrscheinlich kam das nie vor, weil Sophies Mädchen so brav und ruhig miteinander spielten, dass die Verletzungsgefahr praktisch gleich null war. Würde Sophie wie Nadine zur Vergesslichkeit neigen, müsste sie sich ein Post-it an die Kühlschranktür kleben, das sie daran erinnerte, dass sie Kinder hatte, die es zu versorgen galt. Brittas Sohnemann hingegen konnte man gar nicht vergessen. Jannik hörte man immer, und zwar im Umkreis von ein bis zwei Kilometern. Kinder kamen eben selten auf fremde Leute …

»Oh, das Aufschneiden ist noch gar nichts«, ärgerte Britta Sophie gerade. »Danach wird es richtig blutig, denn …«

»Hör auf!«, quietschte Sophie.

Wir suchten unsere Jacken und unsere Handtaschen zusammen, und nachdem ich endlich auch meinen Schirm gefunden hatte, machten wir uns auf den Weg zur Theke, um zu bezahlen. Alle Versuche, unsere Kellnerin auf uns aufmerksam zu machen, waren nämlich fehlgeschlagen. Seit sie uns unsere Getränke gebracht hatte, mied sie unseren Tisch wie atomar verseuchtes Sperrgebiet.

Während wir an der Theke darauf warteten, dass jemand vom Personal Zeit zum Kassieren fand, wurden wir plötzlich von der Seite angesprochen.

»'n Abend, die Damen.«

Ich erkannte den blonden Hünen, der uns freundlich anlächelte, sofort. Es war der Typ, den Nadine so ungeniert angeflirtet hatte. Jetzt, da wir ihm unmittelbar gegenüberstanden, kam mir irgendwas an ihm seltsam bekannt vor. Aber ich konnte beim besten Willen nicht sagen, was es war.

»Ihr wollt schon gehen? Schade, wir hätten euch gern auf ein Bier eingeladen.« Dabei schaute er jedoch nicht Nadine an, sondern mich.

Verlegen sah ich zur Seite und überließ es Nadine zu antworten. »Tolle Idee, meine Herren. Möglicherweise hätten wir eure Einladung sogar angenommen, wenn ihr uns vor einer Stunde gefragt hättet. Tja, wer zu spät kommt, den bestraft das Leben.«

Nun meldete sich der Freund des großen Blonden zu Wort. »Seid nicht so streng mit uns«, witzelte er. »Jungs sind Spätzünder. Wir brauchen eben für alles etwas länger.«

»Ich gratuliere dir zu dieser Einsicht«, sagte Nadine in gönnerhaftem Tonfall. »Wie viele Jahre, sagtest du, habt ihr gebraucht, bis ihr zu dieser bahnbrechenden Erkenntnis gelangt seid?«

Britta und Sophie waren hinter uns stehen geblieben, sie bekamen von dem kleinen Geplänkel nichts mit. Britta, die ziemlich penetrant sein konnte, ließ es sich nämlich nicht nehmen, Sophie weiter mit den unappetitlichen Details ihrer Gallenblasen-OP zu quälen. Ich nutzte die Wartezeit, um eine offene Frage zu klären. Die Antwort lautete: blau! Seine Augen waren blau, geradezu unverschämt blau, beinahe schon türkisfarben. So wie das Meer in der Karibik. Wunderschön. Also, das Meer natürlich …

Als Oliver und ich geheiratet hatten, war ich bereits schwanger und das Geld knapp gewesen. Darum hatten wir unsere Flitterwochen an der holländischen Nordseeküste verbracht, aber wir hatten oft darüber gesprochen, dass wir unsere Traumreise zu den Antillen nachholen wollten. Irgendwann, wenn die Kinder aus dem Gröbsten raus sein würden … Nun waren unsere Kinder fast erwachsen, aber aus der Reise würde wohl trotzdem nichts werden. Unwillkürlich entfuhr mir ein kleiner Seufzer.

»Geht's dir nicht gut?«, fragte der Mann, dessen Augen heftiges Fernweh in mir entfachten, leise und sah mich prüfend an. »Du siehst aus, als könntest du noch gut ein Bier vertragen.«

»Ein Bier kann mir nicht helfen.«

Er blinzelte mich treuherzig an. »Ich würde dir auch drei oder vier ausgeben.«

Wider Willen musste ich tatsächlich schmunzeln. »Nett von dir, aber daraus wird heute nichts mehr.«

»Na, dann vielleicht ein andermal.«

»Ja, vielleicht.«

Kapitel 3

Am liebsten wäre ich einfach zurück ins Bett gekrochen, hätte mir die Decke über den Kopf gezogen und mich tot gestellt. Aber tot würde ich noch früh genug sein, und bis es so weit war ... Sorg besser dafür, dass du nicht vorher schon zu stinken beginnst!, ermahnte ich mich. Und so schleppte ich mich, nachdem meine Familie das Haus verlassen hatte, unter Aufbietung all meiner Willenskraft unter die Dusche. Motiviert durch diese fulminante Leistung tuschte ich mir anschließend sogar noch die Wimpern und legte ein bisschen Lipgloss auf.

Als ich aus dem Badezimmer kam, war es gerade mal neun. Verdammt, eine volle Stunde noch, bis ich endlich das Ergebnis erfuhr. Wie ein eingesperrtes Raubtier lief ich im Haus umher. Küche, Wohnzimmer, Badezimmer, Küche, Wohnzimmer ... Ich hatte das Gefühl, dringend mal rauszumüssen, um nicht komplett durchzudrehen. Was sprach also dagegen, den lästigen Einkauf, der für diesen Tag noch anstand, sofort zu erledigen?

Als ich ziel- und einkaufszettellos mit einem Wägelchen durch den Supermarkt irrte, beschlichen mich jedoch heftige Zweifel, ob das wirklich so eine gute Idee gewesen war. Ohne Einkaufsliste war ich unter normalen Umständen schon aufgeschmissen, aber in meiner jetzigen Verfassung kam es einem absoluten Desaster gleich. Ich griff mal hier zu, blieb mal dort stehen und las die Deklarierung auf den Verpackungen, obwohl ich nur Bahnhof verstand. Die meisten Inhaltsstoffe klangen so, als ob sie in einen

Chemiebaukasten und nicht in irgendwelche Nahrungsmittel hineingehörten. Da mein Magen ohnehin schon rebellierte, bog ich schnell ab und schlich mit hängenden Schultern durch die Abteilung mit den Kosmetikprodukten. Ich konnte mich beim besten Willen nicht daran erinnern, ob wir noch Shampoo im Haus hatten. Und was war mit Seife und Rasierschaum?

In diesem Augenblick tippte mir von hinten jemand auf die Schulter. Erschrocken fuhr ich herum. Ein Mann im fortgeschrittenen Alter präsentierte mir lächelnd seine gelblich verfärbten Zähne.

»Ich benutze keine Tampons«, sagte er und sah mich abwartend an.

Oh mein Gott, auch das noch! Die Welt war voller Freaks! Als ich neulich am Kiosk eine Zeitung gekauft hatte, war mir so ein durchgeknallter Spinner um den Hals gefallen und hatte gejubelt, er habe in der Straßenbahn Jesus getroffen. Ich erklärte ihm, dass das völlig ausgeschlossen sei. Warum sollte jemand, der sogar übers Wasser laufen konnte, eine stickige, überfüllte Straßenbahn benutzen?

Im Vergleich zu der Jesusgeschichte fand ich die Nummer mit den Tampons beinahe schon harmlos. Oder sollte das womöglich eine blöde Anmache sein? Männer jenseits der fünfzig neigten ja gelegentlich zu ähnlichen Verzweiflungstaten, um sich etwas zu beweisen. Denkbar war auch, dass der Kerl sich bereits zu dieser frühen Stunde einen hinter die Binde gekippt hatte. Ich schnupperte vorsichtig. Falls er tatsächlich eine Alkoholfahne hatte, so wurde diese von starkem Nikotingestank überdeckt. Der Mann sah mich immer noch abwartend an. Jetzt bloß nichts Falsches sagen, dachte ich, solche Typen sind echt unberechenbar.

Ich setzte ein unverfängliches Lächeln auf und wollte kommentarlos weitergehen.

»Ich benutze keine Tampons«, wiederholte der Mann.

Und Zahnpasta offenbar auch nicht. Pfui Teufel, konnte der

Kerl nicht endlich aufhören zu grinsen?! Dieser Anblick war ja echt nicht zu ertragen. Angeekelt wandte ich den Blick ab. Wahrscheinlich war es sowieso das Gescheiteste, diesen Spinner einfach zu ignorieren und so zu tun, als ob ich nichts gehört hätte.

»Ich – brauche – keine – Tampons.«

Nun war es aber gut! »Das glaube ich Ihnen gern«, zischte ich ärgerlich.

»Und warum packen Sie dann fünf Pakete o.b. in *meinen* Einkaufswagen?«

Ach du Schreck! In Sekundenschnelle scannte ich den Inhalt des Wagens: Auberginen, Actimel, Schokopudding – das war wirklich nicht mein Wagen. Actimel und Schokopudding hätte ich möglicherweise in einem Anflug geistiger Umnachtung eingepackt – aber Auberginen? Nie im Leben! Kathi und Tobias hassten diese Gemüsesorte.

»Ver… verzeihen Sie vielmals«, radebrechte ich und fischte die Tamponpakete mit glühenden Wangen aus dem fremden Einkaufswagen, »heute ist wohl einfach nicht mein Tag.«

»Macht ja nichts. Und was den schlechten Tag betrifft: Sehen Sie es positiv. Dann kann es nur besser werden.«

»Von wegen«, murmelte ich leise. »Schlimmer geht immer.« Und laut sagte ich: »Ja genau. Ihnen auch noch einen schönen Tag. Wiedersehen.«

So schnell ich konnte, floh ich aus der Kosmetikabteilung und begab mich auf die Suche nach meinem eigenen Wagen. Nachdem ich den halben Supermarkt durchkämmt hatte, fand ich ihn schließlich neben der Kühltheke, in der sich die Fischstäbchen tummelten. Ich konnte mich nicht daran erinnern, bereits dort gewesen zu sein. Aber wenn mein Wagen an dieser Stelle stand, musste es wohl so sein. Kopfschüttelnd legte ich die Tampons zu meinen restlichen Einkäufen.

»Sind die gerade im Angebot?«, fragte eine Frau mit einem

keksmümmelnden Kleinkind im Schlepptau interessiert und wies auf die o.b.-Packungen.

Verflixt, was hatten denn heute alle mit diesen blöden Tampons?!

»Ähhh … nicht dass ich wüsste, wa… warum?«, stammelte ich.

»Na ja, ich dachte ja bloß … weil Sie gleich fünf Pakete kaufen.«

»Ich hab drei Töchter«, flunkerte ich.

Herrjemine, ich wusste doch selbst nicht, warum ich einen Zehnjahresvorrat gekauft hatte! Vielleicht hatte ich gedacht, ich könnte mein Schicksal austricksen. So nach dem Motto: Wenn ich nur genug Tampons kaufe, werde ich mindestens bis zum Einsetzen der Wechseljahre am Leben bleiben. Wie dem auch sei: Ich hatte jetzt echt keine Lust, noch mal umzukehren, um die Pakete zurückzubringen. Im Internet fand man sicher jede Menge kreativer Vorschläge, was man mit den Dingern noch so alles anstellen konnte: Weihnachtsschmuck basteln, Wasserleitungen abdichten oder, oder, oder …

Um fünf vor zehn verließ ich den Supermarkt. Unschlüssig tastete ich in meiner Jackentasche nach meinem Handy. Ob ich vielleicht jetzt schon mal in der Praxis anrufen sollte? Nein, besser ich fuhr nach Hause und erledigte den Anruf von dort aus. Ich hatte nicht das Zeug zur Dramaqueen. Auf einem Supermarktparkplatz heulend zusammenzubrechen war einfach nicht mein Stil.

Ich umklammerte das Lenkrad und versuchte, mich auf den Verkehr zu konzentrieren. Dabei betete ich zum x-ten Mal halblaut das Sprüchlein herunter, das ich mir für den Anruf bei meiner Frauenärztin zurechtgelegt hatte.

»Hallo, hier ist Maja Beckers. Ich wollte mich nach meinem Biopsiebefund erkundigen.«

Aber durfte mir die Sprechstundenhilfe am Empfang überhaupt Auskunft erteilen? Würde sie mich mit Frau Dr. Leonhardt verbinden? Oder musste ich womöglich persönlich in der Praxis vorbeikommen, um mir den Befund abzuholen? Während ich darüber nachgrübelte, fuhr ich über eine Ampelkreuzung. Plötzlich spürte ich wie beim Achterbahnfahren ein eigentümliches Gefühl in der Magengegend. Hatte die Ampel eigentlich Grün gezeigt? Ich war mir nicht hundertprozentig sicher. Wäre sie rot gewesen, hätte mir das doch auffallen müssen, oder nicht?

Die Antwort kam in Form eines schwarzen Wagens von rechts auf mich zugerast.

Okay das war's, schoss mir durch den Kopf. Aus. Ende. Tatjanas blöde Kugel hat mit ihrer No-Future-Prophezeiung richtiggelegen.

Mehr aus Reflex als aus der Hoffnung, noch etwas an meinem Schicksal ändern zu können, trat ich mit voller Kraft auf die Bremse und kniff die Augen zusammen. Eigentlich wäre nun genau der richtige Moment, sich zu verabschieden und das Leben noch mal im Schnelldurchlauf Revue passieren zu lassen. Aber dafür reichte die Zeit nicht, denn in diesem Augenblick spürte ich bereits den Aufprall und hörte Glas zersplittern.

Dann herrschte Stille.

Und ich sah nur noch Blau. Blau, Blau, Blau … nichts als Blau. Das musste der Himmel sein! Was für ein Glück! Es hätte mich ja auch schlimmer treffen können. Nicht auszudenken, wenn ich in der Hölle gelandet wäre.

»Hey, wir kennen uns doch«, sagte in diesem Moment jemand mit einer angenehm tiefen Stimme.

Schön, dass der liebe Gott sich an mich erinnert, dachte ich gerührt. Obwohl ich mich in den letzten Jahren verdammt selten bei ihm in der Kirche hatte blicken lassen.

»Alles in Ordnung? Geht's dir gut?«, hörte ich die jetzt besorgt klingende Stimme wieder und spürte, wie mich jemand behutsam an den Schultern berührte.

Ich blinzelte und stellte halb erleichtert, halb enttäuscht fest, dass ich mich überhaupt nicht im Himmel befand, sondern in meinem Auto mitten auf der Kreuzung. Und die Stimme, die zu mir gesprochen hatte, gehörte auch nicht dem lieben Gott, sondern einem ganz normalen Menschen aus Fleisch und Blut. Auch wenn der Farbton seiner Augen geradezu überirdisch blau war ...

Mit einem Mal erkannte ich den Mann, der sich durch die geöffnete Wagentür zu mir hinunterbeugte, wieder – es war meine Kneipenbekanntschaft vom vergangenen Abend.

Vier Fäuste für ein Halleluja! Endlich fiel mir ein, was mir an dem Typen so bekannt vorgekommen war! Seine Augen! Er hatte Augen wie Terence Hill.

»Alles in Ordnung?«, wiederholte Terence fürsorglich.

»Ich glaub schon«, murmelte ich und nickte matt.

»Dann ist es ja gut. Wir sollten die Unfallstelle jetzt absichern und die Polizei rufen. Es kann allerdings ein Weilchen dauern, bis die kommt.«

»Muss das sein? Die Polizei, meine ich. Wir wissen doch beide, dass der Unfall meine Schuld gewesen ist.« Die Vorstellung, einem Mann in Uniform erklären zu müssen, warum ich bei Rot über die Ampel gefahren war, versetzte mich erneut in eine Art Schockzustand. »Keine Polizei«, bettelte ich. »Bitte.«

»Hm ... Ich weiß nicht so recht.« Terence musterte mich nachdenklich. »Womöglich überlegst du es dir später anders und versuchst, mir die Schuld in die Schuhe zu schieben.«

»Keine Sorge, das wird nicht passieren«, beteuerte ich.

»Na schön, ich vertraue dir.« Terence machte Anstalten, zu mir ins Auto zu steigen. »Rutsch mal rüber. Mein Auto steht schon am Straßenrand, aber deins behindert den Verkehr. Wir sollten es schnellstens von der Kreuzung runterfahren.«

»Mein Auto fährt noch?«, fragte ich überrascht, während ich vom Fahrer- auf den Beifahrersitz rutschte.

Ich hatte mit einem Totalschaden gerechnet. War der Aufprall tatsächlich gar nicht so heftig gewesen? Dann musste Terence eine verdammt gute Reaktionsfähigkeit haben.

»Alles halb so wild. Soweit man das auf den ersten Blick beurteilen kann.« Mein Retter steuerte meinen Kombi geschickt in eine Parkbucht am Straßenrand und stellte den Motor ab. »Dein Kotflügel hat was abbekommen, und der Scheinwerfer ist auch hinüber. Du solltest den Wagen aber auf jeden Fall in der Werkstatt gründlich durchchecken lassen. Nur zur Sicherheit ...«

Da war er wieder, dieser dämliche Satz! Ich hatte die Nase gestrichen voll von dem ganzen Sicherheitsgefasel! Irritiert spürte ich Tränen meine Wangen hinunterkullern. Auch Terence entging das nicht.

»Tut dir was weh? Soll ich einen Krankenwagen rufen oder dich zum Arzt fahren?«

Schluchzend schüttelte ich den Kopf.

»Also ist es bloß der Schreck. Wein einfach ein bisschen, dann geht's dir gleich wieder besser. Das muss dir nicht peinlich sein.«

Überrascht blinzelte ich Terence an. Für einen Mann war er erstaunlich einfühlsam. Oliver hätte mich in einer solchen Situation todsicher aufgefordert, mich zusammenzureißen.

Terence zauberte von irgendwoher ein Taschentuch hervor, mit dem ich mir zwischen zwei Schluchzern geräuschvoll die Nase putzte.

»Und jetzt?«, fragte ich dann mit zitternder Stimme.

»Jetzt gehen wir erst einmal einen Kaffee trinken, würde ich sagen. Bis du dich wieder beruhigt hast. In deiner augenblicklichen Verfassung solltest du dich jedenfalls nicht hinters Steuer setzen.«

»Na bitte, jetzt kommt langsam wieder etwas Farbe in dein Gesicht«, sagte Terence, als wir uns in einem kleinen Bistro bei einem Kaffee gegenübersaßen. »Nicht dass dir die vornehme gestanden hätte, aber so siehst du *noch* hübscher

pla, versuchte er etwa, mit mir zu flirten? Ach was, sicher lte er nach dem ausgestandenen Schreck nur nett zu mir sein. Was ich ihm verdammt hoch anrechnete, denn immerhin hatte ich ihn durch meine Unaufmerksamkeit nicht nur in Gefahr gebracht, sondern ihm darüber hinaus einige Scherereien bereitet.

»Es tut mir wirklich ganz schrecklich leid«, sagte ich zerknirscht, während ich den Zuckerstreuer auf dem Tisch von rechts nach links schob. »Ich weiß echt nicht, wie das passieren konnte.«

»Das sagtest du bereits.« Er grinste. »In den vergangenen fünf Minuten so an die hundert Mal.« Über den Tisch hinweg reichte er mir die Hand, die sich angenehm warm anfühlte. »Ich heiße übrigens Torben.«

»Maja«, stellte ich mich vor. »Wie die Biene.« Hilfe! Hatte ich das wirklich gerade gesagt? Ich musste noch unter Schock stehen, sonst würde ich nicht so einen Schwachsinn von mir geben. »Entschuldige, dass ich erst jetzt danach frage, aber hat dein Auto viel abbekommen?«

»Ach«, Torben winkte ab, »nur ein paar Dellen. Nichts, was in einer Werkstatt nicht wieder hinzukriegen wäre. Die Hauptsache ist doch, dass sonst nichts passiert ist und dass alles Wesentliche noch heil ist.«

Bei »alles Wesentliche« ließ er seinen Blick bedeutungsvoll auf mir ruhen. Plötzlich war ich froh, dass ich am Morgen wenigstens Wimperntusche und Lipgloss aufgetragen hatte. So sah ich vielleicht nicht ganz so scheußlich aus, wie ich mich fühlte.

Ich sah auf meine Armbanduhr.

»Musst du weg?«, fragte Torben.

Bildete ich mir das nur ein, oder klang seine Stimme ein kleines bisschen enttäuscht?

»Nein«, antwortete ich schnell. »Aber ich muss mal eben kurz telefonieren.« Obwohl ein Bistro für einen Zusammenbruch sicher um keinen Deut besser geeignet war als ein Supermarktparkplatz, konnte ich den Anruf unmöglich länger vor mir herschieben.

»Dann tu das«, sagte Torben. »In der Zwischenzeit bestell ich uns noch einen Kaffee.«

Auch wenn ich nicht wusste, ob mir nach dem bevorstehenden Telefonat mehr der Sinn nach etwas Hochprozentigem als nach Kaffee stehen würde, nickte ich. Ich fischte mein Handy aus der Jackentasche, ging damit vor die Tür und gab mit klopfendem Herzen die Nummer der Frauenarztpraxis ein. Ich war erleichtert, dass ich gleich durchkam.

Bevor ich mein vorbereitetes Sprüchlein herunterbeten konnte, unterbrach mich die Sprechstundenhilfe jedoch schon.

»Ach, Frau Beckers. Schön, dass Sie sich melden. Ich habe Ihnen die gute Nachricht schon zu Hause auf den Anrufbeantworter gesprochen.«

Die gute Nachricht? Es dauerte ein bisschen, bis ich die Tragweite dieses Satzes begriff.

»Es ist also kein Krebs?«, stammelte ich

»Kein Krebs«, bestätigte die Sprechstundenhilfe. »Es handelt sich um eine harmlose Verhärtung der Milchdrüsen. Wenn Sie möchten, kommen Sie morgen doch einfach noch mal in die Praxis, dann kann die Frau Doktor Ihnen das genauer erklären.«

Ich bedankte mich überschwänglich und legte auf.

Gott sei Dank! Ich schloss die Augen, legte den Kopf in den Nacken und atmete tief ein und aus. Als ich die Augen wieder öffnete, musste ich wegen des hellen Sonnenlichts blinzeln.

War der Himmel vorhin auch schon so strahlend blau gewesen? Die Gewichte, die vor dem Telefonat auf meinen Schultern gelastet hatten, waren auf einmal verschwunden. Ich hatte das Gefühl, dem Tod an diesem Tag gleich zwei Mal von der Schippe gesprungen zu sein. Unwillkürlich begann ich Kathis derzeitiges Lieblingslied vor mich hin zu summen.

Plötzlich vermisste ich meine Kinder ganz schrecklich, ich hätte sie am liebsten bei mir gehabt, um sie ganz fest an mich zu drücken. Allerdings standen mütterliche Zuneigungsbekundungen in aller Öffentlichkeit bei fast erwachsenen Teenagern nicht besonders hoch im Kurs. Mama, bist du peinlich!, würde Kathi sagen und mir diesen ganz speziellen genervten Blick zuwerfen, den sie eigens für mich reserviert hatte.

Auch meine Freundinnen hätte ich jetzt gern umarmt. Stattdessen schickte ich den dreien eine Entwarnungs-SMS, bevor ich wieder ins Bistro zurückkehrte.

Torben legte sein Handy zur Seite. »Gute Neuigkeiten? Du strahlst so.«

»Ja. Alles bestens.«

Torben sah mich abwartend an, doch als ich nichts sagte, ließ er es dabei bewenden. Was ihm weitere Sympathiepunkte bei mir einbrachte.

Als ich mich gerade wieder hingesetzt hatte, kam die Kellnerin und stellte zwei Sektgläser auf den Tisch.

»Zweimal Prosecco. Bitte schön.«

Bevor ich protestieren konnte, dass wir keinen Prosecco bestellt hätten, erklärte Torben schnell: »Ich habe gedacht, wir sollten darauf anstoßen, dass der Unfall so glimpflich ausgegangen ist.«

Der Typ war wirklich unglaublich! Anstatt stinksauer zu sein, dass ich seinen Wagen demoliert hatte, gab er mir sogar noch einen aus.

Normalerweise trank ich vormittags keinen Alkohol, schon gar nicht, wenn ich mit dem Auto unterwegs war, aber heute wollte ich mal eine Ausnahme machen. Erstens war so ein kleines Gläschen Prosecco nun wirklich nicht der Rede wert, und zweitens gab es nicht alle Tage so viel Grund zu feiern.

Torben hob sein Glas. »Auf den glücklichen Ausgang unseres Zusammenstoßes!«

Auf das Leben!, ergänzte ich im Stillen, stieß mit ihm an und nahm einen tiefen Schluck. Ach, herrlich! Prosecco passte perfekt zu meiner Gemütsverfassung. Ich fühlte mich ganz kribbelig von der Energie und Lebensfreude, die durch meinen Körper pulsierte.

»Wo wolltest du eigentlich hin, als ich dich ... äh ... dein Auto gerammt habe?«, fragte ich, nachdem ich mein Glas wieder abgestellt hatte.

»Ich war gerade auf dem Weg ins Büro.«

»Solltest du dann nicht mal langsam fahren?« Nicht dass ich Torben loswerden wollte. Im Gegenteil! Aber mein schlechtes Gewissen zwang mich zu dieser Frage. »Du hast durch mich schon genug Scherereien. Ich möchte wirklich nicht, dass du meinetwegen auch noch Ärger mit deinem Chef bekommst.«

»Keine Sorge, so schlimm wird's schon nicht werden. Vielleicht kürzt er mir das Gehalt oder lässt mich zur Strafe die Toiletten schrubben – aber das ist es mir wert.«

»Toiletten schrubben? Dann muss dein Boss ja ein ganz schönes Arschloch sein«, entfuhr es mir entsetzt.

»Ach, so furchtbar ist er nun auch wieder nicht. Er hat durchaus seine guten Seiten«, nahm Torben seinen Chef in Schutz. »Ich arbeite als freiberuflicher Architekt, allein«, klärte er mich schließlich lachend auf. »Und was machst du so?«

»Ich bin Floristin. Kennst du zufällig das Gießkännchen?«

»Klar kenne ich das. Wenn ich meiner Mutter Blumen schenken will oder eine Einladung bekomme, die nach Grünzeug schreit, gehe ich immer dahin.«

Blumen für die Frau Mama? Löblich, löblich. Eine Frau oder Freundin hatte er nicht erwähnt. Nicht dass mich das was angehen würde ... Aber vielleicht schenkte er seiner besseren Hälfte auch gar keine Blumen, sondern nur Diamanten.

»Schöner Laden. Ich kann mich gar nicht daran erinnern, dich dort schon mal gesehen zu haben.« Seine blauen Augen schienen jeden Quadratzentimeter meines Gesichts abzutasten. »Und glaub mir, daran würde ich mich erinnern.« Lag es am Alkohol oder an Torbens Komplimenten, dass mir plötzlich ganz heiß wurde? »Ich arbeite nur auf Teilzeitbasis«, erklärte ich rasch.

»Dann hast du wohl Kinder?«

»Ja, zwei. Einen Sohn und eine Tochter.«

Wie immer, wenn ich von meinen Kindern sprach, schwang mütterlicher Stolz in meiner Stimme mit. Der Elternsprechtag in Kathis Schule war die einzige Ausnahme.

»Und wo sind die beiden jetzt? Im Kindergarten?«

»Ich schätze, dafür sind sie schon ein kleines bisschen zu alt. Mein Großer macht nächstes Jahr Abitur.«

Ich konnte förmlich zusehen, wie Torbens Kinnlade nach unten klappte.

»Oh«, kommentierte er, nachdem es ihm gelungen war, seinen Mund wieder zu schließen. Und dann schließlich noch mal »Oh«.

Es dauerte einen Moment, bis er sich von seiner Überraschung erholt hatte. Aber an diese Art von Reaktion war ich bereits gewöhnt. Die meisten Leute reagierten mit ungläubigem Staunen oder dachten, ich wollte sie auf den Arm nehmen, wenn das Alter meiner Kinder zur Sprache kam.

»Abitur? Das ist toll!«, sagte Torben, doch sein Gesichtsausdruck verriet, dass es in Wirklichkeit nicht Tobias' Schulabschluss war, der ihn beschäftigte. »Frag eine Frau nie nach ihrem Alter«, fuhr er grinsend fort. »Diese goldene Regel hat mir meine Mutter beigebracht. Verrätst du mir denn vielleicht, wie alt du gewesen bist, als du deinen Sohn bekommen hast?«

»Einundzwanzig.« Obwohl ich Torben ganz bestimmt keine Erklärung schuldig war, fügte ich noch schnell hinzu: »Tobias war ein Unfall – und das Beste, was mir in meinem Leben passiert ist.«

»Tja, ein Unfall kann sich im Nachhinein als echter Glücksfall entpuppen.« Torben zwinkerte mir verschmitzt zu. »Sieh uns beide an. Wärst du mir nicht ins Auto gefahren, hätten wir uns vermutlich nie wiedergesehen.«

Was wahrscheinlich besser gewesen wäre, wisperte ein leises Stimmchen in meinem Kopf mahnend. Himmel, Maja, du bist verheiratet!

Na und? Darf man sich deshalb nicht einfach mal nett unterhalten?, setzte ich trotzig entgegen. Schließlich hatte ich nur ein Ehegelöbnis und kein Schweigegelübde abgelegt.

»Gibst du mir deine Handynummer?« Torben musste mein Zögern bemerkt haben, denn er fügte noch hastig hinzu: »Schließlich müssen wir in Kontakt bleiben … wegen des Unfallschadens.«

»Ach ja, natürlich.«

Erleichtert gab ich Torben die Nummer und wiederholte sie, während er die Zahlenfolge in sein Handy eintippte, noch zweimal – nur zur Sicherheit. Dann musste ich bedauerlicherweise auch schon los, denn ich wollte meine Chefin nicht noch einen weiteren Tag in dieser Woche versetzen.

»Was ist passiert?!«, übertönte Marianne den melodischen Dreiklang der Ladenglocke, als ich das Geschäft betrat.

Sie legte den bunten Frühlingsstrauß, den sie gerade mit frischem Grün bestückte, achtlos auf die Ladentheke und kam mir entgegengeeilt.

»Ich hatte einen Autounfall an der Kreuzung, wo rechts der VW-Händler und links der große Bürokomplex ist. Die Ampel muss rot gewesen sein, aber das hab ich wohl irgendwie nicht gesehen!«, sprudelte es, nachdem ich mich vergewissert hatte, dass keine Kundschaft im Laden war, aus mir heraus. Doch dann stutzte ich plötzlich. »Sag mal, woher weißt du überhaupt, dass etwas passiert ist? Bin ich etwa immer noch blass?«

Prüfend legte ich die Hände an meine Wangen, doch die fühlten sich – sicher aufgrund des Proseccos – ziemlich heiß an, was auf eine gesunde Gesichtsfarbe schließen ließ.

»Nein, ehrlich gesagt ist mir nur aufgefallen, dass du strahlst wie ein Kronleuchter. Deshalb dachte ich, du hättest etwas *Erfreuliches* erlebt. Zum Beispiel deiner Mutter mal so richtig die Meinung gegeigt oder ein neues Paar Schuhe erstanden.« Meine Chefin trat einen Schritt näher an mich heran und musterte mich besorgt. »Bist du dir sicher, dass dein Kopf bei dem Unfall nichts abbekommen hat? Ein Autounfall ist doch nun wirklich kein Grund zur Freude! Geht's dir auch bestimmt gut?« Fürsorglich schob sie mir einen kleinen Tritthocker unter den Allerwertesten. »Jetzt erzähl erst mal in Ruhe.«

Das tat ich, wobei ich mir Mühe gab, mich auf den Unfallhergang zu konzentrieren und meinen Unfallgegner, der sich so rührend um mich gekümmert hatte, nur am Rande zu erwähnen. Anschließend berichtete ich von der Biopsie und dem erlösenden Befund.

Nachdem ich geendet hatte, drückte Marianne mich so fest an sich, dass mir fast die Luft wegblieb. Tod durch Ersticken – diese Möglichkeit hatte ich noch gar nicht in Betracht gezogen ...

»Gottlob ist alles gut gegangen«, seufzte meine Chefin, als ich wieder frei atmen konnte. »Dein Schutzengel macht wohl gerade mächtig viele Überstunden. Nun versteh ich auch, warum du so gut gelaunt bist. Bei so viel Glück im Unglück hast du wirklich allen Grund zu strahlen.«

Ein paar Stunden später hielt das Hochgefühl, das mich wie auf einer bunt schillernden Seifenblase über den Boden schweben ließ, immer noch an. Nicht nur die Arbeit im Blumengeschäft war mir wie von selbst von der Hand gegangen, auch daheim fluppte alles wie am Schnürchen. Selten hatte ich das Abendessen mit so viel Freude und Elan zubereitet. Obwohl ich eigentlich gar nicht jonglieren konnte, ließ ich die Eier für die Panade der Fischfilets durch die Luft fliegen – und nicht ein Einziges landete auf dem Boden. Ich rührte gerade die Remoulade an, da klingelte mein Handy.

»Hallihallo«, meldete ich mich in fröhlichem Singsang, ohne vorher auf die Nummer im Display zu sehen.

»Hi, Maja, Torben hier.«

Torben?! Um ein Haar hätte ich das Handy in die Remouladensoße fallen lassen. Mein Mund war plötzlich staubtrocken, und meine Zunge fühlte sich seltsam verknotet an. Bestimmt würde ich nicht einen einzigen Laut herausbringen!

»Maja? Bist du noch dran? Ich hoffe, du erinnerst dich an mich«, interpretierte Torben mein Schweigen komplett falsch. »Ich bin's. Torben, Torben Herzog, der Kerl, dessen Auto dir heute auf der Kreuzung im Weg gewesen ist.«

Unter Tausenden von Anrufern hätte ich seine Stimme auf Anhieb wiedererkannt. Was natürlich einzig und allein daran lag, dass unser Zusammentreffen erst wenige Stunden zurücklag, versuchte ich mir einzureden.

»Ach, Torben, hallo«, krächzte ich mühsam, nachdem ich mich gefangen hatte. »So schnell habe ich mit deinem Anruf gar nicht gerechnet. Warst du schon in der Werkstatt?«

»Nein, nein, so fix bin ich nun doch wieder nicht. Ich rufe an, weil ... also, ich rufe an, um ...«

Mit klopfendem Herzen wartete ich auf das Ende des Satzes. Was wollte Torben mir sagen? Ich rufe an, weil du mir nicht mehr aus dem Kopf gehst? Ich rufe an, um dich zum Essen einzuladen?

»Ich rufe zu Testzwecken an«, erlöste Torben mich, als ich die Spannung kaum noch aushielt. »Hätte ja auch sein können, dass du mir die Nummer von deiner Friseuse oder vom Pizzataxi gegeben hast.«

Ich wusste nicht, ob ich erleichtert oder enttäuscht sein sollte.

Und da ich mich nicht entscheiden konnte, freute ich mich fürs Erste einfach nur, mit Torben zu reden.

Ihm ging es andersherum offenbar ähnlich. Er lachte fröhlich, dann sprach er ernst weiter. »Spaß beiseite. Ich hab mir Sorgen gemacht und wollte nachhören, ob es dir auch wirklich gut geht.«

Ging es mir gut? Einerseits fühlte ich mich glücklich und aufgekratzt, andererseits war ich aber auch ziemlich durch den Wind.

»Du hast ja nach unserem Zusammenstoß noch unter Schock gestanden«, fuhr Torben fort. »Oft merkt man nach so einem Unfall erst viel später, dass man Schmerzen oder irgendwelche Verletzungen hat.«

»Nein, nein, keine Schmerzen. Alles bestens«, versicherte ich hastig. »Um meine Gesundheit brauchst du dir wirklich keine Sorgen zu machen.« Wenn man mal davon absah, dass mein Pulsschlag sich in den vergangenen zwei Minuten verdoppelt hatte und mein Herz schmerzhaft gegen den Brustkorb wummerte, war ich körperlich topfit. Mental hingegen schien mir der Unfall doch ein wenig zugesetzt zu haben. Immerhin besaß ich noch so viel Geistesgegenwart, Torben nun ebenfalls nach seinem Gesundheitszustand zu fragen. »Geht es dir auch gut?«, presste ich etwas gestelzt hervor.

»Keine Sorge. Ich hab mich selten besser gefühlt.«

»Das ist schön.«

Dann herrschte Schweigen. Verzweifelt durchforstete ich mein Gehirnstübchen nach einer witzigen oder geistreichen Bemerkung, mit der ich das Gespräch in Gang halten könnte, aber bei dem Chaos, das dort oben herrschte, konnte ich beim besten Willen nichts finden.

»Also dann ...«

»Also dann ...«, wiederholte ich, nur um überhaupt was zu sagen.

»Ich melde mich, sobald es etwas Neues gibt.«

»Ja, tu das.«

»Schönen Abend noch.«

»Wünsch ich dir auch.«

Mit einem sanften Tastendruck beendete ich das Telefonat. Nun hatte ich Torbens Handynummer. Und könnte ihn – sofern ich wollte – jederzeit anrufen. Was ich natürlich nie im Leben tun würde! Trotzdem war es schön zu wissen, dass ich die Möglichkeit dazu hatte ...

Ich legte das Handy beiseite und fuhr mit der Arbeit fort. Fröhlich pfeifend machte ich mich auf den Weg in den Keller, um Zwiebeln zu holen. Als ich im Vorübergehen einen flüchtigen Blick in den Garderobenspiegel warf, blieb ich wie versteinert stehen. Entsetzt betrachtete ich das verklärte Lächeln, das meine Lippen umspielte. Schnell ließ ich die Mundwinkel fallen und zog eine Grimasse. Meine Güte, ich war verheiratet, Mutter zweier fast erwachsener Kinder – und gebärdete mich wie ein Teenager. Wie peinlich war das denn bitte?!

Ich war froh, als zwanzig Minuten später die Haustür klapperte und ich Schritte im Flur vernahm. Oliver brauchte mich nur in den Arm zu nehmen und mir einen Kuss zu geben, dann war die Welt wieder in Ordnung und der ganze Spuk vorbei. Zumindest hoffte ich das.

Allerdings sah Oliver nicht so aus, als stünde ihm der Sinn nach ehelichen Kuscheleinheiten. Zwischen seinen Augenbrauen befand sich eine steile Falte, die nichts Gutes verhieß. Trotzdem tat ich so, als würde ich diese Sturmwarnung nicht bemerken. Vielleicht hatte er einfach nur Stress in der Kanzlei oder schlechte Laune – dann war es erfahrungsgemäß am besten, die Unmutsfalte einfach zu ignorieren.

»'n Abend, Schatz!«

Ich wandte mich Oliver zu, um ihm einen Kuss zu geben. Doch mein Mann blieb, die Arme vor der Brust verschränkt, einen Meter von mir entfernt stehen.

»Kannst du mir mal verraten, was mit deinem Auto passiert ist?«, knurrte er.

Eine liebevolle Begrüßung stellte ich mir irgendwie anders vor ...

»Ich hatte einen Unfall.«

»Was du nicht sagst. Dass du mit dem Wagen einen Unfall hattest, ist wirklich kaum zu übersehen. Wie ist denn das passiert?«

»Äh ... ich bin versehentlich über eine rote Ampel gefahren und mit einem anderen Auto zusammengestoßen«, beichtete ich zerknirscht.

»Hast du etwa wieder beim Autofahren telefoniert? Wie oft hab ich dir schon gesagt, dass du dir endlich eine Freisprecheinrichtung zulegen sollst. Aber nein, die Dame braucht ja so einen technischen Firlefanz nicht. Jetzt haben wir den Salat.«

»Ich hab nicht telefoniert«, erklärte ich in genau dem trotzigen Tonfall, der mich bei Kathi in Rekordzeit auf die Palme brachte.

Auf Oliver schien er die gleiche Wirkung auszuüben.

»Herrgott, Maja, jetzt lass dir doch nicht alles aus der Nase ziehen«, polterte er und ließ seine Aktentasche mit einem lauten Knall auf den Boden fallen. »Hat dich eine Biene gestochen oder die Sonne geblendet? Irgendwas muss dich doch abgelenkt haben! Kein Mensch fährt einfach so über eine rote Ampel.«

»Tja, ich schon.«

Eigentlich hatte ich vorgehabt, Oliver von der Biopsie zu erzählen, schließlich brauchte er sich jetzt, da das Ergebnis vorlag, keine Sorgen mehr zu machen, aber irgendwie tendierte mein Bedürfnis, mit ihm darüber zu reden, nach der unschönen Begrüßung gen null. Ich konnte es auch ebenso gut für mich behalten. Bis wir das nächste Mal Sex haben würden, war der blaue Fleck auf meiner Brust, den ich als kleines Andenken an die Biopsie zurückbehalten hatte, sicherlich längst wieder verschwunden.

»Übrigens, danke der Nachfrage«, setzte ich noch gekränkt

hinzu. »Ja, mir geht's gut. Und: Nein, ich habe mich bei dem Unfall nicht verletzt.«

»Ich hoffe, du hast kein Schuldanerkenntnis unterschrieben. Das wäre fatal«, meckerte Oliver, ohne auf meine Bemerkung einzugehen. »Wenn wir es richtig anstellen, können wir deinem Unfallgegner bestimmt ein Mitverschulden in die Schuhe schieben.«

»Nein, das können wir nicht.« Energisch stemmte ich die Hände in die Hüften. »Ich allein trage die Schuld an dem Unfall. Also werde ich auch dafür geradestehen.«

»Wenn du Geld zu verschenken hast ... Mach dich schon mal drauf gefasst, dass die Reparatur deines Wagens ein schönes Sümmchen kosten wird. Das übernimmt keine Versicherung.« Er schnaubte ärgerlich, wobei seine Nasenlöcher wie die Nüstern eines Stiers bebten. »Wie groß ist denn überhaupt der Schaden an dem anderen Auto?«

Wenn ich ihm jetzt sagen würde, dass ich mir den Wagen des Unfallgegners gar nicht angeschaut hatte, würde Oliver komplett ausflippen. Ich wusste nicht mal, was für ein Auto Torben fuhr – weder die Marke noch den Typ, geschweige denn, ob es alt oder neu ausgesehen hatte. Schwarz war es gewesen, aber das war auch schon alles, woran ich mich erinnern konnte.

»Nur ein paar kleine Dellen. Nichts, was in der Werkstatt nicht wieder hinzukriegen wäre. Die Hauptsache ist doch, dass sonst nichts passiert ist und dass alles Wesentliche noch heil ist«, zitierte ich Torben und gratulierte mir insgeheim zu dieser diplomatischen Antwort.

»Na, du hast vielleicht Nerven.« Oliver starrte mich an, als ob ich nicht mehr ganz dicht wäre. »Hast du mit deinem Handy wenigstens Fotos am Unfallort gemacht? Ach, vergiss es! Dumme Frage, sorry. Vermutlich weißt du nicht einmal, dass du mit deinem Smartphone auch noch etwas anderes als telefonieren kannst.«

»Oh doch, das weiß ich.« Man konnte es ganz prima als Wurfgeschoss verwenden. »Gibt es eigentlich eine App, mit der man unsensible Ehemänner zum Mond schießen kann?«

»Wie bitte?«

»Ach, nichts.«

»Die Bagatellschadengrenze müsste, wenn ich mich recht entsinne, bei siebenhundert oder siebenhundertfünfzig Euro liegen«, sagte Oliver mehr zu sich selbst als zu mir. »Es wäre schon ganz gut zu wissen, ob die Reparaturkosten höher oder niedriger sind. Liegen sie drüber, kann der Geschädigte einen freien Sachverständigen hinzuziehen, der ...«

Bla, bla, bla. Während ich so tat, als würde ich aufmerksam zuhören, schaltete ich innerlich auf Durchzug. Diese Technik hatte ich mir von meinen Kindern abgeschaut und in den letzten Jahren perfektioniert. Wenn man es richtig anstellte, konnte man den Redefluss in eine Art Meeresrauschen umwandeln. Vogelgezwitscher hätte ich auch nett gefunden, aber daran arbeitete ich noch.

»Maja?«

Olivers fragendes Gesicht schob sich vor die Bratkartoffeln. Offenbar wollte er irgendetwas von mir wissen.

»Wie bitte? Entschuldige, ich war einen winzigen Moment abgelenkt.«

»Hast du nun, oder hast du nicht?«, fragte Oliver ungeduldig, wobei sich die Falte zwischen seinen Augenbrauen zu einer Schlucht vertiefte.

»Hab ich was?«

»Hast du die Telefonnummer von deinem Unfallgegner?«

Ich zögerte. Auch ohne Tatjanas Hilfe wusste ich, worauf diese Frage hinauslief. Aber um Oliver nicht noch mehr in Rage zu bringen, nickte ich brav.

»Gib sie mir. Dann erledige ich das für dich.«

»Danke, ich komm schon alleine klar.«

»Na schön. Wie du meinst.« Oliver zuckte mit beleidigter Miene die Achseln. »Ist ja nicht so, als hätte ich nichts zu tun. Auf meinem Schreibtisch stapeln sich die Akten, die Fristen sitzen mir im Nacken, ich komme im Büro kaum zum Luftholen. Da weiß ich wirklich Besseres mit meiner Zeit anzufangen, als die Dummheiten meiner Frau wieder auszubügeln.«

Mit einer Hand öffnete er den obersten Knopf seines Hemdes, mit der anderen nestelte er an seiner Krawatte herum, als würde er mit einer Würgeschlange kämpfen. Nachdem es ihm endlich gelungen war, sich vom Geschenk seiner Schwiegermutter zu befreien, ließ er es achtlos auf einen Stuhl plumpsen. Dann beugte er sich über die Bratpfanne.

»Sind das etwa Zwiebeln? Du weißt doch, dass ich keine Bratkartoffeln mit Zwiebeln mag.«

Dann mach sie dir gefälligst selbst!, hätte ich am liebsten geantwortet, schluckte diese Bemerkung jedoch in letzter Sekunde herunter. Kathi zuliebe verzichtete ich schon auf den Speck in den Bratkartoffeln, wie viele Extrawünsche sollte ich denn noch berücksichtigen? Fehlte nur noch, dass Tobias die Bratkartoffeln ohne Kartoffeln essen wollte …

Vielleicht hatte Britta wirklich recht: Ihrer Meinung nach verwöhnte ich meine Familie zu sehr. Mitunter kochte ich drei verschiedene Varianten von ein und demselben Gericht. Dabei hatte ich längst aufgehört, mich zu fragen, was ich gern aß. Hauptsache, mein Mann und meine Kinder waren glücklich und zufrieden – dann war ich es auch. Zumindest hatte ich das immer gedacht.

Bis heute.

Zum ersten Mal ertappte ich mich dabei, dass ich mir nicht mehr so sicher war, ob es mir wirklich genügte, alle anderen zufriedenzustellen. Wer hatte mich eigentlich jemals gefragt, ob ich Bratkartoffeln mochte?!

Obwohl ich trotz der Aufregung durchgeschlafen hatte, fühlte ich mich am nächsten Morgen alles andere als frisch und ausgeruht. Mir taten sämtliche Knochen weh. Hatte Torben womöglich richtig vermutet, dass sich die Auswirkungen des Unfalls bei mir erst später bemerkbar machen könnten? Ach was, wir brauchten einfach mal wieder neue Matratzen.

Doch die Euphorie des Vortages war verflogen. Was war los? Auch wenn ich mir nach dem erfreulichen Ergebnis der Biopsie und dem heil überstandenen Autounfall geschworen hatte, von nun an jeden Moment auszukosten und zu genießen, fühlte ich mich genervt und reizbar. Es ärgerte mich, dass Kathi am Frühstückstisch mal wieder die Kopfhörer ihres iPods in den Ohren hatte, und es nervte mich furchtbar, dass mein fast erwachsener Sohn vorgab, nicht in der Lage zu sein, sich sein Pausenbrot selbst zu schmieren. Warum waren solche praktischen Fähigkeiten eigentlich nicht Bestandteil der Abiturprüfung? Als Krönung der morgendlichen Idylle machte Oliver mir auch noch Vorhaltungen, dass ich mich bei seinem Cousin noch nicht für die Einladung zur Hochzeit bedankt hatte.

Völlig normal, dass der Alltag wieder Einzug hielt. Aber so schnell? Natürlich konnte ich nicht den lieben langen Tag singend durch die Gegend laufen und »Hurra, ich lebe noch!« jubeln, doch ein bisschen länger hätte das Hochgefühl schon anhalten können. Ich horchte kritisch in mich hinein und kam zu dem Ergebnis, dass mein Unterbewusstsein dem Braten nicht traute. Hatte ich vielleicht irgendetwas übersehen? Möglicherweise wog ich mich in trügerischer Sicherheit. Auch wenn es weder Brustkrebs noch ein Autounfall waren, die meinem Leben ein Ende bereiteten, so gab es noch Millionen anderer Möglichkeiten.

Wer konnte das wissen?

Tatjana!

Dass ich nicht schon viel früher auf die Idee gekommen war!

Vielleicht hatten bei meinem letzten Besuch tatsächlich irgendwelche ungünstigen Schwingungen in der Luft gelegen, oder Tatjana hatte Migräne gehabt. Ich rief sie an, um einen neuen Termin zu vereinbaren, doch sie versuchte, mich abzuwimmeln. Angeblich sei sie komplett ausgebucht. Ich musste all meine Überredungskunst einsetzen, um meine Wahrsagerin davon zu überzeugen, mich in ihrer Mittagspause dazwischenzuschieben.

Leider Gottes verlief die Sitzung keinen Deut besser als die letzte. Dieses Mal war es sogar fast noch schlimmer als beim ersten Besuch, denn als ich mich von Tatjana verabschiedete, bemerkte ich, dass sie Tränen in den Augen hatte. Damit war die Sache klar. Mein Unterbewusstsein hatte mit seinen Unkenrufen richtiggelegen.

Wie immer, wenn ich Ordnung in meine Gedanken bringen wollte, griff ich zu Hause als Erstes zu Stift und Papier. Eine Liste musste her! Ich überlegte einen Moment, bevor ich schrieb: VOR MEINEM TOD ZU ERLEDIGEN. Möglicherweise waren die großen Druckbuchstaben ein Fehler, denn so wirkte das Ganze noch furchteinflößender. Prompt kamen mir die Tränen, und die Buchstaben begannen, vor meinen Augen auf und ab zu tanzen. Verdammt, war es wirklich gerade mal gut vierundzwanzig Stunden her, dass ich mit Torben in dem kleinen Bistro gesessen und mich so glücklich und unbeschwert gefühlt hatte?

Reiß dich zusammen, ermahnte ich mich. In Selbstmitleid zu versinken war das Schlimmste, was man in einer solchen Situation tun konnte. Ich musste jetzt stark sein und in erster Linie an meine Familie denken. Das tat ich, und zwar ununterbrochen. Was aber alles nur noch schlimmer machte. Denn auch wenn meine Kinder aus dem Gröbsten raus waren, so brauchten sie doch noch ihre Mutter! Wer sollte ihnen beispielsweise sagen, dass er sie mehr als alles auf der Welt liebte? Natürlich war Oliver ein guter Vater, aber solche »Gefühlsduseleien« lagen ihm einfach nicht. Wer würde Kathi trösten, wenn sie zum ersten Mal

Liebeskummer hatte? Wer würde mit ihr zum Frauenarzt gehen, wenn sie die Pille brauchte? Wer würde Tobias davon abhalten, beim Motorradfahren sein Leben aufs Spiel zu setzen? Oliver ganz sicher nicht.

Plötzlich kam mir ein Film in den Sinn, den ich irgendwann vor langer Zeit einmal gesehen hatte. Ein sehr trauriger Film über eine Frau, die wusste, dass sie nur noch wenige Wochen zu leben hatte. Kurz vor ihrem Tod hatte sie für ihre Töchter Kassetten besprochen. Für jeden Geburtstag eine. Bis die Kinder volljährig waren. Eine schöne Idee, wie ich fand, allerdings machte mir die Technik wie so oft auch hierbei einen Strich durch die Rechnung. Abgesehen von ein paar wenigen Bändern aus meiner Jugendzeit, die ich aus einer sentimentalen Anwandlung heraus aufgehoben hatte, gab es in unserem Haus weder Kassetten noch eine Abspielmöglichkeit dafür. Wenn ich auf Nummer sicher gehen wollte, dass Kathi und Tobias mit meinen Botschaften aus dem Jenseits auch etwas anfangen konnten, würde ich wohl einen mp3-File oder so etwas in der Art aufnehmen müssen. Bloß wie? Und vielleicht gab es, bis Kathi achtzehn war, schon gar keine mp3-Files mehr, sondern nur noch mp4 oder mp5? Besser ich wählte den ganz klassischen Weg.

»Abschiedsbriefe schreiben« setzte ich ganz oben auf meine To-do-Liste.

Finanziell waren meine Kinder dank Oliver zum Glück abgesichert. Mein Verdienst war allenfalls ein kleiner Zuschuss zur Haushaltskasse, dessen Fehlen nicht allzu sehr ins Gewicht fallen würde. Es waren eher die kleinen, alltäglichen Dinge, bei denen mein Mann und meine Kinder ohne mich hoffnungslos aufgeschmissen sein würden. Hier galt es, Vorkehrungen zu treffen.

Gedankenverloren glitt mein Blick über die Pinnwand neben dem Kühlschrank und blieb dort an einem mintgrünen Zettelchen mit einer Nummer hängen.

»Anzüge aus der Reinigung holen«, schrieb ich auf die Liste.

Und wenn ich schon mal da war, konnte ich Olivers schwarzen Anzug gleich abgeben. Den würde er bei meiner Beerdigung aller Voraussicht nach brauchen. Es sei denn, ich verfügte, dass ich dieses ganze Beerdigungsbrimborium nicht haben wollte. Apropos Verfügung: Seit mein Vater gestorben war, hatte ich den guten Vorsatz, mich irgendwann einmal um eine Patientenverfügung zu kümmern. Und bei diesem guten Vorsatz war es bislang geblieben.

Entschlossen griff ich nach dem Telefon.

»Maja hier. Störe ich gerade?«, fragte ich, als ich Brittas Stimme hörte.

»Nicht die Spur. Ich bin gerade im OP und nehme einen Blinddarm raus – aber das schaffe ich mit links.«

»Das ist ein Scherz, oder?«

»Natürlich ist das ein Scherz. Sei nicht immer so verdammt höflich und rücksichtsvoll! Wenn du stören würdest, wäre ich einfach nicht ans Handy gegangen und hätte dich auf die Mailbox quatschen lassen. Also, Maja, was gibt's?«

»Du als Fachfrau kannst mir doch bestimmt sagen, wo ich eine Patientenverfügung herbekomme, oder?«

»Patientenverfügung?«, fragte Britta alarmiert. »Hast du uns angeschwindelt? War der Befund der Biopsie etwa doch positiv?«

»Nein, nein, alles gut. Aber die Sache hat mir irgendwie vor Augen geführt, wie schnell auf einmal alles vorbei sein kann. Und für den Fall der Fälle möchte ich eben ein paar Vorkehrungen treffen.«

»Vorkehrungen treffen ...«, echote Britta mit einem merkwürdigen Unterton.

Warum klang das aus ihrem Mund bloß wie etwas völlig Bescheuertes? So als hätte ich vor, unter unserem Haus mithilfe eines Sandschäufelchens einen Luftschutzbunker zu buddeln. Eigentlich hatte ich Britta in dem Zusammenhang auch gleich noch nach einem Organspendeausweis fragen wollen, ließ es angesichts ihrer Reaktion allerdings lieber bleiben.

»Ich werde sehen, was ich für dich tun kann So, ich muss jetzt Schluss machen. Nachdem Jannik gestern fast eine Stunde vor der OGS gestanden hat, weil ich einen Patienten nicht offen auf dem OP-Tisch liegen lassen konnte, sollte ich heute lieber pünktlich sein. Das wäre sonst ein gefundenes Fressen für meinen Ex.«

Plötzlich hatte sie es furchtbar eilig, das Telefonat zu beenden.

Keine zwanzig Minuten später stand Britta vor der Tür. Anstelle des gewünschten Dokuments hatte sie Jannik mitgebracht, den sie mit einem Ball in den Garten schickte. Manche Dinge erledigten sich eben doch von selbst. Wenn er sich dort draußen eine halbe Stunde ausgetobt hatte, konnte ich Punkt 8 meiner Liste – Oleander verschenken – getrost streichen. Denn dann würde nicht mehr viel von den Pflanzen übrig sein, was sich zu verschenken lohnte …

»Du hast am Telefon so merkwürdig geklungen. Da wollte ich lieber mal nach dem Rechten sehen.« Britta musterte mich durchdringend.

Ich fühlte mich mehr als unbehaglich. Sollte das Röntgengerät einer weiteren Sparmaßnahme der Klinik zum Opfer fallen, war das nicht weiter tragisch, denn Britta schaffte es auch ohne technische Hilfsmittel, einen gründlich zu durchleuchten.

»Was ist komisch daran, wenn man für die Zukunft vorsorgt?«

»Im Prinzip nichts.«

So unauffällig wie möglich schob ich meine Liste unter eine Frauenzeitschrift, die ich Kathi zuliebe gelegentlich kaufte. Obwohl ich selbst weder an Wunder glaubte – *Diese Frisuren machen Sie zehn Jahre jünger!* – noch über künstlerische Ambitionen verfügte – *Schritt für Schritt zum Abend-Make-up* –, bekam ich auf diese Weise wenigstens mit, welche Schnitte und Farben gerade angesagt waren. Was aber noch lange nicht bedeutete, dass ich mich auch danach richtete. Das Titelthema dieser Ausgabe drehte sich jedoch weder um Mode noch um Frisuren oder Make-up. Das ist für eine Frauenzeitschrift mal was Neues, dachte ich ironisch.

»In einer Woche zur Bikinifigur«, las Britta die orangefarbene Headline laut vor und griff nach der Zeitschrift.

Aber ich war schneller und stellte meine Kaffeetasse auf dem blondierten Pagenkopf des Covergirls ab. »Warum solltest ausgerechnet *du* eine Diät machen?!?« Uff, das war ja gerade noch mal gut gegangen.

»Stimmt, du hast recht. Warum sollte ich eine Diät machen? Lass mich mal scharf nachdenken. Vielleicht weil ich eine Schwäche für Knäckebrot und Radieschen habe oder mir ein zweites Standbein als Model aufbauen möchte? Oder weil ich im Bikini aussehe wie ein geplatztes Sofakissen? Also, her damit!«

Bevor ich etwas dagegen unternehmen konnte, hatte Britta meine Kaffeetasse resolut zur Seite geschoben und schnappte sich die Zeitschrift. Bedauerlicherweise hatte sie dabei meine To-do-Liste gleich miterwischt.

Mist!

Allerdings schenkte sie der Liste kaum Beachtung – wahrscheinlich hielt sie sie für einen Einkaufszettel – und wollte sie gerade achtlos zur Seite legen, da wurden ihre Augen plötzlich wie Magnete von etwas auf dem Papier angezogen. Die Großbuchstaben waren wirklich eine bescheuerte Idee gewesen ...

»Vor meinem Tod zu erledigen ...«, ächzte meine Freundin fassungslos und warf mir über das Blatt hinweg einen ungläubigen Blick zu.

Resigniert zuckte ich mit den Schultern. Was sollte ich auch großartig dazu sagen? Die Formulierung ließ nicht besonders viel Interpretationsspielraum.

Dann begann Britta halblaut zu lesen: »1. Abschiedsbriefe schreiben, 2. Anzüge aus der Reinigung holen, 3. Abo für Gartenzeitschrift kündigen, 4. Risikolebensversicherung abschließen,

5. Kathi und Tobias Kochen beibringen, 6. Testament verfassen, 7. Patientenverfügung aufsetzen.« Vor »Oleander verschenken« brach sie ab.

»An der Reihenfolge muss ich noch arbeiten«, sagte ich entschuldigend. »Außerdem ist die Liste natürlich längst noch nicht vollständig.«

»So, jetzt aber raus mit der Sprache, Maja. Was ist hier eigentlich los?«

Nichts, wollte ich gerade sagen, doch meine Antwort wurde von einem Schwall Tränen davongespült, und heraus kam nur ein unartikuliertes Quieken. Wie von einem Ferkel, das gerade abgestochen wurde. Brittas besorgter Blick gab mir den Rest. Widerstandslos ließ ich es zu, dass meine Freundin mich in den Arm nahm und wie ein kleines Kind hin- und herwiegte.

Armer Jannik, schoss es mir plötzlich durch den Kopf. Hoffentlich kommt er nicht ausgerechnet jetzt ins Haus, um aufs Klo zu gehen. Als Scheidungskind hatte er vermutlich eh einen Knacks weg. Und auch wenn Britta sich alle Mühe gab, den Jungen aus dem Sorgerechtsstreit herauszuhalten, ging das Tauziehen sicher nicht spurlos an ihm vorüber. Was er brauchte, war ein stabiles Umfeld. Die beste Freundin seiner Mutter am Rande eines Nervenzusammenbruchs zu erleben trug bestimmt nicht dazu bei, sein emotionales Gleichgewicht zu stärken. Aber darauf konnte ich in diesem Moment keine Rücksicht nehmen, denn *mein* emotionales Gleichgewicht war auch mächtig in Schieflage geraten.

Schniefend und schluchzend berichtete ich Britta von meinem zweiten Besuch bei Tatjana. »Es war haargenau wie beim ersten Mal. Das kann kein Zufall sein«, schloss ich schließlich und schnäuzte in das Taschentuch, das Britta mir reichte.

Wie schafften manche Mütter es bloß, immer ein Pflaster, ein Tempo oder eine Handvoll Gummibärchen griffbereit zu haben? Früher hatten diese Dinge auch stets zu meiner Grundausrüstung gehört, doch seit meine Kinder mehr und mehr eigene Wege gingen, hatte ich, wenn ich mal eins brauchte, nie ein Taschentuch parat. Und Gummibärchen leider auch nicht.

»Tatjana hat sogar Tränen in den Augen gehabt. Hörst du? Tränen! Ich meine, die Frau bekommt Tag für Tag bestimmt so einiges in ihrer Kristallkugel zu sehen: Seitensprünge, Geschäftspleiten, Krankheiten, Unfälle – die ganze Palette an Scheußlichkeiten. Dinge, die unsereins höchstens vom Hörensagen oder von RTL2 kennt. Da muss sie schon von Berufs wegen ein dickes Fell haben und kann nicht jedes Mal feuchte Augen bekommen!« Ich warf Britta einen wissenden Blick zu. »Verstehst du jetzt, warum ich vorbereitet sein will?«

»Vergiss diesen Blödsinn, Maja! Kein Wunder, dass du im Augenblick total durch den Wind bist. Erst die Biopsie, dann der Unfall, da liegen die Nerven blank, das ist völlig normal. Was du brauchst, ist keine Patientenverfügung, sondern eine Auszeit.«

Kapitel 4

»Denk dran, die Wäsche zu trennen«, ermahnte ich Kathi, die gerade den gesamten Inhalt der Wäschetonne unsortiert in die Waschmaschine stopfen wollte.

Kathi ließ die Kleidungsstücke mit beleidigter Miene auf den Boden fallen und formte mit ihrer Unterlippe ein Schublädchen. »Man kann es aber auch unnötig kompliziert machen. Warum in aller Welt soll man Hosen und Oberteile separat waschen? Das ist doch total bescheuert.«

»Eben. Darum trennt man die Wäsche auch nicht nach Hosen und Oberteilen, sondern nach Farben. Außerdem ist es wichtig, darauf zu achten, bei wie viel Grad die Sachen gewaschen werden dürfen«, erklärte ich geduldig.

Mit einer Grimasse gab Kathi mir zu verstehen, dass sie diese Maßnahme ziemlich uncool fand. Eine Beschäftigungstherapie für gelangweilte Hausfrauen ...

Aber ich ließ mich nicht beirren und fuhr fort, meiner Tochter die Symbole auf den Pflegeetiketten zu erklären. Da Kathis Grundkenntnisse gleich null waren, erwähnte ich sicherheitshalber, dass das Piktogramm für Handwäsche keineswegs bedeutete, dass man sich vor oder nach der Hausarbeit die Hände waschen sollte – auch wenn das sicher nicht verkehrt war.

Ich gab mir wirklich alle erdenkliche Mühe, zumindest ein kleines bisschen Interesse für die Hausarbeit zu wecken. Doch Kathi gähnte nur gelangweilt. Zudem schien sie farbenblind zu sein. In letzter Sekunde konnte ich ihr ein pinkfarbenes Top mit Lebensmittelprints in Form von Ketchupflecken entreißen, das sie zusammen mit weißen T-Shirts und cremefarbenen Spannbettlaken in die Trommel der Waschmaschine befördern wollte.

»Boah, Mama, du bist doch nur drei Tage weg und nicht drei Wochen.«

Genau drei Tage zu viel, wenn man bedachte, was zwei Teenager in dieser Zeit alles anrichten konnten. Möglicherweise war es doch keine so gute Idee gewesen, Brittas Vorschlag zuzustimmen. Wobei ich eigentlich gar nicht zugestimmt hatte. Britta hatte mich einfach vor vollendete Tatsachen gestellt.

»Wer weiß, vielleicht gefällt es mir ja so gut, dass ich drei Monate in diesem Wellnesstempel bleibe. Außerdem seid ihr alt genug, um euch allein zu versorgen. Höchste Zeit, dass ihr ohne mich klarkommt«, erklärte ich mit fester Stimme, mehr um mich selbst, als um Kathi zu überzeugen.

»Ganz genau«, stimmte Kathi mir überraschenderweise zu und grinste verschlagen. »Also darf ich an dem Schüleraustausch nach London teilnehmen?«

Nur über meine Leiche, wollte ich gerade antworten, da wurde mir bewusst, dass genau das möglicherweise schon bald traurige Realität sein würde.

»Ist doch nur für ein Jahr«, bettelte Kathi.

Nur für ein Jahr? Normalerweise hätte ich keinen zweiten Gedanken daran verschwendet, aber möglicherweise war es gar nicht so verkehrt, Kathi nach London zu schicken. Das würde sie nach meinem Tod bestimmt auf andere Gedanken bringen ...

»Okay, ich werde mit Papa reden«, versprach ich.

»Mami, du bist die Beste!« Kathi strahlte und gab mir einen feuchten Schmatzer auf die Wange.

»Noch ist nichts entschieden«, bremste ich sie in ihrer Euphorie. »So, und jetzt machen wir mit der Wäsche weiter. Wir haben noch jede Menge Arbeit vor uns!«

Seit Britta mir mitgeteilt hatte, dass sie für das kommende Wochenende in einem Viersternewellnesshotel zwei Doppelzimmer für uns reserviert hatte – Nadine und Sophie waren selbstverständlich mit von der Partie –, gab ich mir alle Mühe, meine Kinder in die Geheimnisse der Haushaltsführung einzuweihen. Der Wochenendtrip lieferte mir eine plausible Erklärung, die Versäumnisse der Vergangenheit nachzuholen. Kathi und Tobias schienen in Sachen Hausarbeit leider Gottes nicht gerade Naturtalente zu sein. Vielleicht stellten sie sich aber auch nur absichtlich doof an, weil sie hofften, sich auf diese Weise vor den lästigen Pflichten drücken zu können. Da bissen sie bei mir allerdings auf Granit. Wenn ich mit Kathi im Waschkeller fertig war, würde ich mir meinen Sohn vorknöpfen und ihn am Herd fit machen.

Zum Glück zeigte sich Tobias um einiges lernwilliger als seine Schwester. Vielleicht wollte er seine neue Freundin mit seinen Kochkünsten beeindrucken, oder er fügte sich einfach nur in das Unvermeidliche, jedenfalls folgte er aufmerksam meinen Ausführungen. Für den Anfang hatte ich ein einfaches Gericht ausgewählt: Schnitzel mit Kartoffeln und Salat. Nachdem wir alle Arbeitsabläufe durchgesprochen hatten, war es an der Zeit, dass mein Sohn seine neu erworbenen Kenntnisse in die Praxis umsetzte.

Als Tobias gerade die Schnitzel abbrauste, klingelte das Telefon. Wie jedes Mal in den vergangenen Tagen durchzuckte mich ein freudiger Schreck. Ob vielleicht Torben …? Ach nein, er konnte es nicht sein. Leider. Er hatte nur meine Handy- und nicht die Festnetznummer. Dann war es sicher eine meiner Freundinnen, die mich daran erinnern wollte, einen Badeanzug einzupacken oder mir vor der Abreise die Beine zu rasieren. Ich wies Tobias an, ohne mich weiterzumachen, und ging mit dem Telefon in den ersten Stock, wo auf dem Ehebett meine halb fertig gepackte Tasche stand.

Bedauerlicherweise war weder Nadine noch Britta oder Sophie am Apparat, sondern meine Mutter.

»Hallo, Mama, schön, dass du anrufst«, versuchte ich dem Telefonat einen möglichst positiven Auftakt zu geben.

»Bleibt mir ja nichts anderes übrig. *Du* meldest dich ja nicht.«

Was so nicht stimmte! Ich hatte erst vor zwei Tagen bei ihr angerufen, und selbst wenn es der Wahrheit entsprochen hätte, wäre das nicht weiter verwunderlich gewesen. Denn wer war schon scharf darauf, ständig mit Vorwürfen überschüttet zu werden?

»Kannst du am Wochenende vorbeikommen und mir bei der Bepflanzung meiner Balkonkästen helfen?«, überfiel meine Mutter mich ohne langes Vorgeplänkel gleich mit dem eigentlichen Grund ihres Anrufs.

»Tut mir leid, Mama. Das müssen wir verschieben. Ich bin übers Wochenende nicht da«, antwortete ich mit einer gewissen Genugtuung. Ausnahmsweise konnte ich mal nicht sofort springen, wenn sie rief.

»Was ist los? Bist du krank?«, fragte meine Mutter überraschend fürsorglich. Ohne meine Antwort abzuwarten, fuhr sie fort: »Du hättest mir ruhig früher sagen können, dass du ins Krankenhaus musst. Aber ich bin ja immer die Letzte, die so etwas erfährt.«

»Keine Sorge, Mama, ich muss nicht ins Krankenhaus.« In den Augen meiner Mutter rechtfertigte offenbar nur ein medizinischer Notfall meine Abwesenheit. »Ich verbringe das Wochenende gemeinsam mit meinen Freundinnen in einem Wellnesshotel.«

»Wellnesshotel – pfff ... wenn ich das schon höre. Was für ein Blödsinn! Das ist doch nur wieder so ein neumodischer Kram, um den Leuten das Geld aus der Tasche zu ziehen.« Meine Mutter schnaubte verächtlich.

Vor meinem inneren Auge konnte ich sehen, wie sie ihre Lippen aufeinanderpresste und die Augenbrauen missbilligend nach oben zog. »Zu meiner Zeit hat es so etwas nicht gegeben!«, war einer ihrer Lieblingssätze, der gleich hinter »Gut, dass dein Vater das nicht mehr erleben muss!« kam.

»Gut, dass Papa das nicht mehr erleben muss«, griff ich schnell vor.

»Da sagst du was.« Entweder sie hatte die Ironie in meiner Stimme nicht mitbekommen, oder sie überhörte sie geflissentlich. »Ein paar Gurkenscheiben kannst du dir auch zu Hause aufs Gesicht legen. Das ist billiger.«

»Schon möglich, aber es ist bestimmt schön, sich zur Abwechslung mal verwöhnen zu lassen«, sagte ich friedfertig, denn ich spürte zum ersten Mal Vorfreude auf das Wochenende in mir aufsteigen.

Ich klemmte mir den Hörer zwischen Kinn und Schulter und stopfte, während ich telefonierte, ein Nachthemd in die Reisetasche.

»Und was ist mit deinem Mann und deinen Kindern?«

»Was soll mit denen sein?«

»Na, wer versorgt die drei in der Zeit, in der du weg bist?«

Hallo?! Oliver, Tobias und Kathi waren doch keine Haustiere, die gefüttert werden mussten!

»Ich bin nur drei Tage und nicht drei Wochen weg«, zitierte ich meine Tochter. »So schnell verhungert man nicht.«

»Na, wenn du meinst ...«

Danke, Mama, dachte ich bitter. Das war sogar für meine Mutter eine beachtliche Leistung. Sie hatte es in nicht einmal zwei Minuten geschafft, mir erstens meine gerade gewonnene Vorfreude zu zerstören und zweitens ein schlechtes Gewissen zu machen, nur weil ich nach fast zwanzig Jahren endlich auch mal an mich dachte. Was war ich doch für eine egoistische Rabenmutter! Als ich wieder in den Job eingestiegen war, hatte meine Mutter mich wochenlang mit Nichtachtung gestraft. Vorher hatte sie mir lang und breit erklärt, was sie von vergnügungssüchtigen Menschen wie mir hielt, die um der eigenen Selbstverwirklichung willen ihre Familie vernachlässigten – nämlich gar nichts. Dass so ein rücksichtsloses Verhalten auch noch mit einem Gehalt belohnt wurde, war für sie der Gipfel.

Bevor ich mich erneut rechtfertigen konnte, vernahm ich aus der unteren Etage das durchdringende Piepsen des Feuermelders. Meine Mutter hörte es wohl auch.

»Was ist denn da bei euch los?«, brüllte sie mir ins Ohr.

»Tobias kocht«, antwortete ich lakonisch.

Ich biss mir auf die Lippen. Das hätte ich wohl besser für mich behalten.

»Warum kocht dein Sohn? Das ist doch nun wirklich keine Männerarbeit. Als Nächstes lässt du ihn womöglich noch Socken stopfen.«

Ich verkniff mir die Bemerkung, dass kaputte Socken bei uns nicht gestopft, sondern ganz einfach weggeschmissen wurden. Denn das hätte einen halbstündigen Vortrag zu meiner Verschwendungssucht nach sich gezogen, und dafür hatte ich jetzt weder Zeit noch Nerven.

»Mach dir um deine Familie keine Sorgen. *Ich* lass deinen Mann und deine Kinder nicht im Stich«, erklärte meine Mutter heroisch. »Natürlich werde ich am Wochenende mal nach ihnen sehen und ihnen etwas zu essen vorbeibringen.«

»Wie du meinst.«

Zwar machte meine Mutter mit ihrem Cateringservice meine erzieherischen Pläne zunichte, doch mir fehlte die Kraft, mich mit ihr herumzuzanken. Davon mal abgesehen, würde sie ohnehin tun, was sie für richtig hielt – ob ich nun damit einverstanden war oder nicht.

»Tut mir leid, Mama, ich muss jetzt leider Schluss machen«, sagte ich schnell, um zu verhindern, dass sie ein neues Fass aufmachte.

»Alles klar. Sieh zu, dass deine Kinder was zu essen auf den Tisch bekommen.«

»Außerdem muss ich noch packen«, setzte ich aufmüpfig hinzu.

»Und wenn du nun ohnehin schon mal in so einem Wellnessetablissement bist, lass am besten gleich was gegen deine Krähenfüße machen.«

Rums, das saß.

»Bis dann, Mama.«

Nachdem ich aufgelegt hatte, stieß ich einen tiefen Seufzer aus. Wie schaffte meine Mutter es bloß immer, mich so runterzuziehen?

Als ich in die Küche zurückkehrte, sah ich gerade noch, wie Tobias die Schnitzel im Mülleimer versenkte. Zumindest nahm ich an, dass es das Fleisch war, das er entsorgte, rein optisch hätte es sich ebenso gut um Vulkangestein oder Kohlebriketts handeln können. Damit mein Sohn aus seinen Fehlern lernen konnte, betrieb ich Ursachenforschung. Offenbar kochte er gern fettarm, was prinzipiell ja auch durchaus löblich war, aber Fleisch ganz ohne Beigabe von Fett in einer unbeschichteten Pfanne zu braten, war ein bedauerlicher Anfängerfehler, dabei gleichzeitig auch noch fernzusehen und die Schnitzel sich selbst zu überlassen reine Dummheit.

Zum Glück gab es noch eine Beilage – die ebenfalls ungenießbar war. Mein Sohn hatte die Bezeichnung »Salzkartoffeln« offenbar etwas zu wörtlich genommen und ein halbes Paket Salz ins Wasser gekippt. Nur den Salat konnte ich in letzter Sekunde vor Tobias' misslungenem Dressing retten.

Ich gab mir Mühe, geduldig zu sein. Immerhin war ich an der Misere ja nicht ganz unschuldig. Ich hätte meine Kinder schon viel früher zur Hausarbeit heranziehen müssen. Bekanntlich war noch kein Meister vom Himmel gefallen. Von jetzt an hieß es üben, üben, üben ...

Während ich Kathi und Tobias zum Tischdecken verdonnerte, mussten sie sich einem kleinen Wissenstest unterziehen.

»Wo befindet sich der Staubsauger?«

»Im Keller unter der Treppe«, antwortete Kathi wie aus der Pistole geschossen.

»Die Putzlappen?«

»Im Schrank neben dem Badezimmer.« Dieses Mal war Tobias schneller gewesen.

Immerhin – auch wenn es mit der Praxis noch haperte, den theoretischen Test hatten sie bestanden. Sogar ganz ohne Vorsagen oder Pfuschen. Allerdings war mir durchaus bewusst, dass zwischen Theorie und Praxis zwar nicht unbedingt Welten, aber in diesem Fall zumindest eine Schranktür lag. Wie ich meine Kinder und meinen Göttergatten kannte, würden sie während meiner Abwesenheit einen weiten Bogen um den Putzschrank machen. Es sei denn, ich deponierte vorher ein paar Tüten Chips oder Schokokekse hinter dem Wischmopp.

Am nächsten Morgen ging der Wellnesstrip los. Nach etwa einer Stunde Fahrzeit erreichten Britta, Sophie, Nadine und ich unser Ziel im Westerwald. Von außen machte das Hotel einen sehr ansprechenden Eindruck, der beim Betreten des luxuriösen Empfangsbereichs noch übertroffen wurde. Rezeption und Lobby wirkten hell und einladend.

Nachdem man uns freundlich willkommen geheißen hatte, überreichte die junge Dame an der Rezeption uns unsere Zimmerschlüssel sowie jede Menge Informationsmaterial. Ganz oben auf dem Stapel lag ein gelber Zettel, der auf den ersten Blick aussah wie ein Stundenplan.

»Was ist das?«, fragte ich irritiert.

»Na, der Kursplan«, antwortete Nadine und überflog, während sie ihre Reisetasche schulterte, das Blatt. »Fantastisch, was hier alles angeboten wird. Britta, du hast wirklich nicht zu viel versprochen.«

»Sieben Uhr Wassergymnastik, acht Uhr Frühsport, neun Uhr Nordic Walking ...« Entsetzt ließ ich den gelben Zettel sinken. »Oh mein Gott, da haben wir ja das ganze Wochenende lang keine freie Minute.«

»Entspann dich, Maja.« Britta tätschelte beruhigend meine Schulter. »Die Teilnahme ist freiwillig. Du kannst dir aus dem Angebot aussuchen, wonach dir gerade ist.«

Na schön, wenn ich die freie Wahl hatte ... Ich vertiefte mich erneut in den Kursplan. Konnte der Tag besser beginnen, als noch vor dem Frühstück mit einer Poolnudel oder anderen neckischen Gerätschaften in einem stark gechlorten Wasserbecken herumzuhüpfen? Ja, ja und nochmals ja! Sogar eine Heißwachsbehandlung hätte ich vorgezogen, ganz zu schweigen von einem opulenten Frühstücksbüfett, wie es mir für die nächsten beiden Tage vorschwebte. Was den Frühsport betraf: Bei »früh« und »Sport« handelte es sich meiner Meinung nach um zwei Begriffe, die sich gegenseitig ausschlossen. Und Nordic Walking? Das war keine Sportart, sondern eine Zumutung. Wie eine Horde von der Piste abgekommener Skifahrer mit klappernden Stöcken im Stechschritt auf Waldwegen umherzuhasten und arme Spaziergänger, die in letzter Sekunde zur Seite springen mussten, um nicht aufgespießt zu werden, zu Tode zu erschrecken, fand ich hochgradig rücksichtslos.

»Danke, ich verzichte.«

Entschlossen knüllte ich den Kursplan zu einer Kugel zusammen und warf ihn im hohen Bogen in den Mülleimer, der gleich neben dem Lift stand. Treffer, versenkt! Ich fand, damit hatte ich mein Soll an sportlicher Betätigung für dieses Wochenende erfüllt.

Wir stiegen in die gläserne Aufzugkabine, um uns zu den einschmeichelnden Klängen leiser Klaviermusik in den dritten Stock hinaufbefördern zu lassen.

»Sven hat mich beim Abschied allen Ernstes gefragt, ob er

meine Blumen gießen soll«, sagte Nadine, als sich der Lift sanft in Bewegung setzte, und tippte sich dabei bedeutungsvoll an die Stirn.

»Aber das ist doch nett«, nahm Sophie Nadines Lover in Schutz.

»*Coccolo mio*, isch abe keine Blumen«, sagte Nadine mit italienischem Akzent.

»Und ich nach diesem Wochenende garantiert etliche weniger.« Sorgenvoll dachte ich an die frisch gepflanzte Blütenpracht in meinem heimischen Gartenbeet. »Ihr glaubt doch nicht im Ernst, dass Oliver die Blumen gießt?!? Obwohl ich es extra auf die Liste geschrieben habe.«

»Pah, Liste!« Britta schnaubte verächtlich. »Die hättest du dir sparen können. Du weißt doch, dass Männer nicht gern lesen. Davon mal abgesehen merkt Oli vermutlich gar nicht, dass du weg bist. Ergo wird auch deine schöne Liste unbeachtet bleiben.«

»Also, jetzt tust du Oliver aber Unrecht«, sprang Nadine zu meiner großen Überraschung für meinen Mann in die Bresche. »Natürlich wird er Maja vermissen.« Sie machte eine kleine Pause und fuhr dann grinsend fort: »Spätestens wenn kein Abendessen auf dem Tisch steht, bekommt er Sehnsucht.«

Nachdem wir unsere luxuriös ausgestatteten Unterkünfte bezogen hatten – Nadine und Sophie teilten sich ein Doppelzimmer, Britta hatte mich zu ihrer Zimmergenossin ernannt –, trafen wir uns im Spabereich.

Nadine rekelte sich mit einem knappen türkisfarbenen Bikini bekleidet auf ihrer Liege. »Ach, herrlich. Ich glaube, bis zu unserer Abreise werde ich mich nicht mehr von der Stelle rühren.«

Hört, hört! Das waren ja ganz neue Töne. »Und was ist mit Wassergymnastik und Nordic Walking?«, hakte ich nach.

»Findet natürlich statt.« Nadine grinste. »Nur leider ohne mich.«

»Ich passe auch«, schloss Sophie sich mit einem zufriedenen Seufzer an.

»Ihr seid mir ja vielleicht 'ne faule Bande!« Britta lachte. »Na, dann will ich mal kein Spielverderber sein und schließe mich euch an. Für das Wochenende gelten die gleichen Regeln wie beim Mikado: Wer sich zuerst bewegt, verliert.«

Dann herrschte einträchtige Stille. Wie gut Britta mich doch kannte! So ein Wochenende mit den Mädels war genau das Richtige für meine aufgewühlten Nerven. Ich schloss die Augen und lauschte auf das stete Plätschern des Whirlpools und das leise Stimmengewirr im Hintergrund.

Ich war kurz davor einzudösen, als ein helles »Pling« das Eintreffen einer SMS signalisierte.

Nadine griff nach ihrem Smartphone, das sie zwischen unseren beiden Liegen auf einem kleinen Höckerchen deponiert hatte, warf einen Blick auf das Display und schüttelte den Kopf.

»Das muss dein Handy gewesen sein, Maja.«

Seufzend rappelte ich mich hoch. »Bestimmt hat Kathi mal wieder ihren Haustürschlüssel vergessen.«

Ich wühlte in meiner Tasche herum und fand schließlich, nachdem ich den halben Inhalt auf meiner Liege ausgebreitet hatte, endlich auch mein Handy. Die SMS war nicht von Kathi, und auch nicht von Tobias oder Oliver. Ich spürte, wie mir die Hitze ins Gesicht stieg, und das lag keineswegs an den tropischen Temperaturen, die im Schwimmbad herrschten.

»Und?«, fragte Britta.

»Kathi hat ihren Schlüssel nicht vergessen.«

»Wie schön!« Nadines Stimme triefte vor Ironie. »Und sie schreibt dir extra eine SMS, um dir das mitzuteilen?«

»Natürlich nicht.«

»Von wem stammt die Nachricht denn dann?«, klinkte Sophie sich mit unverhohlener Neugier nun auch noch ein.

»Von meinem Unfallgegner.«

»Und was schreibt er?«, fragte Sophie, der ich genau wie Britta und Nadine natürlich von Torben erzählt hatte.

Ich machte eine wegwerfende Handbewegung. »Ach, nichts weiter.«

»Wenn du bei ›nichts weiter‹ schon so rot wirst, möchte ich nicht wissen, wie dein Gesicht leuchten würde, wenn er dir etwas Anstößiges gesimst hätte«, neckte mich Nadine und schlug grazil die Beine übereinander.

Britta, die rechts von mir auf der Liege saß, schnellte plötzlich hoch und riss mir das Handy aus der Hand. Als sie den Text der Nachricht überflogen hatte, las sie trotz meines heftigen Protests mit verstellter Stimme laut vor.

»Hallo, Maja, der Kostenvoranschlag der Werkstatt ist da. Wollen wir uns treffen? Würde mich sehr freuen! GLG Torben.«

»GLG?«

Sophie, die mit den neuen Medien, die ja eigentlich längst nicht mehr neu waren, genau wie ich auf dem Kriegsfuß stand, zog fragend die Augenbrauen in die Höhe.

»Ganz liebe Grüße«, dechiffrierte Nadine mit einem süffisanten Unterton.

»Und was soll ich jetzt machen?«, fragte ich ratlos in die Runde.

»Natürlich wirst du dich mit ihm treffen. Was für eine Frage!« Nadine sah mich an, als ob ich nicht mehr ganz dicht wäre.

»Irgendwie bin ich mir nicht so sicher, dass es Torben wirklich nur um den Unfallschaden geht«, gab ich ein wenig kleinlaut zu.

Allerdings verschwieg ich wohlweislich, dass ich keineswegs nur *befürchtete*, sondern insgeheim sogar *hoffte*, dass Torbens Interesse an mir über die Schadensregulierung hinausging.

»Ein Grund mehr, dich mit ihm zu verabreden.«

»Nadine!«, quietschte Sophie empört auf und gab ihr mit einer Zeitschrift einen Klaps auf den Oberschenkel. »Maja ist verheiratet.«

»Und wenn schon. So ein kleiner harmloser Flirt tut doch niemandem weh. Und spart außerdem eine Menge Geld. Ich habe vorhin auf dem Zimmer mal einen Blick in den Prospekt mit den Beautyanwendungen geworfen. Mein lieber Scholli! Eine Collagenbehandlung fürs Gesicht kostet neunzig Euro, und ob du hinterher wirklich jünger aussiehst, wage ich stark zu bezweifeln.« Nadine kniff sich prüfend in ihren rechten Oberschenkel. Sichtlich zufrieden mit dem Ergebnis – es hatten sich keine kleinen Krater gezeigt – fuhr sie fort: »Maja, ich sage dir, ein heißer Flirt ist der beste Jungbrunnen, den du dir wünschen kannst. Außer jeder Menge Spaß verschafft er dir einen strahlenden Teint und glänzende Augen. Und zwar für lau.«

»Also ich weiß nicht ...«

Britta raufte sich verzweifelt die Haare. »Hör auf, Nadine, du bringst die arme Maja nur noch mehr durcheinander. Das ist das Letzte, was sie jetzt braucht. Schon vergessen, warum wir hier sind? Maja soll dieses Wochenende zur Ruhe kommen!«

»Zur *Ruhe* kommen?« Die Art, wie Nadine das Wort Ruhe förmlich ausspuckte, ließ vermuten, dass es in ihren Augen ein Synonym für Totenstarre war. »Na, wenn ihr meint.«

Damit war das Thema erst einmal erledigt. Zumindest für Nadine, Sophie und Britta. Mir fiel es erheblich schwerer, den Gedanken an Torbens SMS zu verdrängen, aber dank des munteren Geplauders meiner Freundinnen gelang es mir schließlich doch. Nachdem wir eine Weile gefaulenzt, den Whirlpool getestet und uns ein Gläschen Sekt genehmigt hatten, waren wir alle auf einmal wieder erstaunlich ausgeruht und unternehmungslustig. Und so wurde Nadines Vorschlag, eine Erkundungstour durch den Beautybereich zu machen, einstimmig angenommen.

Als wir die schwere Glastür öffneten und in unseren weißen Hotelbademänteln über die Schwelle traten, hatte ich das Gefühl, geradewegs ins Paradies zu schweben. Wir befanden uns inmitten einer Oase der Ruhe. Leise Entspannungsmusik perlte aus unsichtbaren Lautsprechern. Sogar die Mitarbeiter, die allesamt weiße Hosen und pfirsichfarbene Polohemden trugen, die farblich perfekt auf die Terrakottafliesen abgestimmt waren, schienen sich ganz ohne Hast und wie in Zeitlupe zu bewegen. Im Gegensatz zu der schwülwarmen Luft im Schwimmbad war es hier weder zu warm noch zu kalt. Sitzgarnituren aus Rattan, die mit diversen Zeitungen und Magazinen bestückt waren, luden zum Verweilen ein. In einer kleinen Nische, die ebenso wie die übrigen Räumlichkeiten in gedämpftes Licht getaucht war, entdeckte ich eine Bar, an der man sich mit Tee, Mineralwasser und frischem Obst versorgen konnte.

Da keine von uns diesen wunderbaren Ort freiwillig wieder verlassen wollte, erkundigten wir uns, ob wir kurzfristig noch Anwendungen buchen könnten. Wir hatten Glück, da ein Damenkegelklub in letzter Minute abgesagt hatte, waren etliche Termine frei. Wie Nadine bereits angekündigt hatte, waren die Preise gesalzen, aber davon ließen wir uns nicht abschrecken. Das Paradies hatte eben seinen Preis!

Während Britta sich ganz bodenständig für eine Fußreflexzonenmassage mit anschließender Pediküre entschied und Sophie Upanaha Sweda, eine Ayurveda-Behandlung für Rücken und Arme, auswählte, durfte es bei Nadine schon etwas ausgefallener sein. Sie buchte eine Brustmassage und anschließend ein Champagnerbad.

Da ich der Meinung war, dass mein ganzer Körper und nicht nur einzelne privilegierte Teile ein Anrecht auf Entspannung hatte, fiel meine Wahl auf eine Aromaölganzkörpermassage.

»Ihre Sachen können Sie dort drüben auf den Stuhl legen, und dann ziehen Sie bitte das hier an«, sagte die Frau im pfirsichfarbenen Polohemd, die mich in meinen Behandlungsraum geleitet hatte, und drückte mir einen kleinen Fetzen aus weißem Vliesstoff in die Hände.

Verdutzt drehte und wendete ich das Teil in den Händen. Was

sollte das sein? Ein Mundschutz? Hygiene gut und schön, ich wollte mich auch nicht auf die benutzten Handtücher meines Vorgängers legen, aber einen Mundschutz fand ich doch reichlich übertrieben!

Bevor ich als Lachnummer in die Hotelannalen eingehen konnte, klärte mich die Pfirsichfrau zum Glück auf. »Nach der Massage können Sie den Einwegtanga dort hinten in den Mülleimer werfen.«

Keine fünf Minuten später war ich über den Stofffetzen, der gerade so mit Ach und Krach die Intimzone bedeckte, dankbar. Ich war ganz selbstverständlich davon ausgegangen, dass sich eine Masseur*in* meines verspannten Rückens und des restlichen Körpers annehmen würde, was sich jedoch als Irrtum erwies. Der Masseur hieß Ben, hatte ein Kreuz wie ein Schrank und offenbar auch den gleichen IQ.

»Wo kommen Sie denn her?«, fragte er nach einer kurzen Begrüßung und ein bisschen Small Talk über das Hotel.

»Aus Düsseldorf«, antwortete ich, zu höflich, um die Frage zu ignorieren, obwohl ich eigentlich gar keine Lust verspürte, mich zu unterhalten.

»Aus Düsseldorf?«, fragte Ben ungläubig. »Das ist ja ein Ding. Da wär ich nie drauf gekommen. Sie haben überhaupt keinen schwäbischen Akzent.«

Na so was! Und das, obwohl Düsseldorf doch quasi gleich um die Ecke von Stuttgart lag! Hoffentlich kannte er sich mit der Topografie des weiblichen Körpers etwas besser aus. Nicht dass er womöglich noch meine Schultern mit meinen Brüsten verwechselte!

Zum Glück war sein Repertoire an Gesprächsthemen nach diesem kleinen Exkurs zum Thema Dialekte offenbar ausgeschöpft, und er hielt die Klappe. Dafür konzentrierte er sich auf das, was er wirklich gut konnte: massieren. Seine kräftigen Hände kneteten, strichen und klopften mit Feuereifer an meinem Körper herum, und ich merkte, wie sich nicht nur meine Muskeln immer mehr entspannten. Anstelle von Musik erklang aus den unsichtbaren Lautsprechern nun leises Meeresrauschen, das mich einlullte und angenehm schläfrig machte. Zwischendurch meinte ich sogar Walgesänge zu vernehmen. Oder war das Nadine, die bei ihrer Brustmassage im Nachbarraum vor Begeisterung laut juchzte?

Egal! Eigentlich war mir in diesem Moment sowieso alles egal...

Plötzlich stellte ich mir vor, es wären Torbens Hände, die meinen Rücken hinauf- und hinunterglitten und meine verspannten Schultern kneteten. In meiner Fantasie saßen Torben und ich eng umschlungen am Strand, wir küssten uns erst ganz sanft, dann immer leidenschaftlicher. Gerade strichen Torbens Hände meine Beine in Richtung Pobacken hinauf, verweilten dort einen kurzen Moment und fuhren dann wieder hinunter. Unwillkürlich entschlüpfte mir ein wohliger Seufzer.

»So, wir sind fertig.«

Och nö! Das war doch erst das Vorspiel gewesen! Torben konnte doch jetzt nicht einfach aufhören, bevor es richtig zur Sache gegangen war.

Ups, das war ja gar nicht Torbens Stimme gewesen.

Nur widerwillig tauchte ich aus meinem Dämmerzustand auf. Und schämte mich, nun wieder klar im Kopf und ganz Herr meiner Sinne, in Grund und Boden. Wie hatte ich mich bloß solchen Fantasien hingeben können! Wenn ich bei der Massage an Brad Pitt oder Johnny Depp gedacht hätte, wäre das nicht weiter verwerflich gewesen. Ebenso gut hätte ich vom Weihnachtsmann oder von Superman träumen können – deren Handynummer kannte ich schließlich auch nicht. Aber ausgerechnet von Torben, den ich jederzeit anrufen könnte, um mich mit ihm zu verabreden, zu träumen, war nun wirklich unverzeihlich.

Gut, dass niemand wissen konnte, was in meinem Kopf vor sich ging! Beschämt entledigte ich mich vor dem Verlassen des Behandlungsraums meiner Fantasien und des Einwegslips, dann schlich ich mit glühenden Wangen aus dem Paradies.

Nach einem herrlich entspannten Tag genossen wir abends im Hotelrestaurant ein Fünf-Gänge-Menü. Dabei stellte ich zu meiner großen Überraschung fest, dass es mir seit langer Zeit endlich mal wieder richtig schmeckte. Ich aß, bis ich das Gefühl hatte, jeden Moment zu platzen, und auch Nadine, Britta und Sophie langten ordentlich zu. Im Anschluss an das köstliche Essen machten wir uns satt und zufrieden auf den Weg zur Hotelbar.

Nachdem wir mehr oder weniger elegant – vermutlich eher weniger – unsere Barhocker erklommen hatten, gab Nadine, ohne uns vorher zu fragen, unsere Bestellung auf.

»Vier Ramazzotti.«

Der Barkeeper, der nicht wissen konnte, welches nervenaufreibende Hickhack ihm dank Nadines Eigenmächtigkeit erspart geblieben war, lächelte uns arglos an.

»Kommt sofort!«

Während Britta und ich froh waren, dass uns die Qual der Wahl erspart geblieben war, hatte Sophie an der Getränkebestellung prompt etwas rumzumäkeln.

»Ramazzotti?«, murrte sie. »Muss das sein? Ihr wisst doch, dass ich keinen Schnaps trinke.«

Doch damit kam sie bei Nadine nicht durch. »Dann machst du halt heute mal eine Ausnahme. Ist doch nur zur Verdauung.«

Da wir jede Menge zu verdauen hatten, folgten im Laufe des Abends noch etliche weitere Schnäpse. Ob die Cocktails dazwischen auch der Verdauung oder lediglich dem Spaß dienten, blieb Nadines Geheimnis.

»Ach, was geht's uns gut«, seufzte Britta zwei, drei Stunden später mit schwerer Zunge. »Ist das Leben nicht wunderbar?«

Einhelliges Kopfnicken war die Antwort.

Allerdings hatte ich plötzlich einen leicht bitteren Beigeschmack im Mund, der ganz bestimmt nicht von der Piña Colada herrührte, an der ich gerade schlürfte. Mein zweiter Besuch bei Tatjana kam mir in den Sinn.

Da! Da war es wieder! Mein Unterbewusstsein, das sich von der Massage, dem Meeresrauschen und etlichen Ramazzottis hatte einlullen lassen, meldete sich zurück und hob mahnend den Zeigefinger. Wenn man es genau nahm, war es eigentlich kein Zeigefinger, sondern eine Sense …

»Was würdet ihr tun, wenn ihr wüsstet, dass ihr nicht mehr lange zu leben habt?«, fragte ich sinnend.

In dem Moment, in dem es raus war, hätte ich mir am liebsten die Zunge abgebissen. Mist! Bestimmt kassiere ich gleich von Britta oder Nadine einen Rüffel, weil ich schon wieder so negative Gedanken habe, dachte ich. Doch wider Erwarten blieb die Gardinenpredigt aus. Offenbar waren die beiden bereits so angeschickert, dass sie mir die Frage durchgehen ließen.

Britta war sogar die Erste, die darauf antwortete. »Wenn mir nicht mehr viel Zeit bliebe, würde ich eine Weltreise machen. Und von morgens bis abends Sahnetorte und Schokolade essen.« Mit verklärtem Gesicht rieb sie sich den Bauch. »Meine Oma hat immer gesagt: Man kann nichts mit zum Herrgott nehmen. Überflüssige Kilos also auch nicht.«

»Ich würde so weiterleben wie bisher«, erklärte Sophie im Brustton der Überzeugung.

Ich glaubte ihr das aufs Wort. Was sollte es an ihrem ohnehin schon perfekten Leben noch zu verbessern geben? Das war ja gerade so, als würde man den amerikanischen Präsidenten nach seinen beruflichen Aufstiegsplänen fragen.

»Und du? Was würdest du tun, wenn du nicht mehr lange zu leben hättest?«, gab Sophie die Frage an Nadine weiter.

»Keine Ahnung.« Nadine zuckte mit den Schultern. »Vielleicht mal was Neues ausprobieren. Klippenspringen, Tiefseetauchen, ungeschützten Geschlechtsverkehr oder so etwas in der Art. All die Dinge, die ich mich nie getraut habe, weil sie zu gefährlich sind.«

»Maja?« Drei Augenpaare waren nun gespannt auf mich gerichtet.

»Ich werde … also ich würde …«, korrigierte ich mich schnell, »… ich würde einen Salsakurs machen. Das habe ich mir schon lange vorgenommen, da ist nur nie etwas draus geworden.« Aber da war noch etwas. Obwohl ich bereits einiges intus hatte, nahm ich noch einen Schluck aus meinem Cocktailglas, um mir Mut anzutrinken. Dann holte ich tief Luft und senkte ein wenig die Stimme. »Und außerdem würde ich mit einem anderen Mann schlafen.« Als ich Sophies entsetzten Blick sah, schickte ich rasch noch eine Erklärung hinterher. »Nur um zu wissen, wie das so ist. Oli war für mich nämlich der Erste.«

Während Sophie und Nadine mich nur ungläubig anstarrten, wäre Britta vor Überraschung – oder lag es am Ramazzotti? – beinahe von ihrem Barhocker gekippt. »Du hast außer mit Oli noch mit keinem anderen Mann geschlafen? Komm, gib's zu, du veräppelst uns.«

Hätte ich mal bloß die Klappe gehalten! Die Wahrheit ist ein kostbares Gut – man sollte sparsam mit ihr umgehen …

»Nein, es stimmt.« Da ich nun schon mal die Katze aus dem Sack gelassen hatte, würde ich es mir wohl oder übel gefallen lassen müssen, dass mich meine Freundinnen ins Kreuzverhör nahmen. Gedankenverloren zeichnete ich mit dem Zeigefinger die Maserung der Holztheke nach. »Klar war ich vor Oli mit anderen Männern, besser gesagt: Jungs, zusammen, aber es war nie etwas Ernstes.«

Nadine verdrehte die Augen. »Seit wann ist Sex etwas Ernstes? Kriege, Naturkatastrophen oder Reaktorunfälle sind etwas Ernstes. Sex allerdings … Ich bitte dich, Sex fällt eindeutig unter die Kategorie Spaß.«

»Das mag schon sein. Aber das erste Mal sollte etwas Besonderes sein«, beharrte ich, ohne recht zu wissen, warum ich mich für die Anzahl meiner Sexualpartner rechtfertigen musste.

»Dann fehlt dir ja völlig der Vergleich! Ich meine, man kauft doch kein neues Auto, ohne vorher wenigstens mal ein anderes Probe gefahren zu sein!« Fassungslos über so viel Unbedarftheit und Naivität schüttelte Nadine den Kopf. »Vielleicht ist Oliver im Bett eine totale Niete – und du weißt es nicht einmal.«

»Und wenn schon.«

»Soll das heißen, es macht dir nichts aus, mit einem Stümper ins Bett zu gehen?«

»Nein, das heißt, dass ich keinen Vergleich brauche, um zu wissen, dass mich etwas glücklich und zufrieden macht. In letzter Zeit allerdings ...«

Hilflos brach ich mitten im Satz ab. Wie sollte ich meinen Freundinnen etwas erklären, das ich selbst nicht richtig verstand?

»Jetzt mal raus mit der Sprache. Wir sind schließlich deine Freundinnen. Mit uns kannst du über alles reden.«

Britta warf mir einen treuherzigen Dackelblick zu und legte dabei ihre Hand auf mein Knie. Allerdings war ich mir nicht sicher, ob es sich dabei um eine selbstlose Zuneigungsbekundung handelte oder ob Britta, die auf ihrem Barhocker gefährlich hin- und herschwankte, sich in Wirklichkeit nur bei mir abstützen wollte.

»Seit der Sache mit der Wahrsagerin habe ich das Gefühl, dass mir die Zeit zwischen den Fingern zerrinnt ...«

»Das Gefühl kenne ich!«, unterbrach mich Sophie eifrig. »Wenn ich sehe, wie meine Mädchen von Tag zu Tag immer größer und selbstständiger werden, wo sie doch bis vor Kurzem noch in die Windeln gemacht haben, kann ich auch kaum glauben, wo die Zeit hin ist.«

Nadine musterte Sophie streng. »Kannst du mir bitte mal erklären, welcher Zusammenhang zwischen der für dich sicher äußerst erfreulichen Tatsache, dass deine Kinder im zarten Alter von acht und zehn Jahren schon die Toilette benutzen, anstatt in die Windel zu machen, und Olis Fähigkeiten im Bett besteht, Süße?«

»Äh …«, druckste Sophie sichtlich verwirrt herum und zuckte ratlos mit den Schultern. »So spontan fällt mir keiner ein.«

»Möglicherweise liegt das daran, dass es keinen gibt. Und jetzt lass Maja bitte weiterreden.« Missbilligend schüttelte Nadine den Kopf, dann wandte sie sich wieder mir zu. »Was wolltest du eben sagen?«

»Ich bin mir nicht mehr sicher, ob ich mit Oli wirklich so glücklich bin, wie ich immer geglaubt habe – oder wie ich zumindest versucht habe, mir einzureden. Ich meine nicht nur den Sex, sondern auch so ganz im Allgemeinen. Irgendwie habe ich das Gefühl, unser gemeinsames Leben läuft schon seit geraumer Zeit nur noch auf Sparflamme.« Ich gestattete mir einen kleinen Seufzer. »Seit Jahren reden Oliver und ich beispielsweise davon, dass wir mal wieder nach Wien fahren müssten, von unserer aufgeschobenen Hochzeitsreise in die Karibik ganz zu schweigen. Aber keiner von uns macht den ersten Schritt. Wenn wir es wirklich wollen würden, hätten wir es doch längst gemacht, oder? Finanziell wäre das überhaupt kein Problem, unsere Kinder sind fast erwachsen, und die Kanzlei wird auch mal ein paar Tage ohne Oliver auskommen. Was hindert uns also daran?« Hilfesuchend schaute ich meine Freundinnen an, von ihnen schien allerdings auch keine eine Antwort parat zu haben. »Wahrscheinlich haben wir insgeheim gar nicht das Bedürfnis, so viel Zeit miteinander zu verbringen«, fuhr ich frustriert fort, »ob nun unter Palmen oder anderswo. Manchmal habe ich den Eindruck, wir sind gar kein richtiges Ehepaar mehr, sondern eine WG. Und was unser Liebesleben betrifft: Wenn ihr mich fragt, was spannender ist, der Sonntagabendkrimi oder der Sex … Na ja, in letzter Zeit hab ich verdammt viele Krimis gesehen.« Erschöpft von diesem Ausbruch fuhr ich mir mit der Hand über die Stirn. »Ach, ich weiß auch nicht … Wahrscheinlich fasele ich dummes Zeug. Vergesst es einfach.«

»Wir sollen es vergessen? Nichts da!« Nadine stemmte entrüstet die Hände in die Hüften, wobei sie Britta aus Versehen den Ellenbogen in die Rippen rammte. »Eher vergesse ich mein Geburtsdatum.«

»Welches?«, knurrte Britta und rieb sich mit schmerzverzerrtem Gesicht ihre linke Seite. »Das Geburtsdatum, das in deinem Personalausweis steht, oder das Geburtsdatum, das du beim Einchecken an der Rezeption eingetragen hast?«

Nadine machte eine Handbewegung, als wollte sie eine lästige Fliege verscheuchen. »Ach, die drei Jahre mehr oder weniger spielen doch nun wirklich keine Rolle. Hat man denn überhaupt kein Recht mehr auf Privatsphäre? Dieses kleine Blondchen an der Rezeption geht mein Geburtsdatum doch nun wirklich nichts an. Wie heißt es so schön? Man ist immer so alt, wie man sich fühlt. Und ich fühle mich eben drei Jahre jünger.«

»Nach diesem Wochenende werden es vermutlich fünf bis zehn sein«, witzelte ich dankbar über die neue Richtung, die das Gespräch nahm.

»Jetzt lenk mal nicht vom Thema ab, Maja«, machte Nadine meine Hoffnungen gleich wieder zunichte. »Erst konfrontierst du uns mit so schockierenden Enthüllungen, und dann sollen wir diese unerhörten Neuigkeiten einfach wieder vergessen?« Zutiefst empört schüttelte sie den Kopf. »Keine Chance.«

»Keine Chance«, echote Britta. Aber ihre Augen, die so glasig waren, dass man sich fast darin spiegeln konnte, straften sie Lügen. In ihrem Fall standen die Chancen sogar verdammt gut! Nur half mir das bedauerlicherweise nicht weiter. Denn selbst wenn Britta sich morgen an nichts mehr erinnern konnte, war

Nadine ihr sicher gern dabei behilflich, die Gedächtnislücken zu füllen.

»Ich verstehe gar nicht, wo das Problem liegt«, redete die sich nun immer weiter in Fahrt. »Probier's halt einfach mal aus, wie es ist, mit einem anderen Kerl zu schlafen! So schwer kann es doch nicht sein, jemanden zu finden, der mit dir ins Bett geht.«

Sie sah sich suchend um, dann gab sie dem smarten Barkeeper, der gerade bei einem Gast kassierte, ein Zeichen.

»Nadine«, quietschte ich entsetzt. »Mach keinen Quatsch! Sonst kündige ich dir die Freundschaft.«

»Was hast du denn?«, mimte Nadine das Unschuldslamm. »Ich will mir doch nur noch etwas zu trinken bestellen.«

Mittlerweile war der Barkeeper mit dem Kassieren fertig und kam zu uns herüber. »Ladys, was kann ich euch Gutes tun?«, fragte er mit einem charmanten Lächeln.

»Einmal Sex on the beach bitte!« Nadine zwinkerte ihm zu. »Ich könnte wetten, dass fast alle weiblichen Gäste bei dir diesen Cocktail bestellen.« Sie beugte sich über die Theke, um den eingestickten Namen auf seinem Hemd besser lesen zu können. Tja, mit Brille wäre das leichter, dachte ich schadenfroh. »Stimmt's oder hab ich recht, Mike?«, fragte Nadine, nachdem es ihr gelungen war, die Buchstaben zu entziffern.

Der Barkeeper ging grinsend auf Nadines Spielchen ein. »Ja, man könnte schon sagen, dass sich dieser Cocktail ziemlich großer Beliebtheit erfreut.«

»Zu Recht, würde ich sagen. Oder was meint ihr, Mädels?«

Sophie und Britta, bei denen die zahlreichen Verdauungsschnäpse offenbar nicht nur die Verdauung ankurbelten, sondern auch das Gehirn lahmlegten, nickten kichernd. Obwohl ich mich den allgemeinen Zustimmungsbekundungen nicht anschloss, musste ich Nadine jedoch insgeheim recht geben. War gutes Aussehen bei Barkeepern eigentlich eine Einstellungsvoraussetzung? Schlecht für den Umsatz war so ein männliches Prachtexemplar hinter dem Tresen sicher nicht. Dieser Mike war wirklich verdammt attraktiv. Markante Gesichtszüge, ein Eins-a-Body und ein charmantes Sonnyboy-Lächeln – und schon schmolzen die Frauen dahin. Obwohl eine Schürze im Allgemeinen und bei Männern im Besonderen normalerweise etwas albern wirkte, stand ihm seine lange schwarze mit dem Logo des Hotels ausnehmend gut. Möglicherweise lag das daran, dass sie den Blick auf seinen knackigen Hintern freigab.

Schweigend beobachteten wir, wie Mike flink und geschickt Nadines Cocktail mixte, ihn hübsch dekorierte und schließlich mit einem strahlenden Lächeln servierte.

»Mike, du als Barkeeper bist in puncto Frauen doch so etwas wie ein Experte«, schmeichelte ihm Nadine.

»Wenn du das sagst.« Mike grinste.

»Was hältst du denn von unserer Freundin Maja?« Nadine legte den Arm um mich und tätschelte meine Schulter. »Findest du sie attraktiv?«

Konnte der liebe Gott nicht ein Einsehen haben und den Boden unter meinem Barhocker auftun? Ich kam mir vor wie eine Kuh auf einer Viehauktion.

Mike musterte mich abschätzend. Es wäre töricht gewesen zu hoffen, dass man dank der schummrigen Barbeleuchtung nicht sah, wie ich errötete. Sogar bei einem Stromausfall hätte man mein Gesicht im Dunkeln leuchten sehen können.

»Und, was ist dein fachmännisches Urteil auf einer Skala von eins bis zehn?«, ermunterte meine Freundin, die ich nach diesem Abend vermutlich zu einer flüchtigen Bekannten degradieren würde, den Barkeeper.

»Eine Acht würde ich sagen.«

»Eine Acht? Sicher?« Nadine schien nicht gewillt zu sein, sich mit dieser Wertung zufriedenzugeben. »Schade, dass du ihren Hintern und ihre Beine nicht sehen kannst ...«

Mich hätte es nicht gewundert, wenn Nadine mich gebeten

hätte, aufzustehen und wie auf einem Catwalk auf und ab zu gehen. Aber mich wunderte sowieso nichts mehr! Vor lauter Scham wusste ich gar nicht, wo ich hinsehen sollte.

Zum Glück hatte Mike offenbar nicht das Bedürfnis, die Richtigkeit von Nadines Angaben zu überprüfen. »Dann gebe ich selbstverständlich eine Neun.«

Nadine lächelte zufrieden. »Sag mal, Mike, wann hast du eigentlich Feierabend?«, fragte sie.

Ich hätte mich beinahe an meinem Cocktail verschluckt. War Nadine etwa gerade im Begriff, einen One-Night-Stand für mich klarzumachen?!? Ich warf ihr einen drohenden Blick zu, doch sie sah demonstrativ an mir vorbei.

»In der Regel ist hier so gegen drei Schluss.« Mike wischte mit einem Geschirrtuch ein paar Tropfen von der Theke. »Aber an manchen Tagen, wenn die Gäste sich partout nicht von der Bar vertreiben lassen, wird es auch schon mal etwas später.«

»Oje, du Armer. Drei Uhr – das ist ja ganz schön spät«, heuchelte Nadine Mitgefühl. Damit sie wusste, was für sie auf dem Spiel stand, fuhr ich mir, ohne dass Mike es sehen konnte, mit der Hand die Kehle entlang. »Dann drücke ich dir die Daumen, dass du heute früh ins Bett kommst«, beendete Nadine mit einem harmlosen Lächeln das Gespräch.

Erleichtert stieß ich die Luft aus. Das war ja gerade noch mal gut gegangen! Schwer zu sagen, ob die Angst um ihr Leben oder um unsere Freundschaft Nadine von ihrem Vorhaben abgebracht hatte.

»Mach so etwas nie wieder, hörst du«, zischte ich ärgerlich, nachdem Mike sich von uns entfernt hatte, um ein paar neu eingetroffene Gäste nach ihren Getränkewünschen zu fragen.

»Schon gut, schon gut.« Nadine zog einen beleidigten Schmollmund, hob dann aber zum Zeichen, dass sie kapitulierte, die Hände. »Wer nicht will, der hat schon. Was jedoch in deinem Fall, nach allem, was du eben erzählt hast, nicht zutrifft.«

»Deshalb springe ich noch lange nicht mit irgendeinem wildfremden Kerl ins Bett.«

»Okay, dann nimm halt einen, den du schon kennst«, konterte Nadine. »Was ist denn zum Beispiel mit diesem Torben? Er scheint doch ganz wild darauf zu sein, dich wiederzusehen ...«

Schuldbewusst dachte ich an meine pikanten Tagträumereien während der Massage. Prompt begannen meine Wangen, die gerade erst ein wenig abgekühlt waren, erneut zu glühen.

»Mach lieber einen Salsakurs. Du bist schließlich verheiratet«, holte Sophie mich schnell wieder in die Realität zurück.

»Genau«, stimmte ich Sophie zu und nickte dankbar. »Das kann ich Oli nicht antun. Er war mir in all den Jahren immer treu.«

»Bist du dir da so sicher?«, fragte Britta lauernd.

»Wenn Oli mit einer anderen Frau schlafen würde, bräuchtest du kein schlechtes Gewissen zu haben«, spann Nadine den Faden weiter.

»Verheimlicht ihr mir etwas?«, fragte ich alarmiert. »Sollte ich etwas wissen, das ich noch nicht weiß?«

»Woher sollen wir wissen, was du weißt«, ulkte Britta mit schwerer Zunge.

Mir war leider gerade nicht nach Scherzen zumute. »Raus mit der Sprache! Hat Oli eine Affäre, und ihr traut euch nicht, mir davon zu erzählen?«

»Ach was, Oli hat keine Affäre. Der doch nicht!« Nadine zeigte mir einen Vogel. »Aber was nicht ist, kann ja noch werden.«

»Wie meinst du das?«

»Wir könnten jemanden anheuern. Für Geld bekommt man schließlich alles ...«

»Eine Nutte?«, entfuhr es mir so laut, dass die wenigen Gäste, die sich noch in der Bar aufhielten, neugierig zu uns herübersahen.

»Nein, meine Süße, keine Nutte«, widersprach Nadine, »eine Dame vom Escortservice. Das ist ein himmelweiter Unterschied. Sowohl vom Niveau als auch vom Preis.«

»Also eine Edelnutte«, kommentierte Britta für ihren Zustand erstaunlich helle.

»Wenn du es unbedingt so ausdrücken möchtest.« Nadine fischte sich ein paar Erdnüsse aus einem silbernen Schälchen, das auf der Theke stand. »Eine meiner Stammkundinnen – Larissa, übrigens eine wirklich tolle Frau, attraktiv, stilvoll und gebildet – arbeitet für einen Escortservice.« Sie schob sich die Erdnüsse in den Mund und fuhr, nachdem sie fertig gekaut hatte, zu sprechen fort. »Natürlich geht es dabei in der Regel auch um Sex, aber nicht ausschließlich. Zum Beispiel wird Larissa häufig von allein reisenden Geschäftsmännern gebucht, die eine Begleiterin für einen Abend suchen. Dann gibt's meistens das volle Programm: Schick essen gehen, sich nett unterhalten, und danach besucht man vielleicht noch gemeinsam einen Club oder eine Bar.«

»Und vor dem Schlafengehen gibt's ein Betthupferl ...« Britta kicherte albern.

»Ganz genau.«

»Du glaubst doch nicht allen Ernstes, dass Oliver mit so einer ...« Sophie zog ein Gesicht, als wäre sie in einen Hundehaufen getreten. Offenbar suchte sie nach der passenden Formulierung. »Du glaubst doch wohl nicht, dass Oli mit so einem Escortpüppchen einfach so ins Bett gehen würde?«

»Nicht einfach so. Man müsste das Ganze natürlich schon geschickt einfädeln. Da würde mir schon was einfallen.« Nadine lächelte siegessicher.

»Wenn ihr mich fragt, wäre das die ideale Lösung. Erst gönnt Oliver sich einen kleinen Seitensprung, und dann kann Maja mit gutem Gewissen nachziehen. So haben alle was davon.«

Möglicherweise lag es am Alkohol oder an Nadines Überzeugungskraft – auf jeden Fall tat ich ihren Vorschlag nicht sofort als völlig irrwitzig und indiskutabel ab. Gut, die Idee war irgendwie verrückt, aber war ich nicht lange genug vernünftig gewesen? Und wo hatte mich das hingebracht …?

»Ich denk drüber nach«, versprach ich.

Kapitel 5

Am nächsten Morgen erwachte ich mit leichten Kopfschmerzen, die sich schlagartig verschlimmerten, als mir beim Zähneputzen Nadines Vorschlag wieder einfiel. Das Betthupferl! Ach du meine Güte, was hatten wir uns nur dabei gedacht? Vermutlich gar nichts ... Es war im wahrsten Sinne des Wortes eine Schnapsidee gewesen! Im nüchternen Zustand hätte niemand von uns auch nur eine Sekunde in Erwägung gezogen, Oliver mit einer Escortlady zusammenzubringen. Dachte ich zumindest, bis ich beim gemeinsamen Frühstück eines Besseren belehrt wurde.

»Furchtbar, dieser Nachdurst.« Nadine nahm einen tiefen Schluck frisch gepressten Orangensaft. Dann bestrich sie ihr Croissant fingerdick mit Butter und Marmelade. »Andererseits war's das wert. Unter Alkoholeinfluss laufe ich einfach zur Höchstform auf. Hast du dir meinen Vorschlag mit dem Escortservice noch mal durch den Kopf gehen lassen, Maja?«

Fassungslos starrte ich meine Freundin an. Sie meinte es also tatsächlich ernst! »Tut mir leid, kein Bedarf«, erklärte ich in dem gleichen bestimmten Tonfall, in dem ich normalerweise Vertreter oder fliegende Händler an der Haustür abwimmelte.

»Ganz wie du meinst.« Nadine leerte den Rest ihres Orangensafts auf ex. »Solltest du es dir anders überlegen ... Du weißt ja – ich hab die richtigen Connections.«

Hätte sie sich dabei einen Hut tief ins Gesicht gezogen und mir den Rauch einer Zigarre ins Gesicht gepafft, wäre ich mir vorgekommen wie in einem Mafiosifilm. Nur dass die Patin auf Oliver keinen Auftragskiller, sondern eine Nutte, Verzeihung, Escortlady ansetzen wollte …

Auf dem Weg vom Frühstücksraum zum Lift kamen wir an der Hotelboutique und dem hauseigenen Friseursalon vorbei. Zum Bedauern von Nadine, die bei solchen Gelegenheiten gern bei der Konkurrenz schnupperte und sich Anregungen für ihr eigenes Geschäft holte, war die Boutique wegen Renovierungsarbeiten geschlossen, der Friseursalon hatte jedoch geöffnet.

Wie angewurzelt blieb Britta vor dem großen Schaufenster, in dem diverse Haarpflegeprodukte und Poster von perfekt gestylten Modelköpfen präsentiert wurden, stehen.

»Ich muss da jetzt rein! Unbedingt. Wer weiß, wann ich das nächste Mal Zeit habe, zum Friseur zu gehen. Wahrscheinlich ist Jannik bis dahin längst erwachsen und womöglich Halbwaise, weil ich über meine viel zu langen Haare gestolpert bin und mir dabei das Genick gebrochen habe.« Erwartungsvoll sah sie von einer zur anderen. »Wie sieht's aus? Kommt eine von euch mit?«

»Sorry, ich passe. Ich war gerade erst beim Friseur«, antwortete Sophie und fuhr sich durch ihre seidig glänzenden blonden Locken.

Nadine schüttelte ebenfalls nachdrücklich den Kopf. »Spinnst du?! Außer Francesca lass ich niemanden an meine Haare ran.«

»Maja?« Britta sah mich bittend an. »Komm schon. Zu zweit macht es doch viel mehr Spaß! Und wir waren in all den Jahren, in denen wir jetzt befreundet sind, noch nie gemeinsam beim Friseur.«

Wir waren auch noch nie zusammen beim Zahnarzt oder in der Waschstraße – aber das tat unserer Freundschaft meiner Meinung nach keinen Abbruch. Wenn Britta jedoch der Ansicht war, dass ausgerechnet ein gemeinsamer Friseurbesuch das i-Tüpfelchen auf unsere Beziehung setzte, konnte ich ihr diesen Wunsch wohl schlecht abschlagen.

Zögernd willigte ich ein. »Na schön. So ein bisschen Spitzenschneiden ist vielleicht gar nicht so schlecht.«

Hätte ich zu diesem Zeitpunkt gewusst, dass die Spitzen zwanzig Zentimeter lang sein würden, hätte ich garantiert ganz schnell Reißaus genommen. Seit ich denken konnte, hatte ich lange Haare, die ich als kleines Mädchen zu Zöpfen und später, als ich zu alt dafür wurde, meistens zu einem Pferdeschwanz zusammenband. Modisch gesehen nicht gerade das Nonplusultra, dafür aber unglaublich praktisch. Natürlich hatte ich schon des Öfteren damit geliebäugelt, mal etwas Neues auszuprobieren, da Oliver jedoch wie die meisten Männer eine Vorliebe für lange Haare hegte, hatte ich in letzter Minute immer einen Rückzieher gemacht. Auch wenn ich noch nie begriffen hatte, warum die Herren der Schöpfung der Ansicht zu sein schienen, dass es auf die Länge ankommt. Aber das war bei Männern wohl ein generelles Problem …

War es der Mut der Verzweiflung, der mich dazu bewog, ausgerechnet dieses Mal dem Drängen der Friseurin nachzugeben und meine Haare abzuschneiden? Oder wirkte das Gespräch vom Vorabend noch nach? Wenn schon kein neuer Mann, dann doch zumindest ein neuer Look …

Wie dem auch sei, in puncto Frisur hatte sich das Risiko eindeutig gelohnt. Unglaublich, was so ein neuer Haarschnitt ausmachte. Ich erkannte mich selbst kaum wieder! Dank des kinnlangen, leicht durchgestuften Bobs wirkten meine Haare viel fülliger als vorher. Zudem hatte ich mir auf Anraten der Friseurin eine Tönung gegönnt, die die ersten grauen Härchen in meinem ansonsten tiefdunkelbraunen Haar elegant wegmogelte und für zusätzlichen Glanz sorgte.

Kurzum – ich war mit dem Ergebnis restlos zufrieden! Nadine,

Britta und Sophie teilten meine Begeisterung und wurden nicht müde, mir immer wieder zu versichern, wie toll ich mit der neuen Frisur aussah. Sogar Barkeeper Mike, den wir an diesem Abend nach einem wundervoll entspannten Tag in der Saunalandschaft und einem köstlichen italienischen Büfett wieder mit unserer Anwesenheit beehrten, fiel die Veränderung auf. Er überschüttete mich mit Komplimenten und flirtete ungeniert mit mir. Hätte Nadine ihm nicht bereits am Vorabend eine höhere Wertung abgeschwatzt, wären mir die neun Punkte auf seiner Attraktivitätsskala heute garantiert sicher gewesen. Auch für einen kleinen Quickie nach Feierabend hätte es bestimmt nicht viel Überredungskunst bedurft …

Da uns allen noch die Spätfolgen unseres Ramazzottigelages in den Knochen steckten, strichen wir an diesem Abend relativ früh die Segel, gegen zwölf kehrten wir auf unsere Zimmer zurück. Während Britta sich im Badezimmer die Zähne putzte, schlüpfte ich in mein Nachthemd und warf aus einem plötzlichen Impuls heraus noch mal einen kurzen Blick auf mein Handy. Tatsächlich: Ich hatte eine neue Nachricht! Mit klopfendem Herzen ließ ich mich auf die Bettkante sinken und öffnete die SMS.

Wie ich bereits richtig vermutet hatte, stammte die Nachricht von Torben.

Hallo, Maja, schrieb er, *lebst du noch? Hoffentlich ist dir nicht wieder ein Auto in die Quere gekommen. ;-) Du bist mir bezüglich unseres Treffens noch eine Antwort schuldig. Melde dich! LG, Torben*

Beim Lesen der Nachricht wurde mir abwechselnd heiß und kalt, und das lag nicht nur an meinem schlechten Gewissen, weil ich noch nicht geantwortet hatte. Ich warf einen prüfenden Blick zur geschlossenen Badezimmertür. Offenbar war Britta immer noch mit ihrer Zahnpflege beschäftigt, gerade hörte ich sie geräuschvoll gurgeln.

Lieber Torben, begann ich zu schreiben, nur um kurz darauf alles wieder zu löschen und von vorne zu beginnen. *Hallo, Torben*, versuchte ich es mit einer neuen Anrede. Das klang schon besser, irgendwie lockerer. Und wie weiter? Nachdenklich starrte ich auf das dezente Muster der Hoteltapete, so als könnte ich dort die Antwort finden. Vor der rettenden Eingebung kam jedoch Britta. Gähnend schlurfte sie im Nachthemd an mir vorbei und ließ sich seufzend auf die andere Seite des Doppelbetts fallen.

»Wovon bin ich eigentlich so müde?«, fragte sie, während sie ihr Kopfkissen mit Schlägen malträtierte, um es in die richtige Form zu bringen. »Wir haben doch den ganzen Tag nichts gemacht.«

»Genau daran wird es liegen«, antwortete ich, ohne mich zu ihr umzudrehen.

Da Britta ohne ihre Kontaktlinsen blind wie ein Maulwurf war, hatte sie das Handy in meiner Hand im Vorbeigehen gar nicht bemerkt. So unauffällig wie möglich ließ ich es in meiner Nachttischschublade verschwinden. Morgen war auch noch ein Tag! Und vielleicht fiel mir ja über Nacht ein, wie ich auf Torbens Vorschlag, mich mit ihm zu treffen, reagieren sollte.

Am nächsten Morgen war ich jedoch bedauerlicherweise um keinen Deut schlauer als am Tag zuvor. Zwar hatte ich wunderbar geschlafen, tief und traumlos, aber mein Problem hatte sich dadurch nicht in Luft aufgelöst. Verflixt, was sollte ich Torben bloß schreiben?! Zwar wünschte ich mir, wenn ich ehrlich war, nichts sehnlicher, als ihn wiederzusehen, jedes Mal, wenn ich kurz davor war, zu meinem Handy zu greifen, überkamen mich allerdings wieder heftige Zweifel und Gewissensbisse, und so schob ich die längst überfällige Antwort immer weiter vor mir her. Auch wenn Oliver sich in jüngster Vergangenheit nicht gerade vor Aufmerksamkeit überschlagen hatte, so war er in all den Jahren doch immer ein guter und treuer Ehemann und liebevoller Vater gewesen. Er hatte es ganz bestimmt nicht verdient, dass ich mich hinter seinem Rücken mit einem anderen Mann traf, und sei dieser noch so umwerfend und attraktiv. Zwar konnte ich nichts dagegen tun, dass Torben ständig in meinem Kopf herumspukte, aber ihn wiederzusehen würde die ganze Sache bestimmt nur noch schlimmer machen.

Irgendwie musste Torben geahnt haben, in welchem furchtbaren Zwiespalt ich mich befand, denn als unser Viererkleeblatt sich mit einem Latte macchiato im Schwimmbad einfand und wir es uns gerade auf unseren Liegen gemütlich machten, bekam ich erneut eine SMS von ihm.

Ich lass nicht locker. ;-) Wie wär's heute Abend um sechs mit einem Treffen im Braugarten? Freu mich auf dich! Torben

Freu mich auf dich? Das klang ja geradeso, als hätte ich mich bereits entschieden.

»Würde es euch was ausmachen, ein bisschen früher als geplant abzufahren?«, fragte ich meine Freundinnen zaghaft. »Nicht dass es mir hier nicht gefällt – ganz im Gegenteil«, versicherte ich hastig und machte eine weit ausholende Geste, »ich meine, wem würde es hier nicht gefallen? Das Hotel ist fantastisch, und die Zeit mit euch ist wunderschön, aber ich hab zu Hause noch jede Menge zu erledigen.«

»Du willst dich mit Torben treffen, stimmt's?«, roch Sophie sofort den Braten und sah mich tadelnd an.

Ertappt nickte ich.

Nadine und Britta tauschten zufriedene Blicke aus, so als wäre es ihr Verdienst, dass ich endlich Vernunft angenommen hatte und bereit war, mich auf einen anderen Mann einzulassen. Dabei war es in Wahrheit genau umgekehrt – ich wollte mich mit Torben treffen, um dieses merkwürdige Hirngespinst, das mich seit unserem Zusammenstoß begleitete, ein für alle Mal wieder loszuwerden. Ich hatte mir, während ich vor dem Schwimmbadbesuch an der Sparezeption auf frische Handtücher gewartet hatte, alles ganz in Ruhe durch den Kopf gehen lassen und war dabei zu folgendem Ergebnis gekommen: Mein Gedächtnis spielte mir einen Streich. So etwas kam vor, erst recht, wenn man wie ich nach dem Unfall unter Schock stand. In Wirklichkeit war Torben sicher nicht halb so nett und attraktiv, wie ich ihn in Erinnerung hatte. Davon würde ich mich bei einem Wiedersehen überzeugen. Nachdem ich diese Entscheidung getroffen hatte, war mir Torbens Terminvorschlag gerade recht gekommen. Je eher, desto besser!

Ich würde einfach auf ein halbes Stündchen im Braugarten vorbeischauen, den Kostenvoranschlag mit ihm besprechen, ein wenig Small Talk machen und nett ein Bierchen trinken. Und bei der Gelegenheit konnte ich mich gleich davon überzeugen, dass Torben in Wahrheit völlig durchschnittlich war und ich nicht das geringste bisschen für ihn empfand.

Eine geniale Idee. Warum war ich bloß noch nicht früher darauf gekommen?

Ehe wir uns versahen, war der Zeitpunkt der Abreise gekommen. Obwohl ich es einerseits jammerschade fand, dass unser wunderschönes Wellnesswochenende schon vorüber war, konnte ich es andererseits kaum erwarten, endlich aufzubrechen.

»Findest du es sehr schlimm, dass ich mich mit Torben treffe?«, fragte ich Sophie, als wir mit gepackten Taschen und Nadines pinkfarbenem Beautycase allein in der Hotellobby saßen. Britta und Nadine waren zur Rezeption gegangen, um auszuchecken. »Wir wollen ja nur zusammen ein Bier trinken und die Regulierung des Unfallschadens besprechen.«

»Dann sorg dafür, dass ihr auch wirklich alles klärt. Damit du dir die Sache aus dem Kopf schlägst.« Sophies eindringlicher Tonfall ließ keinen Zweifel daran, dass sie mit der »Sache« nicht nur den Unfall meinte.

Während der Rückfahrt konnte ich kaum stillsitzen. Unruhig

rutschte ich auf dem Beifahrersitz von Brittas Kombi herum und zuckte bei jeder Verkehrsmeldung erschrocken zusammen. Jetzt bloß kein Stau! Dann würde ich womöglich zu spät kommen ... Ich fühlte mich so nervös und aufgeregt wie ein Teenager vorm ersten Date.

»Worüber soll ich bloß mit Torben reden? Oh mein Gott, ich bin völlig aus der Übung«, jammerte ich. »Immerhin hab ich seit fast zwanzig Jahren kein Date mehr gehabt!«

»Ach, jetzt ist es auf einmal ein Date«, bemerkte Sophie spitz von der Rücksitzbank aus. »Du hast doch gesagt, dass ihr nur über den Unfall reden wollt.«

Britta machte eine wegwerfende Handbewegung. »Hör nicht hin, Maja. Sophie ist bloß neidisch.«

»Das nimmst du sofort zurück. Ich bin nicht neidisch«, schnaubte Sophie empört. »Warum sollte ich neidisch sein? Frank und ich sind glücklich miteinander. Wir lieben uns wie am ersten Tag. *Meine* Ehe ist nämlich in Ordnung.«

»Beschrei es lieber nicht«, riet Britta und warf Sophie im Rückspiegel einen warnenden Blick zu. »So was kann sich nämlich ganz schnell ändern.«

Den Rest der Fahrt unterhielten wir uns über unverfängliche Gesprächsthemen, sodass unser Mädelswochenende einen harmonischen Ausklang fand. Trotz des starken Verkehrs und etlicher Baustellen erreichten wir mit gerade mal zehnminütiger Verspätung den Braugarten.

»Toi, toi, toi!«, riefen Britta und Nadine zweistimmig, als ich aus dem Wagen stieg und den Kofferraum öffnete, um meine Reisetasche auszuladen.

Sophie konnte sich immerhin zu einem undeutlich gemurmelten »Hals- und Beinbruch« durchringen.

Obwohl aufgrund des frühsommerlich warmen Wetters halb Düsseldorf auf den Beinen zu sein schien und der Biergarten brechend voll war, dauerte es nicht lange, bis ich Torben entdeckte. Die Beine entspannt von sich gestreckt, saß er allein an einem kleinen Tisch und blätterte in einem Stadtmagazin. Bei seinem Anblick setzte mein Herzschlag unwillkürlich zu einem Trommelwirbel an. Die Heftigkeit meiner Reaktion erschreckte mich – auch wenn sie, rein objektiv betrachtet, durchaus verständlich war. Teufel noch eins, der Mann sah aber auch wirklich umwerfend aus! Und das, obwohl das Attraktivste an ihm hinter einer dunklen Sonnenbrille versteckt war. Verdammt, hätte er sich nach unserem letzten Zusammentreffen nicht wenigstens einen Schnäuzer wachsen lassen können?!? Ein paar fiese Aknepusteln wären auch okay gewesen. Doch bedauerlicherweise konnte ich – zumindest aus der Entfernung – beim besten Willen nichts Abstoßendes an ihm entdecken.

Noch hast du die Möglichkeit, umzukehren und dich heimlich, still und leise aus dem Staub zu machen, dachte ich.

Zu spät.

So als hätte er meine Nähe gespürt, sah Torben in diesem Moment auf. Ein Lächeln breitete sich wie Tinte auf einem Löschblatt auf seinem Gesicht aus. Unwillkürlich lächelte ich zurück. Ich war froh, dass ich den Tisch schon fast erreicht hatte, denn meine Beine hatten plötzlich die Konsistenz von Wackelpudding angenommen, sie drohten jeden Moment unter mir nachzugeben.

Anstelle einer Begrüßung nahm Torben seine Sonnenbrille ab, musterte mich von Kopf bis Fuß und stieß dann einen anerkennenden Pfiff aus. »Wow, du siehst unglaublich aus! Die neue Frisur steht dir.«

Ich spürte, wie ich bis zu den frisch gestylten Haarwurzeln errötete. »Danke«, murmelte ich verlegen und nahm mit zittrigen Knien gegenüber von Torben auf einem Stuhl Platz.

Fast wäre es mir lieber gewesen, er hätte die Sonnenbrille aufbehalten, denn ein kurzer Blickkontakt reichte, um mich restlos durcheinanderzubringen. Schuld daran war nicht nur das unglaublich leuchtende Blau seiner Augen, sondern auch die aufrichtige Bewunderung, die sich darin widerspiegelte. Wie schaffte er es nur, dass ich mir mit einem Mal wie die schönste und begehrenswerteste Frau des Universums vorkam? Und das fühlte sich gar nicht mal so übel an …

»Schön, dass du gekommen bist.« Torben schenkte mir ein Lächeln, dessen Wärme ich bis in den kleinen Zeh hinein zu spüren glaubte. »Ich hatte schon Sorge, du könntest es dir anders überlegen.«

»Ach, Quatsch, wieso sollte ich?«

Ha, ha, guter Scherz.

Bevor ich mein schauspielerisches Talent weiter unter Beweis stellen musste, erschien zum Glück die Bedienung, um unsere Bestellung aufzunehmen.

Nachdem sie wieder verschwunden war, wies Torben grinsend auf die schwarze Reisetasche, die ich neben mir abgestellt hatte. »Ich kenne viele Frauen mit einem Faible für große Handtaschen. Manchmal frage ich mich sogar, ob es nicht praktischer wäre, gleich einen Bollerwagen hinter sich herzuziehen. Aber dein Riesending toppt nun wirklich alles.« Mit gespieltem Entsetzen schüttelte er den Kopf. »Schleppst du immer so viel Zeug mit dir rum, oder ziehst du gerade um?«

Richtig, Torben wusste ja gar nicht, dass ich übers Wochenende verreist gewesen war. Froh, ein Gesprächsthema gefunden zu haben, bei dem ich mich auf halbwegs sicherem Terrain befand, erzählte ich begeistert von meinem Kurzurlaub im Westerwald. Einige Details – wie etwa die Massage – ließ ich jedoch wohlweislich weg. Allein beim Gedanken daran bekam ich heiße Ohren …

Torben hörte mit leicht schräg gelegtem Kopf aufmerksam zu,

lächelte oder nickte gelegentlich und unterbrach mich ein paar Mal, um eine kurze Zwischenfrage zu stellen oder einen lustigen Kommentar abzugeben. Über sein Interesse freute ich mich fast noch mehr als über seine Komplimente, und ich merkte, wie sehr ich beides in letzter Zeit bei Oliver vermisst hatte.

»Das Wochenende war wirklich toll«, schwärmte ich, nachdem ich die drei Tage noch einmal hatte Revue passieren lassen, »und es schreit förmlich nach einer Wiederholung. Auch wenn meine Mutter der Ansicht ist, dass ich mir ebenso gut zu Hause ein paar Gurkenscheiben aufs Gesicht legen könnte.«

»Du verstehst dich wohl nicht allzu gut mit deiner Mutter?«, hakte Torben nach.

»Ich verstehe mich sogar ganz ausgezeichnet mit meiner Mutter«, erwiderte ich grinsend, »solange sie den Mund hält. Was aber leider so gut wie nie vorkommt. Normalerweise gibt sie zu allem ihren Senf dazu.«

Mir war sehr wohl bewusst, was sie zu meiner Verabredung mit Torben sagen würde: Wer mit dem Feuer spielt …

Und wenn schon! Es gab weiß Gott schlechtere Arten umzukommen.

Torben und ich quatschten über alles Mögliche – nur sein demoliertes Auto erwähnten wir mit keiner Silbe. Müssten wir nicht – zumindest, um den Schein zu wahren – mal langsam auf den Kostenvoranschlag zu sprechen kommen, schoss es mir ein wenig schuldbewusst durch den Kopf. Als Torben in diesem Moment eine witzige Bemerkung über einen kleinen Hund machte, der sich unter dem Nachbartisch hoffnungslos in seiner Leine verheddert hatte, war der Unfallschaden jedoch sofort wieder vergessen.

Nachdem wir eine Weile über dies und das geredet hatten, konnte ich die Frage, die mir schon die ganze Zeit im Kopf herumgeisterte, jedoch nicht länger zurückhalten.

»Wie kommt es eigentlich, dass du nicht verheiratet bist?«

Am liebsten hätte ich mir die Zunge abgebissen. Es gab so viele schöne Small-Talk-Themen, allen voran das Wetter, aber die Frage nach Torbens Liebesleben und seinem Familienstand zählte eindeutig nicht dazu.

»Was glaubst *du* denn, warum ich nicht verheiratet bin?«, konterte Torben mit einer Gegenfrage.

In was hatte ich mich bloß hineinmanövriert? Doch da musste ich jetzt durch.

»Hm ... lass mich mal nachdenken.« Ich kräuselte die Stirn und tat, als würde ich angestrengt überlegen. »Rein optisch gibt es nichts an dir auszusetzen. Darüber hinaus scheinst du sehr nett und umgänglich zu sein – auch wenn ich mir diesbezüglich natürlich noch kein abschließendes Urteil erlauben kann. Wer weiß, vielleicht ist Casanova im Vergleich zu dir ein verklemmter Milchbubi. Vielleicht brauchst du die Abwechslung und denkst nicht im Traum daran zu heiraten. Möglicherweise bist du im Grunde deines Herzens aber auch schwul, oder du leidest an einem Ödipuskomplex – immerhin schenkst du deiner Mutter Blumen«, neckte ich Torben, der in gespielter Verzweiflung den Kopf einzog und auf seinem Stuhl immer kleiner wurde. »Soll ich weitermachen?«

»Schon gut, schon gut. Ich will gar nicht wissen, was du mir sonst noch so alles zutraust.« Mit beleidigter Miene verschränkte Torben die Arme vor der Brust, doch um seine Mundwinkel zuckte es amüsiert. »Der Grund, warum ich noch nicht verheiratet bin, ist, im Vergleich zu deinen überaus interessanten, wenn auch wenig schmeichelhaften Spekulationen, ziemlich langweilig. Ich bin einfach zu langsam.« Torben lächelte und sah mir dabei so tief in die Augen, dass mir ganz schummrig wurde. »Die tollen Frauen sind alle schon vergeben.«

Gespielt gleichmütig zuckte ich mit den Schultern. »Tja, Strafe muss sein. Das kommt davon, wenn man so bummelt. Das sage ich meinen Kindern auch immer, wenn sie herumtrödeln, als hätten sie das ewige Leben.«

»Nein, ganz im Ernst, während alle anderen um mich herum fleißig damit beschäftigt gewesen sind, sich zu zweit zusammenzutun und ihr Nest zu bauen, habe ich mich wohl zu sehr darauf konzentriert, mein Architekturbüro zum Laufen zu bringen.«

»Hättest du denn gern Kinder?«, fragte ich neugierig.

»Ich mag Kinder, sehr sogar«, antwortete Torben, ohne zu zögern. »Aber ich muss nicht um jeden Preis eigene haben. Ich lass mich überraschen, was die Zukunft für mich bereithält.«

Seinem fröhlichen Gesichtsausdruck und dem optimistischen Klang seiner Stimme nach zu urteilen, hatte er dabei ganz bestimmt keine Krankheiten, Unfälle, Naturkatastrophen oder anderes Ungemach, das einen das Leben kosten konnte, im Sinn. Ganz im Gegensatz zu mir! Vielleicht ist meine Zeit schon bald abgelaufen, dachte ich beklommen.

Apropos Zeit: Ich sah auf meine Armbanduhr. Mist, es war bereits nach acht! Die letzten zwei Stunden waren wie im Flug vergangen.

»Ich glaub, ich muss bald los.« Nur mit Mühe unterdrückte ich einen enttäuschten Seufzer. »Sollten wir nicht langsam mal über den Kostenvoranschlag von deiner Werkstatt reden?«

»Über den Kostenvoranschlag?« Torben sah mich einen Moment lang verständnislos an. »Ach, *den* Kostenvoranschlag meinst du. Den hab ich schon an deine Versicherung geschickt. Mach dir keine Gedanken, der Rest läuft jetzt ganz von allein. Ich wollte dich einfach wiedersehen.«

Unser Treffen wäre also überhaupt nicht notwendig gewesen …

Zwar war mir das ohnehin klar gewesen – wofür gab es schließlich Handys, sicher nicht nur, um damit irgendwelche beknackten Apps herunterzuladen –, aber nun lagen die Karten offen auf dem Tisch. Während ich darauf wartete, dass mein heftig pochendes Herz sich wieder etwas beruhigte, knibbelte ich nervös an einem Bierdeckel herum. Dann gab ich mir einen Ruck und sah Torben fest an.

»Du weißt, dass ich verheiratet bin.«

»Ja, sicher«, sagte er. »Nur ändert das leider nichts daran, dass ich ständig an dich denken muss.«

Ich hätte auch auf den Bus warten können, aber da dieser sonntags nur sehr selten fuhr, nahm ich Torbens Angebot, mich nach Hause zu bringen, dankbar an. Tief in meinem Inneren wusste ich natürlich genau, dass es nicht der Busfahrplan war, der mich dazu bewog, in Torbens Leihwagen einzusteigen. Ich wollte mir die letzten gemeinsamen Minuten, die uns noch blieben, um keinen Preis nehmen lassen.

Im Gegensatz zu unserem angeregten Gespräch und den Flachsereien im Biergarten verlief die Rückfahrt jedoch ausgesprochen schweigsam. Und das aus gutem Grund. Unterwegs grübelte ich ununterbrochen darüber nach, was Oliver und meine Kinder wohl denken würden, wenn ich von einem fremden Mann nach Hause gebracht wurde. Sicher nicht, dass es sich um einen kostenlosen Shuttleservice des Hotels handelte … Torben schien ebenfalls in Gedanken versunken zu sein, oder er war zu rücksichtsvoll, um mich zu stören.

»Vielen Dank fürs Mitnehmen. Du kannst mich da vorne an der Bushaltestelle rauslassen«, brach ich schließlich das Schweigen, als wir nur noch ein paar Querstraßen vom Ziel entfernt waren. »Den Rest gehe ich zu Fuß. Ich brauche dringend noch ein bisschen frische Luft.«

Glücklicherweise ersparte mir Torben einen dummen Kommentar. Frische Luft? Lächerlich! Schließlich hatten wir die vergangenen Stunden nicht in einer rauchigen Kneipe, sondern in einem Biergarten unter freiem Himmel verbracht. Trotzdem hatte ich das dringende Bedürfnis, mir vor der Begegnung mit meiner Familie noch ein wenig den Kopf durchlüften zu lassen.

»Danke für den schönen Abend«, leitete ich den Abschied ein.

Hoffentlich merkte Torben nicht, dass meine Stimme zitterte. Im Gegensatz zu ihm wusste ich, dass es ein Abschied für immer sein würde. Denn auch wenn unsere Verabredung nicht die erhoffte Wirkung erzielt hatte – in Wirklichkeit war er noch unwiderstehlicher als in meiner Fantasie –, war ich fest entschlossen, die Notbremse zu ziehen und das, was sich da zwischen uns anbahnte, zu beenden, bevor es überhaupt begonnen hatte. Noch hatte ich mir nichts vorzuwerfen, und das sollte auch so bleiben.

Torben sah mich erwartungsvoll an. »Von mir aus können wir das Treffen jederzeit wiederholen.«

Nun war ich am Zug. »Mal sehen«, antwortete ich ausweichend und tastete dabei nach dem Türgriff. »Ich hab in nächster Zeit wahnsinnig viel um die Ohren. Die Kinder, die Arbeit, der Haushalt ... na ja, und dann sind da noch diese verdammten Wühlmäuse im Garten.«

Mein Gott, was quatschte ich bloß für ein dummes Zeug? Anstatt Torben klipp und klar zu sagen, dass wir uns nicht wiedersehen konnten, schob ich die Wühlmäuse vor.

»Schade.« Er klang ehrlich enttäuscht. »Falls du es dir anders überlegst, hast du ja meine Handynummer. Du kannst mich jederzeit anrufen ... Tag und Nacht.«

Torben beugte sich vom Fahrersitz zu mir herüber und gab mir einen sanften Kuss auf die Wange.

Ich zuckte zusammen, als hätte ich eine Ohrfeige verpasst bekommen. Unwillkürlich tastete ich mit den Fingerspitzen über die Stelle, an der mich seine Lippen berührt hatten. Die Haut brannte.

»Mach's gut.«

Ich riss die Tür auf und verließ fluchtartig das Auto, wobei ich mit meinem Absatz an der Bordsteinkante hängen blieb und beinahe der Länge nach hingefallen wäre. Was für ein Abgang! Im letzten Moment konnte ich mich jedoch fangen und hastete davon, als wäre mir der Teufel persönlich begegnet.

Doch schon nach wenigen Metern hörte ich erst hinter mir eine Autotür zuklappen und dann Torbens Stimme: »Maja!«

Ich biss mir auf die Lippen, um nicht loszuheulen. Ich hätte mich nicht mit Torben treffen dürfen! Das war total bescheuert gewesen. Bescheuert und unvernünftig! Alles, was nun kam, würde die Situation nur noch schlimmer und mein Leben unnötig kompliziert machen. Sollte ich einfach so tun, als hätte ich nichts gehört und weiterlaufen?

»Maja, warte!« Torbens Stimme klang eindringlich.

Obwohl ich wusste, dass es das Beste wäre, so schnell zu laufen, wie mich meine vor Aufregung zitternden Beine trugen, blieb ich mit klopfendem Herzen stehen.

»Maja, du hast etwas vergessen.«

Nein, hatte ich nicht! Ich hatte weder vergessen, dass ich verheiratet war, noch, dass ich Kinder hatte, sonst wäre es im Auto vermutlich nicht bei einem harmlosen Wangenküsschen geblieben ...

Dem Klang seiner Schritte nach zu urteilen, musste Torben mich gleich eingeholt haben. Erst als ich seine Wärme schon fast zu spüren glaubte, drehte ich mich im Zeitlupentempo um. Doch anstatt mich an sich zu reißen und zu küssen, blieb er eine Armeslänge entfernt von mir stehen.

»Hier, deine Tasche!«

Völlig perplex starrte ich auf die schwarze Reisetasche, die Torben mir entgegenhielt.

»Oh ... oh, stimmt, die ... die gehört mir«, stammelte ich, nahm meine Tasche an mich und lief davon.

Wie überaus geistreich! Ein Jammer, dass das vermutlich die letzten Worte waren, die Torben von mir in Erinnerung behalten würde.

Irgendwie wusste ich nicht so recht, ob ich erleichtert oder enttäuscht sein sollte, dass Torben die Steilvorlage, die ich ihm unbeabsichtigt zugespielt hatte, nicht nutzte. Zwar war mir die Vorstellung, dass er meine schmutzige Wäsche mit sich herumtragen würde, alles andere als angenehm, andererseits wäre die Tasche ein perfekter Aufhänger für ein Wiedersehen gewesen. Auch wenn ich genau das ja eigentlich gar nicht wollte. Für mein Unterbewusstsein hätte ich jedoch nicht die Hand ins Feuer gelegt …

Je näher ich unserem Haus kam, desto langsamer wurden meine Schritte. War es die schwere Reisetasche oder die Last des schlechten Gewissens, die mit jedem Meter, den ich zurücklegte, immer schwerer zu werden schien? Doch sosehr ich meine Ankunft auch hinauszögerte, irgendwann hatte ich mein Ziel erreicht.

Als ich das Gartentor öffnete, betrachtete ich unser Haus, als sähe ich es zum ersten Mal. Mein Blick schweifte über die Rosenhecke im Vorgarten, in die Kathi mit ihrem Fahrrädchen hineingefallen war, als sie fünf gewesen war, über die etwas windschiefe Hausnummer, die Tobias im Kunstunterricht getöpfert hatte, und blieb schließlich an dem hölzernen Knauf der Eingangstür hängen, der vom vielen Anfassen wie poliert aussah.

Das war mehr als nur ein Haus! Das war unser Heim, das Oliver und ich uns gemeinsam aufgebaut hatten, das Zuhause, in dem unsere Kinder aufgewachsen waren und wo wir alle gemeinsam so viele glückliche Stunden verbracht hatten. Wie hatte ich das bloß vergessen können? Ich schüttelte einmal kräftig den Kopf, um auch die letzten Flausen daraus zu vertreiben.

Mit einem warmen Gefühl im Bauch schloss ich die Haustür auf. Im Treppenhaus empfing mich das übliche Durcheinander. Im Vorbeigehen räumte ich ein paar leere Pizzakartons zur Seite, die darauf warteten, dass sich jemand ihrer erbarmte – dieser Jemand würde vermutlich ich sein –, hängte zwei Jacken auf, die vom Haken gerutscht waren, und stellte ein Paar Schuhe, die Tobias wieder einmal achtlos in die Ecke gepfeffert hatte, ordentlich an ihren Platz. Nachdem das erledigt war, ließ ich meinen Blick noch einmal prüfend durch das Treppenhaus wandern, bevor ich mich selbstkritisch im Garderobenspiegel begutachtete.

Die fremde Frau, die ich dort sah, sollte ich sein?!? Nicht nur die Frisur hatte sich verändert. Wo waren die fiesen kleinen Fältchen plötzlich hin, wo war die Blässe, die mich oft ein bisschen müde und abgekämpft wirken ließ? Mein ganzes Gesicht schien von innen heraus zu strahlen, meine Augen leuchteten, und meine Wangen glühten verräterisch. Nadine hatte recht – rein äußerlich hatte mir der Flirt wirklich gutgetan. Ich sah um Jahre jünger aus! Ich würde das Treffen mit Torben einfach unter der Rubrik »Beautyanwendung« verbuchen und schnellstmöglich vergessen.

Genau! Vielleicht war es sogar das Beste, Oliver von meinem Biergartenbesuch mit Torben zu erzählen. Schließlich war ja auch überhaupt nichts passiert, zumindest nichts, wofür ich mich schämen müsste.

Aus dem Wohnzimmer hörte ich Stimmen. Wie schön! Wahrscheinlich saß meine Familie einträchtig beisammen und wartete auf meine Rückkehr. Ich riss die Wohnzimmertür auf.

»Hallo, ihr Lieben, ich bin wieder zu Hause!«

Natürlich waren die Kinder aus dem Alter raus, in dem sie einem entgegengelaufen kamen, einen so fest umarmten, dass man kaum noch Luft bekam und gleichzeitig versicherten, wie sehr sie die liebste und beste Mami der Welt vermisst hatten. Aber ein bisschen Wiedersehensfreude war ja nun wirklich nicht zu viel verlangt. Vielleicht hätten Kathi und Tobias sich sogar tatsächlich über meine Rückkehr gefreut – wenn sie da gewesen wären. Von meinen Kindern fehlte jedoch jede Spur. Nur Oliver saß im Jogginganzug auf dem Sofa und sah fern. Das erklärte die Stimmen, die ich gehört hatte.

»Hallo, Bienchen.« Mein Mann wandte den Kopf von der Mattscheibe ab. »Hab dich gar nicht so früh zurückerwartet.«

»Ich kann auch wieder gehen.«

Eigentlich hatte das ein Scherz sein sollen, aber irgendwie wollte der leicht pikierte Tonfall nicht so recht dazu passen.

Reiß dich zusammen, ermahnte ich mich. Oliver kann schließlich nichts dafür, dass Torben dich so durcheinandergebracht hat. Zu einer Beziehung gehören logischerweise immer zwei. Sicher war es nicht allein Olivers Schuld, dass es zwischen uns nicht mehr so gut lief wie früher. Auch ich musste mir einfach mehr Mühe geben!

Da Oliver keine Anstalten machte aufzustehen, ging ich zu ihm und küsste ihn. Anstelle des üblichen nullachtfünfzehn-Begrüßungsschmatzers versuchte ich, besonders viel Gefühl in den Kuss hineinzulegen.

Als sich unsere Lippen berührten, horchte ich in mich hinein. Kribbelte da was? Und ob! Doch leider waren das nur Olivers Bartstoppeln – kein Vergleich zu den Gefühlen, die Torbens zarter Wangenkuss in mir ausgelöst hatte! Ich versuchte, mir meine Enttäuschung vor Oliver nicht anmerken zu lassen. Was relativ leicht war, denn er hatte den Blick bereits wieder dem Fernseher zugewandt.

»Wo sind die Kinder?«, fragte ich.

»Ausgeflogen. Kathi übernachtet bei ihrer Freundin Myriam, und Tobias ist mit seiner Clique Billard spielen.«

»Ah ...«

Ich hatte nicht erwartet, mit Blumen empfangen zu werden, aber irgendwie fühlte ich mich doch etwas stiefmütterlich behandelt.

»Wie war's denn im Westerwald?«, fragte Oliver, bevor ich mich in sentimentale Gedanken oder gar Selbstmitleid hineinsteigern konnte.

»Schön, sehr schön sogar«, antwortete ich wahrheitsgemäß und ließ mich neben meinem Mann auf der Couch nieder. Vielleicht war es gar nicht so schlecht, dass Kathi und Tobias nicht da waren. So konnten Oliver und ich endlich mal wieder in Ruhe quatschen. »Das Hotel hätte dir bestimmt auch gefallen. Alles total schick und modern. Und das Essen – ein Traum, sag ich dir. Rein theoretisch hätten wir von früh bis spät irgendwelche Fitness- und Entspannungskurse belegen können, aber wir ...«, setzte ich, wie bereits einige Stunden zuvor im Biergarten, erneut zu einer detaillierten Erzählung an. Als ich jedoch merkte, dass Oliver mit einem Auge immer wieder zum Fernseher hinüberschielte, kürzte ich die Sache ab. »... wir haben einfach nur so richtig schön relaxt.«

»Das Wochenende scheint dir gutgetan zu haben.« Zum ersten Mal seit meiner Ankunft hatte ich das Gefühl, dass Oliver mich richtig ansah. Ich war gespannt, was er zu meiner neuen Frisur sagen würde. »Vielleicht solltet ihr Mädels so etwas öfter machen«, fuhr er fort. »Meinen Segen hast du. Wir sind hier wunderbar allein zurechtgekommen. Es gab keine Probleme.«

Ich dachte an die Pizzaschachteln im Treppenhaus. Da meine Mutter es sich bestimmt nicht hatte nehmen lassen, meine arme, verwaiste Familie mindestens ein Mal während meiner Abwesenheit zu bekochen – und sei es nur, um mir das jahrelang vorhalten zu können –, war die Verpflegung gesichert gewesen. Geputzt und gewaschen hatte garantiert niemand. Womit hätte es also Probleme geben sollen? Mit der Fernbedienung des Fernsehers?

Ich spürte, wie ich immer gereizter wurde. Dass Oliver meinen neuen Haarschnitt bisher mit keiner Silbe erwähnt hatte, war nun wirklich der Gipfel der Ignoranz! Hatte er tatsächlich gar nicht bemerkt, dass ich beim Friseur gewesen war?

Aber vielleicht tat ich Oliver auch Unrecht. Möglicherweise gefiel ihm die Frisur nicht, und er war einfach zu taktvoll, um damit rauszurücken. Höchste Zeit, es herauszufinden!

»Fällt dir eigentlich nichts an mir auf?«

Ich erhob mich und vollführte neben dem Couchtisch eine schwungvolle Drehung. Meine Haare wirbelten durch die Luft und fielen dank des tollen Schnittes schließlich wieder in ihre Ausgangsposition zurück.

Oliver ließ seinen Blick einmal flüchtig an mir hinauf- und hinunterwandern. Da er dabei offenbar keine nennenswerten Erkenntnisse gewann, wiederholte er den Vorgang noch einmal gründlicher, wohl wissend, dass er sich jetzt keinen Fehler erlauben durfte.

»Die Haare«, stellte er schließlich so erleichtert fest, als wäre ihm gerade die Antwort auf die Halbe-Million-Euro-Frage bei Günther Jauch eingefallen. »Sonst hast du immer einen Pferdeschwanz, heute trägst du die Haare offen.«

Tja, knapp daneben war eben auch vorbei.

Kapitel 6

»Okay, ich bin einverstanden«, rief ich Nadine zu, als ich im Sturmschritt in ihre Boutique marschierte. »Wir ziehen das durch.«

»Toll.« Nadine sah von dem Papierkram auf, den sie auf der Ladentheke ausgebreitet hatte. »Aber könntest du mir auch verraten, was genau du durchziehen möchtest? Einen Joint vermutlich nicht, oder? Obwohl das gar keine so schlechte Idee wäre – dann würdest du mal etwas lockerer werden.«

»Sind wir allein?« Ohne Nadines Antwort abzuwarten, zog ich sicherheitshalber die Vorhänge zurück und steckte meinen Kopf prüfend in die Umkleidekabinen. Doch die Luft war rein. »Die Sache mit dem Escortservice«, wisperte ich schließlich mit gedämpfter Stimme.

Obwohl wir unter uns waren, scheute ich mich, die Worte laut auszusprechen. Ich konnte immer noch nicht glauben, dass ich mich tatsächlich auf dieses verrückte Vorhaben einließ, und hatte einen Heidenschiss vor meiner eigenen Courage.

»Ach so … *das*«, gab Nadine sich unbeeindruckt, doch ich sah, wie ihre Augen erfreut aufblitzten. »Dann war das Treffen mit Torben wohl ein voller Erfolg.«

»Ja, das auch«, gab ich zu.

»Auch? Was ist denn noch passiert?«

»Frag lieber, was *nicht* passiert ist.«

»Na schön. Also: Was ist nicht passiert?«

»Oliver hat nicht einmal bemerkt, dass ich eine neue Frisur habe«, echauffierte ich mich und spürte, wie mir selbst jetzt noch, einen Tag später, vor Enttäuschung die Tränen kamen. »Aber das ist nur die Spitze des Eisbergs.«

Ich erzählte Nadine von dem lieblosen Empfang, den Oliver mir bereitet hatte, und vergaß dabei auch nicht zu erwähnen, dass der Abend in jeglicher Hinsicht unbefriedigend verlaufen war. Mal ganz davon abgesehen, dass mir nach Olivers Fauxpas auch gar nicht der Sinn nach Sex gestanden hätte, war mein lieber Mann wieder einmal auf der Couch eingeschlafen.

»Unfassbar!«, schnaubte Nadine empört, als ich geendet hatte. »Wenn du mich fragst, leidet Oli unter ADS.«

»ADS?!«

Ich hatte neulich einen Zeitungsartikel über dieses Thema gelesen, nur war es dabei nicht um Ehemänner, sondern um Schulkinder gegangen, die Schwierigkeiten hatten, sich auf den Unterricht zu konzentrieren. Inwiefern das mit Oliver zu tun haben sollte, war mir schleierhaft.

»ADS – Aufmerksamkeitsdefizitsyndrom, na, du weißt schon. Vermutlich würde Oliver nicht einmal bemerken, wenn du mit einem Nachttopf auf dem Kopf herumlaufen würdest. Nach meiner Schätzung leidet fast jeder zweite Ehemann unter ADS. Aber das entschuldigt selbstverständlich nicht Olivers Verhalten.« Sie schob die Papiere auf der Ladentheke zu einem Stapel zusammen und legte sie achtlos zur Seite. »Ich kann Larissa also buchen, sagst du? Und du bist dir auch wirklich sicher?«

»Ja. Allerdings habe ich absolut keine Idee, wie wir die ganze Sache am besten einfädeln.«

Nadine grinste siegessicher. »Lass mich nur machen.«

Und wenn Nadine etwas machte, dann machte sie es richtig! Von ihr konnte sich so mancher Ehebrecher eine Scheibe abschneiden. Vermutlich war noch nie zuvor ein Seitensprung so akribisch geplant worden.

Meine Freundin stürzte sich mit Feuereifer in die Vorbereitungen und bombardierte mich in den nächsten Tagen mit Anrufen. Mal wollte sie von mir wissen, in welchem Restaurant Oliver am liebsten aß, dann, an welchen Abenden er Zeit hatte, und schließlich sogar, welche Art von Dessous er bevorzugte. Bei der letzten Frage musste ich passen. Da schwarzer Baumwollunterwäsche, wie ich sie trug, genauso wenig die Bezeichnung »Dessous« gebührte, wie eine Aldi-Tüte es verdiente, als Handtasche tituliert zu werden, fehlten mir hier die Erfahrungswerte.

»Macht nichts«, beruhigte mich Nadine. »Dann überlassen wir die Auswahl ganz einfach Larissa. Schließlich ist sie ein Profi.«

Da Nadine offenbar Angst hatte, ich könnte kalte Füße bekommen und es mir wieder anders überlegen, trieb sie die Vorbereitungen zügig voran. Ihre Sorge war jedoch völlig unbegründet, denn Oliver, der gerade mal wieder irgendein furchtbar wichtiges Mandat übernommen hatte, glänzte fast ununterbrochen durch Abwesenheit: mal körperlich, mal geistig – die meiste Zeit jedoch beides. Nicht einmal zu Kathis Theateraufführung hatte er es geschafft. Während ich vor Stolz auf unsere Tochter fast geplatzt war und mir die Hände wund geklatscht hatte, war der Platz neben mir leer geblieben. Fast wie ein Sinnbild unserer Beziehung …

Wie konnte man sich in einer Ehe bloß so einsam fühlen? Ich vermisste Torben mehr denn je und wünschte mir sehnlichst, er würde anrufen oder zumindest eine kurze, belanglose SMS schicken. Was er jedoch nicht machen würde, wie ich tief in meinem Inneren wusste. Bei unserem Abschied hatte er mir deutlich zu verstehen gegeben, dass es nun an mir war, den nächsten Schritt zu tun. Und dem stand, wenn Oliver erst einmal mit Larissa geschlafen hatte, endlich nichts mehr im Wege.

Eine Woche später war es so weit. Die »Operation Betthupferl«, wie Britta die Aktion getauft hatte, konnte beginnen. Vor lauter Aufregung hatte ich den ganzen Tag über kaum etwas gegessen und mich selbst dabei ertappt, wie ich Kunden im Gießkännchen Wechselgeld falsch herausgegeben hatte. Ich war ein einziges Nervenbündel. Was, wenn Larissa, die selbstverständlich über alle Details genauestens informiert war, sich bei Oliver verplapperte? Oder die ganze Sache sonst irgendwie schiefging?

Um Viertel nach sieben bezogen wir auf unserem Beobachtungsposten Stellung. Nadine hatte sich eigens für diesen Zweck Svens VW-Bus geliehen und ihn bereits am Vortag auf der gegenüberliegenden Straßenseite des Restaurants geparkt, in dem ich – natürlich nur pro forma – mit Oliver verabredet war.

»Wirklich nett von Sven, dass er uns sein Auto geborgt hat«, sagte ich an Nadine gewandt, die im Fond des Wagens die Kommandozentrale aufgeschlagen hatte. »Musste er denn heute nicht arbeiten?«

»Doch, wir haben nur getauscht. Sven *darf* heute ausnahmsweise mal meinen Wagen fahren.« Nadine ließ keinen Zweifel daran, dass Sven ein echter Glückspilz war, dass ihm diese Ehre zuteilwurde.

»Deinen Mini?«, fragte ich entsetzt. »Aber er muss seine Fotoausrüstung doch irgendwo verstauen.«

Nadine kicherte. »Die Fotoausrüstung ist nicht das Problem. Die kann man auseinandernehmen. Sven nicht. Dummerweise lassen sich seine Beine nicht abschrauben. Es ist schon ein Bild für die Götter, wenn sich so ein Riesenkerl in einen kleinen Mini quetscht.«

»Was der für dich so alles auf sich nimmt«, staunte Sophie, die neben mir saß, und wickelte sich versonnen eine Haarsträhne um den Finger. »Er muss wirklich bis über beide Ohren in dich verliebt sein.«

»Also jetzt übertreib mal nicht«, wiegelte Nadine schnell ab.

Bevor Sophie sich weiter für Sven ins Zeug legen konnte, hämmerte draußen jemand lautstark gegen die Tür des VW-Busses. Der Schreck fuhr mir wie ein 220-Volt-Stromstoß in die Glieder, und ich wagte erst wieder zu atmen, als ich durch die getönte Scheibe erkannte, dass es Britta war, die Einlass begehrte.

Nadine öffnete ihr. »Mensch, wo bleibst du denn?«

»Sorry, der Babysitter hat sich verspätet.« Britta war völlig außer Atem, ihre Haare sahen zerzaust aus. »Außerdem brauchte Jannik noch Hilfe bei den Hausaufgaben.« Das erklärte Brittas wilde Frisur. Sicher hatte sie allen Grund gehabt, sich die Haare zu raufen. »Ich hatte nicht mal mehr Zeit, 'nen Happen zu essen«, fügte sie noch etwas vorwurfsvoll hinzu.

»Ach, aber um ein bisschen im Altkleidersack zu stöbern, hat die Zeit gereicht.« Nadine musterte angelegentlich die ausgeleierte graue Jogginghose, die Britta trug. Dann winkte sie ab. »Macht nichts. Hauptsache, du bist jetzt da.« Nadine zog Britta ins Wageninnere, ließ die Schiebetür hinter ihr geräuschvoll ins Schloss fallen und sah auf ihre Armbanduhr. »Blöd wäre nur gewesen, wenn Oli dich gesehen hätte. Eigentlich müsste er jeden Moment auf der Bildfläche erscheinen.«

Und tatsächlich: Kurz darauf näherte sich der schwarze BMW meines Mannes. Auf der Suche nach einem Parkplatz fuhr Oliver langsam die Straße hinunter.

»Es gibt bestimmt einiges an deinem Mann auszusetzen, aber pünktlich ist er, da kann man nicht meckern.« Nadine gab ein anerkennendes Schnalzen von sich.

»Und einparken kann er auch«, seufzte Sophie ehrfurchtsvoll. Oliver quetschte seinen Wagen in eine Parklücke, die, meinem Augenmaß nach zu urteilen, nicht einmal für ein Bobby Car ausgereicht hätte. »Ich kapier sowieso nicht, was das hier alles soll«, fügte sie vorwurfsvoll hinzu.

Sophie hatte sich von Nadine nur unter Protest zur Teilnahme an dieser Aktion breitschlagen lassen.

»Ne, schon klar. Oli ist pünktlich, und er kann toll einparken – das sind genau die Qualitäten, auf die es bei einem Mann ankommt. Du lieber Himmel, Sophie!« Britta raufte sich die Haare, die nun noch strubbliger aussahen als zuvor.

»Oh, oh, die Herren der Schöpfung gehen schweren Zeiten entgegen«, unkte Nadine grinsend. »Erst der Vibrator und jetzt auch noch die automatische Einparkhilfe – es wird nicht mehr lange dauern, dann sind Männer komplett überflüssig.«

Wir kamen nicht dazu, dieses Thema abschließend zu erörtern, denn in diesem Moment stieg Oliver aus seinem Auto und steuerte mit weit ausholenden Schritten auf Enzos Trattoria zu.

»Mist!«, rief ich verzweifelt, als ich ihn kurz darauf im Restaurant verschwinden sah.

»Maja, was ist los?« Nadine nestelte hektisch ihr Smartphone aus der Jackentasche. »Hast du kalte Füße bekommen? Hat Sophie dich verrückt gemacht?« Sie warf der vermeintlichen Unruhestifterin einen bösen Seitenblick zu. »Sollen wir die Sache abblasen? Noch kann ich Larissa zurückpfeifen. Um das Hotelzimmer zu stornieren, dürfte es wohl etwas zu spät sein, aber ...«

»Ach was, ich will die Sache nicht canceln. Habt ihr denn nicht gesehen, was Oli anhat? Das ist keine Hose, das ist ... das ist ...«, ich suchte nach den passenden Worten, »... das ist eine Katastrophe! Sogar ein Blaumann wäre kleidsamer.«

»Kein Problem.« Nadine legte beruhigend ihre Hand auf meinen Arm. »Ich bin sicher, über solche Äußerlichkeiten sieht Larissa hinweg – da arbeitet sie ganz professionell.«

Für einen Moment hatte ich tatsächlich vergessen, dass Larissa Geld dafür bekam, sich an meinen Mann ranzuschmeißen. Es war völlig wurscht, ob Oliver ihr nun gefiel oder nicht. Selbst wenn er im Schlafanzug oder in Boxershorts im Restaurant erschienen wäre, hätte das keinen Unterschied gemacht.

»Hast du Oliver noch mal daran erinnert, dass er an der Bar auf dich warten soll, falls du noch nicht da bist?«, fragte Britta, ohne die Tür des Restaurants aus den Augen zu lassen.

Ich nickte. »Hoffentlich hält er sich auch daran. Es hat mich nämlich einiges an Überredungskunst gekostet, ihn überhaupt zum Ausgehen zu überreden. Wenn er warten muss, wird er vermutlich ...«

»Da kommt sie«, unterbrach Nadine mich in diesem Moment aufgeregt und wies mit dem Zeigefinger auf die andere Straßenseite.

Mit angehaltenem Atem spähte ich zur Trattoria hinüber. Eine auffallend gut aussehende Blondine mit langen glatten Haaren und üppigen Kurven näherte sich dem Eingang. Sie trug ein schwarzes figurbetontes Kostüm, dessen Rock kurz über dem Knie endete und raffiniert geschlitzt war. Schwarze High Heels, die nur Frauen ohne Höhenangst tragen konnten, ließen ihre perfekt geformten Beine endlos lang erscheinen. Sie sah sexy und aufreizend aus, aber ganz und gar nicht billig oder nuttig. Keine Frage – die Frau hatte Klasse, was mich aller Vernunft zum Trotz wurmte.

Unwillkürlich begann ich, mich mit Larissa zu vergleichen, ließ es jedoch mit Rücksicht auf mein Ego, das verdammt leicht zu beeindrucken war, schnell wieder bleiben.

»Für diese Figur würde ich morden«, murmelte Britta, der es offenbar ähnlich ging, neidisch. »Wenn Oliver bei der nicht schwach wird, ist er ein Heiliger.«

»Ihr tut ja gerade so, als wäre das Äußere das Einzige, was zählt.« Klar, dass unsere liebe Sophie das so nicht stehen lassen konnte. »Was ist denn zum Beispiel hiermit«, sie tippte sich an ihren Kopf, »... und hiermit?« Bei den letzten Worten wies sie mit dem Zeigefinger auf ihren wohlgeformten Busen, allerdings meinte sie wahrscheinlich ihr Herz.

»Du hast völlig recht«, stimmte Nadine ihr mit todernster Miene zu. »Die meisten Männer, die ich kenne, werden total scharf, wenn man ihnen die Relativitätstheorie erklärt oder erzählt, dass man sich für humanitäre Hilfsprojekte einsetzt. Aber falls es dich beruhigt – Larissa sieht nicht nur gut aus, sie hat einiges auf dem Kasten.«

Auch das noch! Gut aussehend *und* klug ... Die Vorstellung, dass Oliver mit dieser Superfrau nicht nur den Abend verbringen, sondern sogar ins Bett gehen würde, versetzte mir einen schmerzhaften Stich. Schnell rief ich mir meine Rückkehr aus dem Westerwald in Erinnerung. Erst den Biergartenbesuch mit Torben und dann Olivers lieblosen Empfang – und schon fühlte ich mich ein kleines bisschen besser. Was ich tat, war genau richtig. Basta. Und zwar für alle Beteiligten.

Bevor sie mit leicht wiegenden Hüften das Restaurant betrat, drehte sich Larissa noch mal kurz um, sah zu unserem Wagen hinüber und reckte siegessicher den Daumen nach oben. Dann verschwand sie im Inneren des Lokals.

»*Let the show begin*«, schmetterte Britta und rieb sich die Hände. Danach herrschte gespannte Stille im Wagen.

Ich saß wie auf heißen Kohlen und wartete mit klopfendem Herzen auf meinen Einsatz. Nach ein paar Minuten, die sich endlos in die Länge zu ziehen schienen, gab Nadine mir ein Zeichen.

»Maja, bist du bereit?«

»Ja«, erwiderte ich mit fester Stimme, griff nach meinem Handy und wählte Olivers Nummer. Dann aktivierte ich die Freisprechfunktion, damit meine Freundinnen das Telefonat mithören konnten.

»Hallo, Oli, ich bin's«, begrüßte ich meinen Mann, nachdem er sich mit einem kurzen, leicht ungehaltenen »Ja« gemeldet hatte. »Wo erwische ich dich denn gerade?«

»Wo soll ich schon sein? Bei Enzo an der Bar. *Ich* bin schließlich pünktlich.«

Er klang gereizt, was mich in Anbetracht der Tatsache, dass Oliver Unpünktlichkeit mindestens genauso hasste wie säumige Mandanten, keineswegs überraschte.

»Britta hat mich eben angerufen. Sie hat Nachtdienst im Krankenhaus, und die Babysitterin, die auf Jannik aufpassen soll, ist plötzlich krank geworden.«

»Was Schlimmes?«

»Äh ... ja ... nein, keine Ahnung, was sie hat«, stammelte ich, völlig aus dem Konzept gebracht.

Ich hatte meinen Text etliche Male geprobt, aber auf den Gedanken, dass Oliver fragen könnte, woran die Babysitterin erkrankt sei, war ich im Traum nicht gekommen. Hilfesuchend sah ich meine Freundinnen an. Britta gestikulierte mit den Händen wild in der Luft herum, streckte den Bauch raus und strich sich mit schmerzverzerrtem Gesicht darüber.

»Ich glaube, sie ist schwanger«, versuchte ich, ihre pantomimische Darstellung richtig zu deuten.

Nadine zeigte mir einen Vogel, und Britta, die immer hektischer wurde, tat, als würde sie sich übergeben.

»Wenn die Frau nur schwanger ist, kann sie doch auf Jannik aufpassen«, wunderte sich Oliver ... zu Recht.

»Äh ... ja, theoretisch schon. Aber sie muss die ganze Zeit brechen. Britta vermutet nur, dass sie schwanger ist, vielleicht hat sie sich auch einen Magen-Darm-Virus eingefangen«, versuchte ich meinen Fehler schnell wieder auszubügeln.

»Ach so. Und jetzt hat Britta dich gebeten, als Babysitter einzuspringen und den kleinen Terroristen zu bewachen, oder was?«

Mit empörtem Gesicht stemmte Britta die Hände in die Hüften. Dass jemand so über ihren Sohn sprach, gefiel ihr überhaupt nicht. Auch wenn es, wie sie sehr wohl wusste, der Wahrheit entsprach.

»Ganz genau.« Vermutlich würde mich Britta nach dem Telefonat als Patentante feuern, weil ich Jannik nicht verteidigt hatte. »Natürlich habe ich ihr gesagt, dass es gerade heute Abend furchtbar ungünstig ist, weil wir zusammen essen gehen wollten, aber ich kann die Arme doch nicht hängenlassen. Schließlich geht sie nicht zu ihrem Vergnügen arbeiten.«

»Und was ist mit Nadine und Sophie? Kann nicht eine von denen einspringen?«

»Auch krank, Magen-Darm«, antwortete ich hastig. »Da geht wohl wieder was um.«

»Tja, da kann man nichts machen.«

Dafür, dass ich ihn erst zu diesem Restaurantbesuch genötigt hatte und ihn nun sitzen ließ, klang Oli überraschend friedfertig.

»Warum bleibst du nicht einfach bei Enzo und isst was Leckeres«, versuchte ich ihm schnell den Aufenthalt im Restaurant schmackhaft zu machen. Jetzt kam der Teil des Plans, der meiner Meinung nach besonders heikel war. »Im Kühlschrank herrscht gähnende Leere.«

Ich rechnete fest damit, dass Oliver es vorziehen würde, sich eine Pizza mit nach Hause zu nehmen, und hatte auch für diesen Fall auf Nadines Weisung hin Vorkehrungen getroffen. Wenn Oliver hörte, dass er sich das Wohnzimmer und den Fernseher mit Kathi und ihren Freundinnen teilen musste, die sich kichernd irgendeine Liebesschnulze reinzogen, würde er es sich gut überlegen, ob er wirklich schon nach Hause zurückkehren oder nicht lieber noch ein, zwei Stündchen bei Enzo verbringen wollte.

»Na gut«, stimmte Oliver, noch bevor ich den Trumpf ausspielen konnte, erstaunlicherweise zu. »Ich hab einen Mordskohldampf.«

Wusste Oliver, dass Kathis Freundinnen zu Besuch kamen? Oder zappelte er bereits an Larissas Angel?

»Dann lass es dir schmecken«, beendete ich das Telefonat und legte mit zittrigen Fingern das Handy zur Seite.

»Gut gemacht«, lobte mich Britta. »Jetzt heißt es abwarten.« Sie gähnte herzhaft und schloss die Augen. »Weckt mich bitte, wenn irgendwas Spannendes passiert.«

»Du wirst doch wohl jetzt nicht schlafen wollen?!?«, fragte Sophie empört.

»Klar. Oder soll ich Oliver bei seinem Blind Date Händchen halten? Außerdem hatte ich gestern tatsächlich Nachtdienst und bin todmüde.« Sprach's und war fast umgehend eingeschlummert.

Nadine, Sophie und ich beschlossen, uns bei der Observation des Restaurants abzuwechseln. Immer eine von uns behielt die Tür im Auge, die anderen lösten Sudokus, die Nadine zusammen mit einer Tüte Schokobons im Handschuhfach von Svens Kleinbus gefunden hatte. Allerdings war ich nicht wirklich bei der Sache, denn meine Gedanken wanderten immer wieder hinüber zu Enzos Trattoria.

Was sich dort zwischen Oliver und Larissa wohl gerade abspielte? Denn dass die beiden auf die eine oder andere Weise zusammengefunden hatten, stand für mich fest. Sonst befände Oliver sich längst schon wieder auf dem Heimweg. Tranken sie Olivers Lieblingsrotwein? Aßen sie gemeinsam? Teilten sie sich womöglich eine Platte Antipasti, wie Oliver und ich es gewöhnlich taten, wenn wir zusammen bei Enzo essen gingen? Dann musste Larissa sich beeilen, wenn sie von den getrockneten Tomaten etwas abbekommen wollte. Und worüber redeten sie wohl? Langweilte Oli seine neue Bekanntschaft mit Paragrafen, Prozessen und faden Präzedenzfällen? In dem Fall war nur zu hoffen, dass Larissa gestern nicht ebenfalls »Nachtdienst« geschoben hatte, denn sonst würde sie Britta unweigerlich bald ins Reich der Träume folgen.

Möglicherweise schaffte es eine Frau wie Larissa jedoch auch, dem alten Oliver, den ich von früher kannte, wieder Leben einzuhauchen. Dem Oliver, der so schlagfertig, witzig und charmant gewesen war, dass ich mich Hals über Kopf in ihn verliebt hatte. Unwillkürlich entschlüpfte mir ein kleiner Seufzer. Oh Mann, das war alles so verdammt lange her …

Gegen zehn schlug Sophie, die gerade Wache hielt, auf dem Beobachtungsposten Alarm: »Achtung, Mädels, sie kommen!«

Unwillkürlich duckte ich mich. Aber da Oliver seinen BMW ein gutes Stück von uns entfernt auf der gegenüberliegenden Straßenseite geparkt hatte, mussten wir nicht befürchten, von ihm entdeckt zu werden. Die getönten Scheiben des Kleinbusses taten ihr Übriges.

Mit Argusaugen beobachtete ich, was auf der anderen Straßenseite vor sich ging. Oliver hielt Larissa gerade die Autotür auf und half ihr, ganz Gentleman, beim Einsteigen.

»Mistkerl. Bei mir hat er das schon seit Jahren nicht mehr gemacht«, presste ich zwischen zusammengebissenen Zähnen hervor.

»Vielleicht hat er Angst, dass Larissa sich auf den hohen Absätzen die Hacken bricht«, versuchte mich Britta, die nach ihrem kleinen Schläfchen wieder erstaunlich ausgeruht wirkte, zu trösten.

»Nadine, worauf wartest du? Willst du nicht endlich losfahren?«, drängte Sophie.

»Nur keine Hektik. Ich lass den beiden lieber ein bisschen Vorsprung. Nicht dass Oliver womöglich noch merkt, dass er beschattet wird. Wir wissen doch schließlich, wo sie hinwollen. Also wozu die Eile?«

In aller Ruhe kletterte Nadine auf den Fahrersitz, startete den Wagen und reihte sich nach einem prüfenden Blick in den Rückspiegel in den Verkehr ein. Auf dem Weg zum Eversberger Hof, wo ein Zimmer auf Larissas Namen reserviert war, achtete sie sorgsam darauf, dass sich immer mindestens drei bis vier Autos zwischen unserem Kleinbus und Olivers Wagen befanden, und je näher wir unserem Ziel kamen, desto weiter ließ sie sich zurückfallen. Als wir das Hotel erreichten, stand der BMW bereits auf dem Parkplatz. Wir sahen gerade noch, wie Oliver gemeinsam mit Larissa auf den hell erleuchteten Eingang zusteuerte und durch die schwere Glasdrehtür verschwand.

»Hervorragend, das läuft ja wie am Schnürchen!«, rief Nadine.

Sophie konnte ihre Begeisterung nicht so recht teilen. »Unglaublich, dass Oliver so etwas tut! Ich hätte meine Hand für ihn ins Feuer gelegt.«

»Autsch.« Nadine tat, als hätte sie sich die Finger verbrannt.

»Was glaubst du, wie lange es dauern wird?«, fragte mich Britta, die offenbar wissen wollte, ob es sich lohnte, noch ein kleines Nickerchen zu machen, nach einer Weile.

»Du stellst vielleicht Fragen! Woher soll ich das denn wissen?«

»Na, du bist immerhin mit dem Mann verheiratet. Da musst du doch wissen, wie seine Performance im Allgemeinen so aussieht. Lässt er sich im Bett Zeit, oder kommt er lieber schnell zur Sache?«

»Ich glaube, er ist ganz schön schnell«, zischte Nadine plötzlich. »Alle runter! Da ist Oli!«

Wir duckten uns schnell, aber die Mühe hätten wir uns sparen können, denn Oliver sah weder nach rechts noch nach links. Mit einem Lächeln auf den Lippen stieg er in seinen Wagen und brauste davon.

»Verdammt!« Ärgerlich haute Nadine mit der flachen Hand auf das Lenkrad, wobei sie wohl die Hupe erwischte, die nun laut losblökte. »In der Zeit schafft man nicht mal einen Quickie«, schimpfte sie, als der ohrenbetäubende Lärm endlich erstarb. »Irgendwas ist da wohl schiefgelaufen.«

»Möglicherweise kommt Oli wieder. Vielleicht fährt er nur kurz zur Apotheke, um Kondome zu kaufen«, wandte Sophie ein. »Sehr umsichtig, wenn ihr mich fragt.«

»Blödsinn.« Nadine zog den Schlüssel aus dem Zündschloss, dann öffnete sie die Fahrertür. »Kondome gehören zu Larissas Handwerkszeug. So etwas vergisst sie nicht.«

»Was hast du vor?«

»Na was schon! Larissa fragen, warum dein Oli so schnell die Biege gemacht hat.«

»Sollten wir sie nicht lieber anrufen?«, wandte Sophie ein.

»Pure Zeitverschwendung. Der kommt nicht wieder. Vertraut mir.« Zur Bekräftigung ihrer Worte donnerte sie mit Karacho die Wagentür zu. »Wie sieht's aus: Wollt ihr hier Wurzeln schlagen, oder begleitet ihr mich?«

Folgsam kletterten Sophie, Britta und ich nun ebenfalls aus dem Kleinbus, hefteten uns an Nadines Fersen und folgten ihr ins Hotel. Dort marschierten wir unter den Augen der verdutzten Rezeptionistin im Gänsemarsch hintereinander her Richtung Fahrstuhl. Einige Gäste, die sich in der Lobby aufhielten, musterten uns neugierig. Vor allem Britta in ihrer verschlissenen grauen Jogginghose wirkte in der eleganten Umgebung ziemlich deplatziert.

Wir fuhren in den ersten Stock hinauf, und Nadine steuerte zielstrebig die Tür mit der goldenen 104 an. Auf ihr Klopfen hin öffnete Larissa. Vollständig bekleidet, wie ich auf den ersten Blick feststellte. Irgendwie hätte mich schon interessiert, für welche Art von Dessous sie sich entschieden hatte ...

»Herzlichen Glückwunsch! Oder sollte ich besser sagen mein Beileid? Dein Oliver ist treu wie Gold«, gratulierte mir Larissa, nachdem Nadine uns einander vorgestellt hatte. »Wenn es mehr Ehemänner wie deinen gäbe, wäre ich garantiert arbeitslos.«

»Komm, jetzt erzähl schon«, drängte Nadine ungeduldig.

Wir waren Larissa ins Hotelzimmer gefolgt und standen nun um das akkurat gemachte Bett herum, das zweifelsohne noch nicht benutzt worden war. Lediglich ein paar willkürlich im Raum verteilte Klamotten, die Nadine und Larissa hier am Nachmittag deponiert hatten, erweckten den Anschein, dass das Zimmer bewohnt war.

»Was ist passiert?«, bekam Nadine von Britta, die es vor Neugier kaum noch auszuhalten schien, Unterstützung.

»Ich habe alles genau so gemacht, wie Nadine und ich es vorher besprochen hatten«, begann Larissa ihren Bericht. »Erst habe ich mich neben Oliver an die Bar gesetzt und so getan, als ob ich versetzt worden wäre. So sind wir ins Gespräch gekommen. Ich habe Oliver erzählt, dass ich in Hamburg wohne und beruflich für zwei Tage in Düsseldorf zu tun habe. Nachdem Maja ihrem Mann am Telefon mitgeteilt hatte, dass sie nicht kommt, habe ich ihm vorgeschlagen, das Beste aus der Situation zu machen und einander beim Essen Gesellschaft zu leisten. Er war sofort einverstanden, und wir haben uns richtig nett unterhalten – natürlich auch geflirtet.« Larissa warf mir einen unsicheren Seitenblick zu.

»Ist schon okay. Das gehörte ja schließlich zu deinem Job.«

»Nach dem Essen haben wir noch 'ne Weile gequatscht und herumgealbert. Dann hab ich gesagt, dass ich mir ein Taxi zum Hotel nehmen würde.«

»Das war aber ganz schön riskant«, stellte Sophie halb bewundernd, halb vorwurfsvoll fest.

Larissa schüttelte den Kopf, setzte sich auf die Bettkante und federte mit Kennermiene ein paarmal prüfend auf und ab. »Nicht bei einem Mann wie Oliver. Natürlich hat er mir sofort angeboten, mich mit seinem Auto zum Hotel zu bringen. Auf der Fahrt habe ich sämtliche Register gezogen, meine Hand auf seinen Oberschenkel gelegt, meine Kostümjacke geöffnet, na so das Übliche halt. Ehrlich gesagt schien er mir auch nicht abgeneigt zu sein. Ganz im Gegenteil! Als wir am Eversberger Hof ankamen, hat er mich, ohne groß darüber zu reden, zu meinem Hotelzimmer begleitet.«

»Wir haben euch noch zusammen verschwinden sehen. Bis dahin ist also alles glattgegangen«, stellte Britta, die sich neben Larissa auf das Bett gesetzt hatte, fest. »Und was ist dann passiert?«

Genau wie ich fragte sie sich vermutlich, was auf den letzten Metern noch schiefgegangen sein konnte.

»An der Zimmertür wollte er sich ganz höflich von mir verabschieden«, fuhr Larissa mit ihrer Berichterstattung fort. »Zuerst dachte ich, dass das nur Show wäre und dass er einfach nur auf eine Einladung oder ein Zeichen von mir warten würde. Also hab ich ihn geküsst und ihn gebeten zu bleiben.«

»Und wie hat Oli reagiert?«, fragte Sophie mit großen staunenden Augen.

»Er hat gesagt, dass er sich über mein Angebot sehr freue und sich wahnsinnig geschmeichelt fühle. Ich solle es nicht persönlich nehmen, es läge auch garantiert nicht an mir, ich sei eine wirklich tolle Frau, aber so ein One-Night-Stand sei ganz einfach nichts für ihn.«

Nadines Kinnlade klappte nach unten. »Was soll das denn heißen? Ein One-Night-Stand ist nichts für ihn? Hat der sie noch alle?«

»Ich hab mir wirklich Mühe gegeben, da war allerdings nichts zu machen.« Larissa warf mir einen entschuldigenden Blick zu.

»Außer Spesen nichts gewesen.« Britta ließ sich nach hinten sinken und ruderte mit den Armen auf und ab, um in den weichen Daunen der Bettdecke einen Schneeengel zu hinterlassen. »Was machen wir denn jetzt mit dem angebrochenen Abend? Maja kann auf keinen Fall vor zwölf nach Hause kommen. Sonst schöpft Oliver womöglich noch Verdacht.«

»Wir könnten die Minibar plündern«, schlug Nadine vor. »Es wäre ein Jammer, das schöne Hotelzimmer nicht zu nutzen, wenn Maja es doch ohnehin bezahlen muss.«

»Ich hab aber keinen Durst, sondern Hunger.« Britta sah sich suchend um. »Haben die denn hier nicht ein paar Erdnüsse oder so?«

»Wisst ihr was? Wir lassen uns einfach vom Zimmerservice etwas bringen«, schlug Larissa vor. »Ich lad euch ein. Schließlich hab ich heute einen Haufen Geld fürs Nichtstun bekommen.« Bei den letzten Worten zwinkerte sie mir verschmitzt zu.

»Hast du denn überhaupt Hunger?«, fragte Nadine. »Du hast doch schon bei Enzo gegessen.«

»Ach, bloß so einen mickerigen Salat, davon würde nicht einmal ein Karnickel satt. Wenn ich körperlich arbeiten muss, kann ich mir schließlich vorher nicht den Bauch vollschlagen.«

Körperlich arbeiten ... Interessant, so nannte man das also.

Der Eversberger Hof wurde seinem guten Ruf mehr als gerecht. Nachdem wir telefonisch Getränke und ein paar leckere Kleinigkeiten bestellt hatten, dauerte es keine Viertelstunde, bis der Zimmerservice vor der Tür stand. Dem Pagen in der roten Hoteluniform purzelten fast die Augen aus dem Kopf, als er sein Servierwägelchen hereinschob und fünf Grazien vorfand, die sich auf dem Kingsize-Bett herumlümmelten. Hoffentlich glaubt er nicht, wir würden hier eine Orgie feiern und ihn als einzigen männlichen Teilnehmer hinzubitten, dachte ich. Für den Fall, dass er sich tatsächlich Hoffnungen gemacht hatte, entlohnte ich ihn zum Trost mit einem fürstlichen Trinkgeld. Da kam es heute auch nicht mehr drauf an ...

»Fast wie eine Pyjamaparty«, sagte Sophie und klatschte begeistert in die Hände. »So etwas muss ich unbedingt mal für meine Kinder organisieren.«

»Apropos Kinder: Was machen wir denn jetzt mit unserem Sorgenkind Oliver?«, fragte Britta und biss herzhaft in ihr Club Sandwich.

»Hm, so schwer kann das doch nicht sein.« Larissa wischte sich den Mund mit einer Serviette ab und kräuselte nachdenklich die Stirn. »Wenn ein One-Night-Stand nicht Olivers Ding ist, müsst ihr ihm eben eine richtige Freundin besorgen. Vielleicht ist eine Affäre mehr nach seinem Geschmack.«

Völlig perplex starrten wir sie an. Nadine erholte sich als Erste von ihrer Überraschung. Sie strahlte wie ein Trainer, dessen Schützling gerade die olympische Goldmedaille gewonnen hat.

»Genial, absolut genial! Hab ich's euch nicht gesagt, dass die Frau schwer was auf dem Kasten hat?«

In der Tat, das hatte sie. Nur hatte Nadine leider vergessen zu erwähnen, dass die Grenze zwischen Genie und Wahnsinn fließend war …

Kapitel 7

Nachdem die »Operation Betthupferl« gründlich fehlgeschlagen war, zermarterte ich mir den Kopf, wie es nun mit meiner Ehe weitergehen sollte. Auf der Rückfahrt vom Eversberger Hof war die Sache noch glasklar gewesen: Ich hatte mir fest vorgenommen, Torben zu vergessen und Oliver eine gute Ehefrau zu sein. So, wie er es verdient hatte! Ich war gerührt und geschmeichelt gewesen, dass Oliver mir – Larissas Reizen zum Trotz – treu geblieben war. Wie hatte Britta noch so schön gesagt? Wenn Oliver bei der nicht schwach wird, ist er ein Heiliger. Ein Heiliger mit einem Aufmerksamkeitsdefizitsyndrom …

Doch je länger ich darüber nachdachte, desto mehr gelangte ich zu der Erkenntnis, dass Olivers heldenhafter Verzicht auf außerehelichen Sex nichts an der Situation geändert hatte. Treue gut und schön, aber sollte nicht Liebe das Fundament einer Beziehung sein?!? So gleichgültig, wie Oliver sich mir gegenüber oft verhielt, fiel es mir schwer zu glauben, dass er mich noch liebte. Und andersherum: Hätte der Gedanke, dass Oliver mit einer anderen Frau schlief, mich nicht in den Wahnsinn treiben müssen, wenn ich ihn noch lieben würde …?

Was für eine absurde Situation! Unzählige Frauen hätten ihr letztes Paar Schuhe für einen Ehemann gegeben, der einer fleischgewordenen Versuchung wie Larissa widerstand. Ich hingegen fühlte mich niedergeschlagen und ratlos. Was sollte ich nur tun? Sogar Larissas Vorschlag, für Oliver eine Freundin zu suchen, hatte sich bereits das eine oder andere Mal in meine Gedanken geschlichen. Aber war ich dafür wirklich schon bereit? Ein vergleichsweise harmloser One-Night-Stand war eine Sache, eine längerfristige Affäre, die das Aus für unsere Ehe bedeuten konnte, eine ganz andere ... Vielleicht jedoch nicht die schlechteste. Denn falls Tatjanas Vorhersage tatsächlich zutreffen sollte, konnte es nicht schaden, wenn Oliver bereits eine »Ersatzfrau« in der Hinterhand hatte.

Ich konnte an nichts anderes mehr denken. Sogar bei der Arbeit im Gießkännchen war ich nicht richtig bei der Sache. Als ich gerade hinten im Büro einen Berg Lieferscheine sortierte und dabei zum x-ten Mal wieder neu anfangen musste, weil ich wie ein Erstklässler ständig die Buchstaben des Alphabets durcheinanderbrachte, riss mich der melodische Klang der Ladenglocke aus meinen Gedanken. Ich war heilfroh über die Unterbrechung! Marianne hatte bereits Kundschaft, sicher brauchte sie im Laden meine Unterstützung.

»Schönen guten Tag. Was kann ich für Sie tun?«, fragte ich auf dem Weg nach vorne routinemäßig.

»Oh, da würde mir bestimmt so einiges einfallen.«

Wow! Mein Herz schwoll vor Freude an wie ein Luftballon, denn vor mir stand ... Torben! Er grinste schelmisch und sah mir dabei tief in die Augen.

Ich spürte, wie meine Wangen ganz heiß wurden. Wahrscheinlich waren sie bereits tiefdunkelrot wie die Baccararosen, die diese Woche im Angebot waren.

»Für den Anfang könnten Sie mir aber schon mal einen Strauß Blumen verkaufen.«

»Haben Sie sich etwas Bestimmtes vorgestellt?«, ging ich auf Torbens Spiel ein.

Ich hatte nicht im Traum damit gerechnet, dass er sich bei mir melden, geschweige denn einfach so auftauchen würde!

»Keine Ahnung.« Torben drehte sich einmal um die eigene

Achse und kratzte sich ratlos am Kopf. »Das sind ganz schön viele Blumen. Eigentlich finde ich sie alle hübsch. Welche würden Sie mir denn empfehlen?«

Er trat einen Schritt zur Seite, um Mariannes Kundin, die gerade mit einer Azalee das Geschäft verlassen wollte, vorbeizulassen.

»Das kommt darauf an, wem Sie die Blumen schenken möchten und für welchen Anlass sie gedacht sind.«

»Die Blumen sind für eine wahnsinnig tolle Frau, die mir nicht mehr aus dem Kopf geht. Ich muss sie unbedingt wiedersehen und möchte sie – gewissermaßen durch die Blume – bitten, mit mir auszugehen.«

»Dann wäre es ganz hilfreich zu wissen, welche Blumensorte diese Dame bevorzugt!«

Torben wich erschrocken einen Schritt zurück. Um das heftige Wummern meines Herzens, das in meinen Ohren dröhnte, zu übertönen, hatte ich wohl ziemlich laut gebrüllt. Etliche Dezibel leiser fuhr ich zu sprechen fort.

»Rote Rosen sind zwar ein Klassiker, aber wenn Sie mich fragen, ist das Romantik von der Stange. Etwas individueller und ausgefallener darf es schon sein.«

»Was sind denn *Ihre* Lieblingsblumen?«

»Tulpen«, antwortete ich wahrheitsgemäß. »Schlicht und farbenfroh.«

»Gut, dann nehme ich die roten, die dort vorne neben dem Eingang stehen.«

Ich ging neben den Tulpen, auf die Torben gezeigt hatte, in die Hocke. »Und wie viele?«

»Den ganzen Eimer.«

»Also, das ist nun wirklich nicht nötig.« Ich wollte nicht, dass Torben sich meinetwegen in Unkosten stürzte. Ganz abgesehen davon bekam ich die Blumen zum Einkaufspreis. »Ein kleines Sträußchen würde es auch tun.«

Ich sah, wie Marianne, die die Topfpflanzen gerade mit frischem Wasser versorgte, überrascht die Augenbrauen hochzog. Zahlungswillige Kunden vom Kauf abzuhalten entsprach nicht unbedingt unserer Geschäftsphilosophie.

»Wer hat schon so eine große Vase?«, versuchte ich zu scherzen.

Torben verschränkte die Arme vor der Brust. »Egal, ich nehme trotzdem alle.«

Während ich die Tulpen aus dem Bottich nahm, zu einem Strauß band und in Papier einschlug, lächelte Marianne Torben aufmunternd zu.

»Ich drücke Ihnen die Daumen, dass die Dame Ihres Herzens Sie erhört«, sagte sie.

»Danke schön. Das ist nett von Ihnen. Ich wäre wirklich der glücklichste Mann auf Erden, wenn diese Frau sich mit mir treffen würde.«

Torben sah mich so durchdringend an, dass meine Wangen erneut wie heiße Kohlen zu glühen begannen. Dann bezahlte er und verließ mit dem Riesenstrauß das Geschäft.

»Ach, ist das nicht romantisch!« Marianne seufzte. »Er war gestern schon mal da, ist aber, ohne etwas zu kaufen, wieder gegangen. Wahrscheinlich musste er noch Mut sammeln.« Sie senkte die Stimme zu einem vertraulichen Flüstern. »Ganz unter uns: Wäre ich ein paar Jährchen jünger und so ein Mann würde mich bitten, mit ihm auszugehen, bräuchte er mir keine Blumen zu schenken, um mich zu überzeugen.«

»Wer weiß, vielleicht meinen es die Umstände nicht gut mit den beiden. Daran kann auch der größte Blumenstrauß nichts ändern.« Ich seufzte ebenfalls. »Manchmal ist es eben nicht so einfach.«

»Umstände? Ach, papperlapapp, wir machen die Dinge oft nur unnötig kompliziert.« Marianne donnerte resolut ihre leere Gießkanne auf die Ladentheke. »Im Grunde muss man einfach nur auf sein Herz hören, dann ergibt sich der Rest ganz von allein.«

Na ja, so konnte man das auch sehen. Mein Herz hatte zweifelsohne eine echte Schwäche für Torben, doch auch für Oliver empfand ich noch etwas – Zuneigung, Respekt, Dankbarkeit ... Aber Liebe? Die war im Alltagstrott irgendwann abhandengekommen. Würde ich sie wie einen verloren gegangenen Handschuh oder eine verlegte Brille wiederfinden, wenn ich mir Mühe gab, danach zu suchen? Oder war sie womöglich einfach weg, aufgebraucht durch die vielen Streitereien, Sorgen und Ärgernisse der vergangenen Jahre?

»Was meinst du? Wird sie mit ihm ausgehen?«, riss Marianne mich aus meinen Gedanken.

»Äh ... keine ... keine Ahnung«, stammelte ich.

Was durchaus der Wahrheit entsprach. Nur eins wusste ich nach dem kurzen Wiedersehen mit Torben ganz genau: Ich konnte diesen Mann nicht einfach so vergessen, es sei denn, ein partieller Gedächtnisverlust kam mir dabei zu Hilfe. Torben brachte Saiten in meinem Inneren zum Klingen, von denen ich nicht einmal gewusst hatte, dass es sie gab, oder deren Existenz ich im Laufe der Jahre einfach vergessen hatte. In seiner Gegenwart fühlte ich mich aufgekratzt, jung, lebendig ... und glücklich. Über eine harmlose Schwärmerei ging das weit hinaus. Ich hatte mich bis über beide Ohren in Torben verliebt!

Gerade wollte ich Marianne die Sache von Torben und mir beichten, da klingelte erneut die Ladenglocke. Eine Frau mittleren Alters, sehr gepflegt und gut gekleidet, betrat das Geschäft.

»Ich möchte ein Grabgesteck bestellen«, sagte sie, noch bevor ich sie nach ihren Wünschen fragen konnte. »Meine Schwägerin ist gestern verstorben.«

»Oh, das tut mir leid. Mein Beileid«, murmelte ich leise. »Haben Sie sich schon Gedanken darüber gemacht, wie das Gesteck aussehen soll und was es kosten darf?«

Normalerweise liebte ich meinen Beruf, aber in Situationen wie diesen hasste ich ihn. Wie konnte man nur mit dem Tod und dem Leid anderer Menschen Geschäfte machen?

»Rosen, nur Rosen, das waren Evas Lieblingsblumen.« Die Kundin kämpfte mit den Tränen, sie nestelte ein Taschentuch aus ihrer Jackentasche und tupfte sich damit über die Augen. »Verzeihen Sie bitte.«

»Sie brauchen sich für Ihre Tränen nicht zu entschuldigen. Ich kann mir gut vorstellen, wie Sie sich jetzt fühlen.«

»Es kam alles so plötzlich. Herzinfarkt. Sie wollte sich nur mal kurz hinlegen, weil sie sich so schlapp fühlte – und dann ist sie nicht mehr aufgestanden.«

Ich spürte, wie ich eine Gänsehaut bekam, und rieb mir fröstelnd die Arme. Nachdem ich der Frau ein Glas Wasser und sie mir alle Informationen gegeben hatte, die ich benötigte, verließ sie den Laden. Ich sah ihr nach und beobachtete, wie sie mit hängenden Schultern zu ihrem Auto ging, einstieg und davonfuhr.

In diesem Moment fiel es mir wie Schuppen von den Augen: Das Leben war einfach viel zu kurz und zu kostbar, um auch nur einen einzigen Tag davon zu verschwenden. Von jetzt auf gleich konnte es vorbei sein!

Plötzlich wusste ich, was ich zu tun hatte. Allerdings würde ich dabei dringend Unterstützung benötigen ...

Auf meine Freundinnen war Verlass! Wenn ich sie brauchte, waren sie sofort zur Stelle. Ich hatte Britta, Nadine und Sophie für den Abend zu einer Krisensitzung zusammengetrommelt. Da Britta nicht schon wieder einen Babysitter anheuern wollte, hatte sie uns zu sich nach Hause eingeladen, und nun saßen wir bei einer Flasche Wein in Brittas Wohnzimmer. Der riesige Strauß Tulpen, den ich bei meiner Heimkehr schon aus der Ferne vor unserer Haustür hatte leuchten sehen, stand in einem türkisfarbenen Putzeimer zwischen uns auf dem Couchtisch. Die Vasen, die Britta herbeigeschafft hatte, waren ausnahmslos zu klein gewesen. Um bei Oliver kein Misstrauen zu erregen, hatte ich es für besser gehalten, den verräterischen Strauß schnell wieder aus unserem Haus verschwinden zu lassen. Nur eine einzelne Tulpe hatte ich behalten und auf meinen Nachttisch gestellt.

»Wie stellst du dir das bloß vor?«, fragte Britta, nachdem ich meinen Freundinnen erzählt hatte, was heute im Geschäft passiert war und was ich nun zu tun gedachte. »Also, versteh mich bitte nicht falsch: Ich bin die Letzte, die dir rät, bei Oliver zu bleiben. Aber Larissas Vorschlag ist absolut hirnrissig. Kannst du dich nicht einfach von deinem Mann trennen, so wie andere Frauen das auch tun? Eine saubere Scheidung, und du bist wieder frei.«

»Ich möchte Oliver nicht wehtun«, erklärte ich nachdrücklich. Was war daran so schwer zu verstehen? Okay, meine Vorgehensweise war möglicherweise ein wenig unkonventionell, die Vorteile lagen jedoch auf der Hand. »Wenn Oliver eine andere hat, wird er möglicherweise ganz von selbst auf die Idee kommen, mich zu verlassen. Und falls nicht, wird es ihn zumindest nicht so hart treffen, wenn wir uns trennen.«

Darüber hinaus wäre es für mich eine große Beruhigung zu wissen, dass meine Familie im Falle meines Todes gut versorgt war. Um keine schlechte Stimmung zu verbreiten, behielt ich das letzte Argument jedoch lieber für mich.

»Du willst deinen Mann also tatsächlich mit einer anderen verkuppeln«, resümierte Nadine mit aufrichtiger Bewunderung in der Stimme.

»Nein, will sie nicht«, fuhr Sophie Nadine an. »Maja hat bestimmt nur eine kleine Midlife-Crisis.« Sie tätschelte mitfühlend meine Hand. Britta hingegen sah aus, als würde sie mir am liebsten die Stirn fühlen. »Erst neulich beim Friseur hab ich in einer Illustrierten gelesen, dass Frauen davon genauso betroffen sind wie Männer«, fuhr Sophie eifrig fort. »Man zieht Bilanz und denkt sich:

Das war's schon? So soll es jetzt bis an mein Lebensende weitergehen? Mit zwanzig oder dreißig hat man noch das Gefühl, dass einem alle Türen offen stehen, doch dann schlägt eine nach der anderen zu. Rums.«

»Worauf willst du hinaus? Komm zur Sache, Sophie. Wir sind zwar Frauen, aber so viel Vorspiel braucht kein Mensch …«, brummte Nadine.

»In der Mitte des Lebens nimmt die Zahl der Möglichkeiten, die einem bleiben, rapide ab. So ist das einfach.« Sophie untermalte ihre Worte mit einem bedeutungsvollen Kopfnicken. »Auch wenn es schwerfällt, solltest du dich damit abfinden, Maja.«

»Also, entschuldige mal bitte, Sophie, das ist doch völliger Quatsch! Du tust ja gerade so, als würde Maja schon getrennt von ihren Zähnen schlafen. Außerdem ist man nie zu alt, um noch einmal neu anzufangen!«

Brittas heftige Reaktion ließ vermuten, dass sie nicht nur von mir, sondern auch von sich selbst sprach. Nach diesem unerwarteten Gefühlsausbruch starrte Britta nachdenklich in ihr Weinglas. Im Wein lag die Wahrheit – aber falls Britta hoffte, auf dem Grund ihres Glases etwas zu finden, das uns weiterhelfen konnte, hatte sie die Redewendung wohl etwas missverstanden.

»So wie jetzt will ich auf keinen Fall weitermachen. Selbst wenn ich wüsste, dass ich noch etliche Jahrzehnte zu leben habe, was laut Tatjanas Vorhersage verdammt unwahrscheinlich ist …«, brachte ich das unangenehme Thema nun doch zur Sprache. »Manchmal habe ich das Gefühl, längst tot zu sein. Wie ein Hamster im Laufrad absolviere ich Tag für Tag mein Pensum. Ich will endlich mal wieder spüren, dass ich lebe!«

»Vielleicht ist die Idee mit der Freundin ja doch nicht so dumm«, überlegte Britta, den Blick immer noch auf ihr Weinglas geheftet, laut.

Wer hätte das gedacht! Tief ins Glas zu schauen konnte ab und an also doch ganz hilfreich sein …

»Sag ich doch.« Nadine nickte zufrieden. »Gibt's denn nicht irgendwo noch eine alte Flamme von Oliver, die zufällig ledig ist und die man auf ihn ansetzen könnte?«

Ich schüttelte den Kopf. »Nicht dass ich wüsste.«

»Oliver war gerade mal zweiundzwanzig, als er Maja geheiratet hat«, gab Britta zu bedenken. »Davor hatte er wahrscheinlich mehr Sandkasten- als Bettgespielinnen.«

»Wir werden also wohl oder übel selbst ein paar Damen aus dem Hut zaubern müssen. Denkt mal scharf nach, Leute!«, ermunterte uns Nadine, deren Ehrgeiz nun geweckt war. »So schwer kann das doch nicht sein. Schließlich sind wir im besten scheidungsfähigen Alter.«

Eine Weile herrschte Stille, alle dachten angestrengt nach. Britta war die Erste, die sich zu Wort meldete.

»Tut mir leid, so spontan fällt mir nur eine geschiedene Frau in unserem Alter ein, außer mir selbst, und das ist Simone Vogel.«

»Simone? Hallo? Olivers Wahrnehmung ist zwar gelegentlich etwas eingeschränkt, das heißt allerdings noch lange nicht, dass er blind ist! Innere Werte gut und schön, aber ein bisschen was fürs Auge sollte schon dabei sein.« Nadine zog eine Grimasse. »Habt ihr euch mal Simones Beine angesehen? Da fragt man sich echt: Ist das Cellulitis, oder sind das Hagelschäden?«

»Was ist mit Marie Rischke?«, fragte ich in die Runde.

»Schon wieder verheiratet.«

»Constanze Brunner«, schlug Nadine vor.

Sophie zog eine Schnute. »Kenne ich nicht.«

»Wirst du wohl auch nicht mehr kennenlernen. Sie ist letztes Jahr gestorben«, erklärte Britta sachlich. »Ich war auf der Beerdigung.«

»Franziska Hagemann?«, beteiligte Sophie, die offenbar eingesehen hatte, dass die Suche nach einer neuen Frau für Oliver bereits beschlossene Sache war, sich nun auch an unseren Überlegungen.

»Das ist doch wohl nicht dein Ernst, oder?«, bekam sie jedoch sogleich von Nadine einen Dämpfer verpasst. »Zu der Frau fallen mir spontan nur zwei Attribute ein: spitzzüngig und flachbrüstig.«

»Und das ist vermutlich noch das Netteste, was man über sie sagen kann«, gab Britta Nadine recht.

»Wie wär's mit Regina?«

»Regina Schulte-Rademacher?«

»Jetzt nur noch Schulte. Die ist letztes Jahr geschieden worden und hat, soviel ich weiß, noch keinen neuen Partner.«

»Kommt nicht infrage«, protestierte ich entsetzt, »die mag keine Kinder.«

»Na und? Das spielt doch überhaupt keine Rolle!«, fegte Nadine meinen Einwand wie einen Kekskrümel einfach so vom Tisch. »Davon mal abgesehen sind deine Kinder fast erwachsen.«

»Eben«, erwiderte ich kämpferisch. »Kleine Kinder sind trotzig *und* niedlich. Teenager sind nur eins davon, und in den seltensten Fällen ist das niedlich. Wie groß ist also die Chance, dass jemand, der keine Kinder mag, sich freiwillig eine pubertierende Göre und einen testosterongesteuerten Möchtegernerwachsenen aufhalst?«

»Also jetzt lass mal die Kirche im Dorf, Maja! Die Frau, die wir suchen, soll deine Rolle bei Oliver übernehmen, aber doch nicht als Mutterersatz fungieren«, sprach die Frau, die keine Kinder hatte. Wäre Nadine selbst Mama, würde sie mich bestimmt verstehen. »An irgendeiner Stelle werden wir Abstriche machen müssen.«

»Aber nicht bei meinen Kindern.« Ich straffte die Schultern und schob kämpferisch das Kinn vor. »Falls mir etwas passieren sollte, möchte ich, dass Kathi und Tobias gut versorgt sind.«

Wenn es um meine Kinder ging, war ich zu keinem Kompromiss bereit. Basta. Offenbar hatte auch Nadine das nun endlich eingesehen, jedenfalls war Regina, ehemals Schulte-Rademacher, jetzt nur noch Schulte, kein Thema mehr.

Nachdem wir wie bei einer Ringfahndung unser gesamtes Umfeld nach einer passenden Frau für Oliver durchkämmt hatten und uns beim besten Willen niemand mehr einfiel, der nicht entweder verheiratet, verstorben oder absolut indiskutabel war, verfielen wir eine Weile in dumpfes Brüten. Mist! Es sah ganz danach aus, als müsste ich meinen schönen Plan aufgeben. Dass es nicht einfach werden würde, hatte ich mir schon gedacht, aber unmöglich …?

»Ich hab's!«, rief Britta plötzlich und schlug sich mit der flachen Hand vor die Stirn. »Dass wir nicht sofort darauf gekommen sind!«

Sophie, Nadine und ich sahen sie gespannt an.

Britta ließ uns noch einen Moment zappeln, bevor sie endlich die Katze aus dem Sack ließ: »Was ist mit Anita? Anita Westphal! Wenn ihr mich fragt, wäre sie die ideale Kandidatin.«

Anita? Ausgerechnet Anita?!?

Meine Begeisterung hielt sich in Grenzen, denn der Gedanke an die quirlige Blondine weckte in mir unschöne Erinnerungen. Bei Nadines Boutiqueeröffnung vier Jahre zuvor hatte sie wie eine Klette an Oliver gehangen und ihn geradezu schamlos angebaggert. Ich konnte mich noch gut an den heftigen Streit erinnern, der im Anschluss an die Feier zwischen Oliver und mir entbrannt war, weil mein lieber Ehemann nach allen Regeln der Kunst zurückgeflirtet hatte. Natürlich hatte er alles abgestritten und auf nicht schuldig plädiert. Er habe Anitas Avancen aus reiner Höflichkeit über sich ergehen lassen. Interessant! Dann hatte er ihr wohl auch nur aus reiner Höflichkeit in den Ausschnitt gestarrt. Schlussendlich hatte Oliver sich mit einem juristischen Winkelzug geschickt aus der Affäre gezogen: Im Zweifel für den Angeklagten … Es war wirklich nicht leicht, mit einem Anwalt verheiratet zu sein.

»Anita ist perfekt.« Nadine, die offenbar längst nicht so nachtragend war wie ich, nickte beifällig.

»Super Idee«, fand sogar Sophie.

Angestachelt durch diesen Erfolg, sprang Britta plötzlich von ihrem Sessel auf und begann in Costa-Cordalis-Manier zu schmettern: *»Ich fand sie irgendwo, allein in Mexiko . . .«* Sie hielt ein imaginäres Mikro auffordernd in Richtung ihrer Fans.

»Anita, Anita«, fielen Sophie und Nadine in den Refrain ein.

»Schwarz war ihr Haar, die Augen wie zwei Sterne so klar«, sang Britta und machte dabei eine übertriebene Schlagerpose in der Art einer aufgehenden Sonne.

Da ihr offenbar entfallen war, wie der Text weiterging, trällerte sie der Einfachheit halber den Refrain noch einmal von vorne. Nach der dritten Wiederholung ließ sie es zum Glück gut sein.

»Und? Was meinst du?«, fragte mich Britta, während sie sich wieder setzte. Nun ruhten alle Augen erwartungsvoll auf mir.

»Ganz nett, nur an der Choreographie müsstest du noch arbeiten. Und was deine Textsicherheit betrifft . . .«

»Jetzt sag schon: Was hältst du von Brittas Vorschlag?«, drängte Nadine, die endlich zu einem Ergebnis kommen wollte.

Voller Unbehagen rutschte ich auf Brittas Couch herum. Oh, mir würde schon so einiges einfallen, was ich dazu sagen könnte. Zum Beispiel, dass Anita ein mieses kleines Biest war, das in fremden Hoheitsgewässern fischte! Dass Oliver und Anita miteinander herumgeturtelt hatten, sprach in diesem speziellen Fall allerdings wohl eher für Anita als gegen sie.

Ich gab mir innerlich einen Ruck. »Na ja, mit den beiden könnte es tatsächlich funktionieren«, stimmte ich zu.

»Aber Anita weiß doch, dass Oliver mit Maja verheiratet ist«, gab Sophie zu bedenken.

»Na und?« Britta zuckte unbeeindruckt die Achseln. »Das ist für Anita kein Hindernis. Bei Nadines Geschäftseinweihung hat

Olivers Ehering sie doch auch nicht davon abgehalten, ihm schöne Augen zu machen.«

»Genau. Das ist fast vier Jahre her – und Anita ist immer noch solo.« Nadine klang so stolz, als hätte sie höchstpersönlich dafür gesorgt, dass Anita keinen Kerl abbekommen hatte. Was in Anbetracht ihres großen Männerverschleißes noch nicht einmal so weit hergeholt war. »Mittlerweile ist Anita vermutlich noch verzweifelter auf der Suche als damals. Ich brauche nur zu erwähnen, dass es mit Olivers und Majas Ehe nicht zum Besten steht – schon wird die liebe Anita ihre Angel auswerfen. Wetten?!«

»Ehrlich gesagt, kann ich mich gar nicht mehr so genau an Anita erinnern«, gab Sophie ein bisschen kleinlaut zu. »Ihr wisst ja, wie schlecht ich mir Gesichter merken kann. War das nicht die mit dem blonden Pagenschnitt?«

»Blond ja, Pagenschnitt nein.« Britta sprang auf. »Wartet, ich glaub, ich hab noch irgendwo ein Foto von der Geschäftseröffnung. Vielleicht ist Anita ja auch drauf.«

Sie zog eine Schublade des Wohnzimmerschranks auf und wühlte eine Weile darin herum. Schließlich hielt sie triumphierend ein Foto in die Höhe. Damit wir es uns alle ansehen konnten, legte sie es neben den Tulpeneimer in die Mitte des Couchtisches.

Auf der Gruppenaufnahme scharten sich die geladenen Gäste um die Ladentheke und prosteten Nadine mit einem Glas Sekt zu. Oliver stand eingekeilt zwischen Anita und mir ziemlich weit rechts am Rand. Anhand des Fotos wäre kein Mensch auf die Idee gekommen, dass Oliver zu mir gehörte, denn Anita hatte ihre Hand besitzergreifend auf seinen Arm gelegt und lächelte ihn an. Auch wenn sie keine Schönheit und erst recht keine Femme fatale wie Larissa war, konnte ich mir gut vorstellen, was Männern an ihr gefiel. Abgesehen von den vollen blonden Haaren, die sie bei Nadines Geschäftseinweihung hochgesteckt getragen hatte, den dezenten Sommersprossen auf dem kleinen Stupsnäschen und den großen blauen Augen war es insbesondere die frische, jugendliche Ausstrahlung, die ihren Charme ausmachte.

Vielleicht lag es an ihrem Job, dass sie immer noch unverheiratet war, denn bis vor Kurzem hatte Anita als Stewardess gearbeitet. Wenn man ständig durch die Welt jettete, war es sicher gar nicht so leicht, eine dauerhafte Beziehung aufzubauen. Wie wir von Nadine wussten, hatte Anita sich jedoch vor ein paar Monaten versetzen lassen und war nun im Schulungsbereich tätig.

»Mist!«

Erschrocken zuckte ich zusammen. »Meine Güte, Nadine, musst du mir so ins Ohr schreien?!«

Nadine, die eigentlich längst eine Brille gebraucht hätte, den Besuch beim Optiker aber aus Eitelkeit immer weiter hinausschob, kniff ein wenig die Augen zusammen und betrachtete die Aufnahme kritisch. »Fällt euch denn gar nichts an dem Bild auf?«

Britta, Sophie und ich steckten die Köpfe über dem Foto zusammen und versuchten herauszufinden, worauf Nadine hinauswollte.

»Du hattest damals kurze rote Haare«, stellte Britta fest. »Ehrlich gesagt, Nadine, sahst du mit dieser Frisur verboten aus. Wie Pumuckls große Schwester.«

»Schönen Dank. Ich weiß deine Offenheit wirklich sehr zu schätzen«, bedankte sich Nadine. »Es war bestimmt nicht leicht, das vier Jahre lang für dich zu behalten. Nur wollte ich eigentlich gar nicht wissen, was euch auf dem Bild an *mir* auffällt, sondern an Oliver.«

Wir beugten uns erneut über die Fotografie, um Oliver genauer unter die Lupe zu nehmen.

»Damals war Oliver ja noch richtig schlank«, entfuhr es Sophie überrascht. »Mein lieber Scholli, der hat aber mächtig zugelegt! Fünf Kilo mindestens!«

Nadine winkte ab. »Oli ist nicht hier, du brauchst nicht höflich zu sein. Ich würde zehn schätzen. Stimmt's, Maja?«

Wenn ich ehrlich war, hatte ich keinen blassen Dunst, wie viel Oliver im Laufe der Zeit zugenommen hatte. Ich versuchte mir im Geiste vorzustellen, wie die Verkäuferin an der Metzgertheke ein Kilo Hackfleisch auf die Waage häufte. Dann nickte ich vage. Zehn Kilo schienen mir in Olivers Fall durchaus realistisch zu sein.

»Anita ist immer sehr auf ihr Äußeres bedacht. Nicht umsonst kauft sie regelmäßig bei mir in der Boutique ein«, erklärte Nadine nicht ganz ohne Stolz. »Ich könnte mir vorstellen, dass Olivers Fettpölsterchen für sie ein absolutes No-Go sind. Bevor wir die beiden erneut aufeinandertreffen lassen, sollten wir dringend an seinem Erscheinungsbild arbeiten. Die Fassade müsste grunderneuert werden.«

»Du redest von Oliver, als wäre er ein Ferienhaus«, protestierte ich matt.

»Schön wär's. Immobilien reißen sie dir im Moment aus den Händen. Bei Oliver werden wir uns wohl etwas mehr ins Zeug legen müssen.« Nadine sah mich streng an. »Ab morgen setzt du deinen Mann auf Diät, okay?«

Ich nickte gehorsam, auch wenn ich mir lebhaft vorstellen konnte, dass Oliver alles andere als begeistert sein würde, wenn ich seine Kalorienzufuhr drosselte. Das würde für alle Beteiligten im wahrsten Sinne des Wortes kein Zuckerschlecken werden.

»Aber Diät allein wird nicht reichen. Irgendwie müssen wir Oli dazu bringen, Sport zu treiben. Sonst dauert es viel zu lange, bis er die Kilos los ist.« Britta sah erwartungsvoll in die Runde. »Irgendwelche Ideen?«

»Ans Auto ketten und jeden Abend zehn Runden um den Block fahren«, flachste Nadine.

Zumindest nahm ich an, dass es sich um einen Scherz handelte, genau wissen konnte man das bei ihr nie.

»Wie wäre es, wenn ich Frank bitten würde, Oliver zum

Sport mitzunehmen«, schlug Sophie vor. »Wegen seiner Rückenschmerzen geht er ohnehin zweimal die Woche ins Fitnesscenter.«

»Ist es denn mit seinem Rücken immer noch nicht besser geworden?«, fragte Britta, die, sobald sie das Wort »Schmerz« auch nur hörte, mental sofort ihren weißen Kittel überstreifte. »Wenn er möchte, kann ich ihm einen wirklich guten Kollegen empfehlen.«

»Danke, das ist lieb. Aber solange Frank sich nicht an die ärztlichen Anweisungen hält, ist auch die größte Koryphäe machtlos. Anstatt den Rücken zu schonen und seinen Mitarbeitern die Schlepperei zu überlassen, meint Frank, er müsste mit gutem Beispiel vorangehen.«

Frank war Schreinermeister, ihm gehörte ein mittelständischer Betrieb mit fünf Angestellten. Die Schreinerei lief so gut, dass Sophie nach der Geburt ihrer beiden Mädchen zu Hause geblieben und nicht wieder in ihren Beruf als Fremdsprachenkorrespondentin zurückgekehrt war. Was ganz in Franks Sinne war, denn er liebte es, »seine Frauen« zu verwöhnen und ihnen jeden Wunsch von den Augen abzulesen. Die Rollen waren klar verteilt: Er verdiente die Kohle, und Sophie hielt ihm zu Hause den schmerzenden Rücken frei ...

»Na ja, immerhin macht er regelmäßig Sport«, kam Sophie wieder auf den Ausgangspunkt unserer Unterhaltung zurück. »Da kann er Oliver ebenso gut mitnehmen.«

»Ich hoffe, er beherrscht den Polizeigriff«, bemerkte ich sarkastisch.

Auch wenn Frank und Oliver miteinander befreundet waren, konnte ich mir beim besten Willen nicht vorstellen, dass mein Mann ohne Anwendung von Gewalt einen Fuß über die Schwelle eines Fitnesscenters setzen würde.

»Das bekommt Frank schon hin«, sagte Sophie, deren Vertrauen in die Fähigkeiten ihres Mannes schier grenzenlos war.

»Ich werde ihm einfach sagen, dass du dir Sorgen um Olivers Gesundheit machst, weil er die ganze Zeit nur hinter seinem Schreibtisch hockt und sich viel zu wenig bewegt.«

»Sehr schön.« Nadine nickte zufrieden. »Dann ist ja alles geklärt. Maja setzt Oliver auf Diät, und Frank lockt ihn ins Fitnesscenter. Es wäre doch gelacht, wenn wir Oli nicht innerhalb kürzester Zeit wieder in Form bekämen. Danach kommt Anita ins Spiel.«

»Wie lange ist es denn bis zu Olivers Geburtstag noch hin?«, wollte Britta wissen. »Die Party zu seinem Vierzigsten wäre doch ein idealer Anlass, um die beiden zusammenzubringen.«

»Bis dahin sind es noch gut sechs Wochen«, antwortete ich.

»Müsste machbar sein.«

Woher Nadine diesen Optimismus nahm, entzog sich meiner Vorstellungskraft. Vielleicht hatte sie die Sache mit der Kette und dem Auto ja doch ernst gemeint ... Aber ich mochte nicht schon wieder diejenige sein, die herumunkte. Wenn die anderen der Meinung waren, dass man in so kurzer Zeit einen sichtbaren Erfolg erzielen konnte, wollte ich ihnen das mal so glauben. Leider war der Zeitfaktor jedoch nicht der einzige Teil des Plans, der mir Sorgen bereitete.

»Ich hab Anita seit Ewigkeiten nicht mehr gesehen. Meint ihr nicht, sie fände es komisch, wenn wir sie auf einmal zu Olivers Geburtstag einladen würden?«

»Schon möglich«, gab Nadine mir erstaunlicherweise recht. »Aber auch für dieses Problem werden wir zu gegebener Zeit eine Lösung finden.«

Ihre Worte in Gottes Gehörgang!

»Warum muss das bloß so verdammt kompliziert sein?«, seufzte ich und raufte mir die Haare. »Heutzutage kann man doch alles im Internet bestellen. Sogar getragene Unterwäsche! Warum also nicht auch eine Frau für meinen Mann?«

Britta, die ihren Heimvorteil weidlich ausnutzte und sich bereits das dritte Glas Wein einschenkte, setzte abrupt die Flasche ab. »Was hast du gerade gesagt?«

»Sie hat gesagt, dass sie gern eine Frau für ihren Mann im Internet bestellen möchte«, fasste Sophie mein Gejammer nicht ganz korrekt, aber tendenziell richtig zusammen.

»Warum eigentlich nicht?« Britta nippte probehalber an ihrem Weinglas. Da das dritte Glas offenbar genauso gut schmeckte wie das zweite, nahm sie noch einen tiefen Schluck. »So abwegig ist das gar nicht. ElitePartner, Parship und wie diese ganzen Partnervermittlungsseiten sonst so alle heißen – die schießen doch wie Pilze aus dem Boden. Du könntest dich dort unter Olis Namen anmelden und in aller Ruhe von zu Hause aus suchen. So eine Art Homeshopping ...«

»Vergiss es!«, fiel Nadine Britta ins Wort. »Viel zu zeitintensiv und langwierig. Eine meiner Aushilfen ist auf diese Weise im Netz auf Partnersuche gegangen und hat sich dabei ganze Nächte um die Ohren geschlagen. Ihr glaubt ja gar nicht, wie viele Fakeprofile es dort gibt, um die Leute bei der Stange zu halten. Aber du könntest es auf die ganz klassische Tour versuchen und eine Kontaktanzeige schalten.« Als sie meinen skeptischen Blick sah, fügte sie noch hinzu: »Nur für den Fall, dass es mit Anita nicht klappt.«

Nadine wusste, wie sich mich kriegen konnte. Ich war immer gern für alle Eventualitäten gewappnet. Ergo sprach nichts dagegen, wenn ich außer einem Regenschirm, Tampons und Taschentüchern auch einen Plan B in der Tasche hatte.

Gleich am nächsten Tag begann ich mit Olivers Diät. Toast und helle Brötchen gehörten genau wie Chips und Schokolade ab sofort der Vergangenheit an! Nur dass Oli selbst noch nichts davon wusste ... Das spartanische Frühstück, bestehend aus Vollkornbrot und Schnittlauchquark, hatte ich damit gerechtfertigt, dass ich am Vortag nicht mehr zum Einkaufen gekommen war. Oliver hatte diese kleine Notlüge zusammen mit den Körnern brav geschluckt. Natürlich war mir klar, dass ich auf Dauer damit nicht durchkommen würde und mir was Neues einfallen lassen musste. Und ich hatte da auch schon so eine Idee …

Am Abend stand ein Rohkostsalat auf dem Speiseplan.

»Guten Appetit, ihr Lieben«, wünschte ich meiner Familie, nachdem ich die hübsch angerichteten Teller serviert hatte.

»Hm, das sieht aber lecker aus«, freute sich Kathi, die neuerdings sehr auf ihre schlanke Linie achtete. Vermutlich war da ein junger Mann im Spiel …

Ihr Vater zeigte nicht annähernd so viel Begeisterung. »Und wo ist das Dressing?«, fragte er mit langem Gesicht.

Oliver hob mit Messer und Gabel probeweise ein paar Salatblätter an, so als könnte sich die Soße darunter versteckt haben.

»Der Salat ist bereits angemacht, Oliver«, klärte ich meinen Ehemann freundlich auf. »Statt der üblichen Sahnesoße gibt's heute zur Abwechslung mal eine Vinaigrette.«

»Hm.« Missmutig stocherte Oliver auf seinem Teller herum und brummelte dabei irgendetwas vor sich hin.

Immerhin: Der Hunger schien's reinzutreiben. Ein Salatblättchen nach dem anderen wanderte in seinen Mund. Als der Teller leer war, legte Oliver mit einem erleichterten Seufzer sein Besteck zur Seite und sah mich abwartend an.

»Und was gibt's als Hauptspeise, Bienchen?«

»Das *war* die Hauptspeise.«

»Nur Grünfutter?!?« Das letzte Mal hatte ich Oliver so empört erlebt, als in Deutschland die Herdprämie eingeführt worden war. »Ich bin doch kein Kaninchen!«

»Ich war letzte Woche beim Arzt, um mich durchchecken zu lassen«, erklärte ich ruhig. »Meine Cholesterinwerte sind zu hoch, und der Doc rät mir, für eine Weile meine Ernährung umzustellen. Ich dachte, ihr würdet mich dabei unterstützen.«

»Diäääät?«

»Eine sanfte Diät«, schickte ich, als ich das panische Funkeln in Olivers Augen sah, rasch noch hinterher.

»Eine sanfte Diät? Streicheln die Radieschen dabei liebevoll den Gaumen, oder wie hab ich mir das vorzustellen?«

Zugegeben, die erhöhten Cholesterinwerte waren geflunkert, der Check-up beim Arzt jedoch nicht. Ich war gründlich auf den Kopf gestellt worden. Nachdem ich diverse Untersuchungen und Tests hatte über mich ergehen lassen und mir so viel Blut abgezapft worden war, dass ich die Arzthelferin schon im Verdacht hatte, illegal mit Blutkonserven zu handeln, hatte die niederschmetternde Diagnose endlich festgestanden: kerngesund.

»Sie gucken so enttäuscht«, stellte mein Hausarzt belustigt fest, als er mir das abschließende Untersuchungsergebnis mitteilte. »Fast könnte man meinen, Sie würden hoffen, dass ich etwas finde.«

Wenn der alte Quacksalber meine Laborwerte doch mal genauso eingehend studiert hätte wie meine Gesichtszüge! Irgendetwas muss er übersehen haben, dachte ich.

Ein Teil von mir hatte tatsächlich gehofft, dass bei der Untersuchung irgendetwas zutage kommen würde, das Tatjanas düstere Zukunftsprognose erklärte. Dann hätte ich zumindest gewusst, wo ich dran war und wie viel Zeit mir noch blieb. Alles war besser als diese Ungewissheit! Es kam mir so vor, als befände ich mich im freien Fall – jeden Moment konnte ich unten aufschlagen.

»Ist doch wohl logisch, dass wir Mama bei ihrer Diät unterstützen«, bekam ich von Kathi, die ihren Vater vorwurfsvoll anfunkelte, Unterstützung. »Ein paar Kilo abzunehmen wird dir bestimmt nicht schaden, Paps. Du bist ganz schön dick geworden.«

»Ja? Findest du?« Mit schuldbewusster Miene fuhr Oliver sich mit der Hand über den Bauch, als könnte er die überflüssigen Kilos einfach wegstreichen. Funktionierte nur leider nicht. »Na ja, vielleicht habt ihr ja recht.«

Hört, hört! Selbsterkenntnis war bekanntlich der erste Schritt zur Besserung. Aber schlechte Angewohnheiten wurde man bedauerlicherweise nicht von jetzt auf gleich los.

Nach dem Abendessen beobachtete ich, wie Oliver sich verdächtig oft in der Nähe des Schranks herumtrieb, in dem wir gewöhnlich die Süßigkeiten aufbewahrten. Er schien nur darauf zu warten, dass ich den Raum verließ. Da der Schlüssel des Schranks, wie so viele andere Dinge in diesem Haus, in den Weiten des Universums verschollen war, konnte man das Süßigkeitendepot bedauerlicherweise nicht abschließen. Doch selbst wenn Oliver schwach werden und die Tür öffnen sollte, war die Gefahr, dass er kalorienmäßig über die Stränge schlug, gleich null. Unsere gesamten Schokoladen- und Chipsvorräte hatte ich am Nachmittag an die Nachbarskinder verschenkt. Stattdessen hatte ich zwei Packungen Knäckebrot und ein Glas Essiggurken im Schrank deponiert. Es ging doch nichts über eine lustvolle Ersatzbefriedigung …

Aber die Essiggurken waren vermutlich nicht das Einzige, was Oliver sauer aufstoßen würde. Denn am heutigen Abend gedachte ich, auch Plan B voranzutreiben. Und dabei war ich auf seine Mithilfe angewiesen.

Ich gesellte mich zu Oliver vor den Fernseher. Mit einer Frauenzeitschrift und einem Kugelschreiber bewaffnet, setzte ich mich schräg gegenüber von ihm in einen Sessel. In der nächsten Werbepause packte ich die Gelegenheit beim Schopf.

»Hier in der Zeitschrift gibt es einen Partnerschaftstest«, sagte ich in einem möglichst beiläufigen Tonfall. »Ich hab meinen Teil schon ausgefüllt, jetzt musst du noch ein paar Fragen beantworten.«

»Och, Bienchen, das ist doch alles Humbug.«

»Sei kein Spielverderber. Solche Tests sind lustig.«

»Ja, so lustig wie ein Loch im Kopf.«

»Wie sieht deine Traumfrau aus?«, fragte ich, ohne auf sein destruktives Gemecker einzugehen.

»Guck in den Spiegel, dann weißt du es«, brummte Oliver.

»Deine Traumfrau, nicht deine Ehefrau! Rein hypothetisch.«

Oliver seufzte genervt. »Na schön. Du willst wissen, wie meine Traumfrau aussieht? Blond, lange Haare, 90–60–90. Bist du jetzt zufrieden?«

»Das ist ja mal wieder typisch«, schnaubte ich ärgerlich.

Warum zum Kuckuck war er dann bei Larissa, auf die alle gewünschten Merkmale zutrafen, nicht schwach geworden? Insgeheim verglich ich den Barbie-Steckbrief zuerst mit meinem und dann mit Anitas Erscheinungsbild. Anita hatte ganz klar die Nase vorn, denn sie erfüllte immerhin ein Drittel der gewünschten Kriterien. Sie war blond.

»Also, ein bisschen realistischer sollte das Ganze schon sein«, maulte ich und trommelte mit dem Kugelschreiber ungeduldig auf der Zeitschrift herum.

»Was, bitte schön, ist an einer Traumfrau realistisch?«

Okay, auch wieder wahr.

»Na schön, dann kommen wir zum nächsten Punkt. Was für Hobbys sollte deine Traumfrau haben?«

»Bescheuerte Frage.« Oliver kratzte sich mit der Fernbedienung am Kopf. »Warum sollte ich meiner Traumfrau vorschreiben, was sie in ihrer Freizeit zu tun und zu lassen hat? Von mir aus soll sie Topflappen häkeln oder den Mount Everest besteigen – wenn sie die Richtige ist, wird es schon passen.«

»Also Handarbeiten und Sport.« Besonders kooperativ war Oliver ja nicht gerade. So kam ich nicht weiter. Vielleicht lief es besser, wenn ich ihm wie bei einem Multiple-Choice-Test verschiedene Antwortmöglichkeiten vorgab.

»Welches Sprichwort trifft auf eine gute Beziehung eher zu? A: Gegensätze ziehen sich an. B: Gleich und Gleich gesellt sich gern.«

»B.«

Immerhin, das war doch schon mal ein kleiner Anhaltspunkt.

Den Rest würde ich mir selbst aus den Fingern saugen müssen. Ich erklärte Oliver, dass er erlöst sei, griff nach einem leeren Blatt Papier und machte mich an die Arbeit.

Himmel, war das schwierig! Mit rauchendem Kopf bastelte ich an dem Text für die Kontaktanzeige herum, strich hier einen Satz weg und tauschte dort ein Wort aus, nur um kurz darauf wieder ganz von vorne zu beginnen. Nach zahlreichen Anläufen hatte ich schließlich ein halbwegs passables Ergebnis zustande gebracht, das zwar nicht gerade Pulitzer-Preis verdächtig war, der Konkurrenz auf dem Kontaktanzeigenmarkt aber, wie ich fand, in nichts nachstand.

Als ich die Anzeige gerade noch einmal überflog und auf etwaige Rechtschreibfehler prüfte, stand Oliver auf und schlenderte in die Küche. Diesen Weg hätte er sich sparen können! Aber woher sollte er wissen, dass die Bierflaschen aus unserem Kühlschrank verschwunden waren? Kurzzeitig hatte ich es in Erwägung gezogen, sie zusammen mit dem Süßkram zu verschenken, hatte aber dann doch lieber davon Abstand genommen. Es reichte schon, wenn die Nachbarskinder wegen mir einen Zuckerschock bekamen, für eine Alkoholvergiftung wollte ich nicht auch noch verantwortlich sein. Und so hatte ich den Bierkasten einfach in der Garage unter einer alten Plane versteckt.

»Was hat der Partnerschaftstest ergeben?«, fragte Oliver, als er mit enttäuschtem Gesicht und leeren Händen aus der Küche zurückkehrte.

»Ach, nichts Besonderes. Du hattest recht. Ist doch eh alles bloß Humbug.«

Kapitel 8

Unser Plan funktionierte besser, als ich zu hoffen gewagt hatte! Zumindest der Teil, in dem es darum ging, Oliver optisch wieder auf Vordermann zu bringen. Wir waren auf einem guten Weg, und wenn mich nicht alles täuschte, saßen Olivers Hosen auch schon ein bisschen lockerer ... Zwar trieb ihm der Anblick von Gurkenscheiben und Paprikastreifen nach wie vor nicht gerade Freudentränen in die Augen, aber er hielt sich, zumindest wenn ich dabei war, brav an seine Diät. Offenbar hatte Kathis Appell gefruchtet!

Am meisten überraschte mich jedoch, dass mein Mann seine Turnschuhe hervorgekramt hatte. Man sah ihnen nicht an, dass sie jahrelang im Keller herumgelegen hatten. Dem Retrotrend sei Dank, waren sie wieder topaktuell!

Es war ja nicht so, als ob Oliver sich bislang nicht für Sport interessiert hätte. Im Gegenteil! Fast täglich hatte er sich durch die einschlägigen Fernsehkanäle gezappt – wäre Channelhopping eine olympische Disziplin, hätte er Gold verdient. Aber nun schien er tatsächlich willens zu sein, mehr als nur einen Finger zu bewegen. Keine Ahnung, ob Frank damit gedroht hatte, ihm die Freundschaft oder seinen Pay-TV-Account zu kündigen, auf jeden Fall war es ihm gelungen, Oliver dazu zu überreden, sich im Sportparadies anzumelden.

Bedauerlicherweise verhalfen weder die Anmeldung noch die Überweisung der monatlichen Beiträge zu einem Waschbrettbauch – auch wenn viele Mitglieder des Fitnesscenters das zu hoffen schienen. Aber Oliver ging zu meiner großen Freude tatsächlich zweimal die Woche hin.

Abgesehen von den Kalorien, die er auf dem Laufband und an den anderen Foltermaschinen verbrannte, hatten die Abende im Fitnessstudio noch einen weiteren positiven Nebeneffekt: Seit er regelmäßig Sport trieb, war er viel ausgeglichener. Ich konnte nur mutmaßen, ob die körperliche Betätigung oder die Männergespräche mit Frank dafür verantwortlich waren, tippte jedoch auf die Bewegung, denn viel zu reden schienen die beiden nicht. Sophie und ich schafften es selbst in einem mehrstündigen Telefonat nie, alle Neuigkeiten auszutauschen – solche Probleme waren unseren Männern gänzlich fremd. Auf meine Frage, ob es bei Frank und Sophie etwas Neues gäbe, bekam ich immer die gleiche Antwort: Nö.

Danke für das Gespräch!

Herrjemine, worüber redeten die Kerle eigentlich? Sofern sie überhaupt redeten ... Aber ich hatte längst aufgehört, mich darüber zu wundern oder gar zu mokieren.

Beruflich profitierte ich sogar davon, dass Männer auch in Beziehungsangelegenheiten nicht besonders redselig waren. Solange sie lieber Blumen sprechen ließen, war mir mein Job sicher ... Ein »Ich liebe dich« schien bedeutend schwerer über die Lippen zu gehen als ein Zwanzigeuroschein über die Ladentheke. Heute beispielsweise hatten die Blumenkavaliere uns fast die Bude eingerannt. Vielleicht lag es am schönen Wetter, dass die Hormone unter Hochdruckeinfluss standen, auf jeden Fall war im Gießkännchen der Teufel los gewesen. Ich konnte mich nicht daran erinnern, wann ich das letzte Mal an einem einzigen Tag so viele Kunden bedient hatte.

Während ich meine Jacke an der Garderobe aufhängte und meine Schuhe von den schmerzenden Füßen kickte, hörte ich aus der Küche Geräusche. Es klang wie das Klappern von Töpfen und von Geschirr. Irritiert hielt ich in der Bewegung inne. Ich hatte weder Geburtstag, noch war Muttertag. Was konnte Oliver oder die Kinder sonst in die Küche verschlagen haben? Der knurrende Magen? Seit Oliver Diät machte, hatte er ständig diesen heißhungrigen Ausdruck in seinen Augen …

Aber es war weder Oliver noch eins der Kinder, sondern meine Mutter, die in der Küche werkelte. Sie trug eine rot-weiß karierte, mit Rüschen und kleinen Täschchen besetzte Küchenschürze, deren Herkunft mir Rätsel aufgab. Zumindest konnte ich mich nicht daran erinnern, eine solche Scheußlichkeit zu besitzen.

»Mama! Was machst du denn hier?«

»Kochen, mein Schatz.«

Nur meine Mutter schaffte es, Kosewörter wie »mein Schatz« oder »Liebling« wie eine Rüge klingen zu lassen. Und dass sie kochte, war nun wirklich nicht zu übersehen. Fast alle meine Pfannen und Töpfe waren im Einsatz. Eine Wolke aus Essensdünsten und Wasserdampf waberte durch den Raum, denn natürlich hatte meine Mutter mal wieder nicht die Dunstabzugshaube angestellt. Nicht etwa aus Vergesslichkeit, sondern aus Prinzip, wie sie mir irgendwann einmal erklärt hatte. So einen überflüssigen Schnickschnack hatte es zu ihrer Zeit nicht gegeben. Fenster, die man öffnen konnte, offenbar auch nicht …

»Verrätst du mir auch, wie wir zu der Ehre kommen, von dir bekocht zu werden?«, fragte ich anstelle einer Begrüßung und versuchte, dabei nicht allzu gereizt zu klingen.

»Eine gute Mutter spürt, wenn etwas nicht in Ordnung ist.«

Damit konnte sie nur sich selbst meinen, denn so etwas Nettes hatte sie über *mich* noch nie gesagt. »Ich hatte da so ein Gefühl«, fuhr die gute Mutter fort. »Darum habe ich mit Tobias telefoniert.«

»Ja und?«

Ich begriff immer noch nicht, welcher Zusammenhang zwischen dem Oma-Enkel-Plausch und ihrem überfallartigen Erscheinen in meiner Küche bestand.

»Als ich hörte, was bei euch los ist, bin ich gleich hergefahren.« Sie stieß einen Seufzer aus, so tief wie der San-Andreas-Graben. »Ich weiß nicht, was in dich gefahren ist, Maja. Das kannst du deiner Familie doch wirklich nicht antun.«

Ertappt zuckte ich zusammen.

Scheiße! Scheiße! Scheiße!

Da hatten wir sie also, die Bescherung. Ich fragte mich, was genau Tobias meiner Mutter erzählt hatte. Irgendwie musste er von der Sache mit Torben Wind bekommen haben. Vielleicht hatte er zufällig ein Telefonat belauscht, in dem ich mit einer meiner Freundinnen mein konfuses Gefühlsleben analysiert hatte, oder ich hatte mich durch eine unbedachte Bemerkung verraten. Zwar war mein Sohn mittlerweile zu alt, um an Märchen zu glauben – und sie lebten glücklich und zufrieden bis an ihr Lebensende hielt einer Überprüfung etwa genauso leicht stand wie die Geschichte vom Klapperstorch –, dennoch hätte ich es ihm gern erspart, auf diese Weise zu erfahren, dass unsere Tage als heile Familie gezählt waren.

»Findest du dein Verhalten nicht reichlich unfair und egoistisch?«, fuhr meine Mutter mit ihrer Inquisition fort.

Unter ihrem strafenden Blick, den ich seit frühester Kindheit fast noch mehr fürchtete als ihren Linseneintopf, war ich kurz davor einzuknicken, doch dann straffte ich mich und schob trotzig das Kinn vor.

»Schon möglich. Vielleicht bin ich egoistisch. Aber ich habe fast zwanzig Jahre lang immer nur an meine Familie gedacht. Jetzt bin ich mal dran.«

»Maja, Maja.« Mit einem milden Lächeln schüttelte meine Mutter den Kopf. Aber darauf fiel ich nicht rein, denn sie war ungefähr so mild wie eine Chilischote. »Meinst du nicht, dass du ein bisschen übertreibst?«, fragte sie und rührte, ohne hinzusehen, weiter in einem Topf, in dem Geschnetzeltes zu sein schien, herum. »Es gibt im Leben doch nicht nur entweder oder. Was hindert dich daran, zweigleisig zu fahren?«

»Zweigleisig«, echote ich ungläubig.

Ich schnappte nach Luft und klammerte mich haltsuchend an der Küchentheke fest. Hatte meine ach so korrekte und moralisch lupenreine Mutter mir etwa gerade durch die Blume geraten, mir einen heimlichen Liebhaber zu nehmen?

»Ja, natürlich. Ich weiß, ich weiß ... Ihr berufstätigen Mütter seid heutzutage ständig im Stress. Das ist eben der Preis für eure Selbstverwirklichung. Aber mal ein Stündchen hier und da wirst du doch wohl abzwacken können. Das bist du deinem Mann und deinen Kindern schuldig.«

»Mama!«, rief ich entsetzt.

»Was, Mama?« Sie zog die Augenbrauen in die Höhe. »Es kann doch nun wirklich nicht so schwer sein, einen Salat oder eine Gemüseplatte zuzubereiten und für die anderen trotzdem etwas Anständiges auf den Tisch zu bringen.«

Mein Weltbild, das kurzzeitig ins Wanken geraten war, pendelte sich langsam wieder ein. »Das meintest du also mit zweigleisig fahren?«, fragte ich sicherheitshalber noch einmal nach.

»Natürlich. Was denn sonst? Gut und schön, wenn dein Arzt dir rät, für eine Weile deine Ernährung umzustellen, doch nur, weil du nicht diszipliniert genug bist, deine Cholesterinwerte im Griff zu behalten, muss doch nicht gleich deine ganze Familie darunter leiden.«

Meine anfängliche Erleichterung verflüchtigte sich, Ärger stieg in mir auf. »Hast du dir deinen lieben Schwiegersohn eigentlich mal genau angeschaut?« Eine Frage, die überflüssig war, denn wenn meine Mutter uns beehrte, hatte sie eigentlich nur Augen für Oliver. Und für ihre Enkel. Meine Anwesenheit registrierte sie allenfalls am Rande. »Er hat in den letzten Jahren mindestens zehn Kilo zugenommen.«

Mit einer unwilligen Handbewegung fegte meine Mutter meinen Einwand zur Seite. »Und wenn schon! So ein Wohlstandsbauch ist schließlich hart erarbeitet.«

Als sich am Abend die ganze Familie um den Esstisch versammelt hatte, spielte meine Mutter sich auf, als wäre das Bundesverdienstkreuz das Mindeste, was sie außer lebenslanger Dankbarkeit für ihren Einsatz am Herd erwarten durfte. Immerhin hatte sie uns in letzter Sekunde vor dem drohenden Hungertod gerettet. So wie Oliver und Tobias sich ihre Teller vollhäuften, schien diese Einschätzung noch nicht einmal so weit hergeholt zu sein.

Während ich missmutig an einem Salatblatt herummümmelte, begutachtete ich abschätzend die Fleischbrocken, die sich zusammen mit reißenden Sahnesturzbächen an gigantischen Nudelbergen talabwärts bewegten und versuchte dabei, grob die Kalorien zu überschlagen.

Es waren viele. Sehr viele. Viel zu viele!

Mindestens zwei von Olivers Besuchen im Sportparadies waren umsonst gewesen. Und dabei war das Eis, das es zum Nachtisch geben sollte, noch nicht miteingerechnet.

»Jetzt schau doch nicht so miesepetrig«, wies meine Mutter, der mein Blick natürlich nicht entgangen war, mich vorwurfsvoll zurecht. »Davon werden deine Cholesterinwerte auch nicht besser. Wenn du so guckst, bekommst du nur noch mehr Falten auf der Stirn.«

Noch mehr Falten?! Wirklich rührend, wie sie um mich besorgt war! Zum Glück brauchte ich mich vor weiteren mütterlichen Ratschlägen nicht zu fürchten, denn meine Mutter hatte ihre Aufmerksamkeit bereits wieder ihrem Schwiegersohn zugewandt.

»Schmeckt's dir nicht, mein Junge?«, fragte sie, als er seinen Teller leer gegessen hatte und sein Besteck zur Seite legte.

»Doch, doch«, versicherte Oliver und griff hastig wieder zu Messer und Gabel.

Es war völlig egal, wie oft man das gute Essen meiner Mutter lobte – das Einzige, was zählte, war die Anzahl der Portionen, die man verdrückte. Wenn man sich nicht mindestens drei Mal den Teller vollhäufte, wertete sie das als Affront gegen ihre Kochkünste und reagierte beleidigt.

Ich sah Oliver an der Nasenspitze an, dass ihn die Frage beschäftigte, was schlimmer war: Völlegefühl, Bauchschmerzen und Übelkeit oder eine verprellte Schwiegermutter. Ohne lange zu zögern, verlangte er einen Nachschlag. Schadenfroh beobachtete ich, wie er die Spätzle im Zeitlupentempo durch die Sahnesoße zog, bevor er sie sich mit sichtlicher Überwindung in den Mund stopfte.

Kathi hingegen boykottierte die großmütterliche Kalorienzufuhr. Was mir erneut einen vorwurfsvollen Blick meiner Mutter einbrachte. Wahrscheinlich würde sie mir bei unserem nächsten Telefonat einen stundenlangen wissenschaftlich fundierten Vortrag über Magersucht halten. Damit – wie eigentlich mit allen anderen Themen – kannte sie sich aus. Wofür hatte sie schließlich die *Bild* abonniert! Aber den Schuh würde ich mir nicht anziehen. Zwar achtete Kathi auf ihre Figur, mit einer Essstörung hatte das allerdings nichts zu tun. Meine Tochter war schlank, doch nicht zu schlank. Außerdem aß sie regelmäßig, nur eben keine Sahnesoße, bei deren Anblick die Fettzellen im Körper aufjubelten und sich schadenfroh ins Fäustchen lachten.

Ich war heilfroh, als Oliver meine Mutter nebst scheußlicher Küchenschürze – warum war ich eigentlich nicht gleich darauf gekommen, dass sie nur ihr gehören konnte? – nach Hause fuhr. Ermattet ließ ich mich in einen Sessel plumpsen. Für heute war der Spuk vorüber! Hoffentlich würde dieses karierte Schreckgespenst von nun an nicht jeden Abend unsere Küche heimsuchen.

»Du lässt dir viel zu viel gefallen. Du musst deiner Mutter Grenzen setzen«, schärfte mir Britta ein, als wir uns zwei Tage später im Franziskus-Krankenhaus auf ein schnelles Mittagessen trafen.

»Tolle Idee«, antwortete ich ironisch. »Hast du schon mal versucht, einen fahrenden Zug mit bloßen Händen zu stoppen?«

»Nicht dass ich so einen hochkomplexen und mit den Jahren gewachsenen Mutter-Tochter-Konflikt nicht spannend fände«, unterbrach uns Nadine, »aber wir haben im Augenblick wirklich dringendere Dinge, um die wir uns kümmern müssen. Morgen ist Anzeigenschluss beim *Bunten Hund.*«

Das Stadtmagazin, in dem wir die Kontaktanzeige veröffentlichen wollten, machte seinem Namen alle Ehre. Es war tatsächlich bekannt wie ein bunter Hund und somit die ideale Plattform, um möglichst viele Leserinnen in ganz Düsseldorf und Umgebung zu erreichen.

»Hast du deine Hausaufgaben gemacht, Maja?«, fragte Nadine streng.

Ich nickte und zog den Zettel aus der Handtasche, auf dem ich neulich abends den Anzeigentext aufgesetzt hatte. Nach einem kurzen Räuspern las ich die Zeilen laut vor.

»Justitia hat lange genug mein Leben bestimmt, nun ist Amor an der Reihe! Attraktiver Anwalt, Ende dreißig, mit viel Sinn für Romantik, sucht humorvolle, aufgeschlossene Sie, um gemeinsam die schönen Dinge des Lebens zu genießen. Meine Hobbys sind Sport, Lesen, Grillen und Reisen. Aber vielleicht können wir ja auch zusammen neue Interessen entdecken? Melde dich! Zuschriften mit Foto an oliver-bunterhund@web.de.«

Nachdem ich geendet hatte, herrschte erst einmal Stille am Tisch. Waren Nadine, Sophie und Britta so beeindruckt, dass es ihnen die Sprache verschlagen hatte? Ich versuchte, an den Gesichtern meiner Freundinnen eine Reaktion abzulesen. Aber entweder hatten die drei sich klammheimlich einer Botox-Behandlung unterzogen, oder sie übten für ein Pokerturnier.

»Und? Was meint ihr?«, fragte ich verunsichert.

»Ganz nett«, murmelte Sophie, ohne mich dabei anzusehen.

Dass Sophie so verhalten reagierte, wunderte mich nicht, denn im Hause Perfect hing die Messlatte bestimmt hoch. Wahrscheinlich waren die Schulaufsätze von Sophies kleiner Tochter verglichen mit meinem Geschreibsel literarische Meisterwerke. Obwohl Alina gerade mal in die zweite Klasse ging ...

»Und was meinst du, Britta?«

»Meine Hobbys sind ...«, leierte diese übertrieben gelangweilt herunter. »Das klingt irgendwie ein bisschen nach Grundschule. In Janniks Freundebuch steht das auch so drin, gleich nach Lieblingsessen und Lieblingstier.«

»Ich bin Floristin und keine Werbetexterin. Hast du vielleicht eine bessere Idee?« Ich strich den Zettel glatt und schob ihn Britta über den Tisch zu.

»Ist Grillen denn überhaupt ein Hobby?«, antwortete Britta mit einer Gegenfrage, während sie den Zettel, ohne ihn sich anzusehen, zurückschob.

»Warum nicht? Viele Leute bezeichnen Kochen als ihr Hobby. Dann zählt Grillen ja wohl auch«, verteidigte ich mich.

Es war sowieso schon schwer genug gewesen, Olivers Interessen werbewirksam aufzubauschen. Beispielsweise hätte ich nicht darauf wetten wollen, dass Oliver Sport – abgesehen von Fußballübertragungen im Fernsehen – als Hobby betrachtete. Eher als lästige Pflicht. Mit dem Lesen verhielt es sich ähnlich. Zwar las Oliver in seiner Freizeit tatsächlich viel, allerdings in erster Linie dröge Akten und seitenlange Memos und keine schöngeistige Literatur, wie der Anzeigentext vielleicht vermuten ließ. Aber lesen war lesen.

»Seit wann ist Oliver denn unter die Romantiker gegangen?«, hatte Nadine nun auch noch etwas zu mäkeln.

»Maja schreibt doch nur, dass er viel Sinn für Romantik hat«, bekam ich von Britta in diesem Punkt unverhofft Unterstützung.

»Ich habe beispielsweise auch einen ausgeprägten Ordnungssinn, aber ich lebe ihn nicht aus.«

Da keine von uns eine Idee hatte, wie man den Anzeigentext aufpeppen könnte, und die Zeit drängte, beschlossen wir, meinen Entwurf einfach so zu lassen. Ob es nun ein Hobby war oder nicht: Andere kochten auch nur mit Wasser. Und was hatte ich, oder vielmehr Oliver, schon großartig zu verlieren?

Nach dem gemeinsamen Mittagessen mit meinen Freundinnen musste ich mich sputen, um pünktlich zur Arbeit zu kommen. Weil eine Kollegin krank geworden war, hatte Marianne mich zu einer Extraschicht eingeteilt, aber das machte mir nichts aus. Im Gegenteil! Bei all den Turbulenzen in meinem Privatleben empfand ich die Arbeit im Gießkännchen geradezu als Entspannung. Und Mariannes Gesellschaft war ohnehin wie Balsam für meine Seele. Mit ihr konnte man nicht nur wunderbar reden, sondern auch wunderbar schweigen. Heute schien sie allerdings auf dem Sprung zu sein.

»Ich bin gleich mal kurz weg«, sagte sie, nachdem sie sich zum x-ten Mal ihre Brille geradegerückt hatte. »Ich habe einen Termin bei meinem Steuerberater.« Ihrem Gesichtsausdruck nach zu urteilen, war dieses Treffen etwa so angenehm wie eine Wurzelbehandlung beim Zahnarzt. »Du kommst doch hier allein klar, oder?«

»Ja, natürlich. Geh nur.« Ich steckte ein paar Farnblätter in den Strauß, den ich gerade zusammenstellte, und betrachtete ihn zufrieden von allen Seiten. »Ist ja heute eh kaum was los.«

Marianne schlüpfte in ihre Jacke und griff nach ihrer Handtasche. »Ach ja, ehe ich's vergesse: Um drei kommt der Vertreter von Flowerpower. Könntest du die Bestellung übernehmen, falls ich bis dahin noch nicht wieder zurück bin?«

»Klar. Lass dir ruhig Zeit.«

Flowerpower war eine Firma, die sich auf Dekorationsartikel im Floristikbereich spezialisiert hatte. Sie führten Vasen, Blumenstecker, Fensterschmuck und allerlei anderen Krimskrams. Fast ausnahmslos sehr geschmackvolle und ausgefallene Dinge.

»Könntest du die Liste mit den Artikeln, die ich bestellen soll, auf die Ladentheke legen?«, bat ich meine Chefin.

»Liste? Was für eine Liste?«, fragte Marianne, die den Türgriff bereits in der Hand hatte. »Es gibt keine Liste. Du weißt doch, wie das bei uns abläuft. Ich lass mir die Sachen zeigen und bestell dann aus dem Bauch heraus.«

Toll! So schwammige Anweisungen konnte ich richtig gut leiden! Genau wie die Leute, die auf die Frage, wie sie dieses oder jenes Gericht zubereitet hatten, »nach Gefühl« antworteten. Nichts gegen Gefühle, aber ich bevorzugte die Küchenwaage oder den Messbecher.

»Du hast einen hervorragenden Geschmack und ein Gespür dafür, was bei unseren Kunden ankommt«, ermunterte mich Marianne, die mir wohl an der Nasenspitze ansah, dass ich mich am liebsten vor dieser Aufgabe drücken würde. »Du hast bei der Bestellung völlig freie Hand, Maja.«

Schwupp, weg war sie.

Mariannes Vertrauen ehrte mich zwar, jedoch war ich von meinen Fähigkeiten nicht einmal annähernd so überzeugt wie sie.

Während ich weiter Sträuße band, rückte der große Zeiger der Wanduhr, die über der Ladentheke hing, unaufhaltsam immer weiter vor. Ticktack, ticktack ... Mit jeder Minute, die verstrich, rutschte mir das Herz noch ein wenig tiefer in die Hose. Was, wenn ich bei der Auswahl danebengriff und wir auf der bestellten Ware sitzen blieben? Marianne würde mir das möglicherweise sogar verzeihen, ich mir selbst jedoch auf keinen Fall.

Herr Hausmann, der Vertreter von Flowerpower, war zu meinem Leidwesen ein ausgesprochen pünktlicher Zeitgenosse. Und nett war er auch. Als er hörte, dass er dieses Mal nicht mit der

Chefin, sondern mit mir das Vergnügen hatte, wurde er sogar noch eine Spur freundlicher. Und das lag garantiert nicht daran, dass ich einen knackigeren Hintern oder schönere Augen hatte als Marianne. Bestimmt dachte er, dass er bei mir leichtes Spiel haben würde. Womit er gar nicht mal so falschlag.

Anfangs orientierte ich mich noch an Mariannes letzter Order, doch dann ging die Begeisterung mit mir durch, und ich wurde immer mutiger. Hiervon zehn, davon zwanzig ... Ich fühlte mich wie ein Kind, das am Kiosk eine Tüte mit Brausebonbons, Lakritze und Weingummi vollpackte. Langsam begann mir die Sache Spaß zu machen. Als Herr Hausmann mir zum Schluss die Endsumme nannte, zuckte ich erschrocken zusammen. Dieser Betrag lag weit über dem Budget, für das Marianne bei Flowerpower gewöhnlich einkaufte. Ich versuchte, meine Chefin auf dem Handy zu erreichen, um mir ihr Okay zu holen, doch ich erwischte nur die verdammte Mailbox. Mist! Marianne hatte mir geraten, aus dem Bauch heraus zu entscheiden. Das hatte ich getan. Aber warum hatte ich dann nur plötzlich solche Bauchschmerzen? Vielleicht sollte ich lieber ein paar Artikel vom Bestellschein streichen. Die vier großen Bodenvasen beispielsweise? Andererseits fand ich die besonders apart. Ich hatte auch schon einige Kundinnen im Hinterkopf, die sich dafür interessieren könnten.

»Wie Sie wissen, liegt diese Summe weit über dem Betrag, den wir gewöhnlich für Dekoartikel zur Verfügung haben. Entweder kürzen wir die Bestellung, oder Sie schauen mal, wie Sie uns preislich entgegenkommen können«, hörte ich mich zu meiner eigenen Verwunderung sagen.

Der Vertreter, der über diesen Vorschlag offenbar genauso überrascht war wie ich, murmelte irgendwas von Zugaben und Rabatten. Warum kam er damit erst jetzt um die Ecke? Gemeinsam gingen wir die Liste noch einmal durch, und ich war überrascht, wie viel man mit Hartnäckigkeit erreichen konnte. Angespornt durch diesen Erfolg, feilschte ich um jeden Blumenstecker, doch unterm Strich blieb immer noch ein ordentliches Sümmchen übrig.

Mit zittriger Hand setzte ich meine Unterschrift unter den Bestellschein. Nun gab es kein Zurück mehr.

Als Marianne von dem Termin bei ihrem Steuerberater zurückkehrte, reichte ich ihr wortlos den Durchschlag des Bestellscheins. Vielleicht hätte ich sicherheitshalber schon mal ein Glas Wasser und Kreislauftropfen parat halten oder meine Kündigung vorbereiten sollen – vom Donnerwetter bis zum Nervenzusammenbruch war ich auf alles gefasst. Doch nach einem flüchtigen Blick auf den Zettel nickte Marianne nur wortlos. Vielleicht konnte sie ohne Brille die Zahlen nicht richtig entziffern. Oder es hatte ihr angesichts von so viel Dummheit und Eigenmächtigkeit die Sprache verschlagen. In diesem Fall würde die Kündigung wohl schriftlich folgen …

Eine Kündigung erhielt ich glücklicherweise nicht, dafür jedoch jede Menge andere Post. Trotz des mäßig gelungenen Anzeigentextes war die Resonanz gar nicht so übel. Eine Woche nach Erscheinen des *Bunten Hundes* zählte ich immerhin elf Zuschriften in Olivers Postfach, das ich mit Nadines Hilfe eigens für diesen Zweck eingerichtet hatte. Einige der Frauen fand ich ganz ansprechend, andere völlig indiskutabel. Besonders schwierig waren die E-Mails, die weder zu der einen noch zu der anderen Kategorie zählten. Um eine finale Auswahl zu treffen, hatten Nadine, Sophie und Britta mir ihre Hilfe angeboten. Während Oliver brav im Fitnesscenter schwitzte, versammelten wir uns bei mir zu Hause vor meinem Laptop.

»Schaut mal, wie findet ihr die?«

Ich öffnete die E-Mail von Beate aus Uedesheim, die ich insgeheim bereits zu meiner Favoritin gekürt hatte. Sie war genauso alt wie ich, geschieden und hatte einen fünfzehnjährigen Sohn. Sie arbeitete als Sprechstundenhilfe bei einem Zahnarzt, grillte, wie sie schrieb, leidenschaftlich gern und las in ihrer Freizeit am liebsten Krimis.

»Klingt nicht schlecht«, gab Britta mir recht. »Könnte zu Oliver passen. Dass sie als Sprechstundenhilfe bei einem Zahnarzt arbeitet, finde ich auch nicht verkehrt. Hattest du nicht mal erzählt, dass bei Oli zwei neue Kronen fällig sind? Bei den Preisen heutzutage sind Connections zu einem Zahnarzt Gold wert.« Typisch Britta, pragmatisch in allen Lebenslagen. »Und wo ist das Foto von dieser Beate?«, wollte sie wissen.

»Sie hat kein Foto geschickt«, gab ich ein wenig kleinlaut zu.

»Dann wird sie ihre Gründe dafür haben«, sagte Nadine.

»Genau«, stimmte ich eifrig zu. »Vielleicht hat sie kein aktuelles Bild von sich.«

Insgeheim hatte ich schon befürchtet, dass das Fehlen eines Fotos dazu führen könnte, dass Beate vorzeitig disqualifiziert wurde.

»Hallo? Geht's noch?« Nadine zog die Augenbrauen so weit in die Höhe, dass sie unter ihren dunklen Ponyfransen verschwanden. »Ein Handyfoto sollte ja wohl drin sein. Das hat doch jeder schnell gemacht.«

Jeder? Irgendwie fühlte ich mich ein bisschen wie ein Dinosaurier oder ein anderes Relikt aus längst vergangenen Zeiten.

»Ich meinte eigentlich, dass sie bestimmt etwas zu verbergen hat«, fuhr Nadine fort. »Eine schiefe Nase, eine Dauerwelle, Schlupflider, ein Doppelkinn oder was weiß ich. Wir haben ausdrücklich um Zuschriften *mit* Foto gebeten. Wer sich nicht daran hält, fliegt raus«, bestimmte sie resolut.

Und ich wagte nicht, ihr zu widersprechen, obwohl es mir um Beate aus Uedesheim schon ein bisschen leidtat …

Nach langem Hin und Her entschieden wir uns für drei Kandidatinnen, die wir, wie Britta es nannte, im Namen von Oliver zur nächsten Vorstellungsrunde einladen wollten. Alle drei Frauen waren um die vierzig und kamen zumindest auf den Fotos sehr sympathisch rüber.

Wenn es nach Nadine und Britta gegangen wäre, hätte auch Sybille, eine attraktive achtundzwanzigjährige Rothaarige mit üppigem Vorbau, den Sprung in die nächste Runde geschafft. Ihrer E-Mail nach zu urteilen, war sie nicht nur ein Rasse-, sondern auch ein Luxusweib, das sich gern von einem Mann verwöhnen ließ, seinerseits aber keinen Finger krumm machte. Zum Glück hatte ich ein Vetorecht! Denn was nützte Oliver so ein heißer Feger im Schlafzimmer, wenn die Küche kalt blieb? Und ob seine Schwiegermutter immer zur Stelle sein würde, um ihn zu bekochen, war mehr als fraglich. Nach ihrem großen Auftritt, bei dem sie mir geraten hatte, zweigleisig zu fahren, hatte meine Mutter sich mitsamt ihrer scheußlichen Schürze nicht mehr bei uns blicken lassen.

Zudem strotzte Sybilles Mail nur so vor Rechtschreibfehlern, was meiner Meinung nach auch nicht gerade auf einen hohen Intelligenzquotienten schließen ließ. Diese Tussi war eindeutig unter Olivers Niveau. Zwar war ich mir nicht sicher, ob Oliver angesichts ihrer anatomischen Stärken nicht großzügig über ihre orthografischen Schwächen hinwegsehen würde, aber eine gute Ehefrau wusste eben intuitiv, was gut für ihren Mann war.

»So eine hohle Schnepfe kommt mir nicht ins Haus«, unterband ich jede weitere Diskussion.

Die drei Kandidatinnen, die wir ausgewählt hatten, bekamen alle die gleiche Mail. Nach dem einleitenden Gesülze – ich habe mich sofort von deiner Mail angesprochen gefühlt, du wirkst auf dem Foto sehr sympathisch … – schlugen wir den Damen ein persönliches Kennenlernen vor. Als Treffpunkt hatten wir Enzos Trattoria ausgewählt. Das Lokal verfügte über etliche gemütliche Nischenplätze, die vom Eingang aus nicht einsehbar waren. Schließlich sollten die Damen nicht sofort Reißaus nehmen, wenn anstelle von Oliver, dessen Foto wir der Fairness halber im Anhang mitschickten, ich zu dem Blind Date erscheinen würde.

Anfangs hatten wir tatsächlich vorgehabt, ein Treffen mit Oliver zu arrangieren, stellten dann aber, als wir die Sache in Gedanken durchspielten, schnell fest, dass dieser Plan von vornherein zum Scheitern verurteilt war. Denn selbst wenn es uns gelingen sollte, Oliver zu dem vereinbarten Treffpunkt zu locken, so wäre er vermutlich ziemlich überrascht und nicht besonders begeistert zu erfahren, dass er eine Kontaktanzeige aufgegeben hatte. Ergo würde mir wohl nichts anderes übrig bleiben, als in den sauren Apfel zu beißen und selbst zu den Treffen zu gehen, um den Kandidatinnen möglichst schonend beizubringen, dass Oliver erstens noch gar nicht wusste, dass er auf der Suche nach einer neuen Partnerin war, und zweitens eine Ehefrau hatte. Und das seit fast zwanzig Jahren.

»Halt! Noch nicht abschicken!«, rief ich in einem Anflug von Panik.

Leider kam dieser Sinneswandel den Bruchteil einer Sekunde zu spät – Britta hatte bereits auf »senden« geklickt.

»Was ist los?« Britta fuhr erschrocken zusammen. Ihre Hand zuckte von der Maus zurück, als hätte sie sich daran verbrannt. »Hast du was vergessen? Keine Sorge, das richtige Foto war im Anhang. Ich habe vor dem Abschicken extra noch mal nachgeschaut. Weiß ja keiner, dass die Aufnahme vier Jahre alt ist ...«

Oh Mann, was hatte ich da bloß ins Rollen gebracht?! Was für ein Wahnsinn! In diesem Moment hätte ich alles darum gegeben, die Sache rückgängig zu machen. Aber dafür war es nun zu spät. Wieder einmal verfluchte ich die moderne Technik. Wären es stinknormale Briefe mit einer hübschen bunten Sondermarke gewesen, hätte ich neben dem Briefkasten campiert, um den Postmitarbeiter, der die Leerung vornahm, so lange mit meinem Charme oder meinem Regenschirm zu bedrohen, bis er mir die Briefe aushändigte. Bei E-Mails fiel diese Möglichkeit wohl flach.

»Meint ihr, es ist sehr schwer, das Internet lahmzulegen?«

Nadine feixte. »Für jemanden, der noch nicht einmal sein eigenes Handy richtig bedienen kann, ein ziemlich hochgestecktes Ziel, wenn du mich fragst.«

»Du musst ja zu den Treffen nicht hingehen, wenn du es dir anders überlegt hast.« Sophie tätschelte beruhigend meine Hand.

»Natürlich geht sie hin.« Nadine zeigte Sophie einen Vogel.

»Ich glaube, ich pack das nicht«, jammerte ich.

»Klar schaffst du das«, versuchte Britta mir Mut zu machen. »Du hast im Moment bloß Angst vor deiner eigenen Courage. Das gibt sich wieder. Denk an Torben, dann klappt das schon!«

Kapitel 9

Brittas gut gemeinter Ratschlag, an Torben zu denken, war völlig überflüssig, denn meine Gedanken kreisten ohnehin ständig um ihn. Morgens beim Aufwachen und abends beim Insbettgehen, und dazwischen auch so an die hundert Mal. Beim Fensterputzen, bei der Arbeit, beim Einkaufen, am Herd, ja sogar auf der Toilette, was ich ehrlich gesagt schon ein wenig unpassend fand ... Aber leider entzogen sich meine Gedanken – zumindest die, die sich um Torben drehten – völlig meiner Kontrolle. Sie kamen und gingen, wie sie wollten.

Nachdem Torben unverhofft im Gießkännchen aufgetaucht war, hatten wir nicht mehr miteinander gesprochen. Ich hatte ihm eine SMS geschickt, um mich für die Blumen zu bedanken, und danach hatten wir noch ein paarmal hin- und hergesimst. Während Torben versucht hatte, ein Treffen mit mir zu vereinbaren, hatte ich immer neue Ausreden erfunden, um ihn hinzuhalten. In meiner letzten SMS hatte ich allerdings versprochen, ihn anzurufen – was ich bislang nicht getan hatte. Nicht etwa, weil ich es nicht gewollt hätte, sondern weil ich einfach nicht wusste, was ich Torben sagen sollte. Hallo, Torben, ich muss noch eben schnell eine neue Frau für meinen Mann finden, dann bin ich ganz für dich da? Oder wie wär's damit: Hi, Torben, weißt du schon das Neueste? Ich habe in Olivers Namen eine Kontaktanzeige aufgegeben.

Egal, wie man die Sache auch drehte und wendete – mit der

Wahrheit würde ich vielleicht in der Psychiatrie, aber ganz bestimmt nicht bei einem Mann wie Torben landen! Anlügen wollte ich ihn jedoch auch nicht …

Obwohl ich immer noch nicht wusste, was und vor allem wie ich es sagen sollte, war der Wunsch, wenigstens Torbens Stimme zu hören, mittlerweile geradezu übermächtig. Immerhin lag unsere letzte Begegnung nun schon wieder über drei Wochen zurück. Drei Wochen, in denen ich wieder und wieder versucht hatte, mir auszumalen, wie es wäre, ihn zu küssen oder mit ihm gemeinsam in den Sonnenuntergang zu reiten. Zwar konnte ich gar nicht reiten und Torben meines Wissens auch nicht, aber solche Nebensächlichkeiten spielten in meinen romantischen Tagträumereien keine Rolle. Wahrscheinlich würde ich mit Torben nie auf dem Rücken eines Pferdes sitzen, vermutlich nicht einmal auf einer mit Edding und Kaugummi besudelten Parkbank. Denn wenn ich mich nicht langsam mal rührte, würde er garantiert nichts mehr von mir wissen wollen. Falls das nicht ohnehin längst der Fall war.

Ich warf einen Blick auf die Uhr. Zwanzig nach neun. Vielleicht sollte ich lieber bis zehn Uhr warten. Oder besser noch bis morgen. Der Mittwoch war für solche Anrufe ein denkbar schlechter Tag, Donnerstag oder Freitag war sicher viel günstiger …

Schluss mit den Ausflüchten! Ich gab mir innerlich einen Ruck und griff mit zittrigen Fingern nach meinem Handy.

Fast hoffte ich, dass Torbens Mailbox anspringen würde, dann konnte ich einfach nur seine Stimme hören und wieder auflegen. Aber so viel Glück hatte ich nicht.

»Hi, Torben, hier ist Maja«, krächzte ich, nachdem Torben sich gemeldet hatte.

»Maja! Wie schön!« Er schien sich aufrichtig zu freuen. Seine Stimme klang weder beleidigt noch verärgert. »Du glaubst ja gar nicht, wie oft ich an dich gedacht habe. Wie geht's dir?«

»Gut«, antwortete ich und stellte überrascht fest, dass es in diesem Moment tatsächlich der Wahrheit entsprach. Bis eben noch hatte ich mich schrecklich und innerlich völlig zerrissen gefühlt, doch jetzt, da ich Torbens Stimme hörte, war die Welt plötzlich wieder in Ordnung. »Es tut mir leid, dass ich jetzt erst anrufe.«

»Besser spät als nie«, scherzte Torben. »Ehrlich gesagt hatte ich die Hoffnung, dass du dich melden würdest, schon fast aufgegeben. Ich habe hin und her überlegt, was ich falsch gemacht haben könnte, und dachte schon, es hätte an den vermaledeiten Blumen gelegen. War vielleicht nicht so besonders clever, sie einfach bei euch vor die Haustür zu legen. Ich hoffe, der Strauß hat dich nicht in Schwierigkeiten gebracht.«

»Ja ... nein ... also, das heißt, ich hab die Blumen an meine Freundin weiterverschenkt.«

Wenigstens in diesem Punkt wollte ich bei der Wahrheit bleiben.

»Hoffentlich mag deine Freundin rote Tulpen.«

Wie war es möglich, dass ich allein durch den Klang seiner Stimme das Funkeln in seinen Augen vor mir zu sehen glaubte?

»Ich denke schon. Mir sind zumindest keine Klagen zu Ohren gekommen«, versuchte ich auf Torbens amüsierten Tonfall einzugehen.

»Hör zu, Maja«, wurde er plötzlich ernst. »Ich will gar nicht lange um den heißen Brei herumreden. Ich habe nie an Liebe auf den ersten Blick geglaubt, und wenn ich ehrlich bin, tue ich es immer noch nicht.«

Ich schluckte. Was hatte ich erwartet? Wir kannten uns schließlich kaum. Sogar mein Zahnarzt wusste mehr von mir als Torben. Ich konnte mir ja selbst kaum erklären, wie es möglich war, dass ich bereits nach so kurzer Zeit so viel für ihn empfand.

»Wenn es keine Liebe auf den ersten Blick war, dann halt auf den vierten oder fünften«, fuhr Torben fort, und mein Herz machte einen Satz wie ein übermütiges Fohlen. »Fest steht jedenfalls, dass ich mich bereits bei unserer ersten Begegnung in dich verliebt habe.«

Es rauschte wie verrückt in meinen Ohren, und das lag bestimmt nicht an der schlechten Verbindung. »Torben, ich ...«

»Halt, lass mich bitte erst ausreden. Gegen meine Gefühle bin ich machtlos, aber ich habe nicht vor, mich in eine intakte Ehe zu drängen. Also, was ich eigentlich sagen wollte: Wenn du mich nicht wiedersehen möchtest, akzeptiere ich das selbstverständlich.«

»Ich möchte dich wiedersehen. Wirklich!«, versicherte ich hastig.

Und zwar so schnell wie möglich, setzte ich in Gedanken hinzu. Denn wenn der schlimmste Fall tatsächlich eintreten sollte, blieb uns möglicherweise nicht mehr allzu viel Zeit ... Oder wäre es fairer, erst gar nichts mit Torben anzufangen? Andererseits war es dafür sowieso bereits zu spät, denn ein Herz ließ sich nun mal nicht wie ein elektronisches Gerät resetten.

»Du drängst dich ganz bestimmt nicht in eine intakte Ehe«, erklärte ich im Brustton der Überzeugung. »Oliver und ich sind schon eine ganze Weile nicht mehr glücklich zusammen.«

»Liebst du ihn denn noch?«

»Nein, sonst hätte ich mich wohl kaum in dich verliebt.«

So, jetzt war es raus. Vielleicht war so ein Geständnis am Telefon nicht besonders romantisch, aber ich war mir nicht sicher, ob ich von Angesicht zu Angesicht den Mut aufgebracht hätte, über meine Gefühle zu reden.

»Dann ist doch alles gut.« Torben klang erleichtert. »Und Oliver? Liebt er dich noch?«

»Oliver liebt die Bequemlichkeit, die unser gemeinsames Leben mit sich bringt. Aber das war's dann auch schon.«

»Und was willst du jetzt tun?«

Diese Frage war schon erheblich schwerer zu beantworten. Ich suchte fieberhaft nach einer diplomatischen Antwort. »Man trennt sich nach einer so langen Ehe nicht mal eben so zwischen Tür und Angel. Gib mir einfach noch ein bisschen Zeit, um ...«, ich zögerte einen Moment, bevor ich den Satz beendete, »... um Oliver auf unsere Trennung vorzubereiten.«

»Ich kann warten«, erklärte Torben schlicht. Und allein dafür hätte ich ihn abknutschen können.

Nach dem Telefonat hatte ich noch mehr Sehnsucht nach Torben als zuvor. Irgendwie musste ich mich jetzt ablenken. Da kam mir Punkt 11 meiner To-do-Liste gerade recht – ausmisten! Das hatte ich schon viel zu lange vor mir hergeschoben. So etwa fünf bis sechs Jahre. Zugegeben, es gab amüsantere Beschäftigungen, aber für den Fall, dass ich tatsächlich ... Ich wollte meine Familie auf keinen Fall im Chaos zurücklassen. Oliver und die Kinder würden nach meinem Tod schon genug Probleme haben, da mochte ich sie nicht auch noch mit abgelaufenen Konservendosen oder Bergen von überflüssigem Firlefanz belasten.

Ich holte mir aus dem Keller unsere Haushaltsleiter und begann, die obersten Fächer des Wohnzimmerschrankes zu durchforsten. Herrjemine, was sich da im Laufe der Jahre für ein Krempel ansammelte! Kopfschüttelnd betrachtete ich das wild zusammengewürfelte Sammelsurium. Konnten Teelichter sich eigentlich vermehren? Und wer – abgesehen von einem Fast-Food-Restaurant – brauchte vierzehn Packungen Papierservietten?

Unter einem Stapel alter Platzsets, die wir höchstens ein oder zwei Mal benutzt hatten, fand ich ein halbes Dutzend Flicken für Kinderhosen. Ich versuchte mir auszumalen, wie Tobias reagieren würde, wenn ich ihm einen Bagger oder einen Fußball auf seine Jeans nähen würde. Auch wenn die Vorstellung durchaus ihren Reiz hatte, wollte ich den häuslichen Frieden lieber nicht aufs Spiel setzen. Weg damit! Ein Stapel Zeitschriften wanderte ebenfalls ungelesen zum Altpapier. Ich hatte sie aufgehoben, um sie irgendwann mal durchzublättern, wenn ich ganz viel Zeit hatte …

Nachdem ich das erste Fach erfolgreich entrümpelt hatte, fiel mir ein altes Fotoalbum in die Hände. Tobias' und Kathis Babyfotos! Ich beschloss, mir eine kleine Pause zu gönnen, setzte mich mit einer Tasse Kaffee bewaffnet auf das Sofa und schlug das Album auf. Die ersten Fotos zeigten Klein Tobi in allen Lebenslagen: friedlich schlafend in seinem Bettchen – was viel zu selten vorgekommen war –, im Maxi-Cosi, auf dem Wickeltisch … Was war er doch für ein süßer Fratz gewesen! Süß, aber auch wahnsinnig anstrengend.

Tobias hatte als Baby unter den berühmt-berüchtigten Dreimonatskoliken gelitten. Warum die mit heftigem Bauchweh verbundenen Blähungen so hießen, war mir bis heute ein Rätsel. Vielleicht, um junge Eltern vor dem Sprung aus dem Fenster zu bewahren. So nach dem Motto: Kein Grund durchzudrehen, spätestens in drei Monaten ist der ganze Spuk vorüber. Bei uns zumindest hatte diese Hinhaltetaktik funktioniert, auch wenn die Koliken in Tobias' Fall fast ein halbes Jahr gedauert hatten. Eine echte Belastungsprobe, nicht nur für unsere Nerven, sondern auch für die Auslegeware in unserer Wohnung. Oliver und ich hatten in dieser Zeit in Schichten geschlafen und das schreiende Baby nachts abwechselnd herumgetragen. Tagsüber hatten wir uns vor Müdigkeit kaum noch auf den Beinen halten können. Trotzdem waren wir glücklich gewesen!

Die dünnen Zwischenseiten knisterten und raschelten verheißungsvoll, als ich weiterblätterte. Dann war Kathi geboren worden. Unser erster gemeinsamer Urlaub zu viert an der Nordsee. Auf einem Foto hielt Oliver Kathi stolz im Arm, und Tobias thronte auf seinen Schultern. Behutsam strich ich mit den Fingerspitzen über das glänzende Fotopapier und wünschte mir nichts sehnlicher, als dieses wunderbar warme Glücksgefühl von damals noch mal spüren zu dürfen.

Plötzlich überkamen mich Zweifel, ob es wirklich richtig war, unsere Ehe wie einen Packen nutzloser Papierservietten einfach so wegzuwerfen. Oliver und mich verband weit mehr als ein Eheversprechen und ein Kreditvertrag bei der Bank. Wir hatten zwei wunderbare Kinder großgezogen und so viele schöne Dinge zusammen erlebt. Ganz zu schweigen von den schweren Zeiten, die wir gemeinsam durchgestanden hatten und die uns noch enger zusammengeschweißt hatten. Meine Gedanken wanderten erneut in die Vergangenheit. Als Olivers Mutter ein Jahr vor ihrem Tod an Alzheimer erkrankt war und wir sie fast täglich besucht hatten, obwohl sie ihren Sohn je nach Tagesform für den Briefträger, den Pfarrer oder den Klempner hielt, waren wir streckenweise mit unseren Kräften am Ende gewesen. Und doch hatten wir das gemeinsam bewältigt. Genau wie ...

Halt! Stopp! Jetzt bloß nicht sentimental werden! In der Vergangenheit zu schwelgen war ja gut und schön, aber reine Zeitverschwendung – denn heute lagen die Dinge völlig anders. Heute liebten wir uns nicht mehr. Sonst hätte ich mich wohl kaum in Torben verliebt! Oder? Ich schloss das Fotoalbum mit einem lauten Knall, legte es zur Seite und kraxelte erneut die Leiter hoch.

Als ich nach dem ungefähr hundertsten Beutel Teelichter griff, wurde mir plötzlich schwummrig. Die Leiter schien sich wie ein Tannenwipfel im Wind leicht von einer Seite zur anderen zu neigen ... Alles um mich herum begann sich zu drehen – erst ganz langsam, dann immer schneller und schneller. Gleichzeitig waren meine Gedanken erstaunlich klar.

Wie standen wohl meine Chancen, von hier oben heil hinunterzukommen? Nicht besonders gut. Zumindest nicht, wenn ich die Distanz zum Boden im freien Fall zurücklegte. Mit viel Glück würde ich mir nur ein paar Knochen, anderenfalls das Genick brechen. War nun der Moment gekommen, in dem Tatjanas Vorhersage sich bewahrheiten sollte? Als Opfer eines profanen Haushaltsunfalls in die Statistik einzugehen war nun wirklich kein besonders würdevoller Abgang.

Langsam und vorsichtig tastete ich mit dem Fuß nach der nächsttieferen Sprosse. Und so arbeitete ich mich im Schneckentempo bis nach ganz unten vor. Uff, geschafft. Als ich wieder festen Boden unter den Füßen spürte, taumelte ich erleichtert zum Sofa. Dort ließ ich mich in die weichen Kissen sinken und wartete darauf, dass das Karussell in meinem Kopf endlich anhielt. Doch stattdessen legte es noch einmal einen Zahn zu.

Wo zum Kuckuck kam dieses Schwindelgefühl bloß her? Ein paar Schnäpse auf nüchternen Magen wären eine plausible Erklärung gewesen, aber bedauerlicherweise war ich stocknüchtern. Mit ein paar Promille im Blut hätte ich die Deckenlampe, die wie ein Geier über mir kreiste, vielleicht ganz lustig gefunden, doch so versetzte sie mich in heillose Panik. Ich hatte nie Probleme mit dem Kreislauf gehabt, und mein Blutdruck war bei meinem Check-up geradezu lehrbuchmäßig gewesen. Ob der Arzt etwas übersehen hatte? Ein Gehirntumor, ein Blutgerinnsel oder eine andere heimtückische Zeitbombe im Kopf würden bei einer Routineuntersuchung bestimmt nicht auffallen …

Oh mein Gott, war das womöglich der immer wieder gern und viel zitierte Anfang vom Ende?! Und wie viel Zeit blieb mir noch? Vielleicht sollte ich sicherheitshalber lieber Gas geben und mich mit dem Ausmisten beeilen.

Kapitel 10

Ich war so aufgeregt, wie man es vor einem Blind Date nur sein konnte. Wir hatten die drei Frauen, die in die engere Wahl gekommen waren, im Abstand von einer Stunde in Enzos Trattoria bestellt. Nun saß ich mit einem Cappuccino in einer kleinen Nische im hinteren Teil des Lokals und harrte der Dinge beziehungsweise der Damen, die da kommen würden. Diesen Tisch hatte ich mit Bedacht gewählt, denn von hier aus hatte ich den Eingangsbereich im Auge, ohne selbst sofort gesehen zu werden.

Ich hatte Enzo erzählt, dass ich eine Putzhilfe suchte, und ihn gebeten, die Bewerberinnen, die er an einem Stadtmagazin in der Hand erkennen würde, nach hinten an meinen Tisch zu schicken. Falls es Enzo merkwürdig vorkam, dass ich mich mit den Damen hier bei ihm in der Trattoria und nicht bei mir zu Hause traf, ließ er es sich auf alle Fälle nicht anmerken.

»Ja, ja, gute Personal heute schwer zu finden«, seufzte er nur. »Viel Glück.«

Das konnte ich brauchen. Ich hatte gerade das erste Mal an meinem Cappuccino genippt, da kam bereits die erste Kandidatin. Pünktlich ist sie schon mal, stellte ich zufrieden fest. Auch wenn Masha in natura ein wenig älter aussah als auf dem Foto, hätte ich sie auch ohne die neueste Ausgabe des *Bunten Hundes* in ihrer Hand sofort erkannt. Gespannt beobachtete ich, wie Enzo sie freundlich begrüßte und ihr den Weg zu meinem Tisch wies. Nun kam der kritische Moment. Irgendwie musste es mir gelingen, Masha, die natürlich Oliver und nicht mich erwartete, zum Bleiben zu bewegen.

Mit zögernden Schritten steuerte Masha auf meine Nische zu und blieb, als sie mich erblickte, stocksteif stehen. »Oh Verzeihung, da muss es sich wohl um ein Missverständnis handeln. Ich bin hier mit einem Herrn verabredet.«

»Nein, nein, das hat alles seine Richtigkeit. Oliver ist leider erkrankt und konnte Sie so kurzfristig nicht mehr erreichen. Darum hat er mich gebeten herzukommen, um Ihnen Bescheid zu sagen.«

»Oh ...« Die Enttäuschung war Masha deutlich anzusehen. »Dann richten Sie Oliver bitte aus, dass ich ihm gute Besserung wünsche. Wenn er wieder gesund ist, kann er sich ja bei mir melden.«

Sie stopfte das Stadtmagazin in ihre große Umhängetasche und wandte sich zum Gehen.

»Halt, warten Sie bitte. Da Sie schon mal hier sind, können wir ja trotzdem zusammen einen Kaffee trinken und uns ein bisschen unterhalten. Ich bin Maja, Olivers ... Olivers beste Freundin.«

Wie ein scheues Reh trat Masha einen Schritt näher an den Tisch heran. Jetzt durfte ich sie auf keinen Fall verschrecken.

»Glauben Sie mir, niemand kennt Oliver so gut wie ich«, lockte ich.

Ich sah, wie Masha mit sich kämpfte, bis die weibliche Neugier, auf die zum Glück immer Verlass war, schließlich siegte.

»Na schön, warum eigentlich nicht ...«

Sie zog ihre Jacke aus und setzte sich mir gegenüber. Wann hatte man schon mal die Gelegenheit, Informationen über einen Aspiranten quasi aus erster Hand zu bekommen? Und Masha schien fest entschlossen, diese Chance zu nutzen. In den nächsten zwanzig Minuten fragte sie mich über Oliver nach allen Regeln der Kunst aus: Stärken und Schwächen, seine bevorzugten Reiseziele und so weiter. Abgesehen von seinen sexuellen Vorlieben ließ sie so gut wie nichts aus. Ich beantwortete ihre Fragen geduldig und wahrheitsgemäß, behielt es mir jedoch vor, das eine oder andere etwas zu beschönigen. Ein Händler, der ein Reinigungsmittel verkaufen wollte, pries ja auch nicht dessen hohe Wirksamkeit an, um im gleichen Atemzug zu verraten, dass es stank. Nicht dass an Olivers Geruch etwas auszusetzen wäre ... Ganz im Gegenteil.

Nachdem ich Masha einige Informationen über ihr Privatleben entlockt hatte, die keinen Grund zur Beanstandung gaben, war es an der Zeit, Klartext zu reden.

»Masha, ich finde Sie sehr nett und sympathisch«, begann ich vorsichtig. »Und ich kann mir sehr gut vorstellen, dass Sie Oliver ebenfalls gefallen würden.«

Masha, die davon auszugehen schien, dass ich meinen Einfluss auf Oliver geltend machen und sie wärmstens empfehlen würde, strahlte bis über beide Ohren. »Das freut mich. Wirklich ein Jammer, dass Oliver krank geworden ist und nicht hier sein kann.«

»Ich will offen zu Ihnen sein. Als Sie vorhin an diesen Tisch gekommen sind, war ich nicht ganz ehrlich. Oliver ist in Wirklichkeit gar nicht krank.«

»Oh.« Das Strahlen auf ihrem Gesicht erlosch. »Er hat kalte Füße bekommen.« Sie nickte wissend. »Ich hab mir fast schon so etwas gedacht.«

»Nein, das ist es nicht.«

»Er hat sich schon für eine andere entschieden?«, riet Masha.

»Äh ... so ähnlich«, druckste ich herum und musste mich zwingen, weiterzusprechen. »Aber diese Entscheidung liegt fast zwanzig Jahre zurück – nach so langer Zeit kann man seine Meinung doch mal revidieren. Finden Sie nicht?«

Masha fand überhaupt nichts. Mit versteinerter Miene wartete sie auf weitere Erklärungen.

»In Wirklichkeit bin ich gar nicht Olivers beste Freundin ...

Das heißt, irgendwie schon, ich bin allerdings auch seine Ehefrau. Zumindest noch ...«

Masha brauchte einen Moment, um diese unerhörte Neuigkeit sacken zu lassen.

»Oliver ist also verheiratet? Mit Ihnen?«

»Im Prinzip schon. Aber wir lieben uns nicht mehr«, versicherte ich hastig. »Und wahrscheinlich bin ich auch schon bald gar nicht mehr da.«

Ich hatte absichtlich diese schwammige Formulierung gewählt, um Masha deutlich zu machen, dass ich Olivers neuem Glück nicht im Wege stehen würde. Mein baldiges Ableben in Aussicht zu stellen war mir nicht besonders klug erschienen. Denn eine tote Ehefrau war eindeutig schlimmer als eine Exfrau. Gegen die konnte man nur den Kürzeren ziehen.

Enzo, der in diesem Moment an unseren Tisch kam, lächelte Masha freundlich an. »Möchten Sie noch etwas trinken?«

»Nein, danke. Ich wollte gerade gehen.«

»Wenn Maja und Sie sich nicht geworden sind einig, Signora, ich Sie nehme sofort. Ich suche Frau zum Putzen und für Bedienung.«

Mashas Gesicht färbte sich rot wie ein Feuermelder. »Sind hier eigentlich alle völlig durchgedreht?« Wütend sah sie von Enzo zu mir und dann wieder zu Enzo. Sie wühlte in ihrer Handtasche herum, knallte vier Euro auf den Tisch und sprang auf. »Pascha«, zischte sie Enzo im Gehen zu. »Ihr Südländer haltet Emanzipation wohl auch für eine schlimme ansteckende Krankheit. Eine Frau, die hinter Ihnen herputzt und Sie bedient – wo gibt's denn so was! In welchem Jahrhundert leben wir denn?!?«

Irgendwie tat Enzo mir leid. Er machte ein Gesicht wie ein getretener Dackel und verstand die Welt nicht mehr. Viel Zeit, ihn zu trösten, blieb mir jedoch nicht, denn die nächste Kandidatin, Alexandra, traf eine Viertelstunde vor der vereinbarten Zeit im Restaurant ein. Wahrscheinlich hatte sie vor Oliver da sein wollen, um schon mal ein wenig das Terrain zu sondieren. Gar nicht dumm. Bloß doof, dass Oliver gar nicht erscheinen würde.

Runde zwei lief zunächst recht vielversprechend. Beim Warm-up konnte Alexandra bei mir mit ihren Kochkünsten punkten, dann ging's ans Eingemachte. Nachdem ich auch ihr mitgeteilt hatte, dass Oliver in Wirklichkeit mein Mann war, wartete ich gespannt auf ihre Reaktion.

Anstatt wütend aufzuspringen oder mir ihr Mineralwasser ins Gesicht zu kippen, lächelte sie und fuhr sich durch ihr seidig glänzendes Haar. »Habe ich schon erwähnt, dass ich viel Humor habe?«, fragte sie und strahlte mit Enzos blütenweißer Tischdecke um die Wette.

»Das freut mich.« Bedauerlicherweise würde ihr das Lachen sicher gleich vergehen. »Nur war das gerade kein Scherz«, beteuerte ich mit ernster Miene. »Oliver und ich sind tatsächlich verheiratet.«

»Dann suchst du also eine Frau für deinen Mann?«, hakte Alexandra immer noch lächelnd nach.

»Ganz genau«, sagte ich erleichtert. Endlich hatte sie es kapiert!

Aber irgendwie hatte ich den Eindruck, dass Alexandra nicht mehr so richtig bei der Sache war. Sie zupfte den Ausschnitt ihrer Bluse zurecht und sah sich dabei unauffällig im Restaurant um. Vielleicht dachte sie ja, dass Oliver irgendwo am Nebentisch saß und uns beobachtete. Als sie schließlich mit den Augen auch noch die Decke des Restaurants taxierte, musste ich sie ganz einfach fragen.

»Sag mal, suchst du etwas Bestimmtes?«

»Na klar«, sie warf den Kopf in den Nacken und lachte glockenhell, »die versteckte Kamera, was sonst? Seid ihr von *Verstehen Sie Spaß*? Oder von einer anderen Sendung? Unter uns – der Kellner kam mir gleich von Anfang an ein bisschen merkwürdig vor. Verrätst du mir nun endlich, wo ihr die Kamera versteckt habt?«

Nachdem ich ihr dreimal versichert hatte, dass es nirgendwo eine versteckte Kamera gäbe, versicherte sie mir mindestens genauso oft, dass ich sie mal kreuzweise könne.

Als auch Kandidatin zwei wutentbrannt aus dem Lokal rauschte, brachte Enzo mir unaufgefordert einen Schnaps. »Geht auf die Haus, *bella*. Nicht dir nehmen zu Herzen. Ich dir habe gleich gesagt, gute Personal ist schwer zu finden.«

Der Schnaps brannte in der Kehle, als ich ihn in einem Zug hinunterkippte. Auch als Enzo noch einmal nachschenkte, sagte ich nicht Nein. Es konnte nicht schaden, sich ein bisschen Mut anzutrinken. Denn da die ersten beiden Treffen dermaßen in die Hose gegangen waren, hegte ich auch bei Kandidatin drei keine allzu großen Hoffnungen mehr. Umso überraschter war ich, als Ines auf meine Enthüllung, dass Oliver mein Ehemann sei, relativ gelassen reagierte.

»Die Situation ist … na ja, wie soll ich sagen … etwas ungewöhnlich.« Sie zeichnete mit dem Zeigefinger nachdenklich ihre hübsch geschwungenen Lippen nach. »Aber in meinem Alter darf man nicht mehr so wählerisch sein.«

»Wie meinst du das?« Wenn sie mit ihrem Geburtsdatum nicht geflunkert hatte und mich meine Rechenkünste nicht im Stich ließen, war Ines gerade mal neununddreißig, ein Jahr jünger als Oliver und ein Jahr älter als ich.

»Jenseits der fünfunddreißig sind alle Männer entweder total gestört oder verheiratet. Und manche sogar beides. Ich könnte dir da Geschichten erzählen … Deiner Beschreibung nach scheint Oliver ja wirklich ein ziemlich netter Typ zu sein. Ich an deiner Stelle würde so ein seltenes Exemplar nicht freiwillig hergeben. Aber das geht mich nichts an, das ist ganz allein deine Sache. Falls du mir in Bezug auf deinen Mann nicht irgendwelche gravierenden Mängel verschwiegen hast, würde er, wenn du dich von ihm trennst, bestimmt nicht lange solo bleiben. Da ist es vielleicht gar nicht so dumm, ihn sich zu schnappen, bevor er wieder auf dem freien Markt ist.« Sie lehnte sich zurück und schlug die Beine übereinander. »Weiß Oliver, dass du für ihn eine Kontaktanzeige aufgegeben hast?«

»Um Gottes willen, nein«, antwortete ich und hob entsetzt die Hände. »Das darf er auch auf keinen Fall erfahren, hörst du? Am besten lernt ihr euch erst einmal kennen, ganz locker und ungezwungen, und falls sich mehr daraus entwickelt ... Nur zu! Schnapp ihn dir! Meinen Segen habt ihr.«

Ines nickte zustimmend. »Hast du dir, was das Kennenlernen betrifft, schon etwas überlegt?«

»Oliver besucht zweimal die Woche mit einem Freund das Sportparadies, immer dienstags und donnerstags zwischen acht und zehn. Am einfachsten wäre es, wenn du ›rein zufällig‹ zur gleichen Zeit dort trainieren würdest.«

»Gute Idee. Ich hatte mir sowieso vorgenommen, mal wieder ein bisschen Sport zu treiben. Auf diese Weise kann ich zwei Fliegen mit einer Klappe schlagen.«

Kapitel 11

Vor einem runden Geburtstag in Panik zu geraten und von diffusen Angstzuständen übermannt zu werden war nicht weiter ungewöhnlich. Zumindest nicht, wenn es sich um den eigenen handelte. Doch während Oliver seinem Ehrentag mit beneidenswerter Ruhe und Gelassenheit entgegensah, war ich das reinste Nervenbündel. Je näher der vierzigste Geburtstag meines Mannes rückte, desto aufgeregter wurde ich. Hoffentlich lief bei der Party alles glatt! Insbesondere im Hinblick auf Oliver und Anita ...

Obwohl ich Ines gebeten hatte, mich über ihre Fortschritte im Fitnesscenter auf dem Laufenden zu halten, hatte ich bislang noch nichts von ihr gehört. Und so ruhte nun meine ganze Hoffnung auf Anita. Sie hatte ihr Kommen fest zugesagt. Unter dem Vorwand, Kathi trüge sich mit dem Gedanken, nach dem Abitur Stewardess zu werden, hatte ich mit ihr Kontakt aufgenommen und sie um ein paar Insiderinformationen gebeten. Anschließend hatte ich ihr gleich noch so ganz nebenbei die Einladung für unser Grillfest untergejubelt. Hoffentlich würde sie es sich nicht in letzter Minute anders überlegen ...

Zum Glück hatte ich mit den Vorbereitungen für die Party alle Hände voll zu tun, sodass ich am Tag selbst kaum noch dazu kam, mir Sorgen über Anitas Erscheinen zu machen. Nachdem Oliver am Morgen nach dem gemeinsamen Frühstück mit den Kindern seine Geschenke ausgepackt hatte, waren Tobias und Kathi auf Nimmerwiedersehen verschwunden. Offenbar hatten sie keine große Lust, an der Party teilzunehmen oder sich an den Vorbereitungen zu beteiligen. Dabei hätte ich gut ein paar helfende Hände gebrauchen können, denn das Geburtstagskind selbst hing fast die ganze Zeit am Telefon, um Glückwünsche entgegenzunehmen. Abgesehen von diversen Vorbereitungen in der Küche, wie Salate zubereiten, Käsewürfel schneiden und Bowle ansetzen, musste unbedingt noch der Rasen gemäht werden. Das Gras war ohnehin schon viel zu hoch und würde bei der Party völlig platt getreten werden.

Verdammt, warum blieb eigentlich immer alles an mir hängen?!

Mit einem tiefen Seufzer betrat ich das Gartenhäuschen. Ich drehte mich ein paarmal suchend um die eigene Achse, doch ich konnte den Rasenmäher nirgendwo entdecken.

Plötzlich fiel mir ein, dass Jacqueline sich dieses Gartengerät letzte Woche »geborgt« hatte. Mist! Ob es mir nun gefiel oder nicht: Ich würde sie bitten müssen, den Rasenmäher, den sie sicher längst als ihr Eigentum betrachtete, wieder rauszurücken. Mit einem unguten Gefühl in der Magengegend machte ich mich auf den Weg zum Nachbarhaus. Irgendwie hatte Jacqueline etwas an sich, das mich einschüchterte.

Ich straffte die Schultern und drückte den Klingelknopf. Wie bei einem Coaching versuchte ich mich im Stillen auf die Konfrontation vorzubereiten: souverän auftreten, klare Forderungen stellen und hart bleiben, komme, was wolle. Her mit dem Rasenmäher und dem Küchenmixer! Jawohl, so würde ich das durchziehen! Es ging doch nichts über eine gute Vorbereitung.

Als sich die Haustür öffnete, sprudelten die Worte dann auch nur so aus mir heraus. »Hallo, Jacqueline! Oliver wird vierzig, und wir geben heute Abend eine kleine Geburtstagsparty. Da hatte ich gerade spontan die Idee, ob du nicht vielleicht auch Lust hast zu kommen.«

Jacqueline schien ziemlich überrascht zu sein. Aber bestimmt nicht annähernd so überrascht wie ich! Denn ich hatte nun wirklich nicht vorgehabt, sie zur Party einzuladen.

»Bist du dir denn sicher, dass Oliver das recht ist?«, fragte sie anstelle einer Antwort reserviert. Falls sie sich über die Einladung freute, verstand sie es geschickt zu verbergen.

»Klar ist ihm das recht«, versicherte ich und ärgerte mich insgeheim über Jacquelines blöde Reaktion. »Warum fragst du?«

»Na ja, er ist doch schließlich das Geburtstagskind und sollte entscheiden, wen er einladen möchte.«

»Ach, auf eine Person mehr oder weniger kommt es nicht an. Also wie sieht's aus: Können wir mit dir rechnen?«

»Mal sehen«, antwortete Jacqueline vage und fasste sich an die Stirn. »Aber vermutlich eher nicht. Ich glaube, ich bekomme gerade Kopfschmerzen.«

»Oh ... okay. Na dann gute Besserung«, wünschte ich völlig perplex.

Warum machte sie sich Gedanken, ob es Oliver recht wäre, dass ich sie eingeladen hatte, wenn sie sowieso nicht kommen wollte?

»Danke.« Jacqueline, die unser Gespräch wohl für beendet hielt, knallte mir die Haustür vor der Nase zu.

Ich atmete dreimal tief ein und aus. Rasenmäher, Küchenmixer, Rasenmäher, Küchenmixer, Rasenmäher, Küchenmixer, bläute ich mir ein, bevor ich erneut den Klingelknopf drückte.

»Ist noch was?«, fragte Jacqueline, als sie sichtlich genervt wieder an der Tür erschien.

»Äh ... ja«, stotterte ich. »Ich wollte noch rasch den Rasen mähen und bräuchte dafür den Küchenmixer.«

Jacqueline zog die Augenbrauen in die Höhe. »Kann es sein, dass dein Kopf auch wehtut?«

Jetzt reichte es aber! Möglicherweise ließ ich mich leicht ausnutzen, doch ganz bestimmt nicht beleidigen!

»Ich brauche unseren Rasenmäher«, korrigierte ich mich

ärgerlich. »Und bei der Gelegenheit würde ich auch gern meinen Küchenmixer mitnehmen.«

»Den Rasenmäher kannst du dir aus der Garage holen. Die ist offen.« Mit verschränkten Armen lehnte Jacqueline sich gegen den Türrahmen und musterte mich abschätzend. »Den Mixer müsste ich allerdings erst suchen.«

»Dann tu das«, sagte ich bestimmt und straffte die Schultern. Mein Ärger auf Jacqueline sorgte dafür, dass ich über mich hinauswuchs. »Und wenn du schon mal dabei bist, deine Küchenschränke durchzusehen, könntest du mir auch gleich meine Tupperschüsseln zurückgeben.«

Da ich vermutlich eh bald ins Gras beißen würde, brauchte ich auf ein gutes nachbarschaftliches Verhältnis keine Rücksicht mehr zu nehmen. In diesem Moment hatte das durchaus etwas Befreiendes …

»Meine Güte, du bist aber zickig.« Jacqueline, die mit meinem plötzlichen Sinneswandel offenbar nichts anzufangen wusste, schürzte pikiert die Lippen. »Armer Oliver! Wie hält er es bloß mit dir aus?«

»Das lass mal meine Sorge sein.«

»Ganz wie du meinst.«

Sie grinste süffisant. Aber da ihr offenbar so spontan keine weiteren Gemeinheiten mehr einfielen, verschwand sie im Haus, wo ich sie kurz darauf rumoren hörte.

Als ich mit dem Rasenmäher aus der Garage zurückkehrte, fand ich die Tupperschüsseln nebst Mixer tatsächlich vor Jacquelines Haustür vor. Wie ein Feldherr nach einer siegreichen Schlacht schleppte ich meine Schätze nach Hause. Dass ich meinen Siegeszug gleich dreimal hintereinander antreten musste – es waren verdammt viele Schüsseln –, störte mich nicht im Geringsten.

Nach dieser Auseinandersetzung, die ich klar zu meinen Gunsten entschieden hatte, gingen mir die Vorbereitungen für die

Geburtstagsfeier wie von selbst von der Hand. Während mir bei Partys dieser Größenordnung sonst schon mal die Schüsseln für die Salate ausgingen, konnte ich an diesem Tag endlich mal aus dem Vollen schöpfen.

Um Punkt sieben Uhr war ich mit allen Vorbereitungen fertig. Zufrieden ließ ich meinen Blick über den bunt geschmückten Garten und das Büfett gleiten, da klingelte es auch schon an der Tür.

»Keine Sorge. Anita kommt bestimmt«, flüsterte Nadine, die in Begleitung von Sven mit dem ersten Schwung Gäste hereinschneite, mir beruhigend zu.

Und Nadine behielt recht. Bewaffnet mit einem hübsch verpackten Geschenk, stand Anita zehn Minuten später vor unserer Haustür. Nachdem sie mir zur Begrüßung ein Küsschen rechts und ein Küsschen links auf die Wange gehaucht hatte, mischte sie sich unter die Gratulanten, die Oliver umringten und ihn hochleben ließen.

Mir blieb nichts anderes übrig, als den Dingen fürs Erste ihren Lauf zu lassen, denn außer Anita waren noch um die vierzig weitere Gäste geladen, um die ich mich kümmern musste.

»Was hast du Oli eigentlich zum Geburtstag geschenkt?«, fragte Britta, nachdem alle mit Getränken versorgt waren und ich endlich mal zum Luftholen kam.

»Eine neue Sporttasche.«

»Wie passend.« Nadine schmunzelte. »In Anbetracht eurer Situation hätte ich eher auf ein SOS-Geschenk getippt.«

»SOS-Geschenk?« Sophie zog fragend die Augenbrauen in die Höhe.

»Schlips, Oberhemd, Socken – die Klassiker unter den Verlegenheitsgeschenken, wenn einem partout nichts anderes einfällt«, geruhte Nadine uns aufzuklären. »Echt furchtbar, diese Schenkerei, vor allem bei Männern! Und so überflüssig! Als wären die Herren der Schöpfung mit uns nicht schon reich genug beschenkt.

Jedenfalls bin ich heilfroh, dass es bis zu Svens Geburtstag noch ein Weilchen hin ist.«

Dass Nadine davon ausging, dass sie und Sven an seinem nächsten Geburtstag, wann immer der auch sein mochte, noch zusammen waren, grenzte fast schon an ein Wunder.

»Mit Sven und dir scheint es ja wirklich gut zu laufen.«

Als hätte er seinen Namen gehört oder unsere Blicke gespürt, wandte Sven, der mit Frank neben dem Grill stand, sich in diesem Augenblick um. Er lächelte uns zu und warf Nadine einen liebevollen Blick zu. Sie lächelte zurück, zog aber, als Sven wieder in eine andere Richtung schaute, eine Grimasse.

»Wenn er nur nicht so furchtbar anhänglich wäre. Ein Wunder, dass ich noch allein auf die Toilette pullern gehen darf.« Sie stieß einen tiefen Seufzer aus. »Den eigenen Schatten wird man leichter los.«

»Das ist doch völlig normal, wenn man frisch verliebt ist«, sagte Sophie mit verklärtem Gesichtsausdruck. »In unserer Anfangszeit haben Frank und ich uns immer kleine Briefchen geschrieben. Macht ihr das auch?«

»Was ist denn das für eine Frage?!? Natürlich schreiben wir uns, sogar täglich. Woher soll Sven denn sonst wissen, ob er von unterwegs Pizza oder Gyros mitbringen soll? Allerdings nennt man das heutzutage nicht mehr Briefchen, sondern SMS.« Nadines Gesicht verdüsterte sich. »Irgendwie geht mir das alles echt zu schnell.« Sie nahm einen tiefen Schluck aus ihrem Sektglas und sah mit unheilvoller Miene von einem zum anderen. »Stellt euch mal vor, er hat gefragt, ob er in meiner Wohnung eine Schublade haben kann.«

»Und was ist daran so schlimm?« Britta, die offenbar genauso wenig wie ich begriff, worin das Problem bestand, schüttelte verständnislos den Kopf. »Wenn du wolltest, könntest du in deinem Kleiderschrank eine ganze Flüchtlingsfamilie aufnehmen. Da wirst du doch wohl eine einzige Schublade entbehren können.«

»Das ist doch gar nicht der springende Punkt. Hier geht's ums Prinzip.« Aufgebracht verschränkte Nadine die Arme vor der Brust. »Natürlich könnte ich für Sven eine Schublade leer räumen, aber was kommt dann als Nächstes? Womöglich schleppt er seine CD-Sammlung oder seine Hausschluppen an, oder er will einen Wohnungsschlüssel haben.«

»Also jetzt mach mal halblang«, sagte Britta. »Ich kann deinen Sven schon verstehen. Wenn man öfter bei dem anderen übernachtet, ist es schon ganz hilfreich, am nächsten Morgen eine frische Unterhose oder ein Paar Socken griffbereit zu haben. Vorausgesetzt, man wechselt diese täglich ...«

»Aber für ein Paar Strümpfe und eine Unterhose braucht man doch keine ganze Schublade. Was für eine Platzverschwendung! Schließlich haben wir Sommer. Da trägt kein Mensch Skisocken oder lange Unterhosen.«

»Und wie habt ihr das Problem gelöst?«, fragte ich neugierig.

»Ich habe Sven einen Schuhkarton für seine Sachen gegeben.«

»Einen Schuhkarton?«, echote Britta entsetzt.

»Es ist ein sehr schöner Schuhkarton«, verteidigte sich Nadine und fügte, als sie unsere ungläubigen Gesichter bemerkte, noch leicht gereizt hinzu: »Ganz in Silber, von Esprit.«

»Geschmack hast du ja. Das muss man dir lassen. Apropos Geschmack«, sagte Britta und zeigte auf mich. »Wie laufen eigentlich die Dekoartikel, die du fürs Gießkännchen bestellt hast, Maja?«

»Ich dachte schon, ihr fragt nie.« Voller Stolz berichtete ich meinen Freundinnen von meinem Erfolgserlebnis: »Ich hab mir völlig umsonst Sorgen gemacht. Das Zeug geht weg wie warme Semmeln. Von den kleinen Vasen werden wir sogar nachordern müssen. Ihr werdet es nicht glauben – Marianne hat mich gefragt, ob ich von nun an immer die Bestellung der Dekoartikel übernehmen möchte.«

Nadine und Sophie klatschten anerkennend Beifall, und Britta drückte mich kurz an sich. »Hab ich's dir nicht gesagt, du alte Unke! Wann hörst du endlich auf, immer das Schlimmste zu erwarten?«

Wenn es eingetreten ist, entgegnete ich im Stillen und zuckte anstelle einer Antwort nur vage mit den Schultern.

»Darf ich die Damen mal kurz stören?«, wurden wir in diesem Moment von Andreas, einem Kollegen aus Olivers Kanzlei, unterbrochen. »Habt ihr zufällig auch alkoholfreies Bier?«

»Ja, klar. Das ist noch drinnen im Kühlschrank. Warte, ich hol dir eine Flasche«, bot ich an und eilte ins Haus. Bei der Gelegenheit konnte ich auch gleich ein bisschen Knabberkram holen.

Als ich kurze Zeit später mit einer Flasche Clausthaler und zwei Schüsseln Chips auf die Terrasse zurückkehrte, war Andreas jedoch verschwunden. Meine Freundinnen mit Ausnahme von Sophie auch. Ich entdeckte Andreas und Britta im hinteren Teil des Gartens, wo sie es sich auf einem Mäuerchen gemütlich gemacht hatten und angeregt miteinander plauderten. Britta und Andreas – wer hätte das gedacht ...

Da wollte ich lieber nicht stören. Während ich noch überlegte, was ich jetzt mit der geöffneten Bierflasche anfangen sollte, kam Nadine auf mich zugeschossen. Ihrer Miene nach zu urteilen, ging ihr irgendwas gewaltig gegen den Strich. Und wie ich Nadine kannte, würde sie mir gleich mitteilen, was sie so in Rage versetzt hatte.

»Dieses elende Miststück flirtet auf Teufel komm raus«, zischte sie.

»Wen meinst du?«, fragte Sophie, die mir die Schüsseln mit dem Knabberzeug abgenommen hatte, verdutzt.

»Anita natürlich! Wen sonst!«

Ich legte den Zeigefinger an die Lippen, um meine Freundinnen dazu zu bringen, etwas leiser zu sprechen.

»Aber sie *soll* doch flirten. Das war schließlich Teil unseres Plans«, wisperte Sophie.

»Natürlich soll sie flirten – mit dem Richtigen«, antwortete Nadine für meinen Geschmack immer noch eine Spur zu laut. Zum Glück schien jedoch niemand von uns Notiz zu nehmen. »Nur würdigt sie Oliver keines Blickes«, echauffierte Nadine sich weiter. »Die blöde Kuh baggert Sven an.«

Ach, sieh mal einer an! Dafür, dass sie sich vorhin erst beklagt hatte, wie anhänglich ihr Freund war, reagierte Nadine mit einem Mal erstaunlich eifersüchtig. Wie eine Furie rauschte sie die Terrassentreppe hinunter und steuerte geradewegs auf Sven und Anita zu, die sich unweit des Büfetts, das wir auf dem frisch gemähten Rasen aufgebaut hatten, miteinander unterhielten. Sophie und ich folgten ihr in sicherer Entfernung. Als ich am Büfett ankam, vergewisserte ich mich als Erstes, ob das Brotmesser an seinem Platz lag. Ja, es war da. Schwein gehabt, schließlich brauchten wir Anita noch!

Aber Nadine verfügte noch über ganz andere Waffen, mit denen sie ihre Gegner außer Gefecht setzen konnte. Der Blick, den sie Anita zuwarf, war so eisig, dass einem mehr als nur das Blut in den Adern gefror. Wahrscheinlich würde man es in der Toilettenschüssel klimpern hören, wenn Anita später mal für kleine Mädchen musste …

»Hast du eigentlich schon Majas Mascarponecreme probiert, Schatz?«, hörte ich Nadine säuseln, während sie nach Svens Hand griff.

Ich traute meinen Ohren kaum! Kosenamen wie Schatz oder Liebling waren in Nadines Sprachgebrauch normalerweise genauso häufig vertreten wie Topfpflanzen in ihrer Wohnung.

»Ich garantiere dir, so einen köstlichen Nachtisch hast du noch nie gegessen. Du solltest dich beeilen, die Schüssel ist schon fast leer.« Mit diesen Worten zog Nadine Sven aus der Gefahrenzone in Richtung Büfett.

Anita blieb allein zurück. Offenbar unschlüssig, zu welchem Grüppchen sie sich dazugesellen sollte, spielte sie mit ihrem leeren Sektglas.

Die Gelegenheit war günstig. Schnell machte ich mich auf die Suche nach Oliver und fand ihn gleich neben dem Bierfass, wo er sich mit Frank unterhielt. Die beiden verstummten schlagartig.

»Was ist los, Jungs? Habt ihr Geheimnisse?«, fragte ich scherzhaft.

»Wiiir?«

»Geheimnisse?«

»Wir doch nicht!«, versicherten Frank und Oliver unisono.

»Na, dann ist es ja gut.« Und an Oliver gerichtet fügte ich noch hinzu: »Könntest du bitte mal nachschauen, ob alle Gäste mit Getränken versorgt sind? Wenn mich nicht alles täuscht, sitzt Anita auf dem Trockenen. Ich würde mich ja selbst darum kümmern, aber ich muss schnell in die Küche, um Brot aufzubacken.«

»Klar, mach ich«, versprach Oliver und setzte sich sogleich in Bewegung.

Meine Rechnung ging auf. Als ich ein paar Minuten später wieder auf die Terrasse hinaustrat, war Anita bestens versorgt. Sie hielt nicht nur ein frisch gefülltes Sektglas in der Hand, sondern hatte darüber hinaus auch einen neuen Gesprächspartner gefunden, der sie allem Anschein nach bestens unterhielt. Während ich vorgab, mich um das Büfett zu kümmern, den Brotkorb neu auffüllte und ein paar Krümel vom Tisch fegte, beobachtete ich Anita und Oliver unauffällig. Die beiden gaben ein schönes Paar ab.

Ich versuchte Oliver mit den Augen einer anderen Frau zu sehen. Zweifelsohne war er nicht unattraktiv. Die Diät und der Sport hatten sich bezahlt gemacht! Nicht nur sein Bauch war in den vergangenen Wochen geschrumpft, er wirkte alles in allem durchtrainiert. Abgesehen von den leicht ergrauten Schläfen und einem Kranz kleiner Lachfältchen rings um seine Augen, hatte er sich zumindest optisch wieder in den Oliver von vor zwanzig Jahren zurückverwandelt. Insofern konnte ich Anitas begeisterten Gesichtsausdruck durchaus nachvollziehen …

Bingo, alles lief nach Plan. Anita und Oliver verstanden sich ganz offenbar prächtig. Es war lange her, dass Oliver und ich so viel zusammen gelacht hatten wie die beiden. Als Anita meinem Mann, während sie etwas erzählte, vertraulich die Hand auf den Arm legte, spürte ich auf einmal tief in meinem Inneren einen heftigen Stich. Hey, was war das? Ganz bestimmt keine Eifersucht. Oder doch?!? Oh Gott, war ich etwa gerade im Begriff, einen Riesenfehler zu begehen?

Aus einem plötzlichen Impuls heraus pfefferte ich die Servietten, die ich gerade ordentlich gestapelt hatte, achtlos auf das Büfett zurück und eilte, so schnell mich meine Beine trugen, zu Oliver und Anita hinüber.

»Na, unterhaltet ihr euch gut?«, fragte ich betont munter und hakte mich bei meinem Mann ein.

»Ja, das tun wir.« Anita lächelte harmlos, aber darauf fiel ich nicht rein! Wenn die Frau ein reines Gewissen hatte, dann nur, weil sie es noch nie benutzt hatte. »Ich hoffe, ich belege das Geburtstagskind nicht zu lange mit Beschlag.«

»Ach was«, protestierte Oliver, der es offenbar kaum erwarten konnte, das Gespräch fortzusetzen. »Ich werde ja wohl noch selbst entscheiden dürfen, mit wem ich mich unterhalte. Wusstest du eigentlich, Maja, dass Anita den Stewardessennachwuchs ausbildet?« Auch wenn die Frage zweifelsohne an mich gerichtet war – immerhin hatte Oliver mich mit meinem Namen angesprochen –, würdigte er mich keines Blickes und redete, ohne meine Antwort abzuwarten, weiter. »Ich stell mir das unglaublich interessant vor. Außerdem ist es sicher toll, mit jungen Menschen zusammenzuarbeiten und ihnen etwas beizubringen.«

Anita nickte zustimmend. »Es macht wirklich Spaß, auch

wenn mir die Fliegerei gelegentlich schon ein bisschen fehlt.« Vermutlich aus reiner Höflichkeit wandte sie sich nun direkt an mich. »Nadine hat mir erzählt, dass du auch wieder berufstätig bist.«

Bevor ich etwas darauf erwidern konnte, kam Oliver mir zuvor: »Na ja, berufstätig kann man das eigentlich nicht nennen. Maja hilft ein paar Stunden die Woche im Blumengeschäft aus, sie verkauft Grünzeug.« Mit verstellter Stimme fragte er: »Darf's noch ein Röschen mehr sein?«

Paff, das hatte gesessen! Grünzeug verkaufen? Hatte er wirklich gerade gesagt, ich würde Grünzeug verkaufen? Oliver wusste genau, dass ich Floristin aus Leidenschaft war. Wahrscheinlich wollte er sich mit dieser flapsigen Bemerkung nur vor Anita profilieren. Verletzt ließ ich seinen Arm los, was mein Mann noch nicht einmal zu bemerken schien. Er löcherte Anita mit Fragen über ihre »aktive Zeit« als Stewardess. Mir stieg die Galle hoch. Was ist an den Memoiren einer Saftschubse so spannend?, dachte ich ärgerlich, schämte mich jedoch im gleichen Moment für meine eigene Boshaftigkeit.

Natürlich war ich gekränkt, aber gleichzeitig auch unendlich traurig. Man konnte die Zeit eben nicht zurückdrehen. Egal, wie viele Kilos er auch verlor – ich würde trotzdem nicht meinen alten Oliver zurückbekommen. Unsere guten Zeiten waren ein für alle Mal vorbei. Sollte er halt mit Anita glücklich werden, ich würde seinem Glück ganz bestimmt nicht im Wege stehen!

Ich trat einen Schritt zur Seite und leistete der munteren Runde, die sich neben Oliver und Anita um einen Stehtisch gruppiert hatte, Gesellschaft. Zum Glück unterhielten Nadine und Sven, Frank und Sophie sowie Olivers Cousin nebst seiner Verlobten sich gut, sodass es nicht weiter auffiel, dass ich mich einfach nur stumm dazustellte. Nadine hatte Sven, um ihre Besitzansprüche deutlich zu machen, sicherheitshalber an die Hand genommen. Während ich höflich Olivers Cousin zuhörte, der gerade von seinem neuen Motorrad erzählte, belauschte ich gleichzeitig weiter Anitas und Olivers Unterhaltung. Wofür hatte man schließlich *zwei* Ohren?

Während Anita von exotischen Ländern schwärmte, von denen sie vermutlich nicht viel mehr gesehen hatte als die Flughafentoiletten, dachte ich wehmütig an die Reisen, die Oliver und ich immer wieder hinausgeschoben hatten. Wie viel Grad es auf den Antillen wohl jetzt gerade war? Nicht einmal bis nach Wien, wo seinerzeit Tobias entstanden war, hatten wir es noch mal geschafft …

Ich war wohl einen Moment abgelenkt gewesen, denn irgendwie hatte ich verpasst, wie Anita verbal den Sprung vom australischen Outback in ihr heimisches Schlafzimmer gelungen war.

»Mein ganzes Schlafzimmer liegt voller Bretter und Schrauben«, seufzte sie gerade. »Man kann kaum noch treten. Ich wusste bisher nicht, aus wie vielen Einzelteilen so ein Kleiderschrank besteht, und ich hab nicht den leisesten Schimmer, was wohin gehört. Die Übersetzung der Aufbauanleitung hätten die sich echt sparen können. Ob nun auf Deutsch oder auf Schwedisch – das versteht doch sowieso kein Mensch. Oder ich bin einfach zu doof.«

»Ach was, du bist nicht zu doof«, widersprach Oliver. Was hätte er auch anderes sagen sollen? »Diese Anleitungen sind absolut unbrauchbar. Anstatt zu helfen, verwirren sie einen.«

»Ich werde es bestimmt nie schaffen, dieses Monstrum zusammenzubauen«, mimte Anita weiter das hilflose Frauchen. »Bei so etwas hab ich einfach zwei linke Hände.«

War Oliver von dem Zaunpfahl, mit dem Anita winkte, k. o. geschlagen worden? Musste sie erst in Tränen ausbrechen, damit Oliver ihr endlich seine Hilfe anbot?

Mir schien, bei ihm stand gerade eine ganze Crew Nachwuchsstewardessen auf der Leitung! Noch deutlicher konnte Anita die

Einladung, ihr mit einem Inbusschlüssel im Schlafzimmer zu Hilfe zu eilen, doch wohl kaum formulieren.

Ich trat unauffällig näher und tat, als hätte ich die letzten Sätze rein zufällig aufgeschnappt. »Ich stelle mich bei so etwas auch immer furchtbar ungeschickt an. Aber für Oliver ist das ein Klacks. Oder, Oli?«

Oliver nickte brav, kam allerdings immer noch nicht auf die glorreiche Idee, Anita seine Unterstützung anzubieten. Oder er traute sich nicht. Denn auch wenn er unter der typisch männlichen Amnesie litt, war unser heftiger Streit nach Nadines Geschäftseröffnung sicher auch bei ihm in Erinnerung geblieben.

»Du könntest Anita doch beim Aufbau ihres Schrankes ein bisschen unter die Arme greifen«, ermunterte ich meinen Mann.

Ich wusste selbst nicht so genau, aus welchen Motiven heraus ich diesen Vorschlag machte. Wollte ich die beiden, wie es der Plan vorsah, einfach nur zusammenbringen, oder wollte ich Oliver gleichzeitig einen reinwürgen, um mich für das »Grünzeug verkaufen« zu revanchieren? Denn auch wenn Oliver für einen Anwalt erstaunlich gut mit Bohrmaschine und Akkuschrauber umgehen konnte, zählten handwerkliche Tätigkeiten nicht unbedingt zu seinen Lieblingsbeschäftigungen.

»Klar könnte ich das.« Oliver nahm einen tiefen Schluck aus seinem Bierglas. »Sag einfach Bescheid, wenn du Hilfe brauchst, Anita.«

»Wie wär's mit Montagabend?«, schlug ich vor und setzte, als ich Olivers entgeisterten Gesichtsausdruck sah, noch hinzu: »Anita braucht den Schrank doch sicher so schnell wie möglich.«

»Montag wäre perfekt.« Anita strahlte Oliver an, als wäre die Idee auf seinem Mist gewachsen. »Das ist wirklich unglaublich lieb von dir«, schnurrte sie und warf ihm einen schmachtenden Blick zu.

»Entschuldigt, ich muss mal nachschauen, ob noch genügend

Salat da ist«, leitete ich meinen Rückzug ein und überließ die beiden sich selbst. Den Rest würde Oliver wohl allein hinbekommen.

Die Party war ein voller Erfolg! Es wurde viel getanzt und gelacht, und das Bier floss in Strömen. Gegen halb vier strichen die letzten Gäste, unter ihnen auch Anita, die Segel und machten sich auf den Heimweg. Ich hörte, wie draußen vor dem Haus Autotüren zugeschlagen wurden. Als das Brummen der Motoren verklungen war, ließ ich mich aufseufzend in den blau-weiß gestreiften Strandkorb fallen, der auf unserer Terrasse stand, und legte die Beine hoch. Himmlisch, diese Ruhe!

»Tolle Party. Ich glaube, alle haben sich gut amüsiert«, zog Oliver, der mit einem Bierglas in der Hand gerade auf die Terrasse kam, zufrieden Resümee.

»Ja, ist ganz gut gelaufen«, stimmte ich zu und dachte dabei an die innige Umarmung, mit der sich Anita von Oliver verabschiedet hatte. Aber das waren nicht die einzigen zarten Bande, die geknüpft worden waren. Andreas hatte angeboten, Britta nach Hause zu fahren, und ich fragte mich, ob zwischen den beiden was lief. »Ist Andreas eigentlich noch Single?«

»Ich glaub schon. Warum fragst du?«

»Ach, nur so.« Offenbar war Oliver so mit Anita beschäftigt gewesen, dass er gar nicht bemerkt hatte, dass Britta und Andreas fast den ganzen Abend zusammengehangen hatten. »Die Trennung von seiner Frau ist ja schon eine ganze Weile her. Ich hab mich gewundert, dass er allein gekommen ist.«

Müde fuhr ich mir über die Augen und betrachtete das Chaos, das rings um uns herum herrschte. Auf den Tischen standen benutzte Gläser, schmutzige Teller und halb volle Aschenbecher herum. Das leer geplünderte Büfett sah ebenfalls zum Fürchten aus. Ich hasste es, am Morgen nach einer Party ein solches Schlachtfeld vorzufinden. Ohne dass ich etwas sagen musste, stellte Oliver sein Bierglas zur Seite.

»Dann mal los!«

Er schnappte sich einen leeren Müllsack und begann, benutzte Servietten und andere Abfälle hineinzuwerfen. In vielerlei Hinsicht waren wir eben doch ein eingespieltes Team.

Als ich aufstand, um in der Küche ein Tablett für die Gläser zu holen, wurde mir plötzlich schwindelig, und ich taumelte leicht.

»Hoppla.«

»Alles in Ordnung?«, fragte Oliver und bot mir ritterlich seinen Arm an, damit ich mich daran festhalten konnte.

»Ja, alles klar. Mir geht's gut«, log ich und klammerte mich gleichzeitig wie ein altes Mütterchen, das über die Straße geführt werden musste, an Olivers Arm fest. »Ich glaub, ich hab einfach nur ein Gläschen zu viel getrunken.«

Ein Gläschen? Dem wattigen Gefühl in meinem Kopf nach zu urteilen, mussten es schon ein bis zwei Fläschchen zu viel gewesen sein. Was war bloß los mit mir? Ich gehörte nicht zu den Frauen, die nach einer Weinbrandpraline schon angeschickert waren, und sooo viel getrunken hatte ich nun auch wieder nicht. Zudem trat dieser blöde Schwindel ja nicht zum ersten Mal auf... Auch wenn ich dieses neunmalkluge Hab-ich's-doch-gewusst-Getue für gewöhnlich verabscheute, *ich* hatte es tatsächlich gewusst: Der Arzt musste irgendwas übersehen haben!

Probehalber ließ ich Olivers Arm los, griff aber sogleich wieder zu, als der Boden unter mir erneut zu schwanken begann, als befände ich mich bei Windstärke sieben auf hoher See.

Besorgt sah Oliver mich an. »Sollen wir wirklich noch aufräumen?«

»Nein. Ich glaube, das hat Zeit bis morgen.« Anstandslos ließ ich mich von Oliver ins Bett bringen.

Kapitel 12

»Sooo willst du aus dem Haus gehen?«

Oliver sah an sich herunter. Er trug seine älteste Jeans, die endlich wieder passte, und ein verwaschenes T-Shirt mit dem Aufdruck einer Brauerei.

»Ja, warum? Stimmt etwas nicht?«

»Doch, doch, alles bestens.«

Auch wenn mir für den heutigen Abend eigentlich ein anderes Outfit vorgeschwebt hatte, das ich auf Olivers Bett bereitgelegt hatte, musste ich zugeben, dass er in den ollen Klamotten verdammt gut aussah. Der Werkzeugkoffer in seiner Hand wirkte wie ein modisches Accessoire, maskulin und lässig – ein absolutes Must-have für Männer in dieser Saison.

»Grüß Anita von mir«, trug ich Oliver auf. »Und lass dir ruhig Zeit. Wegen mir brauchst du dich nicht zu beeilen«, versicherte ich ihm, als er sich mit einem flüchtigen Kuss verabschiedete. »Ich hab Kopfweh und werde heute früh schlafen gehen.«

Ich ging tatsächlich früh zu Bett, allerdings war an Schlaf nicht zu denken, denn ich versuchte ununterbrochen, mir vorzustellen, was in Anitas Wohnung jetzt wohl gerade vor sich ging. Hatte Oliver den Kleiderschrank bereits aufgebaut? Machten die beiden da weiter, wo sie auf der Party aufgehört hatten? Irgendwann musste ich dann aber doch, von Müdigkeit übermannt, eingeschlafen sein, denn als ich am nächsten Morgen wach wurde, lag Oliver friedlich schnarchend neben mir.

Beim Frühstück versuchte ich, dem Heimwerkerkönig auf den Zahn zu fühlen. Ich brannte darauf zu erfahren, wie der Abend mit Anita gelaufen war, doch bedauerlicherweise war mein lieber Mann morgens nie sehr mitteilungsfreudig. Und heute war es ganz besonders schlimm. Wenn er den Mund aufmachte, dann nur, um einen Löffel Vollkornmüsli hineinzustopfen. Bis er in die Kanzlei fuhr, hatte ich es gerade mal mit List und Tücke geschafft, ihm zu entlocken, dass bei dem Kleiderschrank eine Schraube gefehlt hatte und dass er gegen halb zwölf wieder zu Hause gewesen war. Ziemlich dürftig ... Zum Dank, dass ich dieses Treffen für ihn eingefädelt hatte, hätte er mich ruhig ein bisschen mehr daran teilhaben lassen können.

War seine Einsilbigkeit ein gutes oder ein schlechtes Zeichen? Hoffentlich war aus Anita mehr rauszukriegen, denn am Abend würde ich sie auf einer Verkaufsveranstaltung in Nadines Boutique treffen.

Als Britta mich um halb acht abholen kam, war sie total aufgekratzt. »Du kannst dir nicht vorstellen, wie froh ich bin, dass ich auf eurer Party Andreas kennengelernt habe«, sprudelte es nur so aus ihr heraus, nachdem ich in ihren Kombi eingestiegen war.

»Das ist toll!« Ich freute mich ehrlich für Britta.

Seit ihrer Scheidung lebte sie wie eine Nonne. Nichts gegen Jannik, aber es wurde allerhöchste Zeit, dass endlich mal wieder ein männliches Wesen in ihr Leben trat, das sich nicht damit rühmte, *Hänschen klein* furzen zu können und mit dem sie über etwas anderes als über Darth Vader und die übrigen Star-Wars-Clowns und -Klone reden konnte. »Werdet ihr euch wiedersehen?«, fragte ich, auch wenn ich mir die Antwort schon denken konnte.

»Ja.« Brittas Augen glänzten. »Obwohl es bei Andreas im Moment zeitlich ganz schlecht aussieht, hat er mir für Ende der

Woche einen Termin gegeben. Er musste mich irgendwo dazwischenschieben.«

Irritiert runzelte ich die Stirn. Andreas war ein attraktiver Mann. Ich konnte mir gut vorstellen, dass es ihm an Angeboten nicht mangelte, aber dass er das so unverhohlen zugab, fand ich ehrlich gesagt schon ein wenig befremdlich.

»Ich glaube, bei Andreas wäre ich in den besten Händen«, sagte Britta, die sein Verhalten völlig okay zu finden schien. Sie gab Gas, und wir flutschten gerade noch so über eine halb rote Ampel. »Wenn es jemand schafft, meinen Ex fertigzumachen, dann er.«

»Nimm es mir bitte nicht übel«, begann ich und suchte nach den passenden Worten, um Britta nicht auf die Füße zu treten. Wie ein Geschenk musste auch Kritik liebevoll verpackt werden. »Ich bin ganz sicher kein allzu großer Fan von Markus. Aber meinst du wirklich, ihn fertigmachen zu wollen, ist das richtige Motiv, um eine neue Beziehung einzugehen?«

Britta schüttelte den Kopf. »Wer spricht denn hier von einer Beziehung? Was du gleich wieder denkst! Könntet ihr bitte mal mit euren ständigen Verkupplungsversuchen aufhören? Menschen sind doch keine Socken oder Stiefel, die nur paarweise was wert sind!« Sie setzte den Blinker und parkte ihr Auto direkt vor Nadines Boutique am Straßenrand. »Ich bin an Andreas als Anwalt und nicht als Mann interessiert«, erklärte sie mir beim Aussteigen. »Wir haben uns auf Olivers Party die ganze Zeit über das Sorgerecht für Jannik unterhalten. Ich glaube, Dr. Hoffmann, der Anwalt, der mich bis jetzt vertreten hat, ist eine ziemliche Schnarchnase. Wahrscheinlich werde ich die Kanzlei wechseln.«

»Toll«, sagte ich, hin- und hergerissen zwischen Enttäuschung und echter Begeisterung. Wenn Britta die Parkverbotsschilder weiter so konsequent missachtete, konnte sie juristischen Beistand bestimmt gut brauchen, doch Andreas hatte sich auf Familienrecht spezialisiert. Oliver hielt große Stücke auf ihn. Den

Anwalt zu wechseln war also ganz bestimmt eine gute Entscheidung.

Aber nicht nur fachlich war Andreas genau der richtige Mann. Ich wollte Britta gerade auf seine sonstigen Qualitäten wie etwa seine breiten Schultern und seinen Humor hinweisen, da hatten wir bereits Nadines Boutique erreicht.

An der Tür wurden wir von der Gastgeberin persönlich in Empfang genommen. »Eure Jacken und eure Hemmungen könnt ihr dorthinten an der Garderobe ablegen«, wies Nadine uns gut gelaunt ein. »Und dann stürzt euch einfach ins Getümmel und seht euch ein bisschen um. Es dauert noch ein paar Minütchen, bis wir mit der Präsentation loslegen.«

Ich war noch nie auf einer Dessousparty gewesen, dafür jedoch auf unzähligen Tupperpartys. Kein großer Unterschied, hatte Nadine behauptet, und mein erster Eindruck ließ vermuten, dass das auch tatsächlich stimmte. In beiden Fällen waren die Gäste ausnahmslos weiblich. Doch während eine Tupperparty für Männer ein Horrorszenario apokalyptischen Ausmaßes war, das es zu meiden galt, würden sie auf einer Dessousparty bestimmt gern mal Mäuschen spielen. Um das zu verhindern, hatte Nadine ein Schild an die Ladentür gehängt. Neben den Schriftzug »Wir müssen draußen bleiben« hatte sie ein kleines Männchen mit Anzug und Schlips gemalt. Sehr umsichtig! Nadines Zeichnung würde gleichzeitig dafür sorgen, dass sich kein Selbstmörder unter die Gäste mischte, denn die Krawatte, die sie dem Männchen um den Hals gemalt hatte, sah eher aus wie ein Strick. Das Verbotsschild war jedoch nicht die einzige Vorsichtsmaßnahme, die Nadine ergriffen hatte. Zum Schutz vor Spannern und neugierigen Passanten waren die Schaufensterscheiben mit Papier beklebt.

Neugierig sah ich mich in der Boutique um. Das Licht war gedimmt, hier und da standen ein paar Kerzen, was für eine intime Atmosphäre sorgte. Ungefähr zwanzig bis dreißig Frauen drängten sich mit Sektgläsern in den Händen wie eine Herde schnatternder Gänse im Verkaufsraum. Außer Sophie, die sich sogleich zu uns gesellte, entdeckte ich noch einige andere bekannte Gesichter: Conny, die größte Tratschtante Düsseldorfs, Simone, die Frau mit den Hagelschäden an den Beinen, Nadines Schwägerin, deren Name mir entfallen war, und Larissa, die uns fröhlich zuwinkte. Während ich zurückwinkte, fragte ich mich erneut, warum Oliver diese tolle Frau von der Bettkante geschubst hatte. Nicht nur im sexy Kostümchen, sondern auch in Jeans und flachen Sandalen sah sie atemberaubend gut aus.

»Larissa ist wahrscheinlich die Einzige, die die Dessous von der Steuer absetzen kann. Als Berufskleidung ...«, kommentierte Britta, die meinem Blick gefolgt war, trocken. »Ach, schaut mal, dahinten neben den Umkleidekabinen steht ja auch Anita.«

»Sie sieht aus wie immer«, stellte ich beinahe ein bisschen enttäuscht fest.

Ich wusste auch nicht, was ich erwartet hatte. Dass sie Olivers Namen auf die Stirn tätowiert trug?

»Ich werde sie mal ein bisschen über den gestrigen Abend aushorchen«, erklärte Britta und rieb sich unternehmungslustig die Hände. »Wäre doch gelacht, wenn ich das Vögelchen nicht zum Singen bringen würde.«

Wie zufällig schlenderte Britta zu den Umkleidekabinen, wo ich sie kurz darauf mit Anita plaudern sah. Als sie ein paar Minuten später wieder zu uns zurückkehrte, versuchte ich an Brittas Gesichtszügen abzulesen, ob sie etwas herausgefunden hatte. Doch ihre grimmige Miene konnte alles bedeuten.

»Blöde Kuh«, brummte Britta.

»Wieso? Was hat sie gesagt?«, fragte ich atemlos.

»Nichts, das ist es ja gerade. Sie hat die ganze Zeit nur von ihrem dämlichen Schrank geschwärmt. Ich glaube, der fehlt nicht nur eine Schraube, die hat auch eine locker.«

»Was habt ihr erwartet?«, fragte Sophie und nippte an ihrem

Sektglas. »Anita ist doch nicht blöd. Sie kann sich ja wohl denken, dass du Maja sofort alles brühwarm weitererzählst.«

In diesem Moment verschaffte sich Nadine über das allgemeine Stimmengemurmel und Gelächter hinweg mit lauter Stimme Gehör. »Ich freue mich sehr, dass ihr hier seid und hoffe, dass ihr heute Abend viel Spaß habt. Nehmt nicht nur schöne Dessous, sondern auch viele neue Inspirationen mit nach Hause!« Sie machte eine bedeutungsvolle Pause, zwinkerte verschmitzt und fuhr dann fort: »Jetzt übergebe ich an Christine, unsere Dessousexpertin. Ich bin mächtig gespannt, was sie uns Schönes mitgebracht hat.«

Christine verströmte so viel Sexappeal wie eine lange Angoraunterhose. Aber vielleicht liefen Tupperpartys nicht mehr so gut, sodass sie zum Umsatteln gezwungen war. Allerdings stellte ich schnell fest, dass Christine von ihrem Job wirklich was verstand. Vermutlich wäre es ihr sogar gelungen, uns einen Kartoffelsack als extravagantes Negligé zu verkaufen. Äußerst wortgewandt präsentierte sie in den nächsten zwanzig Minuten einige Modelle der Kollektion, die auf zwei Kleiderständern neben ihr aufgereiht hingen. Von leicht verrucht bis mädchenhaft verspielt war für jeden Geschmack etwas dabei. Am Ende ihrer Präsentation forderte Christine uns auf, einfach selbst ein bisschen zu stöbern und von der Möglichkeit, mal was Neues aus- und anzuprobieren Gebrauch zu machen.

Da Britta und ich warten wollten, bis sich der erste Ansturm auf die Kleiderständer ein wenig gelegt hatte, gesellten wir uns zu Nadine, um ein Schwätzchen zu halten. Sophie hatte sich gleich ins Getümmel gestürzt.

»Hast du was Nettes gefunden?«, wollte Nadine von ihr wissen, als sie auf dem Weg zu den Umkleidekabinen an uns vorbeilief.

»Ich glaub schon.« Sophie bremste kurz ab und hielt prüfend ein cremefarbenes Seidenhöschen nebst dazu passendem Hemdchen in die Höhe. »Mal sehen, ob die Sechsunddreißig passt.«

»Ich muss schon sagen, Sophie, Hut ab.« Nadine pfiff anerkennend durch die Zähne. »Obwohl wir bereits so viele Jahre miteinander befreundet sind, schaffst du es immer noch, mich zu überraschen. Ich hätte nicht gedacht, dass so etwas dein Fall ist. Da kann man mal wieder sehen, wie man sich täuschen kann.«

»Dachtest du, ich trage Liebestöter aus Frottee?«

Bevor Nadine etwas darauf erwidern konnte, rauschte Sophie mit beleidigter Miene davon. Keine zwei Minuten später war sie jedoch schon wieder zurück. Entweder waren beide Kabinen gerade besetzt, oder sie hatte es sich anders überlegt.

»Schau doch mal.«

Sophie zupfte Nadine am Ärmel und hielt ihr das cremefarbene Seidenhöschen, mit dem sie kurz zuvor von dannen gezogen war, anklagend unter die Nase. »Kann man so etwas nicht beim Hersteller reklamieren? Das Teil ist total schlampig verarbeitet. Offensichtlich ein Fabrikationsfehler, hier unten ist eine Naht offen.«

Nadine besah sich den angeprangerten Fehler mit ernstem Gesicht, um ihre Mundwinkel zuckte es jedoch. »Das ist kein Fabrikationsfehler, sondern Absicht. Bei einem Quickie im Aufzug ist es beispielsweise sehr praktisch, wenn der Slip im Schritt offen ist. Das spart Zeit und Verrenkungen. Außerdem gibt es manchen Männern einen ganz besonderen …«

»Danke«, unterbrach Sophie Nadine hastig und errötete bis zu den Haarwurzeln. »So genau möchte ich es gar nicht wissen. Dann werde ich mal nachschauen, ob ich eine Hose *ohne* Loch finde.«

»Und was ist mit dir?«, fragte mich Nadine, nachdem Sophie mit knallrotem Kopf abgezogen war. »Willst du nicht auch mal was anprobieren?«

»Ach, ich weiß nicht.« Unentschlossen zuckte ich mit den Schultern. Es waren einige Ensembles dabei, die mir auf den ersten Blick wirklich gut gefallen hatten. Aber war das nicht herausgeschmissenes Geld? Sah man von gelegentlichen Arztbesuchen einmal ab, bekam meine Unterwäsche ohnehin so gut wie nie jemand zu Gesicht. »Wann bitte schön sollte ich denn so etwas anziehen?«

»Bei dieser Art von Wäsche ist nicht die Frage, wann man sie an-, sondern wann man sie auszieht«, konterte Nadine.

»Dafür fehlt mir erst recht der richtige Anlass.«

»Das kann sich ganz schnell ändern.« Meine Freundin warf mir einen bedeutungsvollen Blick zu. »Sonst bist du doch auch immer gern auf alles vorbereitet.«

Ein unschlagbares Argument. Vor meinem inneren Auge tauchte erst Torben und dann der Inhalt meiner Wäscheschublade auf. Zu guter Letzt versuchte ich, mir beides zusammen vorzustellen. Das ging gar nicht! Ich musste mich für meine »Dessous« nicht schämen, allerdings war sexy nicht unbedingt das Adjektiv, das sie am treffendsten beschrieb. Schlicht, funktional, pflegeleicht – das passte schon eher.

»Na gut, überredet«, gab ich mich geschlagen.

Ich schlenderte zu den Kleiderständern hinüber und inspizierte in aller Ruhe das Angebot. Dabei stellte ich fest, dass normale BHs nicht mehr gefragt zu sein schienen. Hier wurde gepusht und gemogelt, dass sich die Bettpfosten bogen. Die meisten Körbchen enthielten so viel Schaumstoff, dass man sich gleich eine Matratze vor die Brust schnallen könnte. Kundinnen wie ich, die Natur pur bevorzugten, gerieten zwangsläufig in einen ernsten Gewissenskonflikt. Denn mit den Waffen der Frau verhielt es sich ähnlich wie mit Nuklearraketen: Wer nicht ins Hintertreffen geraten wollte, konnte sich nur schwer dem kollektiven Wettrüsten entziehen.

Was bei den Büstenhaltern an Material verschwendet wurde, musste an anderer Stelle wieder eingespart werden. Bei den Höschen galt zweifelsfrei die Devise weniger ist mehr. Und das gleich in doppelter Hinsicht. Je weniger Stoff, desto mehr musste der

Kunde dafür hinblättern. Kopfschüttelnd betrachtete ich einen Bügel, auf dem einige schwarze Strippen drapiert waren. Was zum Kuckuck sollte das sein? Ein Fingergummitwist?

Nach reiflicher Überlegung entschied ich mich für einen leicht transparenten schwarzen BH mit einem knapp geschnittenen Panty. Natürlich Handwäsche, wie ich mit einem Blick auf das Etikett zähneknirschend feststellte, als ich hinter mir den Vorhang der Umkleidekabine zuzog. Wer schön sein will, muss eben leiden … Aber in diesem Fall schien es sich tatsächlich zu lohnen.

»Wow! Das sieht echt heiß aus«, lobte eine Blondine, die gerade in einem weißen Spitzenbody vor dem Wandspiegel posierte, als ich mehr oder weniger unbekleidet aus der Kabine heraustrat. »Klasse! Wie für dich gemacht«, legte sie noch mal nach.

War die Spitzenbodyträgerin womöglich am Umsatz beteiligt?!

»Findest du?« Unsicher machte ich vor dem Spiegel ein paar Verrenkungen, um mein spärlich bedecktes Hinterteil besser in Augenschein nehmen zu können. »Entweder mein Po ist zu groß oder die Hose zu klein.«

»Ach was, die Dinger müssen so knapp sitzen. Du kannst es dir doch leisten. Bei deiner Figur …« Bewundernd wanderten ihre Augen an meinem Körper hinunter und blieben schließlich auf meinem Allerwertesten ruhen. »Ist so ein knackiger Po in Anschaffung und Pflege nicht wahnsinnig zeitintensiv?«

Ich lachte. »Natürlich könnte ich jetzt behaupten, dass ich regelmäßig ins Fitnessstudio gehe oder immer die Treppe anstelle des Aufzugs nehme, aber in Wirklichkeit hab ich einfach bloß Glück.« Auch wenn ich hoffte, dass ich sonst nicht viel von meiner Mutter geerbt hatte – für das gute Bindegewebe und ihre Kochrezepte war ich wirklich dankbar. »Ich bin übrigens Maja«, stellte ich mich vor.

»Ich heiße Tanja.« Die sympathische Blondine grinste, wobei sich ein kleines niedliches Grübchen auf ihrer linken Wange zeigte. »Und ich bin ehrlich gesagt ganz schön neidisch auf deinen Po.«

»Dafür hast du mit deinem Busen ja wohl einen Volltreffer gelandet«, revanchierte ich mich.

»Danke.«

Tanja freute sich ganz unverhohlen über das Kompliment. Die meisten Frauen, die ich kannte, konnten genau wie ich selbst weitaus besser mit Kritik als mit Lob umgehen. Sagte man etwas Nettes über ihr Aussehen oder ihre Klamotten, wanden sie sich, als hätte man ihnen ein unmoralisches Angebot gemacht. Tanja war in dieser Beziehung erfrischend anders. Aber ihr Busen hatte auch wirklich ein Kompliment verdient. Allererste Sahne! Während ich je nach BH-Modell mit einem A-Cup oder einem B-Cup zurechtkam, schaffte sie es locker, mit ihren straffen Brüsten ein C-Körbchen zu füllen.

Oliver, der mich früher liebevoll mit meinen »Äpfelchen« geneckt hatte, würde das gefallen, schoss es mir plötzlich durch den Kopf. Überhaupt ist Tanja auch sonst ganz nach seinem Geschmack, spann ich den Gedanken weiter. Oliver würde ihre frische Art, ihren Humor und ihre Ausstrahlung mögen, da war ich mir sicher. Vielleicht war es kein Zufall, sondern Schicksal, dass Tanja mir bei dieser Dessousparty über den Weg gelaufen war. Ausgerechnet jetzt, da ich nach einer Freundin für meinen Mann suchte …

»So, Feierabend für heute.« Tanja, die Gott sei Dank nichts von meinen Gedanken ahnte, zupfte am Ausschnitt ihres Spitzenbodys herum. »Der geht noch mit, und dann ist Schluss. Ganz schön teure Party, kann ich nur sagen.« Durch den geöffneten Vorhang wies sie ins Innere ihrer Umkleidekabine, wo sich auf einem Hocker bereits etliche Wäschestücke stapelten. »Was hältst du davon, wenn wir zur Feier unserer fantastischen Errungenschaften zusammen einen Prosecco trinken?«, schlug Tanja vor, bevor sie zum Umziehen in der Kabine verschwand. »Der ist wenigstens umsonst.«

»Gute Idee«, stimmte ich begeistert zu.

Nachdem wir wieder vollständig bekleidet waren und uns zwei Sektgläser organisiert hatten, stießen wir miteinander an. Ich versuchte, Tanjas Alter zu schätzen, musste jedoch passen. Rein optisch wäre sie problemlos für Anfang dreißig durchgegangen, aber mein Gefühl sagte mir, dass der äußere Schein trog.

»Verrätst du mir, wie alt du bist?«, fragte ich neugierig.

»Klar, wenn du das bestgehütete Geheimnis der Welt wirklich wissen willst«, feixte Tanja. »Ich hoffe allerdings, dir ist klar, dass ich dich danach leider töten muss.«

Wir einigten uns darauf, dass sie mich mit dem Leben davonkommen ließ, wenn ich ihr als Gegenleistung auch mein Alter verriet, und so erfuhr ich, dass Tanja achtunddreißig, von Beruf Physiotherapeutin, Single und kinderlos war.

»Woher kennst du Nadine eigentlich?«

Ich konnte mich beim besten Willen nicht daran erinnern, dass meine Freundin schon mal von einer Tanja erzählt hatte. Was aber noch nichts heißen musste. Denn bei den vielen Leuten, die Nadine kannte, hätte selbst ein Superhirn wie Einstein Schwierigkeiten gehabt, sich alle Namen zu merken.

»Ihre Boutique liegt leider Gottes auf meinem Weg zur Arbeit.« Tanja seufzte theatralisch. »Ich komme also fast täglich am Schaufenster vorbei. Das ist tödlich, sage ich dir. Ich habe schon ein kleines Vermögen hiergelassen. Eigentlich bin ich fast so etwas wie Nadines stille Teilhaberin.« Sie machte eine kurze Pause, um Luft zu holen. »Na ja, so still dann vielleicht auch wieder nicht. Aber ganz im Ernst: Shoppen ist eins meiner schlimmsten Laster. Kommt gleich hinter Chips und Schokolade. Wie sieht's mit dir aus? Hast du irgendwelche Laster?«

»Was Chips und Schokolade betrifft, gehe ich mit. Und erhöhe um Gummibärchen.«

Dank ihrer erfrischenden Art und ihres Humors machte es richtig Spaß, mit Tanja zu quatschen. Obwohl wir uns gerade erst kennengelernt hatten, gab es nicht eine einzige peinliche Gesprächspause. Die Unterhaltung war prickelnd und anregend wie der Prosecco, den wir uns dabei schmecken ließen. Wir lachten viel und kommentierten zwischendurch die Outfits und Problemzonen der Partybesucherinnen, die erstaunlich viel Durchhaltevermögen bewiesen von Christine und Nadine animiert, probierten sie Slips und BHs im Akkord an. Böse Zungen hätten das wohl lästern genannt ...

»Schau dir mal die dralle Rothaarige mit dem kobaltblauen String an.« Tanja wies unauffällig hinüber zur Umkleidekabine. »Wie Zahnseide für die Poritze. Das Ding ist mindestens zwei Nummern zu klein. Allein der Anblick tut weh. Wenn man bedenkt ...« Plötzlich brach sie mitten im Satz ab und sah auf ihre Armbanduhr. »Oh Gott, so spät ist es schon? Mist, ich muss los. Ich habe meiner Mitbewohnerin versprochen, spätestens um halb elf zu Hause zu sein. Sie hat mich vorhin von unterwegs aus angerufen, weil sie ihren Schlüssel vergessen hat.«

Ich lachte. »Das Problem kenne ich von Kathi.«

»Kathi? Wer ist Kathi?«, fragte Tanja und fuhr, ohne meine Antwort abzuwarten, aufgekratzt fort: »Mensch, das ist echt unfair. Wir haben fast die ganze Zeit über mich geredet, und von dir weiß ich immer noch so gut wie nichts. Außer dass du einen fantastischen Hintern hast.« Sie gab mir lachend einen Klaps auf den Allerwertesten. »Vielleicht können wir uns ja mal treffen, Maja-mit-dem-Superpo.«

»Gern«, stimmte ich zu und überlegte insgeheim, wie ich Tanja und Oliver miteinander bekannt machen könnte. Irgendwas würde mir da schon einfallen. Tanja kramte in ihrer Handtasche herum, dann kritzelte sie mit einem Kugelschreiber ihre Handynummer auf die Rückseite eines alten Kassenbons.

Es tat mir schon ein bisschen leid, Tanja an Oliver abzutreten. Aber ich konnte nicht alles haben. Im Laufe unserer fast zwanzigjährigen Ehe hatten wir zwar stets nach der Devise gelebt »Was mein ist, ist auch dein«, doch es gab Grenzen: Die Freundin oder die Zahnbürste miteinander zu teilen, fand ich absolut indiskutabel. Darum war es ausgeschlossen, dass Tanja gleichzeitig meine Freundin und Olivers Geliebte werden würde. Leider.

»Es war schön, dich kennenzulernen.« Tanja reichte mir den Kassenbon mit ihrer Telefonnummer und zwinkerte mir zu. »Hoffentlich sehen wir uns bald wieder.«

Sie drückte mich herzlich an ihr gut gefülltes C-Körbchen und dann, ehe ich wusste, wie mir geschah, küsste sie mich. Und zwar nicht einfach nur flüchtig auf die Wange, wie Frauen untereinander das gewöhnlich tun, sondern mitten auf den Mund!

»Tschüs, mach's gut!«, verabschiedete sie sich mit einem fröhlichen Winken.

Ich öffnete den Mund, doch heraus kam nur ein heiseres, kaum hörbares Krächzen. Beim zweiten Versuch klappte es schon ein wenig besser. Immerhin schaffte ich es, leise »Tschö« zu stammeln. Bloß schade, dass Tanja diese rhetorische Meisterleistung nicht mehr mitbekam, denn sie war bereits losgezogen, um bei Christine ihre Schulden zu begleichen. Völlig perplex starrte ich ihr hinterher. Sie hatte längst die Boutique verlassen, da stand ich immer noch wie festbetoniert mit halb geöffnetem Mund an der gleichen Stelle.

»Du darfst dich wieder rühren«, witzelte Nadine, die unbemerkt neben mich getreten war. »Falls mir mal eine Schaufensterpuppe kaputtgeht, weiß ich ja jetzt, wo ich auf die Schnelle Ersatz herbekomme.« Sie hob ein T-Shirt, das heruntergefallen war, vom Boden auf und hängte es auf den Bügel zurück. »Schön, dass du dich mit Tanja so gut verstanden hast. Wirklich 'ne tolle Frau. Deinem Gesichtsausdruck nach zu urteilen, scheint sie dich ja mächtig beeindruckt zu haben.«

»So könnte man es auch nennen.« Ich leerte den Rest meines Proseccos in einem Zug. »Sag mal, ist es vielleicht möglich ...«, begann ich vorsichtig. »Also meinst du«, setzte ich erneut an, doch wie ein störrischer Gaul, der vor einem Hindernis scheute, wollte mir der Satz einfach nicht über die Lippen gehen.

Vielleicht lag ich ja mit meiner Vermutung völlig daneben und maß dem Kuss unnötig viel Bedeutung zu. Bei meiner Tochter und ihren Freundinnen war mir auch schon des Öfteren aufgefallen, dass sie sich zur Begrüßung oder zum Abschied auf den Mund küssten. Bislang hatte ich das jedoch als pubertäre Modeerscheinung abgetan, wie etwa die Marotte, ausnahmslos alle Vornamen bis zur Unkenntlichkeit zu verstümmeln und mit einem I am Ende zu versehen. Wenn Kathi mit ihrer Clique zusammen war, kam man sich vor wie beim Treffen der Pudelfreunde e. V. So gab es beispielsweise eine Jessi, Tessi, Michi, Vani und eine Yvi. Was die Unterscheidung der Mädchen zusätzlich erschwerte. Sie hatten nicht nur alle annähernd die gleichen Klamotten und die gleiche Frisur, sondern darüber hinaus auch noch ähnlich klingende Namen.

Im Gegensatz zu meiner Tochter war Tanja jedoch längst aus dem Teeniealter raus, und so fasste ich mir schließlich doch noch ein Herz.

»Könnte es sein, dass Tanja auf Frauen steht?«, fragte ich.

Nadine zog überrascht die Augenbrauen in die Höhe. Innerlich atmete ich auf. Puh, Schwein gehabt! Nadine kannte ihre Stammkundinnen aus dem Effeff. Abgesehen von so profanen Dingen wie der Konfektionsgröße, dem Alter und dem Beruf wusste sie meist auch über etwaige Krankheiten, kriminelle Vergangenheit und Kreditwürdigkeit Bescheid. Die sexuelle Orientierung gehörte somit sicherlich zu den Basisinformationen, die Nadine aus ihren Kunden herauskitzelte. Wenn Tanja lesbisch wäre, wüsste meine Freundin das garantiert. Ich konnte mich also entspannen. Der Kuss war bestimmt rein freundschaftlich und völlig harmlos gewesen.

»Sag bloß, du hast das nicht gemerkt?« Ich hatte Nadines Gesichtsausdruck richtig gedeutet. Sie war ehrlich überrascht –

überrascht über meine grenzenlose Naivität und Blödheit! »Natürlich ist Tanja lesbisch. Sie macht da auch überhaupt keinen Hehl draus.«

»Oh nein, das darf doch wohl nicht wahr sein! Sie hat mir, als wir die Dessous anprobiert haben, die ganze Zeit auf den Po gestarrt! Außerdem haben wir uns über Brüste unterhalten«, quietschte ich entsetzt.

Nicht genug, dass ich von einer Frau angebaggert worden war, ohne es zu bemerken, meine Idee, sie mit Oliver zu verkuppeln, war definitiv hinfällig. Darf ich vorstellen: Oliver, mein Ehemann. Tanja, meine neue lesbische Bekannte. Nicht gerade die idealen Ausgangsbedingungen für eine Affäre.

»Eine schöne Freundin bist du mir! Warum hast du mich denn nicht gewarnt?«, fragte ich Nadine vorwurfsvoll.

Nadine, die sich offenbar keiner Schuld bewusst war, zuckte ungerührt mit den Schultern. »Erstens habe ich geglaubt, dass du ohnehin ganz schnell spitzkriegst, wo der Hase lang läuft. Und zweitens dachte ich, mit einer Frau ins Bett zu gehen gehört vielleicht auch zu den Dingen, die du noch nie gemacht hast und gern mal ausprobieren würdest.«

Ich hatte auch noch nie einer Freundin vors Schienbein getreten. Nadine hatte Glück, dass das ebenfalls nicht zu den Dingen zählte, die ich gern mal ausprobieren wollte. Denn falls doch, wäre jetzt der ideale Zeitpunkt dafür gewesen …

Kapitel 13

Abwarten und Tee trinken – wie ich diese Redensart hasste! Mal ganz davon abgesehen, dass ich Tee immer nur dann trank, wenn ich krank war und mir ohnehin nichts anderes übrig blieb, als abzuwarten, bis ich endlich wieder auf den Beinen war, gab es für mich kaum etwas Schlimmeres, als zum Nichtstun verdammt zu sein. So wie's aussah, blieb mir im Moment jedoch keine andere Wahl. Ich hatte alles in meiner Macht Stehende getan, um Olivers Liebesleben in die richtigen Bahnen zu lenken. Nun war es an ihm, etwas daraus zu machen.

Im Geiste ging ich die infrage kommenden Kandidatinnen noch einmal durch. Tanja, die ich mir im Prinzip sehr gut an Olivers Seite vorstellen könnte, schied ja bedauerlicherweise aus dem Kreis der potenziellen Freundinnen aus. Was Anita betraf, tappte ich nach wie vor völlig im Dunkeln. Keine Ahnung, ob die zwei sich noch mal verabredet hatten, um Anitas Schraube zu suchen ... Blieb also nur noch Ines, mein drittes Blind Date.

Ich beschloss, per E-Mail mit ihr Kontakt aufzunehmen. Das war allemal besser, als gar nichts zu tun, denn langsam, aber sicher lief mir die Zeit davon. Zum einen würde Torben nicht ewig warten, zum anderen traten meine Schwindelanfälle in letzter Zeit häufiger auf. Mal nur ganz kurz, mal etwas länger. Was immer das auch zu bedeuten hatte: Ich war wild entschlossen, die Zeit, die mir noch blieb, voll auszukosten. Sex mit Torben inklusive. Leider erwies sich mein Gewissen dabei als echte Spaßbremse. Verdammt, so schwierig konnte es doch nicht sein, Oliver in gute Hände abzugeben ...

Liebe Ines! Ich hoffe, es geht dir gut, tippte ich mit meinem bewährten Zwei-Finger-Suchsystem, wobei ich meine Zeigefinger wie Greifvögel auf Beutefang suchend über der Tastatur kreisen und dann blitzschnell hinabstoßen ließ. *Machst du im Fitnesscenter Fortschritte? Hattest du schon Gelegenheit, Oliver näher kennenzulernen? Melde dich doch mal. Viele Grüße, Maja.*

Zufrieden klickte ich auf »absenden«. Als ich ein paar Stunden später mein Postfach öffnete, hatte Ines mir bereits geantwortet. Mit der Frau konnte man arbeiten! Gespannt las ich, was sie mir geschrieben hatte.

Hallo, Maja, danke der Nachfrage. Ja, ich mache tatsächlich Fortschritte. Meine Kondition ist schon um einiges besser geworden. Offenbar hatte ich mich etwas missverständlich ausgedrückt. Was kratzte mich ihre Kondition? Selbst wenn sie auf dem besten Wege war, zur Miss Fitness 2014 gekürt zu werden, interessierte mich das nicht die Bohne. Schnell las ich weiter. *Was deinen Mann betrifft: Ich weiß ja nicht, was dein Oliver dienstags und donnerstags abends treibt, aber ins Fitnessstudio geht er ganz sicher nicht. Gruß, Ines.*

Verwirrt starrte ich auf den Computerbildschirm. Wo, wenn nicht im Sportparadies, verbrachte Oliver denn sonst seine Dienstag- und Donnerstagabende? Traf er sich womöglich bereits regelmäßig mit Anita? Irgendwie passte das nur zeitlich nicht zusammen. Olivers Geburtstagsparty, auf der sich die beiden wiederbegegnet waren, hatte erst einige Wochen *nach* seiner Anmeldung im Fitnesscenter stattgefunden. Wenn Ines gleich nach unserem Treffen mit dem Training begonnen hatte, müssten die beiden sich im Sportparadies begegnet sein – vorausgesetzt, Oliver war tatsächlich hingegangen.

Da das aber offenbar nicht der Fall war, gab es für all das nur eine logische Erklärung: die große Unbekannte. Plötzlich fiel mir ein, wie ruhig und ausgeglichen mein Mann in letzter Zeit gewirkt hatte. Traf er sich womöglich schon seit Längerem hinter meinem Rücken mit einer anderen Frau? War er deshalb nicht mit Larissa ins Bett gegangen?

Plötzlich schien alles einen Sinn zu ergeben. Auch dass Oliver auf meine Nachfrage, ob es bei Frank und Sophie etwas Neues gab, immer nur den Kopf schüttelte. Wie hätte er denn etwas erfahren sollen, wenn er Frank überhaupt nicht getroffen hatte! Plötzlich fügte sich ein Puzzleteil an das andere. Die Buchstaben auf dem Bildschirm begannen vor meinen Augen zu tanzen. Zutiefst aufgewühlt rief ich bei Sophie an und erzählte ihr von Ines' Mail.

»Vielleicht hat diese Ines Oli ganz einfach nicht erkannt. Schließlich hat er mächtig abgenommen«, spekulierte Sophie, die nach wie vor nichts auf Oliver kommen ließ.

»Völlig ausgeschlossen.« Obwohl Sophie mich durchs Telefon nicht sehen konnte, schüttelte ich nachdrücklich den Kopf. »Wir hatten den Kandidatinnen doch extra ein Foto aus der Zeit geschickt, *bevor* Oli so zugelegt hat.«

»Möglicherweise geht Ines ins falsche Fitnesscenter«, suchte Sophie weiter nach einer plausiblen Erklärung. »Die Dinger schießen ja wie Pilze aus dem Boden.«

»Hm, ich weiß nicht. Möglich wäre das natürlich, obwohl ich es mir nicht wirklich vorstellen kann.« Nachdenklich knibbelte ich an meinem Fingernagel herum. »Könntest du Frank nicht mal unauffällig auf den Zahn fühlen, ob Oliver tatsächlich mit zum Sport gegangen ist?«, bat ich Sophie.

»Klar, mache ich«, versprach meine Freundin.

Zwei Tage später erhielt ich bei der Arbeit auf meinem Handy einen Anruf. Zuerst konnte ich außer lautem Schluchzen und zusammenhanglosem Gestammel nichts verstehen.

»Sophie?«, fragte ich unsicher.

»Er geht überhaupt nicht zum Sport!«

Es war tatsächlich Sophie, und es rührte mich zutiefst, wie sehr sie an meinem Schicksal Anteil nahm.

»Nach Ines' Mail habe ich mir schon gedacht, dass er nicht zum Sport geht. Aber darum brauchst du doch nicht zu weinen«, versuchte ich meine Freundin mit sanfter Stimme zu beruhigen. »Schließlich wollte ich ja, dass Oliver ...«

»Ich rede doch überhaupt nicht von Oliver«, unterbrach mich Sophie ungeduldig, »sondern von Frank. Er war gestern Abend nicht im Fitnesscenter, obwohl er mir gegenüber behauptet hat, er würde hingehen.« Erneut folgte ein heftiges Schluchzen und Schniefen. »Ich glaube, er betrügt mich!«

Nun war ich allerdings doch ein wenig geplättet. »Woher weißt du denn, dass er nicht im Fitnesscenter gewesen ist?«

»Versprich mir, dass du mich deshalb nicht verurteilst!«

Ich versprach es, denn ich konnte mir beim besten Willen nicht vorstellen, dass Sophie etwas tat, wofür man sie verurteilen könnte. Sie war die Tugendhaftigkeit und Ehrlichkeit in Person. Vergangenen Winter hatte sie sogar einen Fünfzigeuroschein, den sie auf der Straße gefunden hatte, beim Fundbüro abgegeben. Wahrscheinlich hatten die Mitarbeiter der Stadt sich mit dem Geld einen schönen Abend gemacht und auf die ehrliche Bürgerin einen getrunken.

»Nach deinem Anruf habe ich gleich mit Frank geredet. Eigentlich wollte ich ja nur wissen, ob Oliver tatsächlich mit zum Sport geht, aber irgendwie hat Frank so merkwürdig reagiert. Fast schon aggressiv. Er hatte eindeutig ein schlechtes Gewissen. Nenn es weibliche Intuition oder was auch immer, jedenfalls hatte ich plötzlich so ein Gefühl, dass mehr dahintersteckt, als dass er Oli deckt. Also habe ich Franks Sporttasche durchwühlt«, gestand Sophie zerknirscht.

»Unfassbar.«

»Siehst du, jetzt verurteilst du mich doch.«

»Nein, das tue ich nicht«, beschwichtigte ich sie schnell, während ich mit einer Hand ein paar vertrocknete Blüten von den Geranien abknipste. Zum Glück war gerade keine Kundschaft im Laden, sodass ich ungestört telefonieren konnte. »Ich finde es unfassbar, dass ich noch nicht selbst auf die Idee gekommen bin.«

»Ehrlich?«

»Ehrlich.« Ich warf die vertrockneten Blüten in den Mülleimer und wandte mich der nächsten Pflanze zu. »Komm, jetzt erzähl schon«, drängte ich. »Was hast du in Franks Tasche gefunden?«

»Sein Sport-T-Shirt.«

Wie bitte? Irgendwie konnte ich meiner Freundin nicht so ganz folgen. »Was soll er denn deiner Meinung nach sonst beim Sport tragen? Hemd und Krawatte?«

»Das T-Shirt hat aber nicht nach Schweiß gerochen. Und Frank schwitzt schon, wenn er nur an Sport denkt! Glaub mir, sobald er sich körperlich betätigt, riecht man das.«

So genau wollte ich das ehrlich gesagt gar nicht wissen. »Vielleicht war er gestern Abend auch nur zu groggy zum Trainieren«, gab ich zu bedenken. »Kann doch sein, dass er sich einfach an die Bar gesetzt und ein Bierchen getrunken hat. Oder es gibt eine andere harmlose Erklärung, warum er gestern nicht im Fitnesscenter gewesen ist.«

»Willst du wissen, was ich denke?« Die hysterischen kleinen Kiekser in Sophies Stimme gefielen mir gar nicht. »Unsere Männer haben das Sportparadies noch nie von innen gesehen. Außer vielleicht bei der Anmeldung.«

In Olivers Fall lag Sophie mit dieser Einschätzung möglicherweise sogar richtig. Aber was ihren eigenen Ehemann betraf, machte sie sich garantiert völlig umsonst Sorgen. Frank und eine Affäre? Pah, lächerlich! Eher gab es im Paradies eine Güllegrube ...

Ich wartete darauf, dass Oliver wie jeden Donnerstagabend zur gewohnten Zeit seine Sporttasche nehmen und das Haus verlassen würde. Doch nichts passierte. Er löffelte in aller Seelenruhe einen fettarmen Joghurt, aß ein Knäckebrot oder vielmehr ein halbes, denn die andere Hälfte landete zerkrümelt auf dem Fußboden, dann verschwand er nach oben.

»Gehst du heute nicht ins Sportparadies?«, fragte ich möglichst beiläufig, als ich ihm eine halbe Stunde später in sein Arbeitszimmer folgte, wo er geschäftig herumhantierte.

»Keine Zeit, ich muss noch ein paar Unterlagen zusammensuchen und packen.« Wie zum Beweis hielt Oliver einen prall gefüllten Schnellhefter in die Höhe. »Aus unserem Grillen am Wochenende wird wohl auch nichts werden. Zu dumm, ich muss morgen für drei Tage zu einem Kongress nach Frankfurt«, sagte er, ohne mich dabei anzusehen. »Sonntagabend komme ich zurück.«

»Zu einem Kongress?« Entgegen dem Rat meiner Mutter runzelte ich die Stirn. Was das wieder für Falten geben würde ... »So kurzfristig?«

»Ja, leider. Eigentlich wollte Sebastian hinfahren.« Als ich nichts darauf erwiderte, fügte Oliver noch hinzu: »Du weißt schon, Sebastian aus der Kanzlei.«

Welcher Sebastian denn sonst?, dachte ich aufmüpfig. Sebastian aus dem Fitnessstudio, das du nie besuchst? »Soll ich dir ein paar Klamotten rauslegen?«, fragte ich stattdessen aus alter Gewohnheit.

Wenn Oliver auf Geschäftsreise ging, suchte ich immer seine Sachen zusammen.

»Nein, lass mal«, lehnte Oliver, der plötzlich ganz versessen aufs Kofferpacken zu sein schien, hastig ab. »Ich mach das schon selbst.«

»Das ist nie im Leben eine Geschäftsreise«, erklärte ich im Brustton der Überzeugung, als sich unser Viererkleeblatt am nächsten Abend im Down Under versammelt hatte. »Er hat noch nicht mal einen Anzug mitgenommen.«

»Hast du Oliver darauf angesprochen?«, fragte Nadine, die aus dem Augenwinkel nach der Bedienung Ausschau hielt.

Vermutlich hatte sich die Gute auf der Toilette verschanzt oder war hinter der Theke in Deckung gegangen. Was ich ihr nicht einmal verübeln könnte. Wenn wir Pech hatten, würden wir also den Rest des Abends auf dem Trockenen sitzen.

»Nein, ich habe Oliver noch nicht zur Rede gestellt«, beantwortete ich Nadines Frage ruhig. »Ich dachte, ich warte damit lieber noch was. Wenn ich ihn zu früh mit meinem Verdacht konfrontiere, mache ich womöglich alles kaputt.«

Nadine und Britta nickten zustimmend.

»Soll ich versuchen, für morgen Abend noch mal einen Babysitter zu bekommen? Wenn Oliver nicht da ist, könnten wir ein bisschen um die Häuser ziehen oder vielleicht ins Kino gehen«, schlug Britta, die sich in letzter Zeit ein wenig rargemacht hatte, vor.

Ich merkte, wie ich errötete. »Äh ... morgen habe ich keine Zeit. Ich bin mit Torben verabredet.«

»Mit Torben. Soso.« Nadine lehnte sich mit einem süffisanten Grinsen auf ihrem Stuhl zurück. »Gut, dass du auf mich gehört und dir auf der Dessousparty vernünftige Unterwäsche zugelegt hast.«

Nadines Wortwahl entbehrte nicht einer gewissen Ironie. Denn wenn diese »Unterwäsche« eins nicht war, dann vernünftig ... Wahrscheinlich würde ich mir in dem knappen Höschen eine Blasenentzündung einhandeln. Aber noch bestand diese Gefahr nicht.

»Ich habe ganz bestimmt nicht vor, mit Torben ins Bett zu gehen. Jedenfalls nicht, solange die Sache zwischen Oliver und mir nicht abschließend geklärt ist. Trotzdem werde ich nicht brav zu Hause rumhocken und Däumchen drehen, während mein lieber Mann sich mit seiner Freundin in Frankfurt vergnügt.«

»Männer! Kennst du einen, kennst du alle«, stieß Sophie zwischen zusammengebissenen Zähnen hervor.

Nadine musterte sie überrascht und vergaß sogar für einen Moment, weiter nach der Bedienung Ausschau zu halten, die tatsächlich wie vom Erdboden verschluckt zu sein schien. Solche Töne war man von Sophie einfach nicht gewohnt.

»Frank war gestern wieder nicht beim Sport, stimmt's?«, fragte ich mitfühlend und griff über den Tisch hinweg nach ihrer Hand.

Sophie nickte bedrückt. »Es sei denn, sein Schweiß riecht neuerdings nach Weichspüler. Ich hab dir doch gesagt, dass er eine Affäre hat.«

»Moment, Moment! Also jetzt mal langsam.« Britta war sichtlich verwirrt. »Wie kommst du darauf, dass Frank dich betrügt? Wenn ich Maja eben richtig verstanden habe, war Oliver doch gestern Abend ebenfalls nicht beim Sport.«

»Ja, aber im Gegensatz zu Oliver war Frank auch nicht zu Hause.« Sophies Augen schwammen in Tränen und drohten jeden Moment überzulaufen. »Er hat um halb acht seine Sporttasche gepackt und ist losgezogen.«

»Dann ist doch alles bestens.«

»Eben nicht.« Ich übernahm es schnell, Nadine und Britta auf den neusten Stand zu bringen.

»Vielleicht benutzt er ein anderes Deo«, überlegte Britta laut, während sie sich nachdenklich am Kopf kratzte.

Offenbar konnte sie sich ebenso wenig wie ich vorstellen, dass ausgerechnet Frank, der seine Sophie vergötterte, zu einem Seitensprung fähig sein sollte.

»Frank hat kein neues Deo.« Sophie schüttelte so nachdrücklich den Kopf, dass ihre blonden Locken hin und her flogen. »Hab ich schon überprüft. Außerdem lag das T-Shirt immer noch so zusammengefaltet in der Tasche, wie ich es nach dem Bügeln in den Schrank geräumt habe.«

Okay, damit war zumindest eine Sache klar: Frank hatte sein Sportshirt nicht angerührt. Denn wer jemals gesehen hatte, wie ordentlich und akkurat Sophie die Wäsche zusammenfaltete, wusste, dass das niemand imitieren konnte. Außerdem: Wer würde schon ein getragenes T-Shirt, das ohnehin gewaschen werden musste, zusammenfalten? Eine Frau vielleicht, ein Mann jedoch niemals!

»Du musst mit Frank reden«, schärfte ich Sophie ein. »Das ist sicher alles nur ein großes Missverständnis.«

»Klar doch«, höhnte Nadine und zog eine Grimasse. »Leute, das ist alles nur ein großes Missverständnis. Die Erde ist in Wirklichkeit doch eine Scheibe.«

Kapitel 14

So ein Date war nichts für schwache Nerven! Ich fragte mich, warum manche Idioten beim Bungee-Jumping, Fassadenklettern oder Klippenspringen Kopf und Kragen riskierten, wenn sie diesen Adrenalinkick viel einfacher haben konnten. Den kompletten Samstag schwankte ich zwischen Hysterie und freudiger Erwartung. Um die Zeit bis zum Abend totzuschlagen, hatte ich erst den kompletten Garten von Unkraut befreit und mir anschließend ein entspannendes Schaumbad gegönnt. Wobei mit den Badezusätzen irgendwas nicht stimmen konnte, denn obwohl auf dem Etikett der Flasche »beruhigend und harmonisierend« stand, hatte ich mich nach der Badeorgie nervöser und aufgekratzter als zuvor gefühlt.

»Vielleicht hätte ich das Zeug doch lieber ins Badewasser schütten sollen, anstatt es zu trinken«, sagte ich zu Britta, als ich zum vierten Mal bei ihr anrief, weil ich seelischen Beistand brauchte. »Was meinst du? Soll ich lieber ein paar Minuten zu spät oder pünktlich kommen?«

»Wenn du so weitermachst, wirst du ohnehin zu spät kommen«, erwiderte Britta darauf nur trocken.

Womit sie um ein Haar recht behalten hätte, denn mir war völlig entfallen, wie viel Zeit so ein komplettes Beautyprogramm inklusive Gesichtsmaske, Augenbrauen zupfen, Nägel lackieren und allem Pipapo verschlang. Aber ich musste zugeben, dass sich die Mühe und der Zeitaufwand gelohnt hatten. Auf dem Weg zur

Haustür machte ich an der Garderobe kurz halt und warf einen letzten Kontrollblick in den Spiegel. Gar nicht so übel!

Obwohl mein Make-up dezent ausgefallen war und ich auf Rouge sogar ganz verzichtet hatte, waren meine Wangen sanft gerötet, und meine Augen strahlten. Ich trug ein schulterfreies blaues Etuikleid aus glänzendem Satinstoff, das ich mir vergangenes Jahr für besondere Anlässe zugelegt hatte. Und wenn der heutige Abend nicht ein besonderer Anlass war, dann wusste ich es auch nicht … Ich hatte das Kleid erst ein einziges Mal bei einer Jubiläumsfeier von Olivers Anwaltssozietät getragen, hatte mich darin aber nicht so recht wohlgefühlt, weil es für meinen Geschmack ein wenig zu eng saß. Davon war, als ich jetzt mein Spiegelbild betrachtete, allerdings nichts mehr zu sehen. Offenbar hatte die kalorienarme Ernährung nicht nur bei Oliver, sondern auch bei mir Wirkung gezeigt. Das Kleid passte perfekt! Da es spät am Abend sicher frisch werden würde, legte ich mir ein farblich genau auf den Satinstoff abgestimmtes Tuch über die Schultern. Lediglich der Schirm, der nicht in das winzige Handtäschchen passte, störte das Gesamtbild. Aber zu Hause lassen kam nicht infrage! Was nützte das schönste Outfit, wenn wir von einem Regenschauer überrascht wurden und ich anschließend aussah wie ein begossener Pudel?

Ich zog mir noch einmal die Lippen nach, dann warf ich mir selbst einen Kussmund zu, was mein Spiegelbild mit einem albernen Grinsen quittierte. Zum Glück gab es keine Zeugen! Tobias war mit seiner Clique verabredet, und Kathi übernachtete bei einer Freundin. Voll freudiger Erwartung schnappte ich mir meinen Schlüssel und verließ das Haus.

Doch ich kam nicht weit. Draußen auf dem Bürgersteig stolperte ich fast über Frau Hoffmanns Dackel, der mich wütend anknurrte. Wie gut, dass ich Torben gebeten hatte, mich nicht zu Hause, sondern an »unserer« Bushaltestelle abzuholen. Denn wo sich dieser kleine Giftzwerg herumtrieb, konnte auch seine Besitzerin nicht weit sein. Und richtig: In diesem Moment kam Frau Hoffmann um die Ecke gebogen und versperrte mir, bereit für ein kleines Schwätzchen, den Bürgersteig.

»'n Abend«, grüßte ich meine Nachbarin höflich und wollte mich schnell an ihr vorbeizwängen, doch da stand auf allen vieren breitbeinig ihr Bodyguard. Die beiden waren ein eingespieltes Team und nicht umsonst in der ganzen Nachbarschaft gefürchtet.

Frau Hoffmann musterte mich unverhohlen von oben bis unten. »Na, Sie haben sich aber in Schale geschmissen. Haben Sie etwas Besonderes vor?«

»Nein«, antwortete ich schnell und hätte mir, als es raus war, am liebsten die Zunge abgebissen.

Die Gute konnte sich an fünf Fingern abzählen, dass ich in diesem Outfit wohl kaum zum Tanken unterwegs war. Schon gar nicht ohne Auto. Mich interessierte jetzt schon brennend, zu was für einer haarsträubenden Story Frau Hoffmann unsere Begegnung inspirieren würde. Es stand zu befürchten, dass sie dabei der Wahrheit gefährlich nahekam …

»Na ja, es kann ja schließlich nicht jeder so früh zu Bett gehen wie Frau Funke.« Sie wies mit der Hundeleine in der Hand zu Jacquelines Haus hinüber. Tatsächlich! An allen Fenstern des Hauses waren die Rollläden heruntergelassen. »Aber vielleicht ist Frau Funke ja auch gar nicht da«, spekulierte Frau Hoffmann in der Hoffnung auf ein bisschen nachbarschaftlichen Klatsch weiter.

»Schon möglich«, gab ich ihr recht. »Vielleicht ist sie übers Wochenende weggefahren.«

Genau wie Oliver …

Plötzlich schoss mir ein total verrückter Gedanke durch den Kopf. Was, wenn Jacqueline die große Unbekannte war, mit der Oliver sich heimlich traf? Nein, völlig ausgeschlossen! Wir wohnten bereits seit mehr als drei Jahren nebeneinander. Wenn zwischen ihr und Oliver etwas gelaufen wäre, hätte ich das merken müssen. So blind konnte ich überhaupt nicht sein! Bestimmt tat ich Jacqueline Unrecht. Nur weil sie ein Problem damit hatte, Mein und Dein auseinanderzuhalten, hieß das noch lange nicht, dass sie sich fremde Ehemänner unter den Nagel riss. Ein Mann war doch schließlich kein Küchenmixer, oder?

»Na dann einen schönen Abend«, wünschte mir Frau Hoffmann, die wohl merkte, dass aus mir nichts mehr rauszubekommen war, und gab endlich den Bürgersteig frei.

Als ich die Bushaltestelle erreichte, wartete Torben dort bereits auf mich. Mit weichen Knien stieg ich in sein Auto. Ich hatte mir vorher den Kopf darüber zermartert, wie ich ihn begrüßen sollte, war aber zu keinem abschließenden Ergebnis gekommen. Glücklicherweise nahm Torben mir diese Entscheidung ab, indem er mich kurz umarmte und mir wie selbstverständlich einen Kuss auf die Wange gab. Ganz locker und unverkrampft, so als hätten wir das bereits Dutzende Male so praktiziert.

Du machst dir einfach viel zu viele Gedanken, ermahnte ich mich selbst. Und jetzt entspann dich und genieß den Abend!

Ich lehnte mich zurück und hörte Torben zu, der begeistert von der Ausschreibung zur Planung einer neuen Kindertagesstätte erzählte, an der er sich mit seinem Architekturbüro beteiligte.

»Mein Güte, in meinen Ohren klingt das eher nach einem Vergnügungspark«, staunte ich, nachdem er geendet hatte. »Als Kathi und Tobias in den Kindergarten gegangen sind, gab es auf dem Außengelände gerade mal ein Klettergerüst und einen Sandkasten.«

»Was hast du deinen Kindern eigentlich gesagt, wo du heute Abend hingehst?«, fragte Torben

»Ich habe erzählt, dass ich zum Essen verabredet bin.« Nach einer kurzen Pause fügte ich der Ehrlichkeit halber hinzu: »Mit meinen Freundinnen ...«

Wir konnten das Thema schließlich nicht die ganze Zeit ausklammern. Ich hatte Torben angerufen und gefragt, ob er Lust habe, sich mit mir zu treffen. Er hatte sich mit der Erklärung, mein Mann sei auf einer Geschäftsreise, zufriedengegeben. Ein paar Stunden später hatte er mir durch eine SMS mitgeteilt, dass er für den heutigen Abend eine Überraschung plane und ich mich schick machen solle. Dieser Aufforderung war ich gern gefolgt, denn ich konnte mich kaum daran erinnern, wann Oliver und ich das letzte Mal groß ausgegangen waren. Bis vor ein paar Jahren hatten wir an den Wochenenden viel unternommen: Kino, Konzerte, Restaurants, Musicals, Oper ... Doch diese Abende waren peu à peu weniger geworden und hatten irgendwann schließlich ganz aufgehört. Oliver nannte es vermutlich bereits ausgehen, wenn er die Jogginghose gegen eine Jeans eintauschte, um an der nächsten Tankstelle eine Tüte Chips oder eine Flasche Bier zu kaufen. Und seit ich ihn auf Diät gesetzt hatte, fiel selbst dieses Abendprogramm flach ...

»Alles okay bei dir?«, fragte Torben fürsorglich und legte seine rechte Hand kurz auf mein Knie. »Du schaust so bedrückt.«

»Nein, nein, mir geht's gut«, versicherte ich hastig.

Obwohl sich Torbens Hand längst nicht mehr auf meinem Knie befand, hatte ich das Gefühl, die Wärme seiner Berührung immer noch dort zu spüren.

Torben hatte sich ebenfalls in Schale geworfen. Auch wenn ich das vorher nicht für möglich gehalten hatte – im Anzug sah er noch umwerfender aus als in Freizeitklamotten. Ich konnte kaum die Augen von ihm abwenden, und ihm schien es andersherum genauso zu gehen. Was meine Nervosität weiter anheizte, denn einer von uns sollte besser die Straße im Auge behalten. Vorzugsweise Torben, er saß schließlich am Steuer ... Immer wenn sich unsere Blicke begegneten, ging ein aufgeregtes Kribbeln durch meinen Körper.

»Was ist denn nun die Überraschung? Komm, jetzt sag schon«, bettelte ich.

»Keine Chance. Meine Lippen sind versiegelt.«

Unwillkürlich blieb mein Blick an seinem Mund hängen, und mir fiel prompt eine viel bessere Methode als ein Siegel ein, um ihn zu verschließen ... Schnell wandte ich den Kopf zur Seite und schaute aus dem Fenster. Auch wenn es mit meinem Orientierungssinn nicht zum Besten stand, war mir bereits aufgefallen, dass wir Richtung Rhein fuhren. Im Geiste überlegte ich, in welches Restaurant mich Torben ausführen würde. Vermutlich handelte es sich um ein gehobenes Lokal, denn sonst hätte er mich wohl kaum gebeten, mich schick zu machen. Erst als Torben auf den Parkplatz der Schiffsanlegestelle abbog, kam mir der Gedanke, dass mich vielleicht doch etwas anderes als ein Restaurantbesuch erwarten könnte.

»Eine Schifffahrt?!?«, rief ich.

Torben tat, als würde er in ein Mikrofon sprechen: »Meine Damen und Herren, zu Ihrer rechten Seite sehen Sie Ihren rechten Nachbarn. Und zu Ihrer linken Seite ...« Er grinste so breit, dass eine Zahnbürste quer in seinen Mund gepasst hätte. »Keine Sorge, nicht irgend so eine langweilige Hafenrundfahrt, bei der man lauwarmes Sprudelwasser kredenzt bekommt. Ich habe, sozusagen last minute Karten für ein Krimidinner besorgt.« Als er meinen verblüfften Blick sah, fügte er ein wenig verunsichert hinzu: »Du hast dir doch gewünscht, mal wieder ein Theaterstück zu sehen.«

Kaum zu fassen, dass Torben sich das gemerkt hatte! Als wir uns im Biergarten getroffen hatten, waren wir irgendwie auch auf Kulturevents zu sprechen gekommen. Dabei hatte ich am Rande und wirklich nur ganz nebenbei erwähnt, dass ich gern mal wieder ins Theater gehen würde. Ein Krimidinner auf einem Schiff war noch um einiges origineller, und ich fand es rührend, wie viele Gedanken Torben sich um unsere Verabredung gemacht hatte.

Als ich an seiner Seite über die Gangway lief und dann das strahlend weiße Schiff betrat, fühlte ich mich wie Aschenputtel auf dem Weg zum Ball, nur dass ich der Einfachheit halber meinen Prinzen gleich mitgebracht hatte. Die lästige Schuhanprobiererei würde also entfallen …

An Bord herrschte eine beschwingte, erwartungsfrohe Stimmung, und ich sog begierig alle Eindrücke in mich auf. Nach einem Willkommenscocktail wurden wir zu unseren Plätzen geführt. Kurz darauf begann auch schon das Stück, und wie es sich für einen guten Krimi gehörte, ließ die erste Leiche nicht lange auf sich warten. Da mein Magen auf den Anblick von Blut für gewöhnlich eher mit verhaltener Begeisterung reagierte, rief ich mir schnell in Erinnerung, dass es sich bei dem roten Fleck, der sich auf dem weißen Hemd des Opfers ausbreitete, ganz sicher nur um Theaterblut oder die Burgundersoße handelte, die laut der Menükarte zum Hauptgang gereicht werden sollte.

Torben hatte bei der Auswahl des Theaterstücks ein gutes Händchen bewiesen. Die Handlung, die im Mafiamilieu spielte, war ausgesprochen spannend, und zwischendurch wurden immer wieder Zuschauer in den Ablauf miteinbezogen, was für etliche Lacher sorgte. Mal wurden sie als Zeugen befragt, mal mussten sie irgendwelche Requisiten halten oder hereintragen.

Die Zeit verging wie im Flug, und ich war überrascht, als in der Pause die Vorspeise serviert wurde: eine köstliche Lauchcremesuppe mit Krevetten. Wobei ich nicht sagen konnte, ob es an der Qualität des Essens oder an Torbens Gesellschaft lag, dass es mir so gut schmeckte. Torben war aufmerksam und charmant, und ich genoss seine Komplimente in vollen Zügen. Fast war ich ein bisschen enttäuscht, als die leeren Suppenteller abgeräumt wurden und die Vorstellung weiterging. Krimi und Dinner wechselten sich nun in lockerer Folge ab. Nachdem der Hauptgang vorüber war – lediglich die Burgundersoße, die mich an die zahlreichen Leichen erinnert hatte, war nicht so ganz nach meinem Geschmack –, kramte ich in meinem Handtäschchen nach meinem Handy, das ich vor dem Beginn der Vorführung lautlos gestellt hatte, und warf einen flüchtigen Blick auf das Display. Ich wollte mich nur kurz vergewissern, dass meine Kinder nicht versucht hatten, mich zu erreichen.

Oh Gott, was war das?! Mein Pulsschlag erhöhte sich sprunghaft. Irgendetwas musste passiert sein, anders konnte ich mir die Fülle der Anrufe nicht erklären. Selbst meine Mutter, die sehr ungeduldig und penetrant sein konnte, wenn sie etwas von mir wollte, würde mich nicht so mit Anrufen terrorisieren. Oder vielleicht doch? Ausnahmsweise wünschte ich mir sogar, dass sie diejenige war, die im Fünfminutentakt bei mir angebimmelt hatte, um mir zu sagen, dass ich ihr am Montag etwas von Aldi mitbringen sollte, oder um mich daran zu erinnern, dass Tante Irma morgen Geburtstag hatte.

Da das Theaterstück bereits weiterging, flüsterte ich Torben ins Ohr, dass ich schnell mal nach draußen zum Telefonieren müsste. Auf dem Außendeck überprüfte ich rasch die Anrufliste. Der erste Anruf, der kurz vor neun eingegangen war, kam von einem Anschluss, dessen Nummer mir nichts sagte. Die übrigen Anrufe stammten allesamt von Olivers Handy. Ich nahm nicht an, dass es Sehnsucht war, die ihn dazu getrieben hatte, alle paar Minuten meine Nummer zu wählen. Was zum Teufel konnte er von mir wollen?

Die Nachrichten auf meiner Mailbox stammten ebenfalls von ihm. Oliver klang besorgt: »Hallo, Maja! Wo steckst du? Ich hab dich zu Hause nicht erreicht. Ruf mich bitte zurück.«

Nachricht zwei klang schon weitaus weniger besorgt, dafür umso ungehaltener: »Maja?!? Ruf mich an. Es ist dringend.«

Als ich Nachricht drei abhörte, zuckte nicht nur ich, sondern auch mein Trommelfell erschrocken zusammen. »Das ist ein Notfall!« Himmel, warum schrie Oliver so? Ich war doch nicht schwerhörig, was sich allerdings schnell ändern konnte, wenn er weiter so rumbrüllte. »Verdammt, Maja, ruf mich endlich zurück!«

Schon gut, schon gut, ich hatte verstanden. Während der Rückruf aufgebaut wurde, überlegte ich fieberhaft, um was für eine Art Notfall es sich wohl handelte. Wenn irgendwas bei den Kindern nicht in Ordnung wäre, hätten sie mich und nicht Oliver angerufen. Schließlich wussten Tobias und Kathi, dass ihr Vater in Frankfurt war. Also musste Oliver selbst irgendein Problem haben. Hatte seine Freundin ihm ein Ultimatum gestellt? Wenn du dich nicht auf der Stelle von deiner Frau trennst, verlasse ich dich ... Oder hatte Oliver womöglich einen Unfall gehabt? Seit Freitagmorgen hatte ich nichts mehr von ihm gehört.

Oh nein, bitte nicht!, flehte ich im Stillen. Wie eine kalte, glibberige Nacktschnecke kroch mir die Angst den Rücken hinauf. Oliver hatte zwar äußerst lebendig geklungen, aber das allein musste noch nichts heißen ...

Ich atmete erleichtert auf, als er kurz darauf an sein Handy ging. So schlecht konnte es ihm nicht gehen, denn er überschüttete mich sofort mit Vorwürfen.

»Kannst du mir bitte mal verraten, wo du dich rumtreibst? Ich versuche seit Stunden, dich anzurufen. Zu Hause geht niemand ans Telefon, und über Handy bist du auch nicht zu erreichen.«

Prompt bekam ich ein schlechtes Gewissen, aber dann fiel mir ein, was Oliver vermutlich gerade trieb, und so antwortete ich bloß schnippisch: »Jetzt hast du mich ja erreicht. Was gibt's?«

»Nichts weiter.« Olivers Stimme triefte vor Ironie. »Außer dass dein Sohn festgenommen worden ist, weil er in einer Kneipe eine Schlägerei angezettelt hat. Ach ja, verletzt ist er übrigens auch. Nur für den Fall, dass dich das interessiert ... Offenbar ist die Frau Mama ja mit wichtigeren Dingen beschäftigt, oder warum hältst du es nicht für nötig, an dein Handy zu gehen?«

Meine Knie schlotterten, und meine Zähne schlugen kastagnettenartig aufeinander. Ich wusste nicht, ob ich vor Kälte oder vor Aufregung zitterte. »Ist Tobias ... ist Tobias schwer verletzt?«, fragte ich mit bebender Stimme, ohne auf Olivers Vorwürfe einzugehen.

Er hatte ja recht, und zwar mit allem! Was war ich nur für eine Rabenmutter! Irgendwie kam es mir so vor, als hätte ich meinen Sohn im Stich gelassen. Tobias brauchte mich, und ich war nicht für ihn da. Mir stiegen die Tränen in die Augen, und ohne dass ich es verhindern konnte, entfuhr mir ein kleiner, trockener Schluchzer.

»Beruhige dich, Bienchen.« Mit einem Mal klang Olivers Stimme warm und fürsorglich. »Ist ja zum Glück nichts Schlimmeres passiert. Der Polizist, mit dem ich telefoniert habe, hat gesagt, dass Tobias abgesehen von ein paar kleinen Blessuren okay zu sein scheint.«

»Gott sei Dank.« Erleichtert atmete ich auf. »Hast du schon mit Tobias gesprochen?«

»Nein, dazu war noch keine Gelegenheit.«

In knappen Worten berichtete Oliver, was er selbst wusste. Nach Auskunft des Polizisten hatte Tobias in einer Kneipe einen Mitschüler tätlich angegriffen, was zu einer Schlägerei größeren Ausmaßes geführt hatte. Der Wirt hatte die Polizei gerufen, die die Krawallmacher mit auf die Wache genommen hatte. Weil Tobias noch nicht volljährig war, musste er von dort abgeholt werden, und so hatte man erst versucht mich und dann Oliver anzurufen. Die unbekannte Rufnummer in der Anrufliste fiel mir ein. Das musste die Polizei gewesen sein.

»Ich habe deine Mutter gebeten, Tobias von der Wache abzuholen«, teilte mir Oliver mit.

Unwillkürlich zuckte ich zusammen. Dieser Satz war wie ein Schlag in die Magengrube. Natürlich war es sehr umsichtig von Oliver, meine Mutter zu benachrichtigen. Auch ich wollte nicht, dass unser Sohn länger als nötig verletzt und mutterseelenallein auf der Polizeiwache saß und darauf wartete, dass ihn endlich jemand abholen kam. Aber musste dieser Jemand ausgerechnet meine Mutter sein?!? Warum hatte Oliver nicht gleich das Jugendamt informiert?

Vermutlich hatte ich es nicht anders verdient, und eigentlich spielte es auch gar keine Rolle. Denn das Einzige, was jetzt zählte, war Tobias.

Nachdem ich Oliver versprochen hatte, ihn sofort zu informieren, sobald ich etwas Genaues erfuhr, verabschiedete ich mich. In diesem Moment öffnete sich die Tür, und Torben trat aufs Deck hinaus.

»Ach, hier bist du! Ich hab dich schon auf die Vermisstenliste setzen lassen, weil ich dachte, du wärst über Bord gegangen«, flachste er fröhlich.

Schweigend starrte ich auf das dunkle Rheinwasser. Was war wohl schlimmer: als Fischfutter zu enden oder von meiner Mutter zerfleischt zu werden?

»Du hast das Dessert verpasst.« Torben verdrehte die Augen und rieb sich genießerisch den Bauch. »Eine köstliche Mousse au Chocolat an Beerenfrüchten.«

»Könntest du bitte aufhören, von Essen zu reden?«, bat ich Torben und kämpfte gegen die aufsteigende Übelkeit an.

»Was ist denn los?«, fragte Torben. »Du siehst ja ganz blass um die Nase aus. Bist du seekrank, oder hat das irgendetwas mit deinem Telefonat zu tun?«

»Sag dem Kapitän, er soll anhalten. Ich muss sofort aussteigen!«

Normalerweise neigte ich nicht zur Hysterie, aber in Anbetracht der Umstände machte ich eine Ausnahme.

»Langsam, langsam. So einfach geht das nicht. Wie du weißt, befinden wir uns nicht in einem Bus oder einer Straßenbahn, sondern auf einem Schiff. Da kann man nicht an jeder Ecke anhalten.« Torben legte mir beschwichtigend die Hand auf die Schulter. »Als Erstes beruhigst du dich jetzt mal, und dann erzählst du mir, was passiert ist.«

»Tobias …«, schluchzte ich aufgelöst. »Es ist was mit Tobias. Oh Gott! Er ist verletzt und von der Polizei festgenommen worden. Scheiße, Scheiße, Scheiße …«

»Verletzt? Ist die Verletzung schlimm? Und was hat die Polizei damit zu tun?«

Ich versuchte die Ereignisse genauso sachlich und strukturiert wiederzugeben, wie Oliver es kurz zuvor getan hatte. Was jedoch gründlich misslang. Torben schien die Zusammenhänge trotzdem zu verstehen. Zumindest fragte er nicht weiter nach.

»Mach dich nicht verrückt«, sagte er ruhig. »Ist bestimmt alles halb so wild. Jungs sind so. Die prügeln sich halt mal gern. Jetzt lass dir doch von so einer kleinen Rauferei nicht den Abend verderben.«

Ich zitterte wie Espenlaub. Torben zog seine Jacke aus und wollte sie mir über die Schultern legen, doch ich stieß ihn von mir.

»Kleine Rauferei? Wir reden hier nicht von einer harmlosen Sandkastenrangelei, wo ein Rabauke dem anderen ein Sandschäufelchen über die Rübe gezogen hat.« Fassungslos sah ich ihn an. »Hast du mir überhaupt zugehört? Tobias ist von der Polizei festgenommen worden.«

»Mitgenommen, nicht festgenommen.« Torben lehnte sich mit dem Rücken gegen die Reling. »Das ist ein himmelweiter Unterschied. Sie haben ihn ja offenbar gleich wieder gehen lassen. Jetzt befindet er sich nicht etwa in einer kargen Gefängniszelle, sondern in Omas Obhut zu Hause. Maja, versuch loszulassen. Dein Sohn ist fast erwachsen. Nächstes Jahr wird er volljährig!«

»Na und?!? Das spielt doch überhaupt keine Rolle.« Unsere Blicke kreuzten sich wie Säbelklingen. »Egal, wie alt Kathi und Tobias auch sein mögen – sie werden immer, hörst du, *immer* meine Kinder bleiben. Aber das kannst du nicht verstehen. Wie auch? Du hast ja schließlich keine.«

Torben sah verletzt aus. »In etwa zwanzig Minuten werden wir in Düsseldorf anlegen«, sagte er nach einem Blick auf seine Armbanduhr kühl. »Dann fahre ich dich auf dem schnellsten Weg nach Hause.«

Auf der Rückfahrt herrschte im Auto eisiges Schweigen. Was für ein Fiasko! Während Torben wieder zu seinem Platz zurückgekehrt war, um sich den Rest des Theaterstücks anzusehen, hatte ich weiter bibbernd auf Deck gestanden und abwechselnd versucht, meinen Sohn auf seinem Handy und zu Hause jemanden zu erreichen. Aber entweder Tobias und meine Mutter waren noch nicht dort eingetroffen, oder sie gingen nicht ans Telefon. Auch als ich jetzt vom Auto aus nacheinander beide Nummern wählte, hob niemand ab. Meine Nerven waren zum Zerreißen gespannt.

Unruhig rutschte ich auf dem Ledersitz herum. Das monotone Brummen des Motors wurde nur gelegentlich von den tickenden Geräuschen des Blinkers unterbrochen.

»Kannst du nicht was schneller fahren?«, fragte ich Torben gereizt.

»Ich fahre schon achtzig, obwohl hier nur fünfzig erlaubt sind.«

Ohne dass wir vorher darüber gesprochen hatten, hielt Torben wieder an der Bushaltestelle und ließ mich aussteigen. Der Abschied verlief ziemlich unterkühlt.

»Mach's gut«, murmelte ich, ohne Torben dabei anzusehen.

»Gleichfalls. Und alles Gute für deinen Sohn«, wünschte mir Torben gestelzt.

»Danke.« Aber das hörte er vermutlich gar nicht mehr, weil ich bereits die Autotür zugeschlagen hatte.

Den Weg zu unserem Haus legte ich im Laufschritt zurück. Ich machte mir die schlimmsten Vorwürfe. Aber diese Vorwürfe waren harmlos im Vergleich zu den Vorhaltungen, die meine Mutter mir machte, als ich gegen elf die Haustür aufschloss.

»Maja, wie schön, dass du auch mal geruhst, dich hier blicken zu lassen«, begrüßte sie mich. »Was bist du bloß für eine Mutter? Deine Kinder könnten tot am Straßenrand liegen, und du würdest es nicht einmal mitbekommen.«

»Mein Handy war lautlos gestellt«, machte ich einen zaghaften Versuch, mich zu rechtfertigen, wohl wissend, dass das sowieso vergebliche Liebesmüh war. »Warum bist du nicht ans Telefon gegangen?«, fragte ich schwach. »Ich habe, nachdem ich mit Oliver gesprochen hatte, ununterbrochen versucht, hier anzurufen.«

»Ich fand es wichtiger, mich um meinen Enkelsohn zu kümmern.«

»Danke«, sagte ich mühsam beherrscht, denn ich war mir sicher, dass meine Mutter absichtlich nicht ans Telefon gegangen war, um mich für mein egoistisches Verhalten bluten zu lassen. »Wo ist Tobias?«

»Im Wohnzimmer.«

Als ich den Raum betrat, saß Tobias wie ein Häufchen Elend zusammengekauert auf dem Sofa. Sein Gesicht sah ziemlich lädiert aus. Quer über seine Stirn verlief eine große Schramme, das rechte Auge war zugeschwollen, und seine Lippe blutete. Als er mich sah, hellten sich seine Gesichtszüge auf. Zumindest kam es mir so vor, denn vor lauter Blessuren ließ sich seine Mimik nur sehr schwer deuten.

»Hey, mein Schatz, was machst du denn für Sachen?«

Ich schloss meinen Sohn behutsam in die Arme. Zum einen, weil ich ihm keine unnötigen Schmerzen zufügen wollte, zum anderen, weil ich mir nicht sicher war, ob ihm so viel mütterliche Nähe recht war. Umso erstaunter stellte ich fest, dass er meine Umarmung erwiderte. Plötzlich war er wieder mein kleiner Junge. Mein kleiner Tobias! Nur mit Mühe widerstand ich dem Drang, ihm zum Trost ein paar Gummibärchen anzubieten. Ich strich ihm sanft über die Haare.

»Hast du große Schmerzen? Dein Gesicht hat ja ordentlich was abbekommen.«

»Ist mir noch überhaupt nicht aufgefallen«, scherzte Tobias und befreite sich aus meiner Umarmung.

Genug gekuschelt! Wehmütig fragte ich mich, wann ich meinem Sohn wohl das nächste Mal so nah sein durfte.

»Du solltest mal den anderen sehen.« Tobias versuchte, das Gesicht zu einem kleinen Grinsen zu verziehen, ließ es aber dann doch lieber bleiben. »Autsch.«

»Jetzt erzähl erst mal, was überhaupt passiert ist.«

»Wir waren mit unserer Clique Billard spielen, da ist auf einmal Erik aufgetaucht und hat Jana angemacht.«

Jana war seit ein paar Wochen Tobias' Freundin. Ein nettes Mädchen, das er auch schon einige Male mit nach Hause gebracht hatte.

»Und wie ging's weiter?«

Ich konnte mir beim besten Willen nicht vorstellen, dass Tobias einfach so zugeschlagen hatte. Er war beileibe kein Weichei, aber erst recht kein Schlägertyp.

»Jana hat Erik abblitzen lassen, doch er ist immer weiter um sie herumscharwenzelt. Da hab ich ihm gesagt, dass er sich endlich verpissen soll. Stattdessen ist er Jana nur noch enger auf die Pelle gerückt. Als er sie dann auch noch begrapscht hat, sind bei mir sämtliche Sicherungen durchgebrannt, und ich habe dem Idioten ein paar in die Fresse gehauen.«

Unter anderen Umständen hätte ich meinen Sohn für seine Ausdrucksweise zurechtgewiesen, aber das war der falsche Zeitpunkt für erzieherische Maßnahmen. Manchmal musste man die Dinge einfach beim Namen nennen. Dieser Erik war wirklich ein Idiot. Und ich stand ihm in nichts nach …

Kapitel 15

Normalerweise war ich kein allzu großer Befürworter der Vogel-Strauß-Taktik. Aber da mir partout keine brauchbaren Alternativen eingefallen waren, hatte ich beschlossen, fürs Erste den Kopf in den Sand zu stecken: Ich war nie bei Tatjana gewesen. Vor mir lag eine lange, glückliche Zukunft. Mit meiner Ehe war alles in schönster Ordnung – ich hatte weder versucht, meinen Mann zu verkuppeln, noch betrog mich Oliver. Und Torben war mir selbstverständlich nie begegnet …

Allerdings musste ich schnell feststellen, dass auch die Vogel-Strauß-Taktik gewisse Sicherheitslücken aufwies. Denn dafür, dass wir uns ja eigentlich gar nicht kannten, schickte Torben mir ganz schön viele Nachrichten. Seit unserem gemeinsamen Abend auf dem Schiff, der so unschön geendet hatte, versuchte er ununterbrochen, mich per SMS oder telefonisch zu erreichen – er brachte fast meine Mailbox zum Kollabieren. Ich wusste nicht, was mich mehr beeindruckte: seine Beharrlichkeit oder sein Wortschatz. Echt unglaublich, wie viele verschiedene Arten es gab, es tut mir leid zu sagen. Nichtsdestotrotz löschte ich alle seine Nachrichten, meine Gefühle ließen sich jedoch nicht so einfach per Tastendruck entfernen.

In der vergangenen Nacht hatte ich einen Traum gehabt: Auf einem Boot, das frappierende Ähnlichkeit mit dem Schiff aufwies, auf dem das Krimidinner stattgefunden hatte, lehnte Torben an der Reling, und an der Schiffsanlegestelle stand Oliver. Ich befand mich genau zwischen ihnen auf der Gangway. Beide Männer winkten mir zu und schienen darauf zu warten, dass ich zu ihnen kam. Ich wusste nicht mehr ein noch aus. Und weil ich mich nicht entscheiden konnte, sprang ich schließlich ins eiskalte Wasser.

Als ich aufwachte, rang ich nach Luft. Mein Herz pochte wie wild, und es dauerte eine ganze Weile, bis ich begriff, dass alles nur ein Traum gewesen war.

Gott sei Dank! Schon erstaunlich, wozu das Unterbewusstsein fähig war – es führte nicht nur bei Träumen Regie, es konnte sogar Kaffee kochen! Denn meiner Familie hatte ich den herrlichen Duft von frisch aufgebrühtem Kaffee, den ich zu riechen glaubte, bestimmt nicht zu verdanken, schon gar nicht an einem stinknormalen Werktag. Ich blinzelte verschlafen, dabei fiel mein Blick auf den Wecker auf meinem Nachttisch. Die rot leuchtenden Ziffern der Digitalanzeige ließen in meinem Kopf sämtliche Alarmglocken anspringen: 08:50! Ach du heiliger Strohsack, wir hatten verschlafen!

Mit einem Schlag war ich hellwach. Ich sprang aus dem Bett, lief auf den Flur hinaus und hämmerte gegen die geschlossenen Zimmertüren der Kinder.

»Aufstehen! Wir haben verschlafen!«

Dann rannte ich, so schnell mich meine nackten Füße trugen, die Treppe hinunter. Dort angekommen, blieb ich wie vom Donner gerührt stehen. Träumte ich etwa immer noch?

Ich rieb mir die Augen und betrachtete verwirrt den Frühstückstisch, der für zwei Personen gedeckt war. Neben einer Vase mit einem bunten Blumenstrauß standen eine Karaffe Orangensaft sowie eine Platte mit Käse und Wurst. Der Brotkorb war gefüllt mit unterschiedlichen Brötchen und frischen Croissants. Und als wäre dieses ganze Szenario nicht schon ungewöhnlich genug, entdeckte ich nun auch noch Oliver, der den frisch aufgebrühten Kaffee in eine Thermoskanne goss.

Was zum Teufel ging hier vor?! Als hätte er meine unausgesprochene Frage gehört, drehte Oliver sich in diesem Moment um und lächelte mir zu.

»Morgen, Bienchen.«

»Wo sind Tobias und Kathi?«, fragte ich wie in Trance.

Ich rechnete immer noch damit, jeden Moment aufzuwachen und in meinem Bett zu liegen.

»In der Schule, wo sie um diese Zeit hingehören. Alles ist gut, entspann dich.«

Oliver stellte die Thermoskanne auf den Tisch und kam auf mich zu.

»Aber warum habt ihr mich denn nicht geweckt?« Ich fuhr mir mit der Hand durch meine ungekämmten, strubbeligen Haare. »Haben die Kinder was für die Pause mitgenommen? Hast du Kathi an ihren Schlüssel erinnert? Ich versteh einfach nicht, warum mein Wecker nicht geklingelt hat.«

»Weil ich ihn gestern Abend ausgestellt habe. Alles Liebe zum Hochzeitstag, Bienchen.«

»Oh ...« Oliver zog mich an sich und wollte mich küssen, doch ich drehte schnell den Kopf zur Seite. »Ich hab mir noch nicht die Zähne geputzt«, murmelte ich.

»Willst du dich vor dem Frühstück noch ein bisschen frisch machen?« Oliver war geradezu ekelhaft gut gelaunt.

»Das wäre wohl nicht schlecht.«

Benommen tappte ich ins Badezimmer und griff nach meiner Zahnbürste. Nach dem merkwürdigen Tagesbeginn, der mich völlig aus der Bahn geworfen hatte, war ich froh, einem gewohnten Ritual nachgehen zu können. Während ich mir so lange die Zähne putzte, bis mein Zahnfleisch empört aufjaulte, dachte ich fieberhaft nach. Wie hatte mir unser Hochzeitstag nur durchgehen können? Das war mir noch nie passiert! Olivers Verhalten war jedoch nicht minder ungewöhnlich. Denn in einem Punkt war in der Vergangenheit auf meinen Mann immer Verlass gewesen – dass *er* unseren Hochzeitstag in schönster Regelmäßigkeit vergaß! Dass er ausgerechnet dieses Jahr daran dachte, konnte nur eins bedeuten. Er hatte ein schlechtes Gewissen, und ich konnte mir an fünf Fingern abzählen, warum …

»Ehrlich gesagt bin ich sogar ganz froh, dass du unseren Hochzeitstag auch mal verschwitzt hast«, erklärte Oliver, als wir kurz darauf am Frühstückstisch Platz genommen hatten. »Sonst ist das ja immer mein Part.«

»Stimmt.«

So konnte man es auch sehen. Obwohl sich mein Magen wie zugeschnürt anfühlte, fischte ich mir brav ein Brötchen aus dem Brotkorb und begann, daran herumzusäbeln.

»Verrätst du mir, was du vorhast? Versuchst du eine Skulptur zu schnitzen, oder möchtest du das Brötchen einfach nur aufschneiden?«, fragte Oliver und reichte mir mit einem amüsierten Augenzwinkern über den Tisch hinweg das Brotmesser. Dann wies er auf den hellgelben Umschlag, der an der Blumenvase lehnte und auf dem mein Name stand. »Bist du denn überhaupt nicht neugierig?«

Normalerweise war Neugier mein zweiter Vorname, aber in diesem speziellen Fall war ich mir nicht so sicher, ob ich wissen wollte, was sich in dem Kuvert verbarg. Zögernd griff ich danach und öffnete es so vorsichtig, als könnte es eine Briefbombe enthalten. Und in der Tat befand sich darin jede Menge Sprengstoff. Sprachlos starrte ich auf die Flugtickets in meiner Hand.

»Ich hab sogar extra in dem Hotel, in dem wir vor zwanzig Jahren gewohnt haben, ein Zimmer reserviert. Kaum zu glauben, dass es den alten Kasten noch gibt. Freust du dich nicht?«, fragte Oliver, der wohl mit etwas mehr Begeisterung gerechnet hatte.

»Doch … Sicher freue ich mich … Ich … ich bin nur so überrumpelt. Vielen Dank.« Meine Mundwinkel taten vom angestrengten Lächeln weh.

Mit einem geübten Messerhieb köpfte Oliver sein Frühstücksei. »Na, dann ist mir die Überraschung ja gelungen. Wir haben schließlich seit Jahren davon gesprochen, dass wir noch mal nach Wien wollen.«

Aber doch nicht ausgerechnet jetzt! Man merkte wirklich, dass es Oliver beim Fremdgehen an Übung mangelte. Hätte er mir, um sein schlechtes Gewissen zu beruhigen, nicht teure Klunker oder einen Pelzmantel kaufen können, so wie andere Männer das auch taten?! Warum eine Reise? Und dann auch noch ausgerechnet nach Wien! Der Ort, an dem wir so glücklich miteinander gewesen waren. Das Andenken an diese schöne Zeit hatten wir täglich vor Augen. Wäre ich damals nicht ungeplant schwanger geworden, hätten wir möglicherweise nie geheiratet ... Das erinnerte mich daran, dass es höchste Zeit war, einen weiteren Punkt meiner To-do-Liste in Angriff zu nehmen. Vielleicht würde mich das von der drohenden Wien-Reise ablenken.

Einen Termin bei meiner Frauenärztin zu bekommen war ungefähr so aussichtsreich wie eine Audienz beim Papst zu ergattern. Bereits Wochen im Voraus war der Terminplan dicht. Trotzdem war es mir gelungen, die Sprechstundenhilfe zu überreden, Kathi am Nachmittag dazwischenzuschieben. Möglicherweise verdankte ich diesen Erfolg meinem Charme. Oder die Sprechstundenhilfe konnte sich daran erinnern, wie unschön mein letzter Praxisbesuch verlaufen war. Vielleicht lag es aber auch einfach nur daran, dass ich am Telefon von einem Notfall gesprochen hatte ... Eine ungewollte Schwangerschaft zu verhindern war doch auch irgendwie ein Notfall, oder etwa nicht? Aber das war möglicherweise Auslegungssache ...

Leider wusste Kathi meinen Einsatz nicht wirklich zu schätzen. »Toll, jetzt darf ich hier stundenlang in diesem miefigen Wartezimmer rumhocken, anstatt mit meiner Clique ins Freibad zu gehen. Danke schön, Mama! Ich weiß wirklich nicht, was ich hier soll.«

Kathi hatte nicht gerade leise gesprochen, und so war es nicht weiter verwunderlich, dass alle Patientinnen im Wartezimmer interessiert zu uns herübersahen. An ihrer Stelle wäre ich auch dankbar über etwas Abwechslung gewesen. Diese Rumsitzerei war wirklich ziemlich langweilig, und in den Frauenzeitschriften stand doch irgendwie immer das Gleiche.

»Das haben wir nun wirklich oft genug durchgekaut«, zischte ich ärgerlich und hoffte, meine Tochter so zum Schweigen zu bringen.

Netter Versuch. Aber damit Kathi den Mund hielt, brauchte es schon mehr. Ein Knebel wäre beispielsweise nicht schlecht gewesen.

»Andere Mütter machen einen Riesenaufstand, wenn ihre Töchter sich die Pille verschreiben lassen«, echauffierte sich Kathi weiter. »Tessis Mutter beispielsweise ...«

»Na siehst du, Tessi nimmt also auch die Pille. Warum sperrst du dich dagegen? Sonst wollt ihr Mädchen doch auch immer genau das Gleiche haben. Wenn ich nur an diese sündhaft teuren Ballerinas denke ...«

Zugegeben, der Vergleich hinkte ein wenig, aber zur Enttäuschung unseres Publikums kamen wir ohnehin nicht dazu, das Thema fertig auszudiskutieren, denn in diesem Moment wurden wir aufgerufen und von der Sprechstundenhilfe ins Behandlungszimmer geführt.

Nachdem Frau Dr. Leonhardt uns freundlich begrüßt hatte, bat sie uns, Platz zu nehmen. »Was führt dich denn zu mir, Kathi?«

»Meine Mutter.«

Der Blick, den Kathi mir dabei zuwarf, hätte Menschen, die es noch nie mit einem pubertierenden Teenager zu tun gehabt hatten, womöglich Angst eingeflößt. Ich hingegen wusste, dass die Mordgelüste, die sich darin widerspiegelten, genauso schnell wieder verschwinden würden, wie sie gekommen waren.

Frau Dr. Leonhardt sah mich fragend an. »Gibt es bei Ihrer Tochter irgendwelche Probleme?«

»Bis jetzt nicht. Und damit das auch so bleibt, möchte ich gern, dass Sie meiner Tochter die Pille verschreiben.«

»Und du möchtest das offenbar nicht«, wandte die Frauenärztin sich nun wieder ein wenig ratlos, wie mir schien, an Kathi.

Die nickte nur störrisch.

»Bist du denn sexuell aktiv?«, fragte Frau Dr. Leonhardt meine Tochter.

»Sexuell aktiv? Kann man denn auch sexuell passiv sein?« Um mir eins auszuwischen, hatte Kathi sich offenbar vorgenommen, die aufmüpfige Rebellin zu spielen, aber an dem unsicheren Flackern in ihren Augen erkannte ich, dass sie längst nicht so cool war, wie sie sich nach außen hin gab. »Wahrscheinlich wollen Sie wissen, ob ich steif wie ein Brett unten liege und meinen Freund die ganze Arbeit erledigen lasse.«

Frau Dr. Leonhardt lächelte nachsichtig. »Eigentlich wollte ich nur wissen, ob du überhaupt Sex hast.«

»Nein. Nur ein bisschen Knutschen und Petting«, gab Kathi freimütig zu.

Eigentlich hätte ich jetzt beruhigt sein sollen. Die eigene Mutter log man möglicherweise an, aber doch nicht seine Ärztin. Zumindest hoffte ich das. Trotzdem – ein Rest Unsicherheit blieb.

»Hast du denn einen festen Freund?«, bohrte Frau Dr. Leonhardt, die wohl spürte, dass ich immer noch nicht restlos überzeugt war, weiter.

Meine Tochter und ich antworteten zeitgleich, sie mit Nein, ich mit Ja.

Die Ärztin sah verwirrt von einer zur anderen.

»Aber mit diesem Sebastian bist du doch bestimmt schon vier Wochen zusammen«, versuchte ich die Richtigkeit meiner Angaben zu belegen.

»Fünf Wochen und drei Tage«, korrigierte Kathi mich unwirsch.

»Na bitte, sag ich ja. In deinem Alter ist das doch schon etwas Festes.«

»Boah, Mama!« Kathi verdrehte genervt die Augen. »Aber wir schlafen noch nicht zusammen.«

»Wenn es so weit ist, kannst du jederzeit zu mir kommen, okay?«, unterbrach Frau Dr. Leonhardt die Mutter-Tochter-Diskussion, griff in ihre Schreibtischschublade und holte eine bunte Dose heraus.

Als Tobias und Kathi noch klein gewesen waren, hatten sie sich beim Kinderarzt auch jedes Mal eine kleine Süßigkeit aus einer solchen Dose aussuchen dürfen. Einen Lolli, ein Tütchen Gummibärchen, einen Riegel Kinderschokolade oder manchmal sogar ein kleines Spielzeug.

Frau Doktor Leonhardt öffnete die Dose und hielt sie Kathi einladend entgegen. »Greif zu.«

»Hm ... Brombeergeschmack«, freute sich Kathi.

Sie ist eben doch noch mein kleines Mädchen, dachte ich gerührt und beobachtete, wie meine Tochter mit glänzenden Augen in der Dose herumwühlte. Na ja, so klein nun auch wieder nicht, ergänzte ich im Stillen, als sich Kathi anstelle des erwarteten Lollis ein Kondom herausgriff.

»Nur zur Sicherheit. Und damit deine Mutter beruhigt ist. Denn unverhofft kommt bekanntlich oft.«

Auf dem Rückweg zum Auto blieb Kathi plötzlich mitten auf dem Bürgersteig stehen. »Bereust du es, dass du uns bekommen hast?« Ihre Augen glänzten verdächtig feucht.

Ohne Rücksicht darauf, dass wir den kompletten Gehweg versperrten, blieb ich ebenfalls stehen und nahm meine Tochter in die Arme.

»Ach Süße, wie kommst du denn auf so etwas?«

»Na, weil du so versessen darauf bist, dass ich die Pille nehme. Und du warst ja selbst noch ziemlich jung, als Tobias und ich geboren worden sind.«

Kathi zu erklären, dass ich vielleicht nicht mehr da sein würde, wenn das Thema Verhütung bei ihr aktuell wurde, war wohl kaum zu ihrer Beruhigung geeignet.

»Jetzt hör mir mal ganz genau zu.« Ich schob Kathi um Armeslänge von mir und sah ihr fest in die Augen. »Tobias und du, ihr seid mit Abstand das Beste, was mir in meinem Leben passiert ist. Ich würde euch für nichts auf der Welt hergeben.«

Kathi schniefte. Auf ihrem Gesicht breitete sich ein schiefes Grinsen aus. »Nicht einmal für einen begehbaren Kleiderschrank?« Sieh mal einer an, das hatte sie sich also gemerkt. Irgendwann hatte ich mal erwähnt, dass ein begehbarer Kleiderschrank – gleich nach dem perfekten Mann und braven Kindern – der Wunschtraum einer jeden Frau war. »Oder für eine Tochter, die in Mathe den Durchblick hat?«, legte Kathi, die langsam wieder Oberwasser bekam, schelmisch nach.

»Ich liebe euch, so wie ihr seid. Ohne Wenn und Aber.« Und das meinte ich auch so! »Wahrscheinlich gibt es zum Kinderkriegen sowieso keinen richtigen oder falschen Zeitpunkt. Trotz aller Freude, die Kinder machen, sollte man die Belastung, die ein Baby mit sich bringt, nicht unterschätzen. Die vielen schlaflosen Nächte, die Sorgen, wenn so ein kleiner Wurm krank ist und so weiter und so weiter. Vieles wird leichter, wenn man seine Ausbildung beendet und den richtigen Mann an seiner Seite hat. Aber bis dahin hast du noch jede Menge Zeit.« Ich sah meine Tochter liebevoll an und strich ihr eine Haarsträhne aus der Stirn. »Du bist doch selbst fast noch ein Kind.«

Den letzten Satz hätte ich mir wohl besser verkniffen. Ich biss mir auf die Lippen und wartete auf lautstarken Protest, doch Kathi nickte nur zufrieden.

Kapitel 16

Oliver schien sich nach wie vor in Sicherheit zu wiegen und ging dienstags und donnerstags weiter zum »Sport«. Musste eine gute Ehefrau die Affäre ihres Mannes eigentlich auch sportlich nehmen? Die Wien-Reise, die am kommenden Wochenende stattfinden sollte, lag mir wie ein Stein im Magen. Am Montag war ich davon überzeugt, dass es am besten wäre, Oliver zu bitten, die Tickets zurückzugeben. Am Dienstag tendierte ich dazu, in letzter Sekunde eine Migräne vorzutäuschen. Zwar hatte ich noch nie unter Migräne gelitten, aber irgendwann war schließlich immer das erste Mal. Und am heutigen Mittwoch wusste ich überhaupt nichts mehr.

Ich hatte meine Mittagspause zum Einkaufen genutzt und kehrte nun schwer bepackt zum Gießkännchen zurück. Zum Glück war Marianne gerade zufällig zur Stelle und hielt mir die Ladentür auf. Als ich mich mit meinen Einkäufen an ihr vorbeizwängte, wies sie mit einem missbilligenden Kopfschütteln auf eine Tüte, aus der oben ein Bund Porree und ein Kopf Salat herausschauten.

»Macht ihr etwa immer noch Diät zu Hause? Denk daran, dir zwischendurch auch mal 'ne Tafel Schokolade zu gönnen, sonst siehst du bald selbst aus wie eine Porreestange.«

Anstelle einer Antwort lachte ich nur. Nachdem ich meine Einkäufe teils im Kühl-, teils im Garderobenschrank deponiert hatte, rief ich Oliver in der Kanzlei an, um ihn zu bitten, auf dem Heimweg eine Kiste Mineralwasser mitzubringen. Er kam ohnehin an einem Getränkehandel vorbei, und ich hatte weiß Gott schon genug zu schleppen. Doch anstelle von Oliver erreichte ich nur seine Sekretärin.

»Ihr Mann macht Mittagspause, er ist außer Haus«, teilte sie mir mit.

Mittagspause? Normale Menschen machten Mittagspause, aber doch nicht ein Workaholic wie Oliver. Und schon gar nicht zwei Mal in einer Woche! Erst zwei Tage zuvor hatte ich um die Mittagszeit herum versucht, Oliver zu erreichen, doch auch da musste ich mit seiner Sekretärin vorliebnehmen.

»Möchten Sie für Ihren Mann eine Nachricht hinterlassen?«

Am liebsten hätte ich Olivers Sekretärin gebeten, ihm auszurichten, dass er ein treuloser Schuft und ein hinterhältiger Betrüger war. Aber zum einen war ich mir nicht sicher, ob das zum Aufgabengebiet einer Sekretärin gehörte, zum anderen hatte ich es ja schließlich nicht anders gewollt. Wenn Oliver sich in seiner Mittagspause – mit wem auch immer – vergnügte, hatte ich wohl kaum das Recht, ihm daraus einen Strick zu drehen. Obwohl ich tief in meinem Inneren schon gewisse Mordgelüste hegte ...

Ich wünschte Olivers Sekretärin noch höflich einen schönen Tag und verabschiedete mich, um mich wieder an die Arbeit zu machen, als Marianne mich aufhielt.

»Maja, können wir mal kurz reden?«

»Ja, sicher.«

Mich beschlich das unbestimmte Gefühl, dass Marianne mit mir nicht über das Wetter plaudern wollte. Schade eigentlich, denn bei diesem Thema hätte ich dank meiner morgendlichen Recherche glänzen können. Beim Frühstückmachen hatte ich die Wettervorhersage im Radio gehört und anschließend sicherheitshalber noch eine zweite Meinung eingeholt. Aber auch im Internet waren sich die Meteorologen einig: Es sollte ein warmer, sonniger Tag werden.

»Lass uns in mein Büro gehen«, sagte Marianne mit ernster Miene. »Wir hören ja die Ladenglocke, wenn Kundschaft kommt.«

Mit einem mulmigen Gefühl in der Magengegend folgte ich Marianne in ihr Büro, das kaum größer war als eine Besenkammer. Wenn sich zwei Personen gleichzeitig dort aufhielten, durften sie keine allzu schnellen Bewegungen oder weit ausholenden Gesten machen, sonst konnte es leicht passieren, dass einer dem anderen eine blutige Nase verpasste. Aus diesem Grund nutzte Marianne das Zimmerchen in der Regel nur zur Erledigung von Büroarbeiten. Was also war so wichtig, dass wir es nicht auch im Laden besprechen konnten?

War Marianne womöglich mit meiner Arbeit unzufrieden?

Angestrengt überlegte ich, ob ich mir in letzter Zeit etwas zuschulden hatte kommen lassen, aber mir wollte beim besten Willen nichts einfallen. Ich war immer pünktlich, fleißig und freundlich zur Kundschaft gewesen. Die Vasen, Blumentöpfe und sonstigen Dinge, die ich bei Flowerpower bestellt hatte, verkauften sich nach wie vor hervorragend. Was konnte ich sonst verbockt haben? Vielleicht hatte ich aus Versehen mal zu viel Wechselgeld rausgegeben. Aber würde Marianne mich deshalb in ihr Büro zitieren?

»Du weißt, das Geschäft ist mein Ein und Alles«, begann Marianne, die sich hinter ihren Schreibtisch gesetzt hatte, während ich gegenüber auf einem Klappstuhl Platz genommen hatte. »In den letzten Jahren habe ich meine ganze Energie und mein Herzblut hier reingesteckt.«

Marianne machte eine kleine Pause. Da ich nach wie vor keine Ahnung hatte, worauf sie hinauswollte, nickte ich einfach nur zustimmend.

»Aber wie du weißt, bin ich auch nicht mehr die Jüngste«, fuhr meine Chefin fort. »Eigentlich hatte ich vor, mich mit fünfundsechzig zur Ruhe zu setzen. Das ist nun schon wieder zwei Jahre her. Höchste Zeit, mich endlich aus dem Geschäft zurückzuziehen.« Marianne schloss energisch einen Aktenordner, der vor ihr auf dem Schreibtisch lag. »Ich denke, der Jahreswechsel ist dafür genau der richtige Zeitpunkt.«

»Nett von dir, dass du mir so früh Bescheid sagst.« Nur mit Mühe rang ich mir ein gequältes Lächeln ab. Ich liebte meine Arbeit, das Gießkännchen war mir im Laufe der Zeit richtig ans Herz gewachsen. Darüber hinaus würde ich, wenn Oliver und ich uns erst einmal getrennt hatten, dringend einen Job brauchen. Aber wenn Marianne verkaufen wollte, um sich zur Ruhe zu setzen, war das natürlich verständlich und ganz allein ihre Sache. »Ich werde mich beizeiten nach einem neuen Job umsehen«, sagte ich und wollte aufstehen, doch Marianne gab mir mit einem Handzeichen zu verstehen, dass wir noch nicht fertig waren.

»Das fände ich ausgesprochen schade. Mir schwebt da nämlich eine ganz andere Lösung vor. Deine Kinder sind fast erwachsen, du könntest also auch ohne Probleme ganztags arbeiten. Was hältst du davon, wenn du meine Geschäftsführerin wirst?«

Meine Kinnlade gehorchte dem Gesetz der Schwerkraft, sie klappte nach unten. Ich hatte Geschäftsführerin verstanden. Vermutlich lag das daran, dass Marianne auch klar und deutlich Geschäftsführerin gesagt hatte.

»Ich ... ich kann das nicht«, stammelte ich. »Danke für das Angebot, Marianne, aber ich kann das nicht.«

»Keine Sorge, ich schmeiß dich nicht einfach so ins kalte Wasser. Ich würde mich peu à peu aus dem Geschäft zurückziehen und dich in aller Ruhe einarbeiten. Und wer weiß: Vielleicht möchtest du das Geschäft ja irgendwann einmal ganz übernehmen.«

Gerade eben noch Geschäftsführerin und jetzt schon Ladenbesitzerin! Das war eindeutig zu viel. Natürlich freute ich mich über das Vertrauen, das Marianne mir entgegenbrachte, aber gleichzeitig machte es mir auch Himmelangst. Selbst wenn ich alle Fähigkeiten und Qualifikationen besaß, die man brauchte, um ein solches Geschäft zu führen, durfte ich Mariannes Vorschlag auf gar keinen Fall annehmen. Schließlich wollte sie ihren Ruhestand genießen und suchte nach einer langfristigen Lösung. Sie hatte bestimmt keine Lust, sich in ein paar Wochen oder Monaten schon wieder einen neuen Geschäftsführer zu suchen.

Von einem Moment auf den anderen brach ich in haltloses Schluchzen aus. Die Anspannung der vergangenen Wochen entlud sich in einem unkontrollierbaren Weinkrampf, der meinen ganzen Körper schüttelte.

Marianne zwängte sich an ihrem Schreibtisch vorbei und nahm mich in den Arm. »Ein paar Freudentränen gut und schön, aber findest du nicht, dass du jetzt ein bisschen übertreibst?«

»Ich … ich kann dein Angebot nicht annehmen, weil ich möglicherweise bald sterben werde«, brach es aus mir heraus.

Auf Mariannes Gesicht machte sich Betroffenheit breit. Sie setzte sich auf die Schreibtischkante und griff nach meiner Hand. »Oh Gott, was ist denn los, Maja? Warum hast du mir denn nichts erzählt? Bist du krank?«

Ich redete mir alles von der Seele. Angefangen mit dem Besuch bei der Wahrsagerin bis hin zu den Schwindelanfällen, die in letzter Zeit immer häufiger auftraten. Und wo ich schon mal dabei war, Marianne mein Herz auszuschütten, erzählte ich ihr auch gleich noch von Torben und von meinen Versuchen, für Oliver eine passende Frau zu finden. Was sich im Nachhinein als völlig überflüssig erwiesen hatte, da mein Mann diese Aufgabe offenbar bereits selbst erledigt hatte.

Marianne sah mich erwartungsvoll an. »Kommt da noch was?«

Ich schüttelte den Kopf. Reichte das nicht? Was für Horrorgeschichten wollte Marianne denn noch hören? Dass Oliver unser Haus verspielt hatte? Oder dass Kathi auf den Strich ging?

»Meine Güte, da hast du mir aber einen ordentlichen Schreck eingejagt«, sagte Marianne lachend, wurde jedoch sogleich wieder ernst. »Ich kann gut verstehen, dass du total durch den Wind bist. In den vergangenen Wochen ist bei dir ja so einiges zusammengekommen.«

»Das kannst du wohl laut sagen«, schluchzte ich und nahm das Paket Taschentücher, das Marianne aus ihrer Schreibtischschublade hervorgeholt hatte, dankbar entgegen.

»Im Gegensatz zu dir wundert es mich allerdings überhaupt nicht, dass dir so oft schwindlig wird«, fuhr Marianne, die wieder auf der Schreibtischkante Platz genommen hatte, fort. »Hast du dich in letzter Zeit eigentlich mal im Spiegel angeschaut?«

Was mein Aussehen mit meinem Gesundheitszustand zu tun haben sollte, war mir schleierhaft. Außer dass beides vermutlich schon mal besser gewesen war ... Als ich nicht sofort antwortete, sondern mir stattdessen erst einmal geräuschvoll die Nase schnäuzte, machte Marianne eine wegwerfende Handbewegung.

»Ach was, vergiss den Spiegel, den brauchst du gar nicht. Eigentlich müsstest du deine Knochen bei jedem Schritt klappern hören. An dir war ja noch nie besonders viel dran, aber seit bei euch zu Hause nur noch Grünzeug auf den Tisch kommt, bist du noch dünner geworden. Kein Wunder, dass dein Kreislauf da nicht mitspielt. Dein Körper schlägt Alarm.«

Völlig perplex starrte ich Marianne an. Mir kam es so vor, als wäre ich die ganze Zeit in einem stockfinsteren Raum herumgeirrt, ohne die Tür zu finden, und nun hatte endlich jemand das Licht angeknipst. Offenbar war nicht nur mein Taillenumfang, sondern auch mein Gehirn geschrumpft. Marianne hatte völlig recht! Stress und Aufregung schlugen mir immer zuerst auf den Magen. Im Gegensatz zu Britta oder Nadine, die bekennende Frustesser waren, brachte ich, wenn ich Probleme oder Kummer hatte, kaum etwas herunter. Und das Wenige, was ich in den vergangenen Wochen gegessen hatte, war fast ausnahmslos kalorienarm und fettreduziert gewesen.

»Was diese Tatjana betrifft ... Ich will gar nicht so weit gehen zu behaupten, dass das alles Mumpitz oder gar Betrug ist«, redete Marianne nach einer kurzen Pause, in der ich Zeit gehabt hatte, ihre Worte sacken zu lassen, weiter. »Vielleicht gibt es wirklich

Menschen, die über besondere spirituelle Kräfte verfügen. Wer weiß das schon. Aber dass die Wahrsagerin in ihrer Kugel nichts gesehen hat, muss noch lange nicht heißen, dass du bald sterben wirst.«

»Was könnte es denn deiner Meinung nach sonst bedeuten?«

»Keine Ahnung. Ich an deiner Stelle würde es auch gar nicht wissen wollen.« Ihr Blick ging ins Leere, und einen Moment lang schien sie ganz weit weg zu sein. »Habe ich dir eigentlich mal erzählt, wie mein Mann gestorben ist?«

Ich schüttelte den Kopf.

»Paul hatte Magenkrebs. Als die Krankheit bei einer Routineuntersuchung entdeckt wurde, befand der Krebs sich bereits im fortgeschrittenen Stadium. Die Ärzte haben meinem Mann geraten, sich besser keine Langspielplatte mehr zuzulegen ... Alle Spezialisten, die wir konsultiert haben, waren sich einig – ein paar Wochen, höchstens ein paar Monate haben sie ihm noch gegeben. Aber mein Paul hat auf diese Prognose nichts gegeben. Er hat gekämpft wie ein Löwe und noch zwei Jahre gelebt. Und weißt du, wie er am Ende gestorben ist?« Marianne schüttelte den Kopf, als könnte sie es immer noch nicht fassen. »Bei einem Autounfall.«

»Das tut mir leid«, hauchte ich betroffen.

»Das muss es nicht. Uns ist mehr gemeinsame Zeit geblieben, als wir zu hoffen gewagt haben. Weißt du, das Leben geht manchmal merkwürdige Wege. Möglicherweise fällt mir morgen ein Meteorit auf den Kopf, und ich bin mausetot. Aber das will ich gar nicht wissen, denn bis dahin möchte ich jeden Moment genießen. Verstehst du, was ich damit sagen will?«

»Äh ... ich glaub schon.« Angesichts von Pauls Schicksal und der Art, wie er damit umgegangen war, schämte ich mich, dass ich mich von einer nebulösen Wahrsagerprognose so hatte unterkriegen lassen. »Wichtig ist nur das Hier und Jetzt«, fasste ich Mariannes Ausführungen in einem Satz zusammen.

Meine Chefin nickte zufrieden. Ich war eine gelehrige Schülerin. Vielleicht hatte ich ja doch das Zeug zur Geschäftsführerin …

Die restlichen Stunden im Gießkännchen vergingen quälend langsam. Noch nie zuvor hatte ich den Feierabend so herbeigesehnt! Als es endlich Zeit war, nach Hause zu gehen, machte ich mich mit meinen Einkaufstüten auf den Weg zum Parkplatz. Dabei grübelte ich in einer Tour. Nach der Trennung von Oliver würde mir nichts anderes übrig bleiben, als wieder ganztags arbeiten zu gehen. Irgendwo musste das Geld ja schließlich herkommen. Aber gleich als Geschäftsführerin? War das nicht mindestens zwei bis drei Nummern zu groß für mich? Andererseits wuchs man ja bekanntlich mit den Aufgaben … Wie junge Hunde, die sich balgten, purzelten meine Gedanken wild durcheinander. Mal gewann der eine die Oberhand, dann mal wieder der andere. Verdammt, was sollte ich nur tun? Ich steuerte auf mein Auto zu und blieb abrupt stehen, als ich sah, dass ich dort erwartet wurde.

Torbens Anblick traf mich völlig unvorbereitet. Mein Herz zog sich schmerzhaft zusammen, mein Magen vollführte vor lauter Aufregung ein paar wilde Purzelbäume. Woher wusste Torben überhaupt, wann ich Feierabend hatte? Oder wartete er womöglich schon den ganzen Nachmittag auf mich?

Torben hatte sich gegen den Kotflügel meines Autos gelehnt und sah mir entgegen. In diesem Moment wurde mir bewusst, *wie* sehr ich ihn vermisst hatte! Am liebsten wäre ich auf ihn zugerannt und hätte mich in seine Arme geworfen. Es erforderte unglaublich viel Selbstbeherrschung, es nicht zu tun. Jetzt bloß nicht schwach werden, ermahnte ich mich. So ähnlich musste sich ein trockener Alkoholiker in der Nähe einer Bar fühlen. Und Torben war Tequila oder etwas anderes Hochprozentiges …

»Was willst du hier?«, fragte ich barscher als beabsichtigt, stellte die schweren Einkaufstüten auf dem Boden ab und verschränkte die Arme wie ein Schutzschild vor der Brust. Ich durfte auf keinen Fall zulassen, dass er mir zu nahe kam, sonst würde ich womöglich rückfällig werden.

»Mit dir reden«, antwortete Torben.

»Ich wüsste nicht, worüber.«

»Zum Beispiel darüber, ob du meine Entschuldigung annimmst. Du ignorierst meine Anrufe und antwortest auf keine SMS.« Abwartend sah er mich an. »Hast du meine Nachrichten wenigstens gelesen?«

»Nicht alle«, gab ich ehrlich zu. Irgendwann hatte ich damit aufgehört, um mich selbst nicht unnötig zu quälen.

»Das habe ich mir schon fast gedacht.« Torben nickte wissend. »Wie geht es deinem Sohn?«

»Besser. Er hat eine kleine Schnittwunde an der Stirn, die gut verheilt. Allerdings haben seine Rippen wohl auch etwas abbekommen, denn …« Ich brach mitten im Satz ab und beäugte Torben misstrauisch. »Willst du das wirklich wissen? Neulich abends hat es dich doch auch nicht interessiert.«

»Das ist nicht wahr. Natürlich hat es mich interessiert. Ich war einfach nur wahnsinnig enttäuscht, weil ich mich so auf den Abend mit dir gefreut hatte.«

»Meinst du vielleicht, ich nicht? Aber ich kann mich nun mal nicht einfach so weiter amüsieren, wenn eins meiner Kinder mich braucht.«

»Ich habe keine Kinder und weiß nicht, wie das ist. Aber dafür kannst du mich doch nicht bestrafen.«

»Ich will dich nicht bestrafen«, widersprach ich entsetzt.

Glaubte er etwa, dass ich mich deshalb nicht bei ihm gemeldet hatte? Wenn jemand eine Bestrafung verdient hatte, dann einzig und allein ich selbst! Nur aus diesem Grund hatte ich es für besser gehalten, den Kontakt abzubrechen. Mir war es wie ein Fingerzeig von oben erschienen – zum ersten Mal hatte ich nur an mich und mein Vergnügen gedacht und sofort die Quittung dafür bekommen.

»Ob's dir nun gefällt oder nicht: Ich hab mich in dich verliebt!«

Torbens Worte klangen beinahe trotzig, sein Blick hingegen war liebevoll. Als ich ihn erwiderte, schienen all meine guten Vorsätze vom Wahnsinnsblau seiner fantastischen Augen davongespült zu werden. Vielleicht war das, was ich als Zeichen oder gar Strafe interpretiert hatte, in Wirklichkeit nur ein Zusammentreffen unglücklicher Umstände gewesen ... Genau wie mein Besuch bei Tatjana?

Mariannes Standpauke hatte aus mir ganz bestimmt keinen Optimisten gemacht, der ab sofort den lieben langen Tag pfeifend durch die Gegend lief. Dafür hätte es schon einer Gehirnwäsche bedurft. Aber zumindest hatte ich mir vorgenommen, nicht mehr ständig darüber nachzudenken, was für schlimme Dinge mich in Zukunft erwarten könnten. Noch lebte ich schließlich. Auch wenn Oliver und ich uns trennen würden, konnte ich für meine Kinder da sein.

»Gib mir einfach noch ein wenig Zeit«, bat ich Torben.

»Wenn's weiter nichts ist! Ich kann warten. Von mir aus nimm dir so viel Zeit, wie du brauchst.« Torben lächelte mich voller Wärme und Zärtlichkeit an. »Ach, ehe ich's vergesse ... Ich hab noch was für dich.«

Er zog ein blaues Schächtelchen aus seiner Jackentasche.

»Was ist das?«, fragte ich gespannt.

»Mach's auf. Dann weißt du es.«

Dieser Logik konnte ich mich nicht verschließen. Mit steifen Fingern öffnete ich den Deckel. Zum Vorschein kam ein schwarzes Lederband mit einem matt gebürsteten Edelstahlanhänger in Form einer Blüte. Wunderschön gearbeitet und genau mein Stil. Ich war nicht käuflich – aber trotzdem gerührt und beeindruckt.

Zu meinem letzten Geburtstag hatte Oliver mir goldene Ohrringe geschenkt, sehr hübsche und sicher auch sehr teure Creolen. Dummerweise trug ich jedoch keinen Goldschmuck und hatte auch noch nie welchen getragen. Das war Olivers geschätzter Aufmerksamkeit in den vergangenen zwei Jahrzehnten wohl entgangen. Schon komisch, da verbrachte man sein halbes Leben miteinander, glaubte sich in- und auswendig zu kennen – und dann so etwas! Ob Oli wusste, dass ich meinen Kaffee mit viel Milch und einem Löffel Zucker trank? Ich hätte nicht darauf wetten wollen …

Torben hingegen kannte mich gerade mal ein paar Wochen und traf intuitiv meinen Geschmack. Vielleicht lag es aber auch daran, dass er als Architekt schon von Berufs wegen einfach das richtige Auge und ein Gefühl für Stil hatte.

Ich nahm das Lederband aus der Schachtel und versuchte, es anzulegen, doch der Verschluss klemmte.

»Warte, ich helfe dir.«

Torben trat so dicht hinter mich, dass ich die Wärme seines Körpers durch meine Jeansjacke hindurch spüren konnte. Oder bildete ich mir das nur ein? Seine Hände strichen ganz sacht an meinem Nacken entlang. Die feinen Härchen dort richteten sich auf. Obwohl es lediglich eine kurze flüchtige Berührung, kaum mehr als ein schwacher Windhauch, gewesen war, lief ein Schauer meinen Rücken entlang.

Nachdem Torben die Kette geschlossen hatte, drehte er mich an den Schultern sanft zu sich herum und begutachtete das Schmuckstück.

»Sehr schön.«

Ich nahm es ihm nicht übel, dass er seinen Blick kurz von meinem Hals zu meinem Dekolleté wandern ließ, denn seinem zufriedenen Gesichtsausdruck nach zu urteilen, gefiel ihm alles, was er sah.

Ich hätte Torben so wahnsinnig gern geküsst, zärtlich, leidenschaftlich, aber erst einmal musste ich die Sache mit Oliver klären.

Kapitel 17

Nach dem Wiedersehen mit Torben gab ich mir noch eine Nacht, um darüber zu schlafen, doch dann stand meine Entscheidung fest: Ich würde Oliver bitten, die Reise zu canceln. Das verlängerte Wochenende in Wien war sowieso eine einzige Farce. Verdammt, was wollten wir uns damit beweisen? Dass wir Weltmeister im Heile-Welt-Spielen waren? Dass wir uns zwar nicht mehr liebten, aber den Schein tapfer aufrechterhielten? Wegen der Kinder, der Steuern, des Hauses oder aus welchen Gründen auch immer? Wie ich meinen Mann kannte, hatte er bestimmt eine Reiserücktrittsversicherung abgeschlossen. Für alle Fälle. Jetzt war so ein Fall eingetreten. Auch wenn die Versicherungsgesellschaft das vielleicht etwas anders sehen würde. Ein eheliches Zerwürfnis zählte vermutlich nicht zu den Dingen, die in der Police geregelt waren. Aber wofür war Oliver schließlich Anwalt?

Ich rappelte mich vom Sofa hoch, legte das Buch zur Seite, das ich mir, ohne darin zu lesen, vor die Nase gehalten hatte, und ging nach oben, wo Oliver kurz zuvor kommentarlos in seinem Arbeitszimmer verschwunden war. Als ich den Raum betrat, stand er am Fenster und telefonierte. Er hatte mir den Rücken zugedreht und schien mich gar nicht zu bemerken. Ich wollte gerade gehen, um später wiederzukommen, als etwas in seiner Stimme mich zurückhielt. Sie klang weich, beinahe zärtlich.

»Ich freue mich auch.«

Dann lauschte er eine Weile in den Hörer. Wenn ich nicht

ohnehin geahnt hätte, dass Oliver fremdging, so hätte ich spätestens jetzt hellhörig werden müssen.

»Ich zähl die Minuten«, säuselte er.

Die Person am anderen Ende der Leitung schien etwas zu erwidern – sicher nicht, dass er sich die Zählerei sparen konnte, weil es dafür schließlich Uhren gab –, denn das Nächste, was Oliver nach einem leisen Lachen sagte, war: »Ich dich auch.«

Man brauchte nicht besonders viel Fantasie, um zu erraten, worum es ging ...

Am Anfang unserer Beziehung hatten Oliver und ich uns ständig gesagt, dass wir uns liebten, dann nur noch zu besonderen Gelegenheiten sowie an Sonn- und hohen Feiertagen und schließlich gar nicht mehr. Warum über Dinge reden, die ohnehin selbstverständlich waren? Ich hatte mir nicht vorstellen können, dass Oliver die berühmt-berüchtigten drei Worte je zu jemand anderem als zu mir sagen würde. Merkwürdigerweise tat das mehr weh als die Vorstellung, dass Oliver mit einer anderen Frau ins Bett ging.

Als ich mich gerade wieder unbemerkt aus dem Raum schleichen wollte, knarzte eine Parkettdiele unter meinen Füßen, und Oliver fuhr erschrocken herum. Diesen Gesichtsausdruck kannte ich! Genauso hatte Kathi mich angesehen, als ich sie neulich hinter der Garage beim Rauchen erwischt hatte. Oliver stand das schlechte Gewissen im Gesicht geschrieben, aber ich fühlte mich mindestens genauso ertappt wie er.

»Sorry, aber ich muss jetzt Schluss machen.« Plötzlich klang seine Stimme ganz sachlich und nüchtern. »Danke für den Anruf.«

Oliver beendete das Gespräch und stellte dann das Telefon zurück auf die Ladestation.

Verdammt, hätte er nicht wenigstens sein Handy benutzen können? Dass Oliver das Gespräch mit der großen Unbekannten von unserem gemeinsamen Hausanschluss aus geführt hatte, fand ich echt geschmacklos. Fast kam es mir so vor, als hätte ich ihn mit einer anderen Frau in unserem Ehebett erwischt. Nur dass man bei einem Telefon nicht die Laken wechseln konnte ...

»Äh ... das war Andreas«, stammelte Oliver. »Du kennst ihn ja.«

»Natürlich kenne ich Andreas.« Deshalb wusste ich auch, wie die beiden miteinander redeten. »Ich dich auch« kam gewöhnlich nicht in ihrer Konversation vor. »Du mich auch« schon eher.

»Äh ... ja klar kennst du Andreas. Ich meine, du weißt ja, wie er ist. Immer in Gedanken bei der Arbeit, sogar nach Feierabend. Er hat angerufen, um mich an eine Frist zu erinnern«, sagte Oliver, ohne mir dabei in die Augen zu schauen.

Er war wirklich ein lausiger Lügner! Aber selbst wenn er die ganze Geschichte etwas überzeugender vorgetragen hätte, wäre mir sofort klar gewesen, dass hier etwas faul war. Zum einen weil Oliver und Andreas aufgrund ihrer unterschiedlichen Fachrichtungen arbeitsmäßig kaum etwas miteinander zu tun hatten, zum anderen weil ich wusste, dass Oliver in puncto Fristen äußerst penibel war. Dass er dabei sogar die Minuten zählte, war mir neu.

»Wolltest du etwas von mir?«, fragte Oliver und warf dabei einen verstohlenen Blick auf seine Uhr. Offenbar hatte er es eilig.

Ich zögerte einen Moment.

»Wolltest du etwas von mir?«, wiederholte Oliver leicht ungeduldig.

»Nein, nicht so wichtig.«

Das Ende einer Beziehung besprach man nicht mal eben so zwischen Tür und Angel. Vielleicht kam das Wien-Wochenende genau zum richtigen Zeitpunkt. Wir würden drei Tage völlig ungestört sein – keine Kinder, keine Arbeit, keine Geliebte – und konnten alles in Ruhe miteinander bereden.

»Gut, dann spring ich noch mal eben unter die Dusche.«

»Gehst du denn heute nicht zum Sport?«

»Doch. Wieso?«

»Gewöhnlich duscht man doch eher nach dem Sport als vor dem Sport, oder?«

Ich konnte es einfach nicht lassen, meinen lieben Mann ein bisschen zu piesacken.

»Die Klimaanlage in der Kanzlei ist kaputt«, behauptete Oliver, der sich wohl langsam warmgelogen hatte. »Das war heute vielleicht 'ne Schwitzerei im Büro, kann ich dir sagen. Ich fühl mich irgendwie total verklebt.« Oliver öffnete den obersten Knopf seines Hemdes und fuhr sich wie zum Beweis mit der Hand über den Nacken. »Ich werde mich doch wohl mal ein bisschen frisch machen dürfen. Oder muss ich neuerdings Rechenschaft darüber ablegen, wann und wie oft ich dusche?«

»Natürlich nicht.«

Ich kehrte ins Wohnzimmer zurück und rollte mich auf dem Sofa zusammen. Ich lag einfach nur da, ließ meinen Blick ziellos durch den Raum wandern und fragte mich, warum ich mich so lausig fühlte. Vermutlich war nicht Olivers Affäre daran schuld, sondern die Art, wie er damit umging. Es kränkte mich zutiefst, dass mir mein Mann nach all den Jahren so dreist ins Gesicht log. Außerdem beschäftigte mich die Frage, mit wem Oliver mich betrog. Nicht dass es eine Rolle gespielt hätte, aber wissen wollte ich es trotzdem.

Ich rappelte mich vom Sofa auf und griff nach dem Telefon. Auch wenn Oliver den Anruf vom Apparat in seinem Arbeitszimmer aus getätigt hatte, musste die gewählte Nummer gespeichert sein. Doch was war das? Die Anrufliste war komplett leer! Um keine verräterischen Spuren zu hinterlassen, hatte Oliver offenbar alle Nummern gelöscht.

Unschlüssig, was ich jetzt tun sollte, tigerte ich im Wohnzimmer umher. Während ich gerade zum x-ten Mal den Esstisch umrundete, kündigte ein helles Pling das Eintreffen einer Nachricht an. Oliver hatte sein Handy auf dem Tisch liegen lassen!

Das perfekte Verbrechen gibt es nicht, dachte ich grimmig. Und den perfekten Seitensprung auch nicht. Trotz aller Vorsicht war dem treulosen Schuft ein leichtfertiger Fehler unterlaufen …

Es hätte schon übermenschlicher Kräfte bedurft, um der Versuchung zu widerstehen. Da Oliver sich nicht einmal die Mühe gemacht hatte, sein Smartphone mit einer PIN vor unerlaubtem Zugriff zu schützen, leuchtete die neu eingegangene SMS auf dem Display auf, als ich das Gerät einschaltete. Ich konnte nicht anders, als die Nachricht zu lesen.

»Kann es kaum erwarten. Ich küsse dich überallhin.« Unterzeichnet war die Nachricht mit X.

Ich ließ mich auf einen Stuhl sinken. Wer zum Kuckuck war X? Außer Xanthippe fiel mir spontan kein weiblicher Vorname ein, der mit diesem Anfangsbuchstaben begann. Vielleicht war X aber auch nur so eine Art Code oder stand für die Anzahl der Küsse. Denn aufs Küssen schien die Absenderin der SMS ja ganz versessen zu sein. Ich küsse dich überallhin … Angesichts dieser Nachricht war es wohl auch besser, dass Oliver noch mal kurz unter die Dusche gesprungen war.

»Warte nicht auf mich, es kann spät werden«, sagte er, als er kurz darauf mit feuchten Haaren und geschulterter Sporttasche im Wohnzimmer erschien. »Schön, dass wir morgen länger schlafen können. Unser Flieger geht ja erst um zwölf.« Er beugte sich über mich und drückte mir einen flüchtigen Abschiedskuss auf die Lippen. »Frank und ich wollen nach dem Training noch was trinken gehen.«

»Viel Spaß.« Mit deiner Xanthippe, setzte ich in Gedanken noch hinzu.

»Ach, hier ist mein Handy.« Im Vorbeigehen griff Oliver nach seinem Smartphone und ließ es in der Jackentasche verschwinden. »So, jetzt muss ich mich aber sputen. Mach dir ’nen schönen ruhigen Abend. Tschüs.«

Nachdem die Haustür hinter Oliver ins Schloss gefallen war,

blieb ich unschlüssig sitzen. Und jetzt? Mein Plan war aufgegangen. Soeben hatte ich den schriftlichen Beweis bekommen, dass mein Mann eine Freundin hatte. Eigentlich ein Grund zum Feiern, trotzdem fühlte ich mich eigenartig bedrückt. Aber ein bisschen Wehmut würde am Ende einer fast zwanzigjährigen Ehe ja wohl erlaubt sein! Im nächsten Augenblick wollte es mir nicht einleuchten, warum ich zu Hause rumsitzen und Trübsal blasen sollte, während Oliver sich mit einer anderen amüsierte. Mach dir 'nen schönen ruhigen Abend ... fielen mir Olivers Abschiedsworte wieder ein.

Pah, das könnte dir so passen, dachte ich und sprang auf. Plötzlich wusste ich genau, was ich jetzt tun würde.

»Duuuu?«

Torben hätte nicht überraschter aussehen können, wenn der Weihnachtsmann persönlich vor seiner Tür gestanden hätte. Zwar trug ich weder einen weißen Rauschebart, noch hatte ich einen dicken Bauch, Wünsche erfüllen wollte ich jedoch trotzdem. Oder besser gesagt: einen ganz speziellen Wunsch ... Ich tastete in meiner Manteltasche nach dem Kondom mit Brombeergeschmack, das ich aus Kathis Zimmer stibitzt hatte. Natürlich würde ich es gleich morgen ersetzen.

Torben kratzte sich nachdenklich am Kopf. »Waren wir verabredet?«

»Nicht dass ich wüsste.« Ich lächelte, wie ich hoffte, verführerisch. »Aber wenn es gerade ungünstig ist, kann ich auch ein andermal wiederkommen.«

Obwohl ich nicht im Traum daran dachte, unverrichteter Dinge zu verschwinden, tat ich so, als wollte ich mich zum Gehen wenden.

»Nichts da, hiergeblieben!«

Torben griff nach meiner Hand und zog mich hastig in seine

Wohnung, die sich im Erdgeschoss eines schicken Neubaus befand. Offenbar befürchtete er wirklich, ich könnte genauso schnell wieder verschwinden, wie ich aufgetaucht war. Während er die Tür mit einem gekonnten Fußtritt ins Schloss beförderte, ließ er seinen Blick über meine nackten Beine gleiten, die unter meinem schwarzen Kurzmantel, der etwa auf halber Höhe der Oberschenkel endete, hervorschauten.

Als ich mich dazu entschlossen hatte, Torben einen Besuch abzustatten, war sofort klar gewesen, welches Outfit ich anziehen würde. Lediglich die Wahl der dazu passenden Schuhe hatte mir Kopfzerbrechen bereitet. High Heels aus rotem Lackleder? Schwarze Lederpumps mit Metallabsatz, so spitz und scharf, dass man Papier damit lochen konnte? So etwas suchte man in meinem Schuhschrank vergeblich. Schlussendlich hatte ich mich für ein Paar schwarze Lederpantoletten mit halbhohem Absatz entschieden, die in Verbindung mit dem kurzen Trenchcoat auch ohne schwindelerregende Aussichtsplattform ziemlich sexy wirkten. Torben zumindest schien mein Anblick zu gefallen. Das begehrliche Funkeln in seinen türkisblauen Augen sprach für sich.

»Willst du deinen Mantel nicht ausziehen?«, fragte Torben, als er mich in sein stylish eingerichtetes Wohnzimmer führte. »Es ist ziemlich heiß hier drinnen.«

Seine Stimme klang heiser. Gut so! Ich hatte mich auf der Herfahrt ein paarmal gefragt, ob ich diese Verführungsnummer wirklich draufhatte oder ob Torben sich vor Lachen auf die Schenkel klopfen würde. Aber seine Reaktion spornte mich an und ließ mich noch mutiger werden.

»Du willst wirklich, dass ich den Mantel ausziehe?« Ich lockerte spielerisch den Knoten des Gürtels. »Möglicherweise wird es dadurch nur noch heißer.«

»Ich finde, das sollten wir riskieren.«

»Na, wenn du meinst.«

Im Zeitlupentempo öffnete ich erst den Gürtel und dann die Knöpfe meines Trenchcoats. Auch wenn Vorfreude bekanntlich die schönste Freude war, wollte ich Torben nicht länger auf die Folter spannen. Langsam ließ ich den Mantel zu Boden gleiten, wo er, malerisch um meine Füße drapiert, liegen blieb.

Torben zog scharf die Luft ein.

Ich trug nichts als die schwarze Unterwäsche, die ich auf Nadines Dessousparty erstanden hatte. Eine Investition, die sich jetzt mehr als bezahlt machte!

»Normalerweise würde ich dir erst einmal was zu trinken anbieten«, flüsterte Torben rau, bevor er seine Hände auf meine Hüften legte und mich an sich zog. »Aber ich fürchte, ich hab soeben vergessen, wo sich die Küche befindet.«

Er hauchte kleine zärtliche Küsse auf meine Halsbeuge, dann knabberte er spielerisch an meinem rechten Ohrläppchen. Mir entfuhr ein sehnsuchtsvoller Seufzer, den Torben mit seinen Lippen erstickte. Mein ganzer Körper brannte lichterloh, ich konnte es kaum erwarten, dass das Feuer der Begierde, das Torben in mir entfacht hatte, gelöscht wurde.

»Wenn ich dein Outfit richtig deute, bist du nicht zum Mensch-ärgere-dich-nicht-Spielen hergekommen, oder?«, murmelte Torben zwischen zwei heißen Küssen.

»Ach, sieh mal an. Das ist dir also auch schon aufgefallen.«

Ich ließ meine Hände langsam an Torbens Rücken bis zu seinem Po hinabgleiten. Durch den Jeansstoff konnte ich spüren, wie sich seine Muskeln anspannten. Doch bevor ich meine Hände weiter auf Erkundungsreise schicken konnte, hielt Torben sie fest.

»Versteh mich jetzt bitte nicht falsch. Ich bin wirklich hellauf begeistert über diesen Sinneswandel. Und ich bin so scharf auf dich, dass ich das Gefühl habe, jeden Moment zu explodieren. Aber wolltest du nicht warten, bis du die Sache mit Oliver geklärt hast?«

»Oliver hat eine Affäre. Wozu also noch warten?«

Das ließ Torben sich nicht zweimal sagen. Mit den Worten »Das Schlafzimmer zeig ich dir später« zog er mich auf sein Sofa. Obwohl die Bezeichnung Sofa eigentlich fast schon eine Beleidigung für dieses fantastische Designerstück war. Ein ganzer Harem hätte darauf Platz, um Torben zu verwöhnen. Doch in diesem Moment wollte er nur mich! Die Zeichen waren eindeutig.

Seine Hand schob sich unter meinen BH und streichelte meinen Busen. Ein Schauer rieselte durch meinen Körper, und ich bekam eine Gänsehaut.

Wow! Das war besser als Fliegen! Der helle Wahnsinn!

Meine Brustwarzen reckten sich Torbens Händen entgegen. Jede Faser meines Körpers sehnte sich danach, von ihm berührt zu werden. Einige jedoch ganz besonders ... Ich konnte mich nicht erinnern, wann ich das letzte Mal so erregt gewesen war. Wenn ich mit Oliver schlief ...

Oliver? Oliver!

Plötzlich fühlte ich mich, als hätte jemand einen Eimer mit eiskaltem Wasser über mir ausgeleert. Der Rausch war von einer Sekunde auf die andere verflogen, und ich war wieder stocknüchtern. Meine Erregung fiel in sich zusammen wie ein Soufflé, das Zugluft bekommen hatte. Ich versuchte, mich mit Torbens Augen zu sehen – und erschrak heftig.

Ich war kein junger Hüpfer mehr! Um das zu erkennen, brauchte man sich nun wirklich nicht meinen Personalausweis zeigen zu lassen. Ein Blick auf meinen Körper reichte vollkommen. Mit zwanzig, als der Busen tapfer dem Gesetz der Schwerkraft getrotzt und noch nicht als Milchbar für zwei hungrige Säuglinge gedient hatte, war das etwas völlig anderes gewesen. Damals hatte ich kein Problem damit gehabt, mich nackt zu zeigen. Aber damals hatte ich auch noch nicht gewusst, dass es so etwas wie Schwangerschaftsstreifen überhaupt gab! Wenn man genau hinschaute, erinnerte die Haut an meinen Oberschenkeln an einen ausgetrockneten Lehmboden, der feine Risse bekommen hatte. Für Oliver war das nie ein Problem gewesen. Mein Körper hatte sich schließlich nicht von einem Tag auf den anderen verändert. Außerdem hatten wir eine ganz andere Vertrauensbasis …

Oliver! Immer wieder Oliver! Verdammt.

»Ich … ich kann das nicht.«

»Keine Sorge, das verlernt man nicht«, murmelte Torben zwischen meinen Brüsten. »Das ist wie mit dem Radfahren.«

»Nein, das meine ich nicht.« Ich richtete mich halb auf. »Ich möchte mit dir schlafen. Wirklich! Aber ich hab die ganze Zeit das Gefühl, Oliver zu betrügen.«

Torben rückte ein kleines Stück von mir ab. Er sah ziemlich verwirrt aus. Was ich ihm nicht verdenken konnte, zumal sein Kopf im Gegensatz zu tiefer gelegenen Körperregionen in diesem Moment wahrscheinlich nicht so gut durchblutet war.

»Aber er betrügt dich doch. Das hast du eben selbst gesagt.«

»Schon, allerdings ist es deshalb noch lange nicht richtig, dass ich es auch tue.«

Torben fuhr sich durch seine zerzausten Haare und zog eine verzweifelte Grimasse. »Ich kann das sogar verstehen, … irgendwie. Es wäre nur nett gewesen, wenn du dir das etwas eher überlegt hättest. Bevor …«, er wies mit dem Kinn nach unten, »… na, du weißt schon.«

»Es tut mir leid«, entschuldigte ich mich zerknirscht und angelte dabei nach meinem BH, der im Eifer des Gefechts auf dem Fußboden gelandet war.

»Und wie geht's jetzt weiter?«

»Kalt duschen? Deine Mutter anrufen? *Musikantenstadl* gucken?«, versuchte ich mit einem schiefen Grinsen zu scherzen. »Ich weiß nicht, was bei dir sonst noch so abturnend wirkt.«

»Danke, aber über deinen Mann reden reicht vollkommen.« Tatsächlich, während Torbens Gesichtspartie nun etwas verkrampft wirkte, hatten andere Muskeln sich wieder entspannt.

»Nein, ich meine, wie es nach diesem Abend mit uns weitergeht.« Er sah mir ernst in die Augen. »Du weißt, was ich für dich empfinde. Und ich wünsche mir nichts mehr, als mit dir zusammen zu sein. Nicht nur sexuell. Obwohl ... das natürlich auch. Aber findest du nicht, es ist langsam mal an der Zeit, mit deinem Mann zu reden? Ich will dich nicht unter Druck setzen, aber ich wüsste allmählich schon ganz gern, wo ich dran bin.«

»Ich werde am Wochenende mit ihm reden«, versprach ich.

Torben nickte zufrieden.

»In Wien haben wir reichlich Zeit, alles zu klären.«

»In Wien?« Torben richtete sich kerzengerade auf.

»Oliver hat mir eine Reise zum Hochzeitstag geschenkt«, erklärte ich schnell. »Wahrscheinlich, um sein schlechtes Gewissen zu beruhigen.«

»Du willst mit ihm verreisen? Meinst du wirklich, dass das so eine gute Idee ist?« An Torbens Tonfall war deutlich zu erkennen, was er von dieser Idee hielt: gar nichts. »Nur du und er ... in Wien ... in einem Zimmer ...«

Irgendwie fand ich seine Eifersucht rührend. »Wir schlafen zu Hause auch in einem Bett«, erinnerte ich Torben.

»Ja, nebeneinander. Aber nicht miteinander.«

Ich beschloss, nicht weiter darauf einzugehen. Ich hatte keine Ahnung, wie Torben darauf kam, dass Oliver und ich nicht mehr miteinander schliefen. Zwar hatten wir im Vergleich zu früher nur noch relativ selten Sex, unser Ehebett hatte bestimmt gute Chancen, zur verkehrsberuhigten Zone ernannt zu werden, enthaltsam wie eine Nonne lebte ich jedoch nicht. Aber das musste ich jetzt wirklich nicht mit Torben diskutieren. Ich hatte ihm weiß Gott schon genug zugesetzt. Erst hatte ich ihn scharfgemacht und ihn dann, im wahrsten Sinne des Wortes, einfach stehen lassen.

»Ich finde, Oliver und ich sind es uns nach all den Jahren schuldig, dass wir unsere Ehe würdevoll beenden. Nicht zwischen Tür und Angel. In Wien können wir wenigstens ungestört miteinander reden, ohne dass die Kinder oder meine Mutter dazwischenfunken.«

»Na, wenn du meinst.« Torben kaute auf dem Satz herum wie auf einer alten Schuhsohle. Es kostete ihn sichtlich Überwindung, mir die Sache nicht auszureden, und ich rechnete es ihm hoch an, dass er es gar nicht erst probierte. »Du weißt sicher selbst am besten, was du tun musst«, sagte er nur noch.

Natürlich brauchte ich Torbens Zustimmung nicht, wenn ich mit meinem Mann nach Wien fahren wollte. Trotzdem war ich froh, dass er meine Entscheidung respektierte.

Torben sah mir so tief in die Augen, als wollte er mich hypnotisieren. »Aber versprich mir, dass du deinem Mann in Wien reinen Wein einschenkst.«

»Versprochen.«

Ich besiegelte die Zusage mit einem zärtlichen Kuss, den ich rasch beendete, als ich merkte, dass die abtörnende Wirkung nachließ …

Kapitel 18

Draußen hupte es drei Mal. Das war das Taxi, das Oliver und mich zum Flughafen bringen sollte.

Während ich Kathi und Tobias noch einmal zum Abschied umarmte, ermahnte ich sie: »Macht keine Dummheiten und vertragt euch.«

»Ihr euch auch.« Kathi sah mich vielsagend an.

Unsere Kinder waren weder blöd noch taub. Wahrscheinlich hatten sie in letzter Zeit doch mehr von unseren Beziehungsproblemen mitbekommen, als ich wahrhaben wollte.

Nachdem der Flieger gestartet war, verschanzte ich mich hinter einer Zeitschrift und tat, als würde ich lesen. In Wirklichkeit suchte ich fieberhaft nach einer Einleitung für unser finales Trennungsgespräch. Natürlich hatte ich nicht vor, das Thema bereits im Flugzeug auf den Tisch zu bringen, aber mir wäre wohler gewesen, wenn ich bei unserer Ankunft in Wien schon mal so etwas Ähnliches wie ein Konzept im Kopf gehabt hätte. Auch wenn ich nicht damit rechnete, dass Oliver sich gegen eine Trennung sperren würde – schließlich hatte er eine Freundin –, war es wichtig, ihn nicht vor vollendete Tatsachen zu stellen, sondern ihm das Gefühl zu geben, dass wir gemeinsam zu dieser Lösung gekommen waren.

Allerdings machte Oliver es mir nicht gerade leicht, das heikle Thema anzuschneiden. Er schien auf einem Nostalgietrip zu sein. Irgendwie hatte er es sogar geschafft, das selbe Zimmer wie bei unserer ersten Wien-Reise für uns zu reservieren. Nur war es in der Zwischenzeit nicht nur renoviert und neu möbliert worden, sondern allem Anschein nach auch um etliche Quadratmeter geschrumpft. Während Oliver und ich unsere Sachen auspackten, standen wir uns ständig im Weg, stießen zusammen oder stolperten über unsere Füße.

»Tut mir leid«, entschuldigte ich mich bei Oliver, als wir uns mit unseren Reisenecessaires bewaffnet gleichzeitig durch die schmale Badezimmertür quetschen wollten. Hastig trat ich einen Schritt zurück. »Du zuerst.«

»Auf keinen Fall. *Ladies first*«, ließ Oliver mir den Vortritt und machte eine einladende Geste ins Innere des Badezimmers.

Ich schlängelte mich an ihm vorbei, sorgsam darauf bedacht, ihn nicht zu berühren. Was war bloß los? Irgendwie fühlte ich mich in Olivers Anwesenheit eigenartig befangen. Lag es an der Umgebung? Auch wenn das Bett mittlerweile ausgetauscht worden war, konnte ich nicht anders, als immer wieder daran zu denken, dass wir in diesem Zimmer Tobias gezeugt hatten. Oliver schien es ähnlich zu gehen. Jedes Mal, wenn sich unsere Blicke zufällig trafen, sah er mich mit so einem merkwürdigen Ausdruck in den Augen an …

Nachdem wir unsere Siebensachen verstaut hatten, klatschte Oliver unternehmungslustig in die Hände. »Was hältst du davon, wenn wir zum Auftakt erst einmal auf ein Glas Wein zum Heurigen gehen?«

Dankbar stimmte ich diesem Vorschlag zu. Zwar war es gerade mal später Nachmittag, aber gegen ein Schlückchen Wein und viel frische Luft hatte ich nichts einzuwenden. Hauptsache raus aus dem engen Zimmer! Und wenn ich mir erst einmal ein bisschen Mut angetrunken hatte, würde es mir bestimmt leichterfallen, das Thema, das mir unter den Nägeln brannte, in Angriff zu nehmen.

Knapp eine Stunde später saßen wir im Garten eines urigen Heurigenlokals, das uns die Rezeptionistin unseres Hotels als echten Geheimtipp empfohlen hatte. Meist waren die als solche gepriesenen Lokalitäten so geheim, dass die ortsansässige Bevölkerung sie gar nicht kannte und nur Reisebusse mit Japanern im Halbstundentakt den Weg dorthin fanden. Doch dieses Lokal wurde tatsächlich auch von Einheimischen besucht. Rings um uns herum war überall Wiener Mundart zu hören.

»Ich liebe diesen Dialekt«, seufzte ich zufrieden. »Klingt irgendwie so melodisch.«

»Host di verzöhlt! Bist so deppert, oder tust nur so?«, tönte es in diesem Moment vom Nachbartisch, an dem zwei alte Männer Karten spielten, zu uns herüber.

»Dia homs wohl ins Hian gschissn«, konterte sein Spielpartner, der offenbar ganz und gar nicht der Meinung war, dass er sich »verzöhlt« hatte.

Ach, wunderbar! Es ging doch nichts über eine gepflegte Konversation in der Landessprache.

Kurzzeitig vergaß ich, aus welchem Grund wir eigentlich in Wien waren. Das Leben konnte so schön sein! Warum wurde eigentlich immer so getan, als wäre das Glück eine hoch komplizierte Wissenschaft? Ganze Wälder wurden abgeholzt, um Ratgeber und Lebenshilfebücher zu diesem Thema zu drucken. Wenn es tatsächlich so etwas wie eine Glücksformel gab, dann war sie denkbar simpel. Auf einfachen Holzbänken in einem lauschigen Garten ein schönes Glas Wein trinken – das machte glücklich! Na ja, es konnten auch ruhig zwei oder drei Gläser Wein sein, das tat dem Glück keinen Abbruch ... Abgesehen von einem pappigen Baguette im Flieger hatte ich den ganzen Tag über noch nichts gegessen, und so stieg mir der Grüne Veltliner ohne zeitraubende Umwege sofort in den Kopf.

Auch Oliver wirkte schon bald nicht mehr ganz nüchtern. So was Dämliches konnte aber auch wirklich nur uns blöden Touris passieren! Wir hatten versäumt, für eine solide Grundlage zu sorgen. Als uns dieser Fehler auffiel, versuchten wir, ihn umgehend auszumerzen. Die Brettljause, eine herzhafte Brotzeit mit allerlei deftigen Fleisch- und Wurstsorten, die uns die Bedienung im feschen Dirndl kurz darauf servierte, sah unglaublich lecker aus, und wir machten uns mit Heißhunger darüber her. Der Albtraum eines jeden Vegetariers, aber ich hatte das Gefühl, noch nie so etwas Köstliches gegessen zu haben.

»Hier, probier mal.«

Oliver hielt mir eine Scheibe Bauernbrot mit Schinkenspeck unter die Nase, und ich biss herzhaft hinein. Genießerisch verdrehte ich die Augen und fütterte Oliver im Gegenzug mit einem Hartwürstl.

Als wir unsere Jause bis auf den letzten Krümel verputzt hatten und endlich pappsatt waren, bestellten wir noch ein Viertel Wein zum Nachspülen.

»Isch glaub, die machen das absischtlisch.« Ups, meine Aussprache war auch schon mal klarer gewesen.

»Was?«, fragte Oliver.

»Ich glaube, die machen das absichtlich«, wiederholte ich noch einmal möglichst deutlich und artikuliert.

Oliver grinste. »Das hab ich schon beim ersten Mal verstanden. Ich meinte: *Was* machen die absichtlich?«

»Na, das mit den Vierteln und den Achteln. Da verliert man doch völlig den Überblick. 'n echt fieser Trick ist das. Oder weißt du noch, wie viel wir getrunken haben?«

»Moment, das haben wir gleich.« Oliver schien angestrengt nachzudenken, dann begann er aufzuzählen. »Zwei Viertel Grüner Veltliner, ein Viertel Riesling, ein Achtel Blaufränkischer …«

»Stopp! Drei Viertel plus ein Achtel … äh … Mist, muss man den Bruch vorher kürzen oder erweitern?«

»Jetzt weiß ich endlich, warum Kathi solche Probleme mit

Mathe hat«, ulkte Oliver, leerte mit einem tiefen Zug sein Weinglas und gab der Bedienung ein Zeichen, uns noch eine Runde zu bringen.

»Siehst du eigentlich schon doppelt, Bienchen?«, fragte Oliver, nachdem das nächste Viertel gebracht worden war und wir miteinander angestoßen hatten.

»Glaub nicht.« Probehalber rieb ich mir die Augen und öffnete sie dann wieder. »Es sitzt mir nur *ein* Mann gegenüber, und das bist du.«

»Hörst du Klingeltöne?«

»Ja«, gab ich zu und riss überrascht die Augen auf. »Du etwa auch?«

»Ja.« Oliver nickte grinsend. »Gedenkst du auch, etwas dagegen zu tun?«

»Du meinst, ich sollte besser nichts mehr trinken?«, fragte ich kleinlaut und schob mein Weinglas, um meine guten Absichten zu demonstrieren, ein winziges Stück zur Seite.

»Nein, ich meine, du solltest einfach mal an dein Handy gehen.«

»Oh Gott!« Auf der Suche nach meinem Smartphone wühlte ich ungeschickt in meiner Handtasche herum, wobei die Hälfte des Inhalts zu Boden fiel. Da war es! »Hallo?«, meldete ich mich kichernd.

»Mama?«

»Ja, hier ist Mama. Und wer ist da?«

»Kathi, deine Tochter«, tönte es ziemlich vorwurfsvoll an mein Ohr. »Oder wer nennt dich sonst noch Mama?«

»Es hätte doch auch Tobias sein können«, antwortete ich, wie ich fand, erstaunlich schlagfertig.

»Ich bin davon ausgegangen, dass du eine männliche und eine weibliche Stimme ganz gut unterscheiden kannst.«

»Sei nicht so altklug, Kathi«, wies ich meine Tochter glucksend zurecht. »Das steht dir nicht. Die rote Bluse übrigens auch nicht.«

So. Das hatte ich meiner Tochter schon immer mal sagen wollen. War eben alles nur eine Frage des richtigen Timings!

»Ist Papa bei dir?«, fragte Kathi, ohne weiter auf die Sache mit der Bluse einzugehen.

»Ja, der sitzt mir gegenüber. Möchtest du ihn sprechen?«

»Später vielleicht. Jetzt erzähl. Wie ist Wien? Was macht ihr gerade?«

»Wir üben Bruchrechnen. Würde dir übrigens auch nicht schaden.«

»Ne, lass mal. Du siehst ja, wo das hinführt.« Und nach einer kurzen Pause fragte sie noch: »Ist bei euch denn alles in Ordnung?«

»He, Tochter, das ist *mein* Part«, protestierte ich, während ich mit einer Hand ein halbes Dutzend Kugelschreiber sowie diverses anderes Zeug wieder in meiner Tasche verstaute. Irgendwie erinnerte mich unser Mutter-Tochter-Gespräch an ein Theaterstück, das mit vertauschten Rollen gelesen wurde. »Gleich sagst du mir womöglich noch, dass ich nicht so spät ins Bett gehen soll.«

»Genau, Mama. Geh nicht so spät ins Bett – und trink nicht so viel.«

»Okay, Schatz, wird gemacht. Schlaf schön und träum was Schönes. Kannst du mir noch mal eben deinen Bruder ans Telefon holen?«

»Geht nicht. Tobias besorgt gerade Bier für die Party heute Abend.«

»Okay, dann grüß ihn schön von uns. Küsschen!«

»Tschüs Mama.«

»Servus.«

Glücklich lächelnd verstaute ich das Handy wieder in meiner Handtasche. »Es war Kathi.«

»Ach was«, ulkte Oliver, der natürlich jedes Wort, das ich gesagt hatte, mitbekommen hatte. »Nicht Tobias?«

»Nein, der hat keine Zeit. Der besorgt Bier für die Party.«

»Soso, für die Party.« Oliver zog eine Grimasse. »Kaum ist die Katze aus dem Haus, tanzen die Mäuse. Hoffentlich steht die Bude noch, wenn wir zurückkommen.«

Worauf wollte Oliver hinaus? Katze? Mäuse? Bude? War das eine Fabel? Ein Gleichnis? Oder eine Metapher? Ich kam nicht drauf. Vielleicht panschten die Österreicher ihren Wein mit Pestiziden, die die Gehirnzellen lahmlegten. Das würde auch erklären, warum mir das Denken solche Probleme bereitete. Aber warum sich unnötig quälen, wenn man dem Gehirn ebenso gut mal eine kleine Pause gönnen konnte ...?

Am nächsten Morgen wurde ich von der Sonne, die durch das Fenster schien, geweckt. In unserem Hotelzimmer war es taghell. Offenbar hatten wir vor dem Schlafengehen vergessen, die Vorhänge zuzuziehen, was mich keineswegs überraschte. Vielmehr überraschte mich, dass wir überhaupt in unser Hotel zurückgefunden und nicht auf irgendeiner Parkbank campiert hatten. Wir waren »hackedicht« gewesen, wie unser Sohn es treffend formuliert hätte. Ein paar meiner Gehirnzellen schienen dabei dem Grünen Veltliner zum Opfer gefallen zu sein, denn der Rückweg vom Heurigenlokal war aus meinem Gedächtnis weitgehend getilgt. Ich meinte, mich vage an eine Taxifahrt erinnern zu können, war mir jedoch nicht ganz sicher. Nur eins wusste ich in Bezug auf den vergangenen Abend ganz genau: Oliver und ich hatten jede Menge Spaß gehabt.

Apropos Spaß ... Mit angehaltenem Atem linste ich vorsichtig unter die Bettdecke. Puh, Gott sei Dank, so weit war der Spaß dann doch nicht gegangen. *Ein* Kind, das in diesem Hotelzimmer gezeugt worden war, reichte vollkommen. Bei all der Aufregung hatte ich die Pille in den vergangenen Tagen das eine oder andere Mal vergessen. Das hätte mir leicht zum Verhängnis werden können, aber bis auf meine Jeans war ich glücklicherweise vollständig bekleidet. Sogar die Socken hatte ich noch an! Das zweitbeste Verhütungsmittel, gleich nach der Pille. Denn welcher Mann würde schon mit einer Frau schlafen, die im Bett Strümpfe trug? Vorausgesetzt, sie waren nicht aus schwarzem Nylon und wurden von Strapsen gehalten ...

Ich schielte zur anderen Seite des Bettes hinüber. Oliver schlief noch, sein Gesicht sah im Schlaf völlig entspannt und friedlich aus.

Leise, um ihn nicht zu wecken, krabbelte ich aus dem Bett, schlich auf Zehenspitzen ins Badezimmer und stellte mich unter die Dusche. Irgendwie war der vergangene Abend ganz anders gelaufen als geplant. Aber war es nicht ein gutes Zeichen, dass Oliver und ich uns so gut verstanden hatten? Im Gegensatz zu Britta und Markus würde es uns bestimmt gelingen, befreundet zu bleiben ...

Als ich fertig angezogen war, wachte Oliver gerade auf. Er rieb sich die Augen und streckte sich.

»Morgen, Bienchen«, nuschelte er und lächelte mich verschlafen an.

»Morgen, Oli. Na, was macht der Kopf?«, versuchte ich zu scherzen.

»Scheint noch da zu sein.« Oliver betastete vorsichtig seine Stirn. »Und tut auch gar nicht so doll weh. Eigentlich hatte ich mit einem furchtbaren Brummschädel gerechnet. Und wie geht's dir?«

»Gut.«

»Na dann ist doch alles bestens.« Mit bemerkenswerter Geschwindigkeit richtete Oliver sich auf und schwang die Beine über die Bettkante. »Ich spring nur noch eben kurz unter die Dusche. Dann können wir frühstücken gehen.« Oliver grinste. »Es sei denn, du möchtest mir vielleicht unter der Dusche Gesellschaft leisten.«

»Nein, ich hab schon geduscht.« Was mich früher, wie wir

beide genau wussten, keineswegs davon abgehalten hätte, es noch mal zu tun.

Kurze Zeit später hörte ich im Badezimmer das Wasser rauschen und Oliver vor sich hin pfeifen. Mit einem tiefen Seufzer ließ ich mich auf das ungemachte Bett plumpsen. Vielleicht war es doch keine so gute Idee gewesen, zusammen nach Wien zu fahren. Warum nicht nach Bottrop oder Duisburg? Eine im wahrsten Sinne des Wortes etwas nüchternere Atmosphäre wäre für unsere Beziehungsabschlussfahrt, wie Britta die Reise scherzhaft genannt hatte, bestimmt vorteilhafter gewesen.

Plötzlich klingelte mein Handy. Hoffentlich war bei den Kindern alles in Ordnung! Hastig schaute ich auf das Display: Es war weder Kathi noch Tobias, es war Torben! Warum zum Teufel rief er an? Vor meiner Abreise hatten wir vereinbart, dass ich mich bei ihm melden würde, sobald ich wieder aus Wien zurück war. Einen Moment erwog ich, einfach nicht ranzugehen, doch dann überlegte ich es mir anders. Wenn er mich jetzt nicht erreichte, würde er es später, wenn ich mit Oliver unterwegs war, womöglich noch mal probieren.

»Ja?«, meldete ich mich kurz angebunden.

»Hi, Maja. Torben hier. Wie geht's dir?«

»Gut … so weit.«

»Kannst du reden? Oder ist Oliver bei dir?«, interpretierte er meine Einsilbigkeit falsch.

»Nein, ich bin allein. Oliver ist im Bad.«

»Habt ihr schon geredet?«

»Natürlich reden wir. Wir können uns ja nicht die ganze Zeit nur anschweigen«, antwortete ich mit einem schnellen Blick zur geschlossenen Badezimmertür gereizt.

»Du weißt genau, was ich meine. Habt ihr schon über eure Trennung gesprochen?«

»Nein. Es hat sich einfach noch nicht die richtige Gelegenheit ergeben.«

»Nach so vielen Jahren ist das bestimmt nicht leicht. Aber ich bin sicher, du schaffst das.«

Verdammt, was sollte das? Wollte er mir Mut machen oder mich unter Druck setzen?

»Mir war einfach danach, kurz deine Stimme zu hören. Du fehlst mir ...«, sagte Torben in diesem Moment liebevoll.

Mein Groll schmolz dahin wie Butter in der Sonne. »Du fehlst mir auch. Ich melde mich am Sonntag, wenn ich wieder zu Hause bin.«

»Ich freu mich schon darauf, dich endlich wieder bei mir zu haben. Wart's nur ab, ich werde dich nach allen Regeln der Kunst verwöhnen.«

»Ich kann's kaum erwarten«, sagte ich, bevor wir uns verabschiedeten.

»Was kannst du nicht erwarten?«, fragte Oliver, der in diesem Moment mit nassen, zerzausten Haaren aus dem Badezimmer kam. Bis auf das Hotelhandtuch, das er sich um die Hüften geschlungen hatte, war er nackt. Ein durch und durch appetitlicher Anblick. Gut, dass meine Mutter ihren Schwiegersohn so nicht sehen konnte, denn dann hätte sie mir bestimmt wieder Vorwürfe gemacht. Innerhalb weniger Wochen hatte Oliver seinen Wohlstandsbauch verloren!

»Zum Prater zu gehen«, antwortete ich und spürte, wie ich dabei errötete.

Irgendwie hatte ich das Gefühl, dass die Hitze, die mir in die Wangen stieg, nichts mit meiner Flunkerei zu tun hatte. Ich konnte kaum den Blick von dem flauschigen Handtuch abwenden und spürte den aberwitzigen Wunsch, es Oliver von den Hüften zu reißen.

Was war bloß los mit mir? Lag das an der Luftveränderung, am Wiener Charme, am Restalkohol im Blut oder daran, dass es vermutlich die letzte Gelegenheit war, mit Oliver zu schlafen, dass meine Hormone so außer Rand und Band waren? Dass ich seit geraumer Zeit sexuell unterversorgt war, wie Nadine es gern nannte, heizte meine Libido bestimmt noch zusätzlich an.

Was für eine absurde Situation! Ich fühlte mich hin- und hergerissen. Würde ich Torben betrügen, wenn ich jetzt mit meinem eigenen Mann ins Bett ging? Andererseits … Was sprach dagegen, noch einmal, gewissermaßen zum Abschied, zusammen zu schlafen? Hier in diesem Hotelzimmer hatte unsere Ehe mit der Zeugung von Tobias begonnen, hier ging sie zu Ende. Indem sich Olivers Handtuch öffnete, schloss sich der Kreis …

Auf dem Weg zum Prater, den wir teils zu Fuß, teils mit der Straßenbahn zurücklegten, sprachen wir nur sehr wenig. Jeder hing seinen Gedanken nach. Zum Frühstücken war es, als wir das Hotelzimmer endlich verlassen hatten, bereits zu spät gewesen, und so hatten wir uns unterwegs in einer Bäckerei einen Kaffee zum Mitnehmen gekauft. Ich vermied es, Oliver in die Augen zu sehen. Damit er gar nicht erst auf die Idee kommen konnte, Händchen zu halten, umklammerte ich mit der rechten Hand den Pappbecher und mit der linken meine Tasche.

Als wir den Prater erreichten, war ich dankbar für den Lärm und das bunte Treiben, das hier herrschte. Ein willkommener Vorwand, um die fällige Aussprache noch ein bisschen hinauszuschieben und zumindest kurzzeitig auf andere Gedanken zu kommen. Doch während wir an den bunten Buden und Fahrgeschäften vorbeiliefen, kehrte ich im Geiste immer wieder in unser Hotelzimmer zurück.

Es war merkwürdig gewesen, mit Oliver zu schlafen. Einerseits hatte es sich sehr vertraut, andererseits auch völlig fremd angefühlt. Und ich hätte lügen müssen, wenn ich behauptet hätte, dass es mir nicht gefallen hatte. Sehr sogar! So leidenschaftlich war unser Sex schon lange nicht mehr gewesen. Aber schmeckte die letzte Zigarette, bevor man dem Nikotin für immer abschwor, nicht angeblich auch am besten? Das Wissen, dass wir uns zum letzten Mal so nah sein würden, hatte mich innerlich tief berührt und in mir die widersprüchlichsten Emotionen geweckt, die sich schließlich in wilder Leidenschaft entluden. Zum Glück hatte ich das Kondom aus purer Vergesslichkeit noch in meiner Manteltasche gehabt. Wie hatte Frau Dr. Leonhardt doch so treffend gesagt: Unverhofft kommt oft ...

»Lust auf was Süßes?«, riss mich Oliver, als wir an einer Bude mit Paradiesäpfeln, gebrannten Mandeln und anderen Leckereien vorbeischlenderten, aus meinen Gedanken.

Ich nickte stumm. Es ging doch nichts über ein nahrhaftes Frühstück! Eigentlich hatte ich überhaupt keinen Hunger, aber ein bisschen Zucker für die Nerven war bestimmt nicht verkehrt.

Kurze Zeit später kehrte Oliver mit einem großen, bunt verzierten Lebkuchenherz zurück. Er hielt das Herz so, dass ich die schnörkelige weiße Zuckergussschrift nicht lesen konnte. Was wohl draufstand? *Verzeih mir ...?* Ehe ich wusste, wie mir geschah, hatte Oliver mir das Herz um den Hals gehängt. *Ich liebe dich* stand darauf ...

Was zu viel war, war zu viel! Ich fühlte mich wie ein Dampfkochtopf, der kurz vorm Explodieren stand. Auch wenn ich es darauf angelegt hatte, dass Oliver mich betrog, entschuldigte das noch lange nicht, dass er das Unschuldslamm markierte und mir den liebevollen Ehemann vorspielte.

»Was soll das Theater, Oli?«, fauchte ich wütend. »Ich weiß Bescheid!«

»Wieso Theater?« Sogar jetzt besaß er noch die Dreistigkeit, sich dumm zu stellen. »Erinnerst du dich nicht mehr? Damals in Wien wolltest du unbedingt so ein Herz haben. Aber uns war das Geld ausgegangen. Die paar Schillinge, die wir noch hatten, brauchten wir für die Rückfahrt. Da hab ich dir versprochen, dass ich dir irgendwann genau so ein Herz kaufen werde.«

Dass er sich das gemerkt hatte! Vor gar nicht allzu langer Zeit wäre ich darüber gerührt gewesen, doch nun verspürte ich das dringende Bedürfnis, ihm sein blödes Herz um den Hals zu hängen und dann das Band ganz langsam und genüsslich immer weiter zuzuziehen.

»Ich weiß, dass du eine Geliebte hast!«, brach es aus mir heraus. »Ist es Anita? Oder gar Jacqueline?«

Oliver schien weder besonders überrascht noch entsetzt zu sein, dass ich ihm auf die Schliche gekommen war. Im Gegenteil – er wirkte beinahe erleichtert. Wahrscheinlich war er froh, dass die Heimlichkeiten und Lügen nun ein Ende hatten. Job, Familie und Geliebte unter einen Hut zu bringen, stellte ich mir verdammt stressig vor.

Wir mussten einen Schritt zur Seite treten, um ein Pärchen mit einem Kinderwagen vorbeizulassen. Der Mann und die Frau unterhielten sich, und der Dreikäsehoch nuckelte stillvergnügt an seinem Daumen. Früher sind wir auch so eine glückliche Familie gewesen, dachte ich wehmütig. Aber heute lutschten unsere Kinder ja auch nicht mehr am Daumen ...

Mein Ärger verflog genauso schnell, wie er gekommen war. Worüber regte ich mich eigentlich so auf? Oliver hatte eine Geliebte. Na und? Alles war perfekt nach Plan gelaufen.

»Es ist nicht so, wie du denkst ...«, begann Oliver entschuldigend, nachdem das Pärchen mit Kinderwagen außer Hörweite war.

»Oh nein, natürlich nicht!«, unterbrach ich ihn schnell und hob abwehrend die Hände, um ihn zum Schweigen zu bringen. Ein bisschen mehr Originalität hätte ich ihm schon zugetraut. »Erspar uns bitte solche abgedroschenen Ausreden. Ich will gar keine Erklärung oder Entschuldigung von dir hören. Wozu auch? Ich mache dir keine Vorwürfe.«

»Nein?« Nun sah er doch ein wenig überrascht aus.

»Nein. So etwas passiert in einer intakten Beziehung nicht einfach so aus heiterem Himmel«, sagte ich traurig. »Ich glaube, unsere Ehe ist schon seit geraumer Zeit nicht mehr in Ordnung. Wir haben es nur einfach nicht wahrhaben wollen oder waren zu sehr mit anderen Dingen beschäftigt. Mal war es das undichte Dach, dann irgendein komplizierter Fall in deiner Kanzlei oder Kathis Mathenoten. Wenn wir ehrlich sind, leben wir doch nur noch nebeneinander her, und irgendwann haben wir, so traurig es auch ist, einfach aufgehört, uns zu lieben.«

»Redest du jetzt von mir oder von dir?«

»Von uns beiden.« Nachdem der Anfang nun schon mal gemacht war, sollte ich Oliver wohl fairerweise endlich von Torben erzählen. »Ich hab auch vor einiger Zeit jemanden kennengelernt.«

Oliver sah auf einmal verletzt aus. »Ist es was Ernstes?«, fragte er nach einer Weile.

Klar, wenn Männlein und Weiblein das Gleiche taten, war es noch lange nicht dasselbe. Irgendwie war Fremdgehen nach wie vor eine Männerdomäne wie Autofahren oder Grillen.

»Wir haben noch nicht zusammen geschlafen, falls es das ist, was du wissen willst. Aber ich denke schon, dass es was Ernstes ist. Wir haben uns ineinander verliebt«, gab ich unumwunden zu. »Und zwischen dir und hm, hm, hm?« Ich wartete darauf, dass er den Namen der großen Unbekannten endlich preisgab.

Doch Fehlanzeige! »Da ist nichts zwischen mir und hm, hm, hm«, behauptete Oliver mit starrer Miene.

Ich verstand nicht, warum er seine Affäre immer noch leugnete. Ich hatte ihm doch gewissermaßen schon Absolution erteilt.

»Du brauchst es gar nicht abzustreiten.« Und obwohl ich mich ganz furchtbar dafür schämte, fügte ich noch hinzu: »Ich hab die SMS auf deinem Handy gelesen.«

»Das solltest du auch«, antwortete Oliver ruhig und sah mir dabei fest in die Augen.

Wie bitte? Fremdgehen mit Ansagen, wo gab's denn so etwas?

»Meinst du, ich hab nicht gemerkt, wie du dich in den letzten Wochen immer weiter von mir entfernt hast?« Oliver vergrub die Hände tief in den Hosentaschen. »Da hab ich plötzlich Panik bekommen, dass alles den Bach runtergeht. Unsere Ehe, unsere Familie, na eben alles. Was hätte ich denn sonst tun sollen?« Resigniert zuckte er mit den Schultern. »Ich hab gedacht, wenn ich es schaffe, dich eifersüchtig zu machen, ist vielleicht noch nicht alles verloren.«

»Um unsere Ehe zu retten, hast du mit einer anderen Frau geschlafen ...«, resümierte ich und bemühte mich, dabei weder vorwurfsvoll noch sarkastisch zu klingen. Das stand mir weiß Gott nicht zu, oder?

»Blödsinn!« Oliver schüttelte unwillig den Kopf. »Darum hab ich mir selbst die SMS von meinem Firmenhandy aus geschickt.«

Plötzlich wurde mir so einiges klar. »Das war alles nur gespielt? Der Kongress, die SMS, das Telefonat, das du so abrupt beendet hast, als du mich ›bemerkt‹ hast? Und vermutlich warst du in den Mittagspausen auch gar nicht außer Haus.«

»Nein, in den Mittagspausen war ich tatsächlich nicht in der Kanzlei.« Oliver zog die Hände aus den Hosentaschen und fuhr sich damit über den Bauch. »Ich war joggen«, fügte er beinahe entschuldigend hinzu.

»Dann hat euch das Sportparadies wohl nicht zugesagt.«

Nicht dass es jetzt noch eine große Rolle gespielt hätte, was er dienstags und donnerstags so trieb, aber wenn wir nun schon mal dabei waren, wollte ich diesen Punkt auch noch klären. Das war ich Sophie schuldig. Denn nur weil Oliver nicht fremdgegangen war, hieß das noch lange nicht, dass Frank ebenfalls eine weiße Weste hatte.

»Du weißt, dass wir nicht dort waren?« Oliver inspizierte angelegentlich seine Schuhspitzen. »Ich hatte Frank versprochen, ihm zu helfen. Er wollte nicht, dass Sophie etwas mitbekommt.«

Ja klar, welcher Ehemann – abgesehen von meinem – wollte

schon, dass seine Frau von seiner Affäre Wind bekam?!? Nach wie vor unklar war mir jedoch, welche Rolle Oliver dabei spielte. Dank des Fitnesscenters hatte Frank schon ein perfektes Alibi. Wie in aller Welt konnte man seinem Freund sonst noch beim Fremdgehen behilflich sein? Den Rest würde Frank doch wohl allein auf die Reihe bekommen …

»An den Abenden, an denen wir angeblich ins Sportparadies gegangen sind, waren wir in Wirklichkeit in der Schreinerei. Frank hat für Sophie einen Schrank gebaut, und ich hab ihm dabei geholfen.«

Na bitte! Im Paradies gibt es eben keine Güllegrube. Sophie war ein echtes Glückskind. Wahrscheinlich bekam sie nun auch noch den begehbaren Kleiderschrank, den sie sich seit Jahren wünschte.

»Es sollte eine Geburtstagsüberraschung für Sophie werden«, fuhr Oliver fort, »darum durfte ich dir auch nichts davon erzählen. Wenn du Bescheid gewusst hättest, wäre es nur eine Frage der Zeit gewesen, bis du dich bei Sophie verplappert hättest.«

Unter normalen Umständen wäre ich gekränkt gewesen, dass Oliver mir nicht zutraute, ein Geheimnis für mich zu behalten. Aber zum einen war diese Sorge vermutlich nicht ganz unbegründet, zum anderen waren die Umstände nun wirklich alles andere als normal.

»Und nun?«, fragte ich leise.

Mit einem Mal fühlte ich mich so ausgelaugt und erschöpft, als hätte ich an einem Marathonlauf teilgenommen und mich gerade noch so mit letzter Kraft ins Ziel geschleppt.

»Nun gehen wir wohl am besten wieder ins Hotel zurück.«

»Das meine ich nicht.«

»Ich weiß.« Oliver kickte mit dem Fuß eine verbeulte Getränkedose zur Seite, die irgendjemand achtlos weggeworfen hatte. Sein Blick folgte der Dose, die in großen Sätzen über das Pflaster hopste, bis sie schließlich am Wegrand liegen blieb. Dann sah er mir fest in die Augen. »Aber es fällt mir eben nicht leicht zuzugeben, dass wir es verbockt haben. Du hattest recht – mit allem, was du vorhin gesagt hast. Unsere Ehe ist in den letzten Jahren nur noch so dahingedümpelt wie ein leckgeschlagener Kahn, und nun ist sie endgültig abgesoffen. In Anbetracht der Lage ist eine Trennung wohl das einzig Vernünftige. Oder was denkst du?« Die Frage hatte beinahe so geklungen, als hoffte er, dass ich ihm widersprechen würde. »Sollen wir uns trennen?«, fragte er noch einmal in völlig neutralem Tonfall.

Mein Hals fühlte sich mit einem Mal so eng an, dass ich nicht antworten konnte. Darum nickte ich nur stumm.

Oliver grinste schief. »Immerhin haben wir uns fast zwanzig Jahre wacker geschlagen. Das ist doch schon was, Bienchen, oder?«

Schweigend machten wir uns auf den Rückweg zu unserem Hotel. Das Lebkuchenherz hing wie ein tonnenschweres Gewicht an meinem Hals. Für den Moment war alles gesagt. Natürlich gab es noch einiges zu besprechen – beispielsweise, wie wir unsere Trennung den Kindern beibringen sollten und wer von uns aus dem gemeinsamen Haus ausziehen würde –, aber dafür war jetzt nicht der richtige Zeitpunkt. Für Small Talk oder heitere Witzchen allerdings auch nicht, und so war ich beinahe froh, als das Klingeln meines Handys die bleierne Stille durchbrach.

»Alles ist gut! Oh Mann, ich bin ja so erleichtert!«, brüllte mir jemand ins Ohr, als ich das Gespräch annahm.

Ich brauchte einen Moment, um zu begreifen, dass es Sophie war, die gerade kurz Luft holte und zu einem Redeschwall ansetzte: »Ich hab Frank endlich zur Rede gestellt. Du hättest sein Gesicht sehen sollen, als ich ihm auf den Kopf zugesagt habe, dass er eine Affäre hat. Der Arme! Ich hab ihn völlig zu Unrecht verdächtigt. Du wirst nicht glauben, was Frank und Oliver an den Abenden, an denen sie angeblich zum Sport gegangen sind, getrieben haben. Sie waren in der Schreinerei und haben …«

»Ich weiß.«

»Du weißt Bescheid?« Sophie stutzte einen Moment, dann lachte sie glücklich. »Frank und Oliver betrügen uns nicht! Ist das nicht fantastisch?« Sie war vor Freude völlig außer sich. Und ich gönnte es ihr von Herzen. Auf manche Dinge war zum Glück doch noch Verlass. Sophies perfekte heile Welt war wieder im Lot und würde bald sogar begehbar sein. »Entschuldige, ich rede immer nur von mir. Und wie läuft es bei euch?«

»Bestens ...« Eine einsame Träne kullerte mir die Wange hinunter. »Oliver und ich werden uns trennen.«

Ein Jahr später

»Ist die Temperatur so angenehm?«

»Perfekt.«

Ich fühlte mich herrlich entspannt und mit mir und der Welt im Einklang. Das Leben konnte so schön sein! Es war Samstagvormittag, und ich brauchte nichts weiter zu tun, als mich verwöhnen zu lassen. Lauwarmes Wasser rieselte über meinen Kopf, und im Hintergrund dudelte leise Musik. Obwohl meine Haare erst vor Kurzem geschnitten worden waren, hatte ich mir zur Feier des Tages einen Friseurbesuch außer der Reihe genehmigt.

Azubine Lea band mir einen flauschigen Frotteeturban um den Kopf und führte mich zu meinem Platz. »Der Chef kommt gleich und kümmert sich um Sie.«

Zufrieden lehnte ich mich in meinem Stuhl zurück. Wenn mir als dahergelaufene Kassenpatientin schon keine Chefarztbehandlung zustand, so gönnte ich mir zumindest beim Friseur den Luxus, den Maestro persönlich in Anspruch zu nehmen.

»Na, lässt du dich für die große Hochzeit schick machen?«, hörte ich plötzlich eine Stimme neben mir überfallartig fragen.

Erschrocken zuckte ich zusammen. Ich musste zweimal hinsehen, bevor ich auf dem Platz rechts von mir Conny erkannte. Ihr Kopf sah aus wie ein futuristisches Kunstwerk. Entweder sie ließ sich gerade Strähnchen machen, oder die Stacheln aus Alufolie dienten nur zur Tarnung. Denn wo konnte man besser in den Besitz von unerhörten Neuigkeiten gelangen als in einem Friseursalon? Conny war dafür bekannt, dass sie ihre Nase überall reinsteckte – je mehr es stank, desto besser. Wenn man wissen wollte, wer sich bald scheiden ließ, wer pleite war oder sich irgendwelche ansteckenden Geschlechtskrankheiten eingefangen hatte – Conny wusste Bescheid. Oftmals noch vor den Betroffenen selbst. Man munkelte, sie verfüge über mehr Quellen, die sie anzapfen konnte, als so mancher Geheimdienst.

Ich ergab mich in mein Schicksal und legte die Zeitschrift, die Lea mir zusammen mit einer Tasse Kaffee gebracht hatte, zur Seite. Das war's mit der Entspannung, dachte ich wehmütig. Ob ich wollte oder nicht: Conny würde mich vollquatschen, bis mir das Blut aus den Ohren tropfte.

»Dass Nadine heiratet! Wer hätte das gedacht?«, legte sie, nachdem sie einmal tief Luft geholt hatte, auch schon los. »Ihr Zukünftiger soll ja, wie man sich so erzählt, ein paar Jährchen jünger sein als sie. Möchten die beiden denn Kinder? Mit Anfang vierzig liegt das ja durchaus noch im Bereich des Möglichen.«

»Keine Ahnung. Das musst du sie schon selbst fragen.«

Falls Conny glaubte, dass sie mir vertrauliche Informationen entlocken konnte, hatte sie sich aber geschnitten!

»Nadine wünscht sich doch bestimmt ein kleines Mädchen, das sie nach ihrem Geschmack einkleiden kann«, versuchte Conny es erneut.

»Vielleicht …«

»Dann lassen wir uns mal überraschen«, gab Conny sich erstaunlich schnell geschlagen. Gedanklich schien sie schon beim nächsten Thema zu sein. »Man weiß ja nie, was die Zukunft so bringt.« Sie lachte wiehernd und zeigte dabei das dazu passende Pferdegebiss. »Apropos Zukunft: Hast du das von Tatjana gehört? Du bist doch früher auch schon mal bei ihr gewesen, um dir die Zukunft vorhersagen zu lassen, oder?«

Ich seufzte. »Nein.«

»Oh, dann hab ich da wohl was durcheinandergebracht.«

Conny sah enttäuscht aus. »Ich dachte, Nadine hätte mal erwähnt, dass die Mädels dir einen Besuch bei Tatjana zum Geburtstag geschenkt hätten.«

»Ich meine: Nein, ich hab das von Tatjana nicht gehört. Was ist mit ihr?«

Auch wenn ich Connys Tratscherei nicht guthieß – neugierig war ich natürlich trotzdem.

Conny rückte so nah an mich heran, dass die Stanniolpapierstacheln mir fast die Augen ausstachen, und senkte die Stimme zu einem vertraulichen Flüstern.

»Die Arme hat schlimme Probleme. Psychische Probleme. Furchtbare Geschichte, aber das bleibt bitte unter uns. Ich sag nur eins: Burnout. Stell dir bloß mal vor, zum Schluss war es so schlimm, dass sie nicht mal mehr arbeiten konnte. Sie hat in ihrer Kugel einfach nichts mehr gesehen. Jetzt ist sie in einer psychiatrischen Klinik.«

»Nein! Sag bloß!« Ich spürte, wie es in meinem Bauch zu kribbeln begann, so als würden kleine Seifenblasen dort herumtanzen und immer weiter nach oben steigen. Es kitzelte ganz fürchterlich. Ich konnte nicht anders: Auch wenn es ziemlich unpassend war, brach ich in schallendes Gelächter aus. »Tut mir leid«, japste ich zwischen zwei Lachsalven, »ich weiß, dass das nicht komisch ist.«

Obwohl mir der befremdete Blick, mit dem Conny mich musterte, keinesfalls entging, lachte ich, bis mir die Tränen die Wangen hinunterkullerten.

»Vielleicht werde ich Tatjana mal in der Klinik besuchen«, sagte ich, nachdem ich mich wieder halbwegs gefasst hatte.

»Ja, tu das. Das ist eine wirklich gute Idee.«

Connys Gesichtsausdruck sprach Bände: Noch ein Fall für die Klapse! Wahrscheinlich glaubte sie, dass man mich gleich dabehalten würde. Was ich Conny nicht einmal verübeln konnte. Wie sollte sie auch wissen, dass ausgerechnet Tatjanas Burnout meinem Leben eine völlig neue Richtung gegeben hatte?

Auf dem Nachhauseweg dachte ich weiter darüber nach, wie anders alles gekommen wäre, wenn ich gewusst hätte, dass das stoische Schweigen der Kugel nicht das Geringste mit mir und meiner Zukunft zu tun gehabt hatte.

»Was genau wäre anders gelaufen?«, fragte Britta, die ich gleich, nachdem ich frisch frisiert zu Hause angekommen war, anrief, um ihr die Neuigkeit zu erzählen.

Nachdenklich knabberte ich an meiner Unterlippe. »Vermutlich hätte ich schön brav in meinem Hamsterrad weiter meine Runden gedreht. Ich hätte an einer Ehe festgehalten, die einfach so dahingeplätschert ist, und hätte mich auf diese Weise selbst um die Chance gebracht, mich noch einmal neu zu verlieben. Außerdem hätte ich vermutlich nie den Mut aufgebracht, Mariannes Laden zu übernehmen.« Hätte, hätte, Fahrradkette ... Zum Glück war ja alles anders gekommen! »Wenn ich nur daran denke, was mir entgangen wäre ...«

»Mist!«

»Du hast recht. Das wäre wirklich blöd gewesen.«

»Ach, das meine ich nicht. Der Reißverschluss von meinem Kleid geht nicht zu.«

»Soll ich kommen und dir helfen?«, bot ich meiner Freundin an.

Jannik verbrachte das Wochenende bei seinem Vater, und sonst gab es niemanden, der Britta daheim aus der Patsche helfen konnte, wenn es mal irgendwo klemmte. Andreas war es zwar gelungen, Brittas Sorgerechtsstreit, nicht jedoch ihr Herz zu gewinnen. Dafür stand sie in letzter Zeit in ziemlich engem Kontakt zu Janniks Klassenlehrer. Sie ließ fast keine Sprechstunde aus. Ich vermutete, dass mehr dahintersteckte, denn so viel Mist konnte nicht einmal Jannik bauen ...

»Danke für das Angebot.« Britta stieß einen ächzenden Laut aus, der mich daran erinnerte, dass es mal wieder an der Zeit war, meinen Erste-Hilfe-Kurs aufzufrischen. »Wenn du zaubern kannst, nehme ich deine Hilfe gern in Anspruch. So drei bis vier Kilo müssten runter von den Hüften, besser noch fünf. Schaffst du das innerhalb der nächsten halben Stunde? Nein? Gut, dann werde ich wohl etwas anderes anziehen müssen. Vielleicht mag Kathi ja das Kleid geschenkt haben. Apropos: Wie geht's deiner Süßen eigentlich?«

»Hervorragend.« Kathi den Schüleraustausch machen zu lassen war eine fantastische Entscheidung gewesen. Auch das ging irgendwie auf Tatjanas Konto, denn ohne ihr ungewolltes Zutun hätte ich mich im Leben nicht dazu durchringen können, meine Tochter ziehen zu lassen. »Stell dir vor, die kleine verwöhnte Göre muss in ihrer Gastfamilie ihre Wäsche selbst waschen und bügeln. Und in der Schule hat Kathi eine Koch-AG belegt. Freiwillig!«

»Wow!« Britta klang ehrlich beeindruckt. »Bist du dir sicher, dass deine Tochter im Flieger nach England nicht vertauscht worden ist? Die Kathi, die ich kenne, glaubt, dass Spülmittel nur zum Seifenblasenmachen da ist.«

Bei der Erinnerung an die kleine Episode, die in Brittas Beisein in unserer Küche stattgefunden hatte, musste ich grinsen. Damals war Kathi ungefähr neun oder zehn gewesen. Auf jeden Fall merkte man, dass meiner Tochter die neue Selbstständigkeit guttat. Sie blühte richtig auf. Obwohl sie Hunderte von Kilometern weit entfernt war, standen wir uns näher als je zuvor. Wir schrieben uns regelmäßig E-Mails und telefonierten. Gelegentlich skypten wir sogar. Für jemanden wie mich, der es bereits für fortschrittlich hielt, mit einem Handy anstatt mit Buschtrommeln zu kommunizieren, war das ein echter Quantensprung.

»Und wie läuft es bei deinem Großen?«, fragte Britta. »Hat er sich an das frühe Aufstehen gewöhnt?«

»Sagen wir mal so: Er schafft es mittlerweile, mit geschlossenen Augen zu frühstücken, ohne dabei zu kleckern.«

Britta lachte. »Na, das ist doch schon mal ein vielversprechender Anfang.«

Wie nicht anders zu erwarten, hatte Tobias sein Abitur mit Bravour bestanden. Zwar wohnte er nach wie vor zu Hause, doch in wachem Zustand bekam ich ihn kaum noch zu Gesicht, da er fast jede freie Minute bei seiner Freundin Jana verbrachte. Seine beruflichen Pläne hatte er fürs Erste zurückgestellt und sich entschieden, ein soziales Jahr in einem Altenheim zu absolvieren. Ich war unglaublich stolz auf meine Kinder! Wenn ich mir so ansah, was aus ihnen geworden war, mussten Oliver und ich doch das eine oder andere bei der Erziehung richtig gemacht haben.

»Hut ab! Ich find's echt toll, was dein Sohn leistet«, fand auch Britta lobende Worte für Tobias.

»Erzähl das mal meiner Mutter. Sie kann immer noch nicht verstehen, warum ihr Enkel lieber anderen Leuten den Hintern abwischt, anstatt den Pulitzer-Preis abzuräumen. Darüber kann sie stundenlang lamentieren. Und wenn sie damit fertig ist, regt sie sich darüber auf, dass ich einen Abend die Woche mit fremden Männern Salsa tanze. Ich hab es mittlerweile aufgegeben, ihr zu erklären, dass ich eine Tanzschule und keinen Swingerklub besuche.«

Das Verhältnis zwischen meiner Mutter und mir war nach wie vor nicht ganz einfach, aber wir bemühten uns redlich: Sie bemühte sich, mir das Leben schwer zu machen, und ich bemühte mich, es zu verhindern ...

»Deine Mutter ist wirklich ein Fall für sich. Aber wir machen jetzt besser Schluss«, bestimmte Britta, bevor wir ins Plaudern geraten konnten, resolut. »Sonst verpassen wir noch die Hochzeit.«

»Stimmt. Zum Glück wird Sophie garantiert pünktlich sein.«

»Sei dir da mal nicht so sicher. Schließlich muss sie erst einmal an ihr Kleid herankommen«, gab Britta zu bedenken. »Du weißt doch, dass Sophies Mädchen den begehbaren Kleiderschrank neuerdings als Klubhaus nutzen.« Abgesehen davon, dass Sophie jetzt immer erst anklopfen und ein Codewort erraten musste, wenn sie sich umziehen wollte, war in ihrer heilen Welt alles in schönster Ordnung.

»Ein echtes Luxusproblem«, sagte ich schmunzelnd. »Wer hat schon einen Kleiderschrank, der besser bewacht ist als Fort Knox? Ich nicht. Du vielleicht?«

»Nein, und das ist auch gut so«, erwiderte Britta. »Ich muss mich noch für ein anderes Kleid entscheiden, und du solltest dich auch mal lieber fertig machen. Oder willst du, dass dein Liebster warten muss, wenn er dich abholen kommt?«

»Natürlich nicht. Dann bis später!«, verabschiedete ich mich fröhlich.

In der Tat musste ich mich sputen, denn ich sprang noch in Unterwäsche herum. Die Art von Unterwäsche, die man laut Nadine nur trug, um sie sich schnellstmöglich wieder ausziehen zu lassen. Doch bei aller Vorfreude – das würde bis nach der Hochzeitsfeier warten müssen.

Kurze Zeit später klingelte es. Mit klopfendem Herzen riss ich die Haustür auf.

»Wenn ich mich nicht schon vor zwanzig Jahren in dich verliebt hätte, würde ich es jetzt tun.« Oliver lächelte und ließ seinen Blick bewundernd an mir hinabgleiten. »Du siehst umwerfend aus.«

»Du aber auch«, erwiderte ich das Kompliment.

In seinem neuen dunklen Anzug – die alten waren mittlerweile allesamt mindestens zwei Nummern zu groß – machte Oliver richtig was her. Er griff nach meiner Hand und zog mich an sich. Dann küssten wir uns. Lange und zärtlich, bis ich weiche Knie bekam. Wie hatte ich im Laufe der Jahre bloß vergessen können, wie gut Oliver küsste? Ein solches Talent brachliegen zu lassen, war wirklich unverzeihlich! Zum Glück war es noch nicht zu spät, um das Versäumte nachzuholen.

Auch wenn ich das ein Jahr zuvor niemals für möglich gehalten hätte – ich war bis über beide Ohren verliebt! Verliebt in meinen eigenen Mann!

Die Liaison mit Torben war genauso schnell wieder vorbei gewesen, wie sie begonnen hatte. Nach dem Rausch der ersten Verliebtheit folgte schnell die Ernüchterung. Innerhalb weniger Wochen stellten wir fest, dass wir in Wirklichkeit überhaupt nicht zusammenpassten. Was Torben spontan nannte, war in meinen Augen sprunghaft. Darüber hinaus war er ein echter Sturkopf. Warum Kompromisse machen, wenn man seine Wünsche ebenso gut durchboxen konnte? Und auch ich war definitiv nicht Torbens Traumfrau …

Trotzdem hätte ich die Erfahrung um nichts auf der Welt missen wollen. Denn so verrückt es auch klang: Ausgerechnet die Beziehung zu einem anderen Mann hatte mir vor Augen geführt, was ich an meinem eigenen hatte!

Die vorübergehende Trennung und der Krebsverdacht, von dem ich Oliver im Nachhinein natürlich erzählt hatte, bewirkten, dass wir einander nicht mehr als selbstverständlich ansahen. In Kürze würde Oliver wieder bei mir einziehen, doch wir hatten uns fest vorgenommen, die gleichen Fehler nicht zu wiederholen. Dafür würden wir vermutlich jede Menge andere machen, aber selbst darauf freute ich mich!

Oliver legte zärtlich den Arm um mich. »Können wir los?«

»Eine Sekunde«, behutsam löste ich mich aus seiner Umarmung, »ich muss noch was holen.« Schnell lief ich ins Haus zurück.

»Hast du nicht noch etwas vergessen?«, fragte Oliver, als ich mit dem Hochzeitsgeschenk für Nadine und Sven wieder auftauchte.

Er deutete nach oben. Der Himmel war strahlend blau, doch

am Horizont türmten sich ein paar dunkle Gewitterwolken drohend übereinander.

Ich lachte unbekümmert. »Ach was, der Schirm bleibt zu Hause.«

»Sicher?«

»Ganz sicher«, sagte ich und griff nach Olivers Hand. »Ich habe alles, was ich brauche.«